Dieter de Lazzer — Tod eines Philosophen

Dieter de Lazzer

Tod eines Philosophen

Roman eines Verbrechens

Königshausen & Neumann

Bibliografische Information der Deutschen Nationalbibliothek

Die Deutsche Nationalbibliothek verzeichnet diese Publikation in der Deutschen Nationalbibliografie; detaillierte bibliografische Daten sind im Internet über http://dnb.d-nb.de abrufbar.

Gedruckt auf säurefreiem, alterungsbeständigem Papier
Umschlag: skh-softics / coverart
Bindung: Zinn – Die Buchbinder GmbH, Kleinlüder

Printed in Germany
ISBN 978-3-8260-4757-2
www.koenigshausen-neumann.de
www.buchhandel.de
www.buchkatalog.de

Für ML

„,Pragmatische Kausalität' nenne ich eine Art der Verknüpfung von zwei Ereignissen, die meine Fachkollegen notorisch ignorieren. Obwohl sie doch unser Leben fast immer bestimmt. Denn meist kann man weder die Ursache noch die Folge sauber herauspräparieren und muss doch handeln.

Heute vor genau 50 Jahren hielt Ernst Bloch seine berühmte Tübinger Vorlesung über den Kriminalroman. Also nehmen wir als Beispiel einen Kriminalroman: Da haben wir den Polizisten, der beim Verlassen der Dienststelle wie jeden Abend mit einem kleinen Ritual alle dienstlichen Gedanken verscheucht und sich dabei erinnert, dass am Morgen zuhause die Kaffeebohnen ausgegangen sind. Also geht er Kaffee kaufen. So bringen wir ihn schon vor den Hauptereignissen mit anderen Figuren seines Falles in Kontakt, was nachher dem Wunsch des Lesers nach einer kausal scheinenden Handlung entgegen kommt; unser Verstand hat ja jenes Bedürfnis nach kausalen Erklärungen, das Immanuel Kant so formuliert hat: Wenn etwas geschieht, so setzen wir dabei jederzeit voraus, dass irgend etwas vorausgehe, worauf es nach einer Regel folgt.

Zwischen der leeren Kaffeedose und dem Mord gibt es aber keinen Zusammenhang. Der Erzähler, der das suggeriert, sucht seine Rechtfertigung in der Überlegung, dass in allem, was geschieht, es nicht nur die Taten sind, für die man eine Regel voraussetzen kann, sondern ebenso auch die Umstände und das, was nicht getan wird, ja selbst das, was nicht mehr geschieht und schon erloschen ist, so dass es nur durch das Erzählen für einen Moment wieder ans Licht gehoben werden kann.

Aus dieser Einstellung unseres Erzählers folgt nur ein Problem: Mit dem Verzicht, sich auf die plastischen Hauptursachen zu beschränken, leidet auch das Vermögen zu einem eindeutigen moralischen Urteil. Wer will schon, wenn alles zusammenwirkt, dieses eine Recht und jenes andere Unrecht nennen? Zugegeben: Für das Rechtssystem gilt etwas anderes: es hat die Aufgabe, Schuldsprüche oder Freisprüche zu produzieren. Aber da weiß jeder denkende Mensch, dass das Produkte einer Maschinerie sind, in welche man besser nicht gerät, und wenn doch, dass sie mit dem, was Recht oder Unrecht genannt zu werden verdient, nur eine geringe Ähnlichkeit haben. ...“

(Prof. Paul Nierkamp, Vorlesung „Ehik I“, vom 20.4.2008)

Es war Ende April, und noch abends um sieben so lau wie im Frühsommer. Troebst und sein italienischer Gast hatten im Schlossgarten-Hotel eine Bouillon und einen Salat verzehrt. Kein Taxi genommen. Sie gingen langsam über die Königsstraße durch die Stuttgarter Innenstadt: zwei lange dürre alte Männer in schwarzen Mänteln, der linke mit einem weißen Seiden-, der rechte mit einem roten Mohairschal. Venezianer tragen den roten Schal. Jahrzehnte war es her, kurz nach dem zweiten Weltkrieg, da hatten sie in einem Internat im Schwarzwald das Zimmer geteilt. Später wurde Troebst Rechtsanwalt und der Avvocato Capurro übernahm die elterliche Schuhfabrik. Seither trafen sie sich von Zeit zu Zeit, freilich meist irgendwo in Italien, zuletzt hatten sie in Montegrotto zusammen gekurt. Das heißt, Troebst hatte im Fango gelegen und Capurro seinen Leopardi wiedergelesen.

Als die beiden Männer den Schlossplatz erreichten, standen die Türme der Stiftskirche dunkelindigo gegen den gelblichen Abendhimmel, an ihren Flanken zeichnete die späte Sonne eine rötliche Kontur. Weiter im Westen zeigten sich einige graurote Wolken. Ein paar Windstöße wirbelten den Staub auf, doch die Männer achteten nicht darauf.

„Ich bin gespannt, was uns dieser Professor zu sagen hat. Ist doch *simpatico*, wenn er sagt, wir Menschen sollen uns nicht so wichtig nehmen.“ Capurro kickte mit seinem glänzend gewienerten Schuh eine verspätete Platanenfrucht beiseite.

„Ich find’s abwegig, die Rechte von Tieren mit Menschenrechten gleichzusetzen.“

Capurro nickte. „Logisch. Wenn man etwas überspannt, reißt es überall. – Ist wohl auch ziemlich umstritten, der Mann?“

„Absurderweise redet er wie seine schärfsten Kritiker. Die Katholiken machen keinen Unterschied zwischen dem ausgewachsenen Menschen und der befruchteten Eizelle. Und er behauptet dasselbe, was den Unterschied von Mensch und Tier angeht.“

„Was willst du, Christoph?“ lachte Capurro mit einer Geste der milden Resignation. „Wann immer meine Agnete,

Gott habe sie selig, mich betrogen hat, habe ich gelitten als Hund, sagt man nicht so?“

Troebst blieb stehen uns starrte den Freund an. „ – ... wie ein Hund! – Deine Agnete, sagst du? Dich betrogen?“

„*Naturalmente. Sempre, e con gusto esquiso. – Spagliamo tutti!*“

Troebst verzichtete darauf, den Freund zu bedauern, der das mit solcher *disinvoltura* eingeräumt hatte. Er kam sich fast ein wenig provinziell vor; ihm wäre es nie eingefallen, sich des exquisiten Geschmacks seiner verstorbenen Frau bei deren Seitensprüngen zu rühmen, wenn .... Stattdessen versuchte er ein wenig stockend, zu seinem Thema zurückzurudern. „Wenn ich recht gelesen habe, wäre für ihn ein alter Mensch, wenn er gebrechlich ist, keine Person mehr. Wer weiß, wann wir zwei Alte auch dran wären ...“

„Hör auf, Eberhard, du übertreibst! Lass doch einfach hören, was der Mensch zu sagen hat!“

Troebst knurrte, denn sein Verdikt stand mittlerweile schon so gut wie fest. Aber gut, sollte sich der Freund doch sein eigenes Urteil bilden.

Er wechselte das Thema und beklagte sich bald über die inkompetente Bauplanung seiner Heimatstadt. Nicht der Krieg, sondern die Planer hätten das Stadtbild zerstört. Das beschäftige und verbittere ihn.

Capurro war überrascht, dass sich der sonst eher wortkarge Troebst so in Rage redete, und betrachtete gedankenverloren die Schuhe des Freundes. Der nahm das als Widerspruch.

„Verzeih, wenn ich mich über so etwas aufrege. Was hast du?“

Capurro lächelte und setzte sich in Bewegung. „Nichts, entschuldige. Ich habe deine Schuhe angeschaut. Es sind Sioux, nicht wahr?“ Als Troebst nicht widersprach, fügte er hinzu: „Gute Marke, die Firma wurde gerade aufgekauft. – Also, du sagst, die alte Stadt ist kaputt?“

Wie kann man, dachte Troebst, einem Veneto-Venezianer aus Riva del Brenta klarmachen, dass einem – wenn schon die Gebäude verloren sind – der Verlust von Trauflinien und

Straßenrastern noch einmal weh tut? Sie hatten jetzt den Schlossplatz hinter sich. Beim Blick die Königsstraße hinauf erinnerte sich Troebst an alte Mandanten und ihre Geschäfte, die alle nicht mehr existierten. Warum hätten auch die Geschäfte überleben sollen, wenn ihren Inhabern die Stadt sowieso wurst war? Der leichte Abendwind kreiselte ihnen ein paar Papierfetzen um die Füße.

Da kam ein Mann mittleren Alters mit einem gelben Paket aus der nächsten Querstraße und grüßte Troebst aus der Ferne. Troebst winkte zurück und knurrte. „Der weiß auch, wo man den besten Kaffee kauft. Chef der Mordkommission. Heißt übrigens Schiller."

Capurro, dem die Abendsonne ins Gesicht schien, hob schützend die Hand und blinzelte dem Kaffeekäufer hinterher, der in der Querstraße auf der anderen Seite verschwand. Eine minimale Unregelmäßigkeit im Gang des Polizisten war ihm nicht entgangen. „Schiller? Commissario Schiller, das klingt gut! Ich kann die ‚Glocke' übrigens noch immer auswendig: ‚Fest gemauert in der Erden ...' „ Er rezitierte ein ganzes Stück von dem Gedicht des anderen Schiller, das sie als Schüler gelernt hatten.

„Morgen zeige ich dir die Hasenbergstraße. Dort, beim Glockengießer Kurz, hat Schiller seinerzeit zugeschaut, wie eine Glocke entsteht. Und Gottlieb Daimler hat an der gleichen Stelle von der gleichen Gießerei seinen ersten Motorenzylinder gießen lassen. Diese Stadt Stuttgart ist ein Palimpsest, wohin du schaust. Leider überwiegen die Radierer und Schmierer gegenüber den Kalligraphen."

„Du sprichst in schönen Bildern."

„Wenn ein Ort verloren ist, bleiben nur die Bilder! Danach zeige ich dir den einstigen Schwanenplatz – oder vielmehr das, was er nicht mehr ist. Das war ein großer Platz draußen bei der Neckarbrücke. Viele Jahrzehnte war dieser Platz eine Drehscheibe der Fuhrleute aus dem ganzen Land, umgeben von soliden Wirtschaften, Stallungen, Lagerhäusern. Heute ist davon nur der Name einer Straßenbahnhaltestelle übrig, und wenn ein Unglücksmensch dort aussteigt, steht er mehrere hundert Meter entfernt von jeder menschlichen Behausung zwischen affigen künstlichen Hügelchen vor einem geschlossenen Kiosk. Der Platz ist ausradiert. Es gibt auch keinen Ersatz, keinen Platz mehr mit ein paar Wirtschaften, wo es Zwiebelrostbraten gäbe und Wurstsalat und saure Kutteln – *trippe marinate* – oder Maultaschen."

„Ich weiß", sagte Capurro, „ich denke manchmal daran, wie wir heimlich zum Biertrinken nach Kirchzarten hinunter gefahren sind. Und sonntags mit deinen Eltern zum Hofgut Himmelreich. – Morgen gehen wir italienisch essen!"

*

Es war jetzt einfach nötig. Er hatte lange gezögert, sorgfältig geplant, die täglichen Gewohnheiten seines Zielobjekts beobachtet, sich alle Eventualitäten auszudenken versucht, und auch für solche vorgesorgt. Nierkamp lebte allein, seine Ehefrau war schon seit längerem über alle Berge, und erstaunlicherweise war keine andere an ihrer Stelle eingezogen. Die größte Gefahr war, dass jemand im Treppenhaus aufmerksam wurde, wenn er die Wohnung betrat oder verließ, oder dass gar ein Besucher, Kollege oder Mitarbeiter an die Wohnungstür kam. Das war nicht sehr wahrscheinlich; die junge Frau aus dem Institut kam entweder morgens oder später am Abend und blieb dann über Nacht, nie am frühen Abend. Nierkamp wollte an diesem Abend einen Vortrag halten. Also war kaum damit zu rechnen, dass kurz vorher noch Besucher kamen.

Trotzdem musste er darauf achten, die Wohnung von innen abzuschließen und den Schlüssel quer zu stellen, damit niemand, vor allem auch nicht das Institutsmädchen, das offenbar einen Schlüssel hatte, ihn in der Wohnung überraschen konnte. Das wäre sehr ungut gewesen. Für den Weg herein und hinaus, auch falls es nötig werden sollte zu flüchten, hatte er von seinem letzten Besuch in Mailand eine Gummimaske mitgebracht, die beim ersten Zusehen nicht als solche zu erkennen war. Berlusconi, die Visage eines leicht süffisant grinsenden Berlusconi. Die gab es dort überall zu kaufen.

Wichtig war, nicht allzu unauffällig zu erscheinen, sonst würden sich Beobachter, die ihn auf dem Weg auf jeden Fall wahrnehmen mussten, eher an kleine charakteristische Details erinnern: Alter, Gang, Haltung des Rückens oder der Arme. Er musste auf dem Weg etwas mit sich führen, das die Aufmerksamkeit auf sich zog. Für den Anmarsch hatte er dafür eine Einkaufstasche aus hellem, festem Papier mit dem Aufdruck eines Modegeschäfts aus der Innenstadt gefunden, in dem er eine alte Ledermappe mit allem Nötigen transportierte. Außer dem Schirm. Den schwarzen Schirm musste er natürlich wieder mitnehmen. Und nachher die Mappe gefaltet unter den Arm klemmen. Zuerst hatte er vom Hauptbahnhof mit der U-Bahn fahren und den Rest zu Fuß gehen wollen, und so auch wieder zurück. Doch das dauerte zu lange. Er nahm ein Auto und ging den kurzen Weg bis zum Haus zu Fuß.

Er hatte mehrere Schlaginstrumente erwogen, um Nierkamp sofort außer Gefecht zu setzen. Mit Schusswaffen hatte er keine Erfahrung. Am Ende kam er auf den Schirm zurück. Ihn umzubauen war nicht schwierig gewesen. Das Bleirohr hatte er sich bei ebenfalls in Mailand bei einem Metallschlosser besorgt und zum Griff biegen lassen; den hatte er nur noch mit Epoxidharz ankleben und mit Klebeband umwickeln müssen. Um wie ein Handwerker auszusehen, zog er eine Cordhose an, dazu sein ältestes Paar Schuhe. Er hatte sie vor sicher zwanzig Jahren gekauft, sie waren unverwüstlich, aber hatten natürlich lange ihre Form verloren und auch am Rand Risse bekommen, waren aber noch immer bequem und nützlich, wenn es nötig werden sollte zu rennen. Pullover, kariertes Hemd, den alten grauen Mantel.

Mehr Logistik war nötig, um nachher die Verkleidung schnell los zu werden. Das Vorfeld der WC-Kabinen im Bahnhof wurde mit Videokameras überwacht. Auch Parkhäuser waren zu riskant.

Doch er hatte eine andere Lösung gefunden. Das Auto stand drüben auf dem Parkplatz der Messe, wo die letzten Aussteller der Waffen- und Antiquitätenmesse gerade ihre Stände abbauten. Und ein Mann, er hätte ein Buchhalter sein können oder ein Handwerker, trat auf das Mies-Haus auf dem Weißenhof zu.

Im gleichen Moment kam Verena Frei, eine junge Künstlerin, von ihrem Kurs in der benachbarten Akademie und bemerkte, während sie ihren alten Polo aufschloss, die schicke Tragetasche und dann auch den schäbigen Mann auf der anderen Straßenseite. Irgendetwas, sagte sie sich, schuf eine Spannung zwischen dem Mann und der eleganten Tragetasche, gerade weil sie nur aus Papier war und doch in der Abendsonne glänzte. Der Mann würde diese nicht wegwerfen; Verena selbst fiel es ja jedes Mal schwer, die schönen Taschen ins Altpapier zu geben, und immer, wenn sie die Zeitungen zum Abholen hinausstellte, suchte sie dafür die am wenigsten schöne aus ihrem Stapel heraus. Und weil sie sowieso gerade für ein Projekt ihren ganzen Tageslauf fotografierte, nahm sie die Kamera heraus und machte ein paar Bilder von dem Mann und der Tasche an seiner Hand

*

Troebst und Capurro hatten die Altstadt durchwandert und erreichten mit der Mörikestraße eines der schönsten noch erhaltenen Ensembles des beginnenden 20. Jahrhunderts. Troebst rühmte den Charme der stattlichen Wohnhäuser und zeigte, wo die stolzen Architekten ihre Namen in die Sockelquader hatten meißeln lassen.

Capurro war aus Venedig, Bologna und Florenz stärkere Eindrücke gewöhnt; vom Freund lernte er, dass es für Heimat nicht auf die berühmten Bauwerke ankam, sondern allein auf die Wachheit und Sorgfalt des Sehens, mit der sich jemand durch seine Stadt bewegte.

„Du liebst diese Stadt. Ich hätte nicht gedacht, dass dich diese Aspekte so sehr bewegen." Wenn er Bauwerke erleben wolle, fahre er nach Venedig hinüber, oder neuerdings nach Florenz; für ihn als Venezianer sei das zwar fast wie ein Verrat, aber in der *Via Tornabuoni* kaufe man eben doch die besten Krawatten, oder bei *Signora Lemmi* in Perugia. Seine eigene Wohnstadt Riva habe überhaupt keine Planung, keine Blickachsen, wie Troebst das nenne. „Jeder baut, wie er will. Und alles zusammen sieht so aus wie ein ausgekippter Abfallkorb. Ich habe um meinen Garten eine hohe Mauer gezogen. Ich wohne in Riva, doch meine Stadt ist Venezia."

Troebst zog den Freund auf eine kanzelartige Erweiterung der Straße hinaus und zeigte zuerst zur Treppe auf die Karlshöhe hinauf und dann über die Talmulde zum jenseitigen Kirchturm. Von der Kanzel führt eine doppelläufige Treppe hinunter; deren Fortsetzung bildet eine Straßenachse bis hinüber zur Markuskirche im Stuttgarter Süden. „Sie haben versucht, die Stadt intelligent zu gliedern."

„Jetzt verstehe ich. Das erinnert an die Perspektiven, die Papst *Sisto V* in Rom angelegt hat, *der Papst mit der Spitzhakke*. Von der *Piazza di Spagna* über den *Quirinale* bis zur *Sta. Maria Maggiore*. Sehr schön – für uns heute!" Im Weitergehen schaute der Gast an den Häusern hinauf, die ihm offenbar gefielen. „Schade, überall sind Büros. Wohnt hier denn noch jemand?"

„Eine Schande", sagte Troebst, nachdem er zuerst genickt hatte, und es war nicht klar, ob er die grassierende Zweckentfremdung der großbürgerlichen Wohnungen meinte oder den architektonischen Schandfleck des Ensembles, eine gesichtslose Schuhschachtel aus der Nachkriegszeit, das Clubheim eines reaktionären Automobilclubs.

Als Capurro kurz darauf vor einer schön erhaltenen Jugendstilvilla aus gelblichem Rutesheimer Sandstein stehen - blieb und das schmiedeeiserne Hoftor bewunderte, zog der Freund ihn weiter. „Hier drin war ein Ingenieurbüro, das Giftgasanlagen für Saddam Hussein geplant hat. Saddam Husseins stellvertretender Verteidigungsminister ging hier aus und ein."

„Und das wusste man?"

„Ich wusste es. Wir wurden einander vorgestellt. Ich habe nach großen Gewissensbissen irgendwann den Zoll und die Steuerfahndung verständigt. Man ist ja schließlich Staatsbürger. Aber es wurde beschlossen, nicht zu ermitteln."

Da lachte Capurro und vollführte fast ein paar Tanzschritte. „Ach, lieber Christoph, erst jetzt fühle ich mich ganz wohl in Deutschland. Das ist bei euch ja wie zuhause! Euer Regierungschef hieß damals aber nicht Andreotti oder Berlusconi?"

„Nein, Freiburger. Und da vorne zeige ich dir das Haus von dem Typ, der dann den nächsten Regierungschef über den Tisch gezogen hat, mit Segeltörns und entsprechender Begleitung."

Capurro schüttelte nur den Kopf. „Europa wächst tatsächlich zusammen!"

*

Paul Nierkamp stand in der Küche, in der einen Hand ein großes Glas Milch, in das er einen Schuss Whisky gegeben hatte, in der anderen ein Knäckebrot. Er fühlte sich wohl. Das Semester war gut angelaufen, die üblichen Reibereien mit den Kollegen steckte er weg; seine Seminare waren so voll wie immer. Und obwohl inzwischen bei den Studentinnen bekannt sein musste, dass es oft nicht bei einem platonischen Verhältnis blieb, wenn man seine Schülerin sein wollte, waren im Doktorandenseminar wieder ein paar neue und verdammt hübsche Gesichter aufgetaucht. Nein, er hatte kein schlechtes Gewissen, wenn er die Früchte pflückte, die man ihm anbot. Die jungen Dinger waren ja nur zu geil darauf, dass etwas von seiner Bekanntheit auf sie abfärbte.

Den Nachmittag hatte er am Schlusskapitel eines Aufsatzes gearbeitet. Das war auch eine der Aufgaben, die man mit steigendem internationalen Ruf nicht ablehnen konnte und auch nicht ablehnen wollte. Die Einladung zu einem Beitrag in Andrew Drobnins *Yearbook of Deontologic and Moral Philosophy* war so etwas wie ein Ritterschlag in seinem Fach. Daher musste dieser Aufsatz auch weniger in sich selbst innovativ sein, als vielmehr die These des Autors in eleganten Formulierungen zusammenfassen, und Nierkamp dachte, das sei ihm ziemlich gut gelungen. Das war Marketing. Selbstmarketing war auch, was er heute Abend vorhatte. Eine Rede vor dieser privaten Studiengesellschaft. Sein Manuskript hatte er schon bei einem Kongress und als Gastvortrag an der Uni in Göttingen vorgetragen und jetzt nur den Untertitel hinzugefügt. So bekamen die Hörer den Eindruck, er sei genau auf ihren Themenwunsch eingegangen. Vielleicht traf er da interessante und jedenfalls einflussreiche Leute. Und wenn Widerspruch kam, steigerte das nur den Aufmerksamkeitswert.

Nierkamp spülte die Brotkrümel mit dem letzten Schluck seiner Milch hinunter. Die ganze Küche stand noch voller Flaschen und Gläser von der gestrigen Seminareinladung. Morgen musste Bettina hier wieder Ordnung machen.

Als es läutete, war er überrascht. Um diese Zeit, abends um sieben? Er erwartete niemand. Bettina war es nicht, er hatte ihr gesagt, dass er nach dem Vortrag noch zu ihr kommen wolle. Gut, es konnte immer ein Student oder eine Studentin sein, um eine Arbeit abzugeben. Oder der Hausmeister, der alte Süffel, falls er endlich das Schloss an Nierkamps Garagentor wieder in Ordnung gebracht hatte. Er stellte das Glas in den Ausguss.

„Ja, was ist denn?“ Nierkamp öffnete die Tür und sah einen ziemlich ärmlich gekleideten Menschen vor sich stehen mit einer Papiertasche in der linken Hand. Seine Rechte schloss sich um einen Regenschirm. Nierkamp fragte sich, wo er das Gesicht oder vielmehr die Fratze dieses Mannes schon einmal gesehen hatte, und bemerkte gleichzeitig, wie sich dessen Hand um den Schirm krampfte. Als er begriff, was der andere vorhatte, war es bereits zu spät. Der Schirm traf ihn schwer zwischen den Augen, er spürte einen heftigen Schmerz, irgendetwas explodierte. Was das war, bekam er schon nicht mehr mit.

*

Vom westlichen Ende der Mörikestraße weitergehend, näherten sich die beiden Herren ihrem Ziel. Über hohen Brüstungsmauern stehen dort ein paar Häuser, die so etwas wie toskanische Heiterkeit ausstrahlen. Mit turmartigen Bauelementen, weit auskragenden Dächern, sorgfältig vom Rustico herauf gegliederten Fassaden, Bogenfenstern und stark mit wildem Wein und Glyzinien bewachsen, zeigen sie so viel *Italianità*, wie das in einer Stadt nördlich der Alpen möglich ist. In einer dieser Villen traf sich heute Abend die private Studiengesellschaft, der Troebst angehörte. Er hatte gebeten, ausnahmsweise seinen Gast mitbringen zu dürfen, und das war ihm erst gewährt worden, nachdem er hatte fallen lassen, dass Capurro mit ihm zusammen jenes Internat besucht hatte, in dem auch mehrere andere Teilnehmer und der Hausherr selbst erzogen worden waren. Ansonsten achtete die Gesellschaft, die in den gebildeten Kreisen der Stadt wegen des Renommees ihrer Mitglieder wie wegen ihres intellektuellen Anspruchs ein ziemliches Ansehen genoss, auf regelmäßige Teilnahme so sehr wie auf Exklusivität.

Eine Gesellschaft wie diese konnte es nur in Stuttgart geben. Man war hier schwäbisch und liberal, weshalb auch die Hälfte Nichtschwaben wohl gelitten waren, protestantisch, aber nicht pietistisch – ein Unterschied, den jener Literaturprofessor, an dessen Wohnung Troebst mit seinem Gast soeben vorbei spaziert war, so wenig begreifen würde wie dessen Ehefrau, die beide sich überall zu Interpreten eines Pseudo-„Schwäbischen“ aufwarfen, das so authentisch war wie Kaugummi. Nein, hier konnte man noch Wetten über ein korrektes Hölderlin- oder ein Mörike-Zitat aus den Wispeliaden gewinnen. Dabei war das Ganze einst aus der Jugendbewegung entstanden, als Protest gutbürgerlicher Kinder gegen ihre gutbürgerlichen Eltern.

Als sie sich dem Haus näherten, sahen sie schon andere Mitglieder der Gesellschaft ankommen. Selten waren es repräsentative Limousinen, denen sie entstiegen – mit so etwas konnte man in dieser Schicht der schwäbischen Gesellschaft, die sich gerne als geistige Nachfolgerin der einstigen Ehrbarkeit verstand, keine Ehre einlegen – sondern kleine praktische Stadtfahrzeuge.

Als Troebst und sein Begleiter den Fuß der langen Treppe zum Haus erreicht hatten, kam von hinten ein Mann mit schnellem Schritt heran.

„Guten Abend, Herr Troebst. Guten Abend." Er nickte Capurro zu.

„Guten Abend. – Das ist Herr Dr. Lechler. Dottore Capurro kommt aus dem Veneto, wir waren zusammen auf dem Birklehof. Herr Lechler lehrt Philosophie an der Universität."

Die beiden Herren nahmen einander mit minimalen Verbeugungen zur Kenntnis; dabei studierte Capurro die Kleider und die Schuhe seines Gegenübers und lächelte ein Lächeln, dessen ironischen Unterton nur Troebst erkennen konnte. „Sehr erfreut. Was unterrichten Sie dieses Sommersemester, Herr Professor Lechler?" Lechler trug einen englischen Übergangsmantel und Schuhe einer sehr guten englischen Marke. Capurro kannte das Modell aus der eigenen Auftragsfertigung. Wenn der Mann so gekleidet war, hatte er entweder Geld, oder er lebte über seine Verhältnisse. Oder er war Junggeselle und ein Snob. Capurro fing an, sich für die Mitglieder der Gesellschaft zu interessieren.

„Lassen Sie den Professor!" Lechler lachte knapp und machte eine Bewegung zur Treppe, die anderen sollten vorgehen. Troebst ließ Capurro den Vortritt und folgte Lechler. Auch er registrierte die dezente Eleganz des Dozenten, doch ohne Erstaunen. Er hatte schon Lechlers Vater in Grundstückssachen beraten.

*

Die für schwäbische Verhältnisse sehr geräumige Halle ließ Capurro *mutatis mutandis* an die adligen Villen seiner Region denken. Eine Marmorstele mit Bronzebüste erinnerte an den Erbauer, einen württembergischen Kabinettsminister, einen Vorfahren der jetzigen Bewohner. An einer Wand hatte Frau von Glück, auch ein Mitglied des Kreises, kleine qualitätvolle Ölbilder aufgehängt, die von gründlicher Befassung mit Ida Kerkovius und Max Ackermann zeugten, doch Capurro interessierte sich mehr für die subtilen schwarzweißen Aktstudien gegenüber.

Im Flur auf der zweiten Etage wurden sie von den Gastgebern namens Hackländer begrüßt und mit den Umstehenden bekannt gemacht. Im Übrigen machte sich jeder selbst bekannt. Troebst hatte seinen Gast schon darauf vorbereitet, welche Art von Leuten er hier treffen würde. Im Arbeitszimmer des Hausherrn trafen sie auf einen weißhaarigen Mann, der dem Gast als ein bekannter Philosophieprofessor angezeigt wurde. Vor einigen Jahren schon emeritiert, aber immer noch Vorsitzender nationaler wie internationaler philosophischer Gesellschaften, war er erst vor einigen Monaten in die Stadt gezogen und vor kurzem aus Anlass eines runden Geburtstags auch für den bedeutendsten Philosophiepreis der Stadt nominiert worden. In der Tageszeitung war dazu gerade ein Artikel erschienen, den die Anwesenden aufgeregt diskutierten. Der Redakteur, selbst promovierter Philosoph, hatte es nicht nur als anrüchig bezeichnet, dass man einem Mann, der viele Jahre der Jury vorgesessen hatte, jetzt meinte, diesen Preis nachschieben zu sollen; er hatte die Gelegenheit des Geburtstagsartikels auch für eine Generalabrechnung genutzt und dem Geehrten ein museales, risikoscheues Philosophieverständnis vorgeworfen. Der Mann habe seine Verdienste als Lehrer, aber in die philosophische Debatte nicht viel mehr eingebracht als „einen verdünnten Aufguss von Positionen des Deutschen Idealismus."

Die Anwesenden, die in kleinen Grüppchen darauf warteten, dass sie der Hausherr zum Vortrag in den Salon bat, waren, wie man hören konnte, darüber erregt. Ein paar Stimmen äußerten sich recht undifferenziert über die ‚Journaille'. Und ein anderer Hochschullehrer, kurz vor der Emeritierung, der sein schwindendes Hörvermögen durch Lautstärke kompensierte, nannte den Artikel schlicht ein „abgefeimtes Machwerk“.

„Ich begreife nicht, dass Sparherz“ – Sparherz war ein anderer, örtlicher Philosophie-Ordinarius und im Kreis nicht unbekannt, wie Troebst seinem Gast erläuterte – „dass Sparherz solch einen Rüpel überhaupt promoviert hat!“, rief erregt eine kleine energische Dame, erntete aber sofort Widerspruch, das eine habe doch mit dem anderen nichts zu tun. Außerdem habe der Jubilar in seiner aktiveren Zeit auch gehörig auszuteilen verstanden, ganz zu schweigen von seiner Meisterschaft im akademischen Strippenziehen. Capurro musste sich diskret erkundigen, was das Wort bedeutete, und lachte dann leise vor sich hin. Überhaupt hatte man nach einigem Zuhören den Eindruck, dass sich die Art der Missbilligung von Zimmer zu Zimmer änderte. Fand man es um den Jubilar herum empörend, dass der „Zeitungsschmierer“ den Geehrten als abgestandenen Idealisten verunglimpft und sich erdreistet hatte, dem Allerwürdigsten den Preis nicht zu gönnen, so wurde weiter weg fast nur noch die Form missbilligt. Es sei schon nicht glücklich, dass man den Preis dem langjährigen Vorsitzenden der Fachjury zuschanze, er hätte das ablehnen sollen, meinten einige. Andere sagten nur, sie hätten gewünscht, dass der Kritiker sein Urteil mit mehr Zitaten belegt hätte.

Capurro hörte hinter sich eine Stimme mit starker Dialektfärbung: „Rechthaberisch war er doch schon immer – wie ein Mercedes mit eingebauter Vorfahrt.“ Capurro drehte sich unauffällig um, ob das vielleicht ein Konkurrent des Jubilars gesagt habe, aber wurde stattdessen mit einem Rechtsanwalt bekannt gemacht, der sich gleich interessiert nach Capurros Hintergrund erkundigte. Nach kurzem Geplauder fragte ihn sein Gegenüber, wie viel er in Riva für die Entsorgung einer Schaluppe voll Bauschutt zahlen müsse. Keine fünfhundert Euro, schätzte Capurro, maximal tausend, wenn es deklarierter Abfall sei, und wunderte sich über den Themawechsel. Und für den Transport von oder nach der Serenissima? Dreihundert, vielleicht fünfhundert, aber mit Entladen. Da lachte der andere: „Bei der Biennale hatte ich das Problem. Die haben viertausend Euro für jeden Kahn verlangt!“ Auch Capurro lachte und zuckte kurz mit einem Auge – eine sehr elegante, sehr venezianische Form des Zwinkerns: „Wozu macht man denn so eine Veranstaltung? Man will doch selbst auch etwas davon haben. Sprachen wir nicht gerade über den Hegel-Preis?“ – Die Anspielung freute den anderen. Er verbeugte sich kaum merklich und deutete mit ebenfalls venezianisch zuckendem Auge an, dass er der gleichen Meinung sei. Capurro begann sich heimisch zu fühlen.

Als das akademische Viertel vorbei war, wurden leise die ersten Fragen gestellt, wo der Referent des Abends bleibe. Im Reglement der Gesellschaft wurde klar zwischen Gästevorträgen und eigenen Arbeitspapieren getrennt. Der heutige Gast, Professor Nierkamp, war ein bekannter Moralphilosoph, dessen spektakuläre Thesen zur Euthanasie Aufsehen erregten und äußerst kontrovers diskutiert wurden. Die Hausfrau entfernte sich, kam kurz darauf zurück, wechselte ein paar Worte mit ihrem Ehemann und sagte dann hörbar: „Zuhause nimmt er nicht mehr ab. Jörn fährt ihm entgegen und schaut, was los ist.“

Darauf wandte sich der Gastgeber an die Corona: „Wir nehmen an, dass er jeden Augenblick kommt. Bitte suchen Sie sich doch schon einen Platz.“

Der Philosoph ging voran, und auch einige andere würdige Herrschaften wurden zu Stühlen in der vorderen Reihe geleitet; ihnen folgten langsam weitere Gäste, von denen sich die ersten genau nach strategisch günstigen Plätzen umsahen: am Rand, neben einem der Honoratioren, beim Fenstersims, mit dem Rücken zur Wand oder in einem Armstuhl. Troebst beobachtete zufrieden, mit welchem Vergnügen sein Gast das Wirken der subtilen Hierarchien in einem derartigen Gremium studierte.

„Ich war von Anfang an dagegen, dass man so einen Scharlatan in unsere Gesellschaft einlädt“, hörten Capurro und Troebst hinter sich eine scharfe Stimme, „sollen sie ihn doch in den Hospitalhof holen, da rennt man sowieso jedem Unsinn nach!" – Der so redete, spielte in der Gesellschaft so etwas wie den Sekretär und Ideengeber, Troebst hielt ihn für einen brillanten, wenngleich etwas unterforderten Intellektuellen.

Sein Gesprächspartner, Verwaltungsjurist in Ruhe und ebenfalls eine der Säulen der Gesellschaft, war milder: „Du bist zu schroff, Theophil. Ich finde interessant, was er zu sagen hat. Zur Kritik ist nachher Gelegenheit." – „Zeitverschwendung!", fauchte Theophil. „Dieser Verluderung der Wissenschaft darf man nicht den kleinen Finger reichen!" Lechler, den Troebst zwei Schritte dahinter sah, nickte zustimmend. Es versprach, eine interessante Diskussion zu werden.

Im Salon gingen die Gespräche mit gedämpfter Lautstärke weiter. Als der Redner nach weiteren zehn Minuten noch immer nicht da war und der Kritiker diesen Umstand auf dessen charakterliche Unzuverlässigkeit zu beziehen begann, trat der Hausherr mit dem Vorschlag vor, den Abend für eine ohnehin anstehende Programmdiskussion der Gesellschaft zu nutzen, wofür er Herrn Dr. Flusser um den Vorsitz bitte. Flusser war es, der vorhin die Einladung Nierkamps so heftig kritisiert hatte. Er drängte folglich auch die Diskussion von diesem Themenkreis fort, und die diversen Belesenheiten, die in den weiteren Voten zutage traten, sorgten für eineinhalb anregende Stunden.

Nach längerer Zeit kam der junge Mann, der dem Referenten mit dem Auto entgegen gefahren war, wieder herein und flüsterte einige Sätze mit dem Hausherrn. Anscheinend war er bis zur Wohnung gefahren und hatte zwei oder drei Routen hin und her abgesucht.

Kurz darauf beendete der Hausherr pünktlich die Diskussion. Es wurden sehr trinkbare Weiß- und Rotweine gereicht und Canapés dazu. Bis sich die Versammlung, ihrem strikten Reglement folgend, um elf Uhr auflöste.

Der Gastgeber blieb bis zum Schluss höflich und versprach, sich um die Gründe für das Nichterscheinen des Referenten zu kümmern, war aber natürlich gereizt. „Jörn hier ist extra bis zur Wohnung gefahren und hat alles abgesucht. Es tut mir leid, mehr kann man nicht machen." Als Flusser, der schon am Anfang gegen die Einladung protestiert und ihn einen Scharlatan genannt hatte, beim Abschied ein wenig süffisant hinzufügte, es sei nicht nur bei Vortragsterminen kein Verlass auf diesen Herrn, pflichtete ihm auch der Gastgeber bei, zumindest sich entschuldigen hätte er können. Er fasste den hochgewachsenen jungen Mann neben sich am Ellbogen, um ihn Flusser und dem Verwaltungsjuristen vorzustellen: „Jörn Reimann ist ein Freund von unserem Sohn Christoph und promoviert als Philosoph. Mit unserem Jubilar und dir und Reiss und Jörn hier – das wäre eine spannende Diskussion mit Nierkamp geworden!" Den bleichen jungen Mann schien die Anpreisung fast ein wenig zu genieren; er hob nur die Schultern.

*

Auf der Straße gab es keine langen Abschiede. Man ging zu den Autos oder hinunter zur U-Bahn an der Schreiberstraße. Flusser wollte den Verwaltungsjuristen nach Hause fahren. Doch der überzeugte Unterstützer des öffentlichen Nahverkehrs lehnte dankend ab und folgte den anderen eilig zur Haltestelle.

„Sollen wir nicht zu Fuß zurück gehen, wenn es sicher genug ist?" fragte Capurro seinen Begleiter auf der Treppe. „Es ist noch warm."

„Was meinst du mit ‚sicher genug'? Befürchtest du einen Angriff?"

„Überhaupt nicht. Aber was man so liest. Über Städte in Deutschland ..."

Jetzt war Troebst fassungslos. Dann musste er lachen. „Bruno, mein Bester, du kannst mutterseelenallein herumspazieren, wo du willst und wann du willst, meinetwegen morgen früh um halb vier von hier bis zu deinem Hotel. Kein Mensch wird dich stören. Es gibt in dieser Stadt nur einen einzigen halben Quadratkilometer, der gefährlich ist. Ich würde ihn gar nicht erwähnen, aber es ist ausgerechnet der Park direkt neben deinem Hotel und dem Bahnhof. Da würde ich schnell durchgehen und nicht so tun, als würde ich einen Strichbubi suchen."

„Was – traust du mir das zu?" Capurro gab sich empört.

„Quatsch, Bruno! Ich sage nur: Das ist der einzige Ort in der ganzen Stadt, wo es nachts gefährlich zugeht. Wenn du nicht schlafen kannst, geh also in den Straßen spazieren. Jetzt zeige ich dir, wie friedlich diese Stadt ist. Die einzige Gefahr ist, dass es ein paar Tropfen regnet. *Andiamo*."

Ein schwarzer BMW hielt auf ihrer Höhe. Der Anwalt, der mit der Biennale zu tun gehabt hatte, wollte sie mitnehmen. „Hat Ihr Auto denn eingebaute Vorfahrt?" rief Capurro lachend und winkte mit der Hand. „*Grazie*, wir wollen noch spazieren." – „*Tanto meglio*", rief der andere. „*Arrivederci!*"

*

In einem großen alten Mietshaus in einer Querstraße zur Hasenbergstraße im Stuttgarter Westen, unweit der Stelle, an der der alte Troebst seinem Gast morgen den Platz der historischen Glockengießerei Kurz zeigen wollte, saß die junge Philosophin Bettina Haller noch vor ihrem Notebook. Zum Glück war ihre Mitbewohnerin heute auswärts, sonst wäre spätestens um halb elf die ernstliche Arbeit zu Ende gewesen, wenn Anita wie üblich mit der Rotweinflasche unter der Tür gestanden und gefragt hätte, ob sie auch ein Glas wolle. Eigentlich hatte sie konzentriert an ihrer Dissertation weiterarbeiten wollen. Sie musste und wollte nun einmal begreifen, wie das mit der Induktion bei Aristoteles gemeint war, ob dazu tatsächlich relevante Aussagen in den beiden Analytiken zu finden waren oder, wie ein Aufsatz von Otfried Höffe suggerierte, doch eher in der praktisch unverstehbaren Topik. Jeder machte dazu Andeutungen, und besonders vollmundige natürlich Paul Nierkamp, wenn er die ganze aristotelischen Position kritisierte. Aber bei jeder Nachfrage hatte er abgelenkt. Vermutlich hatte er das quellenmäßig nicht im Griff. Was sie sonst gelesen hatte, waren zumeist nur aufgeblähte Umschreibungen dessen, was man schon vor 150 Jahren in der Philosophiegeschichte des alten Zeller nachlesen konnte. Vielleicht gab es etwas bei den Amerikanern, die waren da weiter; leider hatte sie bisher noch keinen Hinweis gefunden.

Aber heute kam sie nicht voran. Seit einer Stunde oder mehr drehten sich die Gedanken der jungen Wissenschaftlerin im Kreis, fern der alten Philosophen. Noch nie, seit sie dem Drängen ihres Doktorvaters nachgegeben hatte, war ihr das Verhältnis zu Paul so problematisch erschienen wie in der letzten Zeit. Sie hatte gewusst, wie er mit Frauen und insbesondere mit seinen Doktorandinnen umging, und hatte sehenden Auges seiner Anmache nachgegeben, damit nicht die Arbeit von Jahren umsonst war. Es war ein Eingeschleime von ihm gewesen und platter Opportunismus bei ihr. Doch manchmal war es ja doch so geworden wie in einer Liebesbeziehung. Aber seit sie ihm die Rohfassung ihrer Dissertation abgegeben und er versprochen hatte, sie auf kritische Stellen hinzuweisen, war sie zunehmend irritiert. Er verhielt sich so, als hätte sie ihm die Arbeit nie gegeben. Sie ging zu ihm, er kam manchmal zu ihr, der Sex war wie immer, immer auch mit dem Quäntchen Missbrauch und Erniedrigung von seiner Seite, das sie ärgerte und erregte, mit dem er ihr zeigte, dass sie im Grund doch eine unterwürfige Natur habe. Dabei war, wenn er da war, ihre Bereitschaft keine Heuchelei, und er wusste es und genoss diese Macht über sie. Aber wo sie früher dabei geredet, den Sex variiert und damit gespielt hatten, breitete sich jetzt ein Schweigen aus wie ein Blutfleck. Waren sie so weit, dass auch die simulierte Liebe, der Vorwand einer Einheit von Bett und Schreibtisch, am Absterben war? Spürte er, dass er auch sie nach der Promotion nicht halten konnte, dass sie sich nach dem Tag sehnte, wo sie ihm nicht mehr zu Willen sein musste?

So wie heute Abend. Er hatte gesagt, dass er nach seinem Vortrag bei diesem Honoratiorenverein zu ihr kommen wolle.

Sie hatte Unlust vorgeschoben, wollte arbeiten, aber er ließ es nicht gelten. Jetzt blieb ihr nur, zu warten. Sie ging in die Küche und holte selbst den Rotwein.

Als er nach einer Dreiviertelstunde und einem weiteren Glas Rotwein noch immer nicht da war, überlegte sie, ob sie ihn anrufen sollte. Vielleicht war er bei irgendwelchen Verehrern hängen geblieben. Oder hatte zuviel getrunken. Oder hatte irgendeine Zuhörerin abgeschleppt, das konnte immer vorkommen. Nein, wenn er sich nicht meldet, soll er nicht denken, ich hänge rum und verzehre mich nach ihm! Morgen früh musste sie sowieso wieder in seine Wohnung. Was bin ich eigentlich: seine billige Assistentin? Sein Dienstmädchen? Oder eine Nutte, die um den Preis eines Doktortitels die Beine breit macht? – Irgendwann werde ich ihm das alles ins Gesicht schreien!

*

Markus Schiller war am anderen Morgen noch nicht recht wach, schälte sich vorsichtig aus der Decke, um seine Freundin Judith bei ihrem langsamen Aufstieg in den Tag nicht zu stören, registrierte halbbewusst, dass es ein schöner Morgen zu werden versprach, und ging zuerst in die Küche. Seit er sich vor Jahren angewöhnt hatte, nackt zu schlafen, war dieser Gang durch die Wohnung, barfuss und ohne Kleider, während es draußen heller wurde, jedes Mal ein guter Start. Er strich sich mit den Händen über den Leib, kontrollierte die Haltung, massierte kurz sein beschädigtes Knie, reckte sich gerade und goss Wasser in die Kaffeemaschine. Als er die Blechdose leer fand, war er froh, dass er am vorigen Abend noch zwei Pakete Colanca gekauft hatte.

Nun stand er im Bad und schaute sich prüfend ins Gesicht. Er hatte gestern die beiden alten Männer gesehen, den Anwalt Troebst und den anderen, wie sie in der Abendsonne durch die Stadt schlenderten. Eigentlich ein schönes Bild.

Doch seither trieb ihn etwas um. Vielleicht die Vorstellung, er wäre einmal selber so alt, und alles wäre gleich geblieben? In genau einem Monat wurde er vierzig. In anderen Gesichtern hatte er zu lesen gelernt. Beim eigenen war er sich nicht so sicher. Natürlich, wenn er sich konzentrierte, sah er aus wie gewohnt. Man macht sich ja so ein Bild von sich. Klare Züge, Mundpartie entspannt, die Gesichtsform immer noch schmal, wenn auch etwas voller. Der Haaransatz lag nur wenig höher. Aber er registrierte auch die Poren, die Unreinheiten, die Spuren vom guten Essen und vom Wein. Und wenn er sich nur wenig gehen ließ, von Überarbeitung und verlorenem Schlaf. Ohne Anstrengung wird einer nicht mit achtunddreißig Jahren Leiter einer Mordkommission. Und jetzt drohte das Schwabenalter.

Schaue ich die alten Männer an, habe ich Angst, dass nichts mehr passiert. Beim Blick ins eigene Gesicht habe ich Angst, dass sich schon zu viel verändert haben könnte.

Beim Sex war es gottseidank nicht so. Obwohl jeder Mann Angst hat um seine Potenz. In einem alten italienischen Film sagt Mastroianni zu einem Siebzehnjährigen den Satz: Du hast viertausend Patronen, und das war's! – Und der Junge erschrickt, wie oft hat er schon onaniert! Der faktische Gegenbeweis hilft nichts dagegen. Im Grunde ging es bei dieser Angst auch nicht um die Potenz, sondern um den Verlust einer Art von Unschuld.

Vor zwanzig Jahren hatte er im Aikido so zu stehen gelernt und geübt, dass ihn nichts umwerfen konnte. Heute wog er zehn Kilo mehr und kam sich trotzdem weniger stabil vor, nicht nur wegen des ramponierten Knies. Damals hatte er gemeint, es sei nicht schwierig, der Aufforderung seines Namensvetters im Don Carlos zu folgen, dass man *für die Träume seiner Jugend solle Achtung tragen*. Heute kam ihm genau das unendlich schwer vor. Er war in den Brotberuf als Polizist gegangen, damals. Vater hatte den Unfall gehabt. Und die Mutter war schon lange herzkrank. In dieser Lage kann man sich als Kind einfacher Leute nicht leisten, sichere Berufsaussichten zu verachten. Aber er hatte sich vorgesetzt, dabei immer auch zu lesen, zu denken, Mensch zu sein. Jedes

Jahr wollte er sich einen Philosophen erarbeiten. Mit Kant hatte er angefangen. Schon bei Hegel blieb er hängen. Sonst war vom Kulturellen gerade noch übrig, dass ihn seine Freundin Judith gelegentlich ins Theater und zu Ausstellungen schleppte; die arbeitete im Museum als Fotografin und war an solchen Dingen näher dran. Aber irgendwann musste er sich klar machen: Was ist aus mir geworden? Und was soll aus meinem Leben und meinen Träumen noch werden?

Er ging zurück ins Schlafzimmer und betrachtete Judith, die sich wie eine Katze in die Decke eingerollt hatte. Sein Augapfel – und neuerdings sein Sorgenkind! Wenn es nach ihm ginge, wäre es an der Zeit, einmal ernsthaft über Familie und Kinder zu reden, aber wann immer er davon anfing, hatte sie sich spröde gezeigt. Und heute Morgen hatte er ein ungutes Gefühl, denn irgendetwas in ihr entzog sich ihm. Umso mehr spürte er den intensiven Wunsch, sich so von innen her ihres Denkens und Fühlens zu vergewissern, irgendwie tiefer in sie einzudringen, und er kam sich dabei vor wie ein Junge, der den Wecker auseinandernehmen möchte, um zu schauen, was die Zeit ist.

Sein Wunsch kam nicht ganz von ungefähr, sondern hatte seinen Ort in einem jüngst erwachten Argwohn gegen die Pilates-Gruppe, zu der sie jeden Montag ging. Zumal neuerdings, wie sie kürzlich hatte fallen lassen, zwei junge Männer dazu gestoßen waren. Als er vor drei Monaten – halb im Unernst, zugegeben – gefragt hatte, ob er da nicht mitmachen könne, hatte sie gesagt, nein nein, das sei nichts für ihn, reine Weiberwirtschaft. Doch gestern Abend hatte sie mit dem harmlosesten Gesicht von der Welt, was ihn natürlich besonders misstrauisch machen musste, die schlichte aber verstörende Frage gestellt: „Ich hab dir doch von diesem René erzählt, dem schönen netten Jungen im Pilates. Weißt du, der ist ganz anders als du, in vielem fast noch ein Kind. Wärst du sehr verletzt, wenn ich mit dem mal was anfangen würde? Ich glaube, der hat noch nie eine Frau gehabt. Aber das hätte für unsere Beziehung natürlich keine Bedeutung."

Sie hatten beide immer erklärt, sie hätten eine offene Beziehung ohne Besitzansprüche, aber das zu sagen und es nachher dem Realitätstest auszusetzen, war zweierlei. Jedenfalls hatte er nicht gut geantwortet, und sie hatte im Spaß erwidert, er warte ja nur auf die Gelegenheit, sich mit seiner jungen Kollegin Katrin zu vergnügen, sie selbst habe dagegen ja nur mal so gefragt und meine es gar nicht so. Was bin ich denn für ein Idiot gewesen, sagte sich Schiller. Er hatte ihr in der Nacht eigentlich sagen wollen, dass er ihr nicht glaube. Wenn sie so redete, war das doch eine Beichte! Er musste ziemlich betreten ausgesehen haben, denn plötzlich war sie auf ihn zugekommen und hatte ihn in den Arm genommen, wie nur sie es konnte: „Ach Markus, so war das doch nicht gemeint, du siehst ja aus, als hätten sie dir dein Lieblingsspielzeug weggenommen! Aber ich bin doch hier bei dir, komm mit ins Bett!"

Da den Beleidigten zu spielen, wäre blöd gewesen. Also hatte er sich gar nicht ins Schlafzimmer ziehen lassen, sondern versucht, das Tier zu sein, von dem sie manchmal gesagt hatte, dass sie es sich in ihm wünsche; er packte sie gleich im Wohnzimmer so stürmisch, wie er sich vorstellte, dass es ein ausgehungerter junger Mann bringen würde, und sie ließ sich packen, und bald sanken sie auf den Teppich. Sie saugten sich ineinander, es war alles heftig und chaotisch, und irgendwann wurden sie die restlichen Kleider los, er schnaubte und sie stöhnte und schrie ein wenig und verbiss sich in seine Schulter, dass er zu bluten meinte, und er saugte sich an ihrem Hals fest, und als er den dunklen Fleck sah, schoss es ihm durch den Kopf, dass so etwas der Junge jedenfalls nicht mir ihr gemacht hatte. Selten hatten sie sich so intensiv geliebt, und die dunkle Grundierung einer seltsamen Verlustangst hinter seiner Sucht und Erregung hatte ihn in weite Räume und große Gefühle hinaus gelockt. Und dann hatte sie ihn noch einmal groß gemacht, und ihn auf den Rücken gedrückt, so dass sie sich auf ihn pfählen konnte. Er wusste ja, dass sie in diesem Zustand immer gern selber ihren Rhythmus suchte. Doch jetzt fiel ihm ein, dass der Junge, mit dem sie es am Montag wahrscheinlich doch gemacht hatte, ziemlich sicher von solchen Erfahrungen nicht beschwert, sich einfach seine Lust genommen haben würde. Wenn es so war. Ungestüm und ein bisschen rücksichtslos vermutlich; und gerade wegen der subtilen Verzahnung der Rhythmen, ihrer beider Kenntnis des anderen Körpers, kam er sich alt vor. Irgendwann hatte sein Schwanz aber wieder die Führung übernommen, die Erregung ihn überwältigt, er hatte sie geknetet und auseinandergerissen und war überall in ihr, und als sie wieder schrie, jagten gleichzeitig seine Gedanken in eine undefinierbare Weite hinaus, da war es auch nicht mehr nur seine Freundin Judith, sondern jede Frau, die an ihm ihre Lust suchte, und als es ihn dann auch packte und sie danach erschöpft zu ihm herabsank und gurrte und seine Lippen küsste und zärtlich abgraste, als er ihren Kopf hielt und die zarte Haut und die Härchen hinter den Ohren spürte, war die Welt und die Partnerschaft wieder in Ordnung gekommen. Und doch war ein Rest von Zweifel geblieben, der ihn jetzt nicht los ließ: Hatte sie mit dem Jungen etwas Ähnliches erlebt? Konnte die Freundin ihn jederzeit ersetzen?

Er wusste es nicht. Bis gestern hätte er auch in der Erotik seine Toleranz und Großzügigkeit für unbestreitbare Tatsachen angesehen; seither war seine Welt ziemlich kompliziert geworden.

Judith mit ihrer Katzennatur schien von seinen Sorgen nicht angefochten. Schiller riss ihr mit einem Ruck die Decke weg. Sie roch den Kaffee und kräuselte die Nase. „Komm“, sagte er und küsste sie zwischen die Augen. „Du hast gesagt, ich soll dich wecken.“

*

Im Präsidium war es ruhig an diesem Morgen. Man soll sie nicht beschreien, diese Ruhe, sagte sich Schiller, grüßte schnell die Kollegen und zog ausnahmsweise die Tür seines Zimmers zu. Endlich konnte er seine Vorlesungsmanuskripte überarbeiten. Das war überfällig.

Sein Lehrauftrag an der Fachschule der Polizei war der vergnüglichste Teil seines Berufs. Wer junge Leute unterrichtet, studiert die Fachliteratur mit anderen Augen. Er muss sich von Zeit zu Zeit Gedanken über die eigenen Methoden machen, sie diskutieren und von den Studierenden in Frage stellen lassen. Das macht einfach Spaß. Und wenn am Ende des Kurses zu sehen war, dass er einigen von ihnen etwas beigebracht hatte, tat das gut.

Dabei machte er sich nichts vor: Es waren die Studierenden. Schiller fühlte sich mit den immer wieder neuen jungen Menschen einfach wohl, wenn sie vor ihm saßen und neugierig darauf waren, wie ein erfahrener Kriminalist seine Aufgaben angeht, was für Fachwissen und was für Erfahrungen er dabei anwendet. – Na ja, dachte er sich, als er sich so die Gesichter der letzten Klassen vor Augen führte, ein Drittel vielleicht musste man abstreichen als tote Beamtenseelen, die letztlich nicht am Beruf interessiert waren, sondern nur am sicheren Job mit Gehaltsstreifen und Bausparvertrag, aber die hockten eben da und störten nicht weiter. Auch eine zweite Gruppe war Schiller bereit verloren zu geben, und er musste sich leider eingestehen, dass ihr Anteil im Lauf der Jahre größer wurde: Die Ehrgeizlinge, die Funktionalisten, deren Interesse an Menschen nur dem Ziel diente, sich selbst durchzusetzen, der Macht, dem Erfolg egal welcher Art. *There is no success like success.* Da waren durchaus helle Köpfe dabei, aber die Brillanz war kalt, ohne Zuwendung zu den Leuten mit ihren Sorgen und Eigenarten.

Doch für die übrigen lohnte alle Mühe. Es waren so viele nette und neugierige junge Leute dabei, wissbegierig, sympathisch, auch untereinander solidarisch ... Ihretwegen hatte Schiller seinen Kurs in drei dreitägige Blöcke zusammengezogen, statt wie die meisten Kollegen jede Woche für einen zwei- oder dreistündigen Auftritt einzuschweben und nachher ebenso schnell wieder zu verschwinden und dabei eine Menge Dienstzeit auf der Straße liegen zu lassen. In drei Tagen am Stück konnte man dagegen die Leute kennenlernen, mit ihnen arbeiten und manchen etwas vom Hintergrund des Gelernten mitgeben. Abends ging er mit ihnen in die Kneipe, ließ sie reden und erzählte, und wenn am Ende des letzten Kursteils manche fast ein wenig besoffen waren von der Faszination der Kriminalistik, tat das gut. Schiller benutzte im Kurs immer nur Blätter mit Stichworten, aber er zwang sich, ein fertig formuliertes Manuskript zu haben und dieses immer wieder auf den neuesten Stand zu bringen.

Er hatte die ersten dreißig Seiten durch und holte sich einen Kaffee, da kam der Anruf der Leitstelle. „Ein neuer Fall. Ein Mann wurde aufgefunden mit eindeutigen Mordmerkmalen, sagt die Anruferin. Die kam gerade in die Wohnung. Könnt ihr übernehmen?"

„Okay, und wo?"

„Drüben auf dem Killesberg. Am Weißenhof 14."

„Ich fahre mit Fahnauer gleich rüber. Macht ihr schon die Technik startklar! Wie heißt das Opfer?"

„Ein Professor. Nierkamp oder so ähnlich."

„Du liebe Zeit! Ich weiß, wo der wohnt."

„Kennen Sie den?"

„Lesen Sie keine Zeitung?"

Schiller kannte den Namen des Professors aus den Medien, vor allem von Artikeln von ihm und über ihn aus der Zeitung; und als er kürzlich mit Judith und einer Besucherin die von Mies van der Rohe konzipierte, berühmte Weißenhofsiedlung besichtigt hatte, hatte Judith direkt auf eines der Häuser gezeigt: Da wohne übrigens der bekannte Paul Nierkamp. Schiller hatte damals gesagt, er würde nicht gerne so auf dem Präsentierteller leben, so schön die Häuser auch waren.

Vom Präsidium bis zur Siedlung waren es keine zwei Kilometer. Schiller griff zum Mantel. Vielleicht erreichten sie ja einmal den Tatort, bevor die Streifenpolizisten mit ihrer Achtlosigkeit wichtige Spuren verwischten. Auf dem Flur kam ihm der lange rotblonde Fahnauer, sein zweiter Mann, schon mit den Autoschlüsseln entgegen.

*

Sie waren nicht die ersten. Vor dem Haus stand der Streifenwagen, aber die Kollegen konnten noch nicht lange da sein. Als sie durch die Tür gingen, erinnerte sich Schiller jetzt auch, dass genau dieses Haus vom berühmten Mies van der Rohe entworfen worden war, von dem einige der bekanntesten Bauten der Nachkriegszeit stammten. Auch das Stadthaus in Ulm, das ihm freilich nicht gefiel, ganz im Gegenteil zu dem tollen Museum in Frankfurt, das er im Zuge von Ermittlungen mehrfach aufgesucht hatte. Erst nach einer Weile fiel ihm ein, dass er gerade dabei war, Mies und Richard Meier zu verwechseln, aber da hatten sie schon das Haus erreicht. Die oftmals gestrichene graue Haustür sah so aus, als hätte sie den Krieg und sogar diverse Renovierungen überlebt, und Schiller konnte es nicht lassen, sie mit der Hand zu streicheln. Mies, nicht Meier. Die beiden jungen Streifenpolizisten trafen sie noch unter der Wohnungstür, wo ihnen eine junge Frau, die den Toten offenbar gefunden hatte, in tonlosen Sätzen berichtete, was sie angetroffen hatte.

„Ich dachte, er ist eben nicht da. Für solche Fälle habe ich den Schlüssel. Er legt mir dann die Sachen, die ich erledigen soll, auf das Sideboard, und ich hab mich schon gewundert, dass da nichts lag."

Die junge Frau war bleich und wirkte verstört, zweifellos stand sie unter Schock. Schiller registrierte: Gute Frisur, sorgfältiges Make-up, elegante weiche Bluse von goldbrauner Farbe – war das Seidenjersey? – und schwarze Designerjeans. Die war keine Putzfrau und auch keine Tippse.

„Ich dachte, vielleicht ist er nur einen Moment weg. Wollte nur die Hände waschen, und da ... O Gott ...!"

Es schüttelte sie. Eigentlich heulte das Mädchen, aber sie fand keine Tränen. Um ihr Zeit zu geben, stellte Schiller sich und seinen Kollegen Fahnauer vor, war aber überzeugt, dass sie die Namen gar nicht wahrnahm. Auf die Frage, wo sie den Toten gefunden hatte, machte sie keine Anstalten vorauszugehen, sondern deutete nur mit dem Kopf den Flur hinunter und wisperte: „Da im Klo ..."

Der Grund ihrer Verstörung war klar, sobald Schiller die Tür mit dem Schuh aufgestoßen hatte. Der Tote saß auf dem

Boden mit dem Rücken an den offenen Klosettsitz gelehnt, Hose und Shorts bis zu den Knien herabgezogen. Jemand, vermutlich der Täter, hatte ihm eine Pfauenfeder wie ein Katheter in den Penis geschoben, der eingeschrumpft zwischen seinen Schenkeln lag.

„Eine deutliche Botschaft“, sagte Schiller. Fahnauer brauchte nichts hinzuzufügen.

Im nächsten Moment sah er die grünlichgelbe Masse, die wie eine Art Wurst aus dem Mund und ein wenig auch aus der Nase des Toten hervorragte, dessen Kopf schlaff nach hinten in die Toilettenschüssel hing. Wenn er nicht zuvor schon tot war, hatte diese Masse den Mann erstickt.

Fahnauer hinter ihm sah es auch. „O weia, sieht ja aus wie PU-Schaum.“

„Was für Schaum?“

„Polyurethan. Das nimmt man auf dem Bau, um Türrahmen und Fenster einzuschäumen. Gibt es überall.“ Fahnauer war ein passionierter Heimwerker. „Es dehnt sich aus auf das fünffache Volumen. Haftet an allem, besonders wenn das feucht ist, und wird in wenigen Minuten fest.“

Es musste furchtbar sein, so zu ersticken. Schiller schwieg, im Moment war nichts Sinnvolles zu sagen. Fahnauer bestellte die Spurensicherung, die von der Leitstelle schon vorgewarnt war.

Im Flur vorne standen noch immer die beiden jungen Beamten, deren Namen Schiller nicht kannte, verlegen schweigend bei der jungen Frau. Anscheinend fühlten sie sich nicht mehr zu eigenen Feststellungen berufen, seit die Kripo da war. Hätten ja wenigstens die Personalien der Frau notieren können. Von der Leitstelle wusste er nur ihren Namen.

„Sie sind Bettina Haller, stimmt das so?“ Als sie nickte, sprach Schiller so beruhigend wie möglich weiter. „Bis die Spurensicherung fertig ist, können wir hier nicht viel tun.“

Auf Fahnauers Frage, was sie in der Wohnung schon alles angefasst habe, fing sie an aufzuzählen. „Türklinken, den Sessel im Arbeitszimmer, das Notebook, eine Blumenvase ...“ Fahnauer bat sie, ein frisches Glas aus der Küche in beide

Hände zu nehmen, damit man ihre Abdrücke herausfiltern könnte.

„Das war heute morgen", sagte Schiller, „und vorher?" – Da wurde ihr erst klar, was das hieß. „Meine Fingerabdrücke sind ja überall."

„Natürlich. – In allen Zimmern?"

„In allen."

Sie baten sie, mit ins Präsidium zu kommen. Die jungen Kollegen konnten die Wohnung bewachen, bis die Spurensicherung kam.

*

Die junge Frau sollte nicht meinen, sie müsse sich verteidigen. Ihre zahlreichen Fingerabdrücke im Schlafzimmer des Professors konnten bedeuten, dass sie bei ihm putzte, vielleicht als Nebenjob neben dem Studium. Oder dass sie ein Verhältnis mit ihm hatte. Wie eine Täterin sah sie nach dem ersten Eindruck nicht aus. Umso wichtiger war es, sie ohne falsche Vorsicht zum Sprechen zu bringen.

Fahnauer rief die junge Kollegin Katrin Küster dazu. „Und kannst du bitte Kaffee mitbringen?" Katrin maulte, brachte aber vier Tassen. Sie war etwas jünger als die Haller, pfiffig und nicht auf den Mund gefallen. Schiller war nicht wenig stolz auf seinen Erfolg als Talentscout, weil er seine frühere Studentin von der Schutzpolizei herüber in sein Team geholt hatte.

Bettina Haller beschrieb nochmals, wie sie den Toten aufgefunden hatte. Dann schilderte sie ihre Aufgaben. Das meiste waren wissenschaftliche Hilfsarbeiten: tippen, korrigieren, bibliographieren, die allfälligen Powerpoint-Präsentationen eingeben. Dazu normale Besorgungen. Sie war eine Art persönlicher Assistentin. Sie müsse das machen, weil sie bei ihm promovieren wolle. Bald war der Schock weitgehend überwunden, und sie sprach sogar mit einer gewissen Kaltschnäuzigkeit über ihren Doktorvater.

Schiller beobachtete die junge Frau. Sie hatte ein schönes ovales Gesicht mit einer sehr feinen hellen Haut, umrahmt von dunklen Haaren; Nase und Mund hätte er bei anderer Gelegenheit fast vornehm genannt; das Ereignis in diesem Gesicht waren aber die schwarzbraunen weit geöffneten Augen, auch wenn sie wie jetzt ernst und besonnen redete. Er stellte sich vor, dass sie unter normalen Umständen gerne lachte, aber auch wusste, was sie wollte. Ihr Verhältnis zum Körper wirkte bewusst. Schiller fand sie aufregend erotisch; er suchte nach einer Formulierung dazu, die er kürzlich gehört hatte, aber die fiel ihm im Moment nicht ein.

„Darf ich dich was fragen, und bitte krieg das nicht in den falschen Hals. Du sagst ‚persönliche Assistentin'. Hast du was mit ihm gehabt?" Schiller war irritiert, dass Katrin das, was er sich uneingestanden selbst gefragt hatte, so direkt aussprach.

„Ist das wichtig?"

„Na ja", fasste Fahnauer nach, und Schiller war das doppelt unangenehm, „wir sollten schon wissen, ob Sie ein Verhältnis mit Professor Nierkamp gehabt haben. Wir müssen sowieso sein ganzes Umfeld durchkämmen." Schiller verglich bei sich die beiden jungen Frauen, jede auf ihre Art schön und klug, und doch so anders, Katrin frisch und praktisch, Bettina nachdenklich, ein klein wenig an Porzellan erinnernd, und doch voller Lebendigkeit.

„Nein. Ich hab aber mit ihm gepennt, wenn Sie das meinen."

„Das meinte ich eigentlich", sagte Katrin, „und du sagst, das war kein Verhältnis?"

„Nö. Ich hab nichts für ihn empfunden. Nur hab ich irgendwann begriffen, was man machen muss, wenn man bei ihm überhaupt mit der Promotion zu Rande kommen will. Da musste ich mich dann fragen, ob ich zwei Jahre umsonst gearbeitet habe, nur um nachher vielleicht an einen noch schlimmeren Dreckskerl zu geraten, oder ob ich's eben über mich ergehen lasse." Sie schaute sich zugleich trotzig und entschuldigend um. „Und wissen Sie, er war in dieser Hinsicht kein richtiges Schwein, sondern eher ein Schleimer, der weiß, wie man eine Frau rumkriegt, bequatschen, Blumen ... und für seine Jahre eigentlich ein super Bumser. Ich hätte mich leicht selbst betrügen und mir einreden können, es wäre Liebe, aber es war eben alles verlogen. Ihn interessierte nur das alte Rein-Raus-Spiel – und seine Eitelkeit. Und immer wieder Frischfleisch."

„Sie definieren die Lage klar und hart", sagte Schiller. Es schwang eine Spur Hochachtung mit.

„Kamen Sie sich nicht benutzt vor?" Fahnauer war irritiert.

„Natürlich. Es war moralisch gesehen Scheiße. Aber ich bin wahrscheinlich nicht die einzige, der es so geht. Andere werden dazu noch gedemütigt. Paul war einfach nur ein Egoist, und dass er offen seine Macht ausnutzte, macht ihn in meinen Augen auch nicht fieser als die vielen dreckigen Jung-Machos, die die Mädels mit Papis Geld und Connections kirre machen und nach Gebrauch abservieren."

Schiller ärgerte sich. Nicht als ob er der jungen Frau moralische Vorhaltungen machen wollte. Sex, das war ihm klar, war für viele ihrer Generation genauso eine Tauschware wie Geld, Schönheit, Sozialstatus und eben auch Karrierechancen. Ihn ärgerte, dass diese schöne und aufregende junge Frau diesen platten zynischen Realismus ohne Bedauern akzeptierte und nicht einmal eine Ahnung davon spüren ließ, dass man sich die Welt auch anders vorstellen könnte. Man musste ein Schwein sein, abzocken und sich abzocken lassen, basta. Und ganz betroffen war er, das von einer jungen Philosophin zu hören; von der hätte er anderes erwartet, aber womöglich war er mit dieser Erwartung ja auch ein bisschen antiquiert. Versöhnlich war nur der Eindruck, dass Bettina das ohne jede Vulgarität gesagt und trotz des Altersunterschieds offenbar mit dem Typ ihren Spaß gehabt hatte. Fahnauer mit seiner Familienideologie wäre über Schillers Urteil sicher entsetzt gewesen. Aber zurück zum Mord.

„Können Sie sich vorstellen, wer es gewesen ist? Gewesen sein könnte?"

Bettina schüttelte den Kopf. „Er hatte jede Menge Neider, denn er war unglaublich erfolgreich. Fast niemand mochte ihn. Aber Hassfiguren? – Nö."

„Erfolgreich. War er auch gut?"

„Ziemlich umstritten. Ich glaube nicht, dass ich es an der Uni weit gebracht hätte als Doktorandin von Nierkamp. Aber ich will ja auch in die Medien. Und jetzt ist das ja wohl sowieso für mich gegessen." – Kurzes teilnahmsvolles Schweigen.

„Wie steht's mit anderen Frauen? Sie waren sicher nicht die erste in ihrer Rolle?"

„Nein. Aber meines Wissens hat er keiner die große Liebe vorgespielt. Er machte kein Geheimnis daraus, dass er einen ausnützt. Mir hat er beim ersten Mal gesagt, dass er ein Egoist ist, und das war irgendwie entwaffnend; man wurde zur Komplizin."

„Und da hat keine einen Hass geschoben?" Katrin wollte das nicht glauben.

„Weiß nicht. Wahrscheinlich ist es für mich nicht."

„Hat er eine Ehefrau?" Fahnauer hatte das schon vorhin fragen wollen.

„Sie werden lachen, die gibt es. Beate Nierkamp. Aber die hat ihn schon vor Jahren links liegen lassen. Sie wohnt irgendwo in der Schweiz. Es heißt, sie hat Geld und hält sich ihre eigenen Lover. Ich habe sie jedenfalls nie gesehen."

Bettina Haller hatte sich jetzt vollkommen gefangen, aber viel weiter kamen sie mit der Befragung nicht mehr. Über Nierkamps Reisen, Vorträge und so wisse die Sekretärin im Institut besser Bescheid. Bettina selbst arbeitete gerade für einen Vortrag, den er in der Fernsehakademie irgendwann im Herbst hatte halten wollen.

„Und woran arbeitete er selber zur Zeit?"

„An seinen Veranstaltungen, denke ich. Vor zwei Wochen hat das Semester angefangen." Das war einleuchtend. „Ach ja, und gestern Abend sollte er ein Referat halten. Vor einem privaten Kreis. Er hat allerdings gesagt, er lässt einen alten Hasen laufen. – Ich weiß ja nicht, ob es dazu kam."

„Was meinst du mit altem Hasen?", fragte Katrin.

„Einen Vortrag, den er schon woanders gehalten hat. ‚Menschenrechte und Weltgesellschaft', oder so. – Er hat eine ganze Reihe solcher Feuilleton-Vorträge auf Lager. Da hättest du ihn nachts um drei wecken können, und er hätte ohne Vorbereitung losgeredet."

„Ach so."

Fahnauer war auf einmal hellwach. „Und was ist das für ein Kreis?"

„Eine private Studiengesellschaft." Auch darüber wisse die Sekretärin sicher Genaueres. Elisabeth Gehring heiße sie. Sie gab ihnen die Zimmernummer und die Durchwahl des Büros.

*

Bettina wollte sich nicht nach Hause fahren lassen, sondern ein wenig in der frischen Luft gehen. Schiller griff zum Telefon, um die anderen Mitglieder seines Teams herzuholen, aber Kobler und der junge Jellinek waren unterwegs. Rogner, ein verlässlicher älterer Kollege, kam sofort herüber.

„Jetzt waren wir mal überpünktlich", lachte Schiller, „und was bringt uns das? Wir warten, bis die Spurensicherung fertig ist. Aber ich erwarte mir davon wenig. Wer sich eine Schaumpatrone im Baumarkt besorgt, der hat auch Handschuhe. Und der Doc wird uns sagen, dass Nierkamp mindestens bewusstlos war, als ihn der Täter zugeschäumt hat, sonst hätte er doch irgendwas davon ausgespuckt oder rausgeblasen."

Fahnauer, maulfaul wie er war, äußerte seine Zustimmung, indem er nicht widersprach und am Thema weitermachte: „Was haltet ihr von der Pfauenfeder?" Er musste es erläutern, weil das Katrin und Rogner nicht wissen konnten.

„Klingt irre theatralisch", meinte Katrin. „Ich kann es nicht einordnen. Vielleicht war es so gemeint, wie ein Einbrecher seine Kacke hinterlässt: Da steht der Täter vor seinem Opfer und alles ist vorbei. In der Situation kommt er sich natürlich beschissen vor und muss sich beweisen, dass auch sein Opfer ein Schwein war, das die Tat verdient hat. Also will er ihn nachträglich erniedrigen."

Schiller nickte. „Du sprichst wie ein Profiler. Und er wusste vermutlich, dass Nierkamp mit Frauen nicht gut umging."

„Das ist die Untertreibung des Jahres. Ausgebeutet hat er sie und nachher weggeschmissen! Der war eine Sau. Es kann gut auch eine Täterin gewesen sein." Dass Bettina ihren Professor ein Stück weit entschuldigt hatte, konnte auf Katrin keinen Eindruck machen.

„Richtig, sie oder er. – Vielleicht liegt dort das Motiv. Nicht jede ist moralisch so robust wie unsere Bettina vorhin. Könnte doch sein, er hat einer Frau besonders übel mitgespielt. Ihr ein Kind gemacht, obwohl er wusste, dass sie nicht abtreibt, und sie dann abserviert. Oder eine andere Beziehung kaputtgemacht, und der Partner hat ihn massakriert."

„Oder, wie Katrin sagt, der Täter sieht zufällig die Pfauenfeder und kommt auf die Idee: sexuell war er auch ein Schwein, aber jetzt hat sich's ausgegockelt."

„Du würdest nicht sagen, dass dich das Mitleid mit dem Opfer direkt quält?", fragte Katrin.

„Was die Haller da gesagt hat, war auch nicht das Evangelium. Das ist mir ne ganz schön abgekochte Schlampe." Das musste jetzt aus Fahnauer heraus.

„Wie redst du nacha von eina Daame?" Katrin versuchte, den bayerischen Tonfall von Weiß Ferdl zu imitieren.

„Ach was, in der Trambahn gibt's koa Dame!"

„Und was machen wir jetzt?"

Viel sei noch nicht zu tun, meinte Schiller. Jemand müsse sich die Sekretärin des Toten vornehmen. Katrin solle doch mit Kobler hingehen, sobald der zurückkam. Fahnauer und Rogner könnten ein halbes Dutzend Kollegen von den anderen Abteilungen zusammentrommeln und mit denen das Wohnungsumfeld untersuchen. Er selbst gehe jetzt zu Heimerdinger, dem Abteilungsleiter, und wahrscheinlich müsse er dann schon eine Pressemeldung absetzen. Dann komme er auch zum Tatort hinüber.

*

Katrin verabredete sich mit Kobler, einem pfiffigen und ehrgeizigen Beamten an der Beförderungsschwelle zum Hauptkommissar, vor der Uni. Nierkamps Sekretärin wusste schon Bescheid, als sie hinkamen.

Für die Polizisten war es immer wieder ein Rätsel, welche Nachrichtenkanäle ein Verbrechen aktivierte. Die Leute der Mordkommission hatten mit keinem Menschen außerhalb gesprochen. Die Spurensicherung war noch an der Arbeit, und die Rechtsmediziner hatten mit Sicherheit nichts ausgeplaudert, das war klar. Trotzdem wurde bereits in der Stadt herumtelefoniert, dass der bekannte Professor Nierkamp ermordet worden war. Jedenfalls war Elisabeth Gehring schon von einer Kollegin informiert worden.

Die Frau war eine Katastrophe. Nein, sie habe jetzt Mittagspause. Kobler musste sie richtig anfahren, damit sie sich an den Tisch setzte; entsprechend verstockt fielen denn auch die Antworten aus. Ja, sie erledige die Lehrstuhlgeschäfte, aber sie könne nichts über seine persönlichen und fachlichen Kontakte sagen. Eine typische Institutssekretärin, sowieso mundfaul und verdrossen, und dann noch immer, obwohl der wohl aussichtslos vergötterte Chef zweifelsfrei tot war, von einer stupiden Loyalität, die sich in der Verweigerung jeder inhaltlichen Antwort ausdrückte. Aufgefallen war ihr sowieso nichts, weil ihr, wie sie sagte, ja kein Urteil über Angelegenheiten des Chefs zustand, wobei weder Kobler noch Katrin daran zweifelte, dass sie gleichzeitig mit den anderen Sekretärinnen hemmungslos tratschte. Ihre Obstruktion war so ärgerlich, dass ausgerechnet der korrekte Kobler damit drohte, sie wegen Behinderung der Ermittlungen abzuführen. Immerhin hatten sie herausgefragt, dass Nierkamp Zahlungen auf ein Konto in Italien leistete, aber auch das nur, weil sie direkt danach gefragt hatten. Aber sie wisse nur, dass es Zahlungen gab. – Ja, woher? – Endlich ließ sie heraus, dass er ihr einmal einen Beschwerdebrief diktiert hatte, weil das Geld dort nicht pünktlich einging. Nach Lage der Dinge waren das

Unterhaltszahlungen für die Ehefrau, also auch da alles in der Norm.

Nur auf Druck gab die Sekretärin schließlich eine Liste der Assistenten und sonstigen Leute heraus, die am Lehrstuhl zu tun hatten. Und als die Beamten den Terminkalender haben wollten, den sie für Nierkamp führte, machte sie so ein Gezeter, dass Kobler sie anschrie. Da sagte ihr Katrin Küster, sie solle die Seiten der letzten und der nächsten beiden Monate herauskopieren. Als die Gehring vom Kopieren zurück kam, sagte ihr Katrin ganz sachlich, sie verlangten eine Liste all der Leute und Institutionen mit Adressen und Rufnummern, mit denen sich der Professor in den vergangenen vier Wochen getroffen oder verabredet habe, und möglichst auch alle Telefonate. Und zwar noch heute per Fax aufs Präsidium. Während der Sekretärin noch der Mund offenstand, legte Katrin ihre Karte auf den Tisch, schob die Blätter der Kopien darunter, griff sich das Original des Terminkalenders und stand auf. „Wir haben noch weitere Fragen. Halten Sie sich in den nächsten Tagen zur Verfügung. Mahlzeit."

Kobler folgte der jungen Kollegin eilig auf den Flur und prustete los. „Du warst ja gottesglatt."

„So ein Rindvieh!", schnaubte Katrin.

Kobler nahm es gelassener. „Irgendwann merkt die auch noch, dass ihr Idol abgenippelt ist. Apropos Mahlzeit, gehen wir was essen?"

„Aber nicht in die Mensa."

*

Der Abteilungsleiter war nicht im Büro, so konnte Schiller allein entscheiden, ob und wann er die Presse informieren ließ. Es war jetzt Mittag, noch viel zu viel Zeit für blöde Fragen, also wartete er ab.

Stattdessen nahm er seinen Mantel vom Haken, ließ sich durch den Toten nicht zur Hektik drängen und schlenderte zum Fuhrpark mit den Dienstwagen. Dabei überlegte er, wer ihm etwas über das akademische Umfeld des Professors sagen konnte. Man nannte ihn einen Moralphilosophen, Schiller wusste aus dem Feuilleton, dass er öfters als Literat in Erscheinung getreten war. Wofür Nierkamps Lehrstuhl eigentlich eingerichtet war, wusste er nicht.

Am Tatort waren die Männer von der Spurensicherung mit der ersten Routine so gut wie fertig. Den Toten hatten Dr. Kohler und seine Helfer zur Obduktion mitgenommen. Die Fotografin hatte Aufnahmen vom Toten und von den Räumen gemacht.

Schiller freute sich immer, wenn er mit dem Leiter der Truppe, dem Kriminaltechniker Martin Siedler, zu tun hatte. Siedler mit seiner gepflegt wilden Haarmähne hätte jede Wette gewonnen, dass er kein Bulle sei, und in der Tat bewegte und betätigte er sich in seiner Freizeit auch fulltime im Hiphop-Milieu. Aber der gelernte Chemiker war ein begnadeter Techniker, auch da ein Freak. Von ihm kannte Schiller so Sprüche wie: „Schlafen? – Schlechter Ersatz für Koffein!", und jede Menge Informatiker-Witze.

Siedler hatte kürzlich sogar den Polizeipräsidenten davon überzeugt, dass man bei der Jagd nach Drogen zwischen Ravern und Hiphoppern unterscheiden sollte. Es sei ja nicht besonders cool, in einem Milieu nach Ecstasy zu razzen, in dem das verpönt sei und „allenfalls ein bisschen THC herumgeistert".

„Habt ihr irgendetwas Besonderes gefunden?" fragte Schiller.

„Nope. Die Fingerabdrücke auf der Klinke zum Klo sind verwischt, als hätte der Täter die Tür mit dem Ellbogen geöffnet. Sonst haben wir Fingerabdrücke genug, aber wir können natürlich noch weitere hundert Quadratmeter abnehmen. Es ist ein Junggesellenhaushalt, da gibt es jede Menge benütztes Geschirr, das können wir mitnehmen. Zigarettenkippen auch. Aber ob darauf der Täter eine Spur hinterlassen hat, ist mehr als fraglich. Höchstens bei früheren Besuchen. Es scheint, das Opfer hat ihn reingelassen."

„Ach, lasst das im Moment noch stehen. Er oder sie hatte sowieso genug Zeit, um die Spuren zu beseitigen. Wenn wir erst eine Hypothese haben, brauchen wir euch vielleicht wieder. Wie gut seid ihr eigentlich bei Fingerabdrücken auf Papier?"

„Ziemlich gut, wenn welche da sind. Problem ist, dass man häufig die Blätter nur ganz leicht oder nur am Rand anfasst."

„Verschwinden die Abdrücke mit der Zeit?"

„Manche ja, auf bestimmten Papieren. Vielleicht hast du was Ähnliches schon gesehen: Es gibt so Laserdruckpapiere oder Folien, wenn man die aus Versehen bei einem Tintenstrahldrucker benutzt, hat man zuerst ein prima Bild. Doch nach zwei oder drei Tagen ist es ganz blass. Der Kunststoff hat die Tinte buchstäblich aufgesogen. So kann es auch mit dem Fingerfett gehen, aber bei einem satten Abdruck wäre schon noch genug für uns da. Bei normalem Schreibpapier geht nur das Wasser raus, aber das ist eh schon nach ein paar Stunden diffundiert. Jetzt machen ein paar Tage keinen Unterschied mehr."

„Aha."

„Apropos, soll ich dir sagen, wie die Putzfrau von morgen aussieht? – Das ist ein amorpher Kunststoff wie ein dreckiger Teigbatzen; den wirft man einfach ins Bad, da kriecht er rum und frisst alles, Fußnägel, Seifenreste, Wassertropfen, Haare, Milben und was du willst. Und was er frisst, treibt zugleich seinen Stoffwechsel an."

„Und sowas gibt's schon?"

„Ja."

„Und warum kann man es dann noch nicht kaufen?"

„Nur ein klitzekleines Problem. Er hat noch nicht so ganz gelernt, was er nicht fressen darf. Die Flasche vom Duschgel zum Beispiel, und das ganze Schlampermaterial, mit dem die Bauleute ihre Fugen zuschmieren, oder die neu gekaufte Seife. Aber in manchem Räumen könnte man das Material schon anwenden, im Krankenhaus im OP zum Beispiel."

„Ich bewundere dein Vertrauen in die Sauberkeit von Krankenhäusern."

„Aha, wir verstehen uns mal wieder." Siedler lachte.

Und Schiller fragte sich, wie es bei dieser unbändigen Mitteilungslust kam, dass Siedler nie gegenüber irgendwem in Verzug zu kommen schien. Vielleicht, weil er einfach erklärte, was er tat.

„Also sehe ich recht: Kein Fund ist auch ein Befund?"

Siedler nickte. „Es passt zu dem, was der Doc gesagt hat. Hast du ihn denn seither schon gesprochen?"

Schiller verneinte.

„Der Typ hat wohl zuerst einen Schlag aufs Hirn bekommen. Vielleicht nicht gleich die Fahrkarte ins Jenseits, aber ins Land der Träume. Wahrscheinlich unter der Tür. Das würde erklären, warum es in der Wohnung praktisch keine Spuren gibt. Nur Schleifspuren von seinen Absätzen zwischen Haustür und Klo. Wir versuchen noch, die zugehörigen Trittspuren zu isolieren, aber das ist an einem trockenen Tag so gut wie aussichtslos. Und dann sind ja auch noch ein paar Typen drüber hin und her geschlappt." Er grinste Schiller an. Ertappt.

„Hat Kohler schon was über die Tatzeit gesagt?"

„Irgendwann gestern am frühen Abend."

„Das ist alles nicht so gut. Der Fall wird nicht einfach."

*

Troebst hatte seinen Freund Capurro am späten Vormittag zu ihrer kleinen Stadtrundfahrt abgeholt. Zuerst ging es neben der „Zacke" genannten Zahnradbahn die Alte Weinsteige hinauf auf einen Hügel namens Haigst, dann am Fernsehturm vorbei zum *Bubenbad*, wo man vor dem Regierungssitz die beste Aussicht über die Innenstadt genießt. Troebst erklärte seinem Freund, dass die schlossartige kuppelbewehrte Villa, die heute die Regierung und das Staatsministerium enthielt, nicht etwa für irgendeinen Fürsten errichtet worden war, sondern von der Witwe eines reichen Verlegers als Witwensitz. Von dort kurvte er durch den Osten hinunter, über den Neckar und am Mercedes-Werk vorbei.

„Wird hier die Vorfahrt hergestellt?“, spöttelte Capurro.

„Nein, nur die Motoren. Die heiße Luft für die Vorfahrt machen sie droben in Möhringen. Die Karossen werden dann in Sindelfingen montiert.“ Troebst deutete jeweils in die Richtung. Dann fuhr er durch Untertürkheim und Bad Cannstatt und wieder über den Neckar zurück. Am Schwanenplatz ersparte er seinem Gast den angedrohten Gang durch die trostlose, gesichts- und richtungslose Anlage bis zum stillgelegten Kiosk und zeigte nur mit der Hand, wo er den verschwundenen großen Platz mit seinen Wirtshäusern, Speichern und Stallungen vermisste. Dann fuhren sie am Tierpark Wilhelma mit seinen Ziegelwänden im maurischen Stil und den gestreckten Hälsen der Giraffen vorbei. Auf dem Weg zum Killesberg hinauf zeigte Troebst, um seinen Gast gruseln zu machen, die Stelle des fast vergessenen Tunzhofer Galgenbergs, wo angeblich die Raben den Jud Süß in seinem Käfig gefressen hatten. Als Verfassungsfeind sei er auf diese Art hingerichtet worden, weil er zusammen mit Capurros Landsmann Casanova eine Lotterie geplant hatte, die das Land noch weiter pauperisiert hätte. Eigentlich sei das aber ein Kampf der alten ständischen Gesellschaft gegen die kapitalistische Moderne gewesen. Casanova übrigens sei damals mit Hilfe von ein paar Offizieren des Herzogs entkommen, ins Ausland nach Pforzheim und Karlsruhe; er habe es aber wohl gar nicht recht kapiert und schreibe in seinen Memoiren, man habe ihn wegen seiner Spielschulden evakuiert.

An der bekannten Weißenhofsiedlung sahen sie eine Ansammlung von Polizeifahrzeugen und stiegen deswegen nicht aus. Troebsts Route führte weiter über den Killesberg und den Kräherwald hinaus bis zur Solitude. Da ließen sie den Wagen stehen und marschierten eine halbe Stunde über die Wiesen.

Der Gast verglich das weiße Schlösschen mit den Villen des Palladio in seiner Heimat, bei denen auch häufig außer dem repräsentativen Haupthaus nur noch Reste der früheren Nutzbauten erhalten sind, wenn überhaupt. Sie genossen die

Aussicht und zeigten einander die lange Linie, die vom Schlösschen aus zuerst als Waldschneise und dann als Straße bis zur einstigen Ludwigsburger Residenz führt. Troebst wäre gern dort oben zum Essen geblieben, zumal die Speisenkarte am Restaurant sehr ordentlich aussah, aber Capurro hatte sich schon ein italienisches Lokal nennen lassen, das am Fuß des Hügels an der langen Straße von der Solitude zu finden war. So fuhren sie die Bergheimer Steige hinunter und gingen ins Da Marco.

Die Vorspeisen vom Buffet sahen sehr gut aus, doch Capurro verhandelte gleich mit dem Koch über ein Fischcarpaccio. Eigentlich hatte er an Schwertfisch gedacht oder an Thunfisch, doch er wollte die Ware sehen und entschied sich dann für einen Lachs. Bei der Pasta schwärmte er für eine Lasagne, wie sie in den Marken oberhalb von Ancona gemacht wird, ohne Tomaten in der Sauce und mit Maroni und Trüffelspänen, aber weil das nicht ohne Vorbereitung zu haben war, nahmen sie je eine halbe Portion Spaghetti all'amatriciana.

Solange Capurro noch mit dem sizilianischen Koch über den Fleischgang verhandelte, dem das Palaver mit dem anspruchsvollen alten Herrn immer mehr Vergnügen zu machen schien, schaute sich Troebst die Gäste an. Er erinnerte sich an ein Gerücht aus der Zeitung, der Wirt habe vor einiger Zeit in Italien wegen Betätigung für eine kriminelle Organisation vor Gericht gestanden, und fragte sich, was wohl dran war, wenn er jetzt wieder gutgelaunt seine Gäste begrüßte. Und dann sah er am Ende des Raumes sechs dunkelhaarige Männer um einen Tisch sitzen, alle in dunklen Anzügen. Zuerst dachte er an einen Jux, aber was sollte der Witz für einen Sinn haben? Als Bruno mit der Bestellung fertig war, nickte Troebst unauffällig in der Richtung des Tisches.

„Du Bruno, kennst du das Bild da hinten? *La sacra famiglia?*"

Er hatte es als Scherz gemeint und von Capurro eine ebensolche Antwort erwartet, aber diese blieb aus. Capurro schaute nochmals unauffällig hin, kniff das linke Auge kaum merklich zu, schaute woanders hin und schwieg. Er wirkte beunruhigt. Sein verkniffener Mund sagte alles. Troebst konnte sich nicht erklären, wieso die gute Laune des Freundes von einem Moment auf den anderen verschwunden war. Er sah ihm an, dass er am liebsten sofort das Lokal verlassen hätte. „*Porco dio!*"

„Was ist los", fragte Troebst leise. „Was hast du?"

„Sag den schlimmsten Fluch, den du kennst", antwortete Capurro und lächelte schon wieder verbindlich, als hätte er einen Scherz über ein kleines Mißgeschick gemacht. „Sie sind es!"

„Mach keine Witze!"

„Sie sind es tatsächlich", sagte Capurro leise. „Weißt du, Macht ist nur Macht, wenn sie sich zeigen kann. Wir bei uns kennen diese Strategie. Wenn du da hinten hingehst, wirst du bei keinem einen Geigenkasten mit Knarre finden. Wahrscheinlich haben die meisten nicht einmal eine Polizeiakte oder eine gerichtliche Vorstrafe. Obwohl man keinen von ihnen für harmlos halten sollte. Die Polizei kann ihnen nichts anhaben, sechs *businessmen* sitzen herum und trinken und palavern, warum bitte auch nicht? Für 99 Prozent der Fälle genügt das. Der Betroffene weiß, dass sie da sind. Wenn sie in seine Kneipe, sein Geschäft, sein Wohnzimmer kommen, hat er zwei Optionen."

„Entweder er zahlt – und die andere?"

„Zu zahlen kann die eine sein. Sie kann aber auch sein, etwas zu transportieren, zu besorgen, zu vertreiben, zu beobachten oder zu melden. – Die andere Option ist die Angst. Die genügt schon. Es genügt, dass du weißt, die sitzen da und können alles. Wenn du morgens deine Ladentür aufschließt. Oder dein Büro. Wenn du deine Tochter zur Schule losschickst ... Du siehst einen, du siehst zwei. Du siehst sie zu sechst hier in der Kneipe. Irgendwann bist du mürbe und gibst auf. So oder so. Und es ist kein Schuss gefallen. Keiner hat sich die Hände schmutzig gemacht. Die Polizei kann den Hundesöhnen nichts anhaben."

Die beiden unterbrachen ihr Gespräch, weil das Carpaccio serviert wurde. Das Olivenöl duftete. Und erst das weiße Brot dazu duftete so viel besser als ordinäres Weizenbrot. Es duftete, wie es nur duftet, wenn an den synthetischen Aromen von Montedison aus Mestre oder von Nestlé aus Lausanne nicht gespart wurde. „Guten Appetit." Es schmeckte trotzdem hervorragend. Es kann schön sein, dachte Troebst, sich selbst zu betrügen.

„Und du weißt sicher, dass die Typen hier dazu gehören und nicht nur Wichtigmacher sind?"

Capurro rümpfte die Nase. „Es gibt Visagen, mein lieber Christoph, die vergisst man nicht. Aber jetzt lass du dich beim Essen nicht weiter stören. Ich selbst habe bisher immer Glück gehabt, und jetzt habe ich mich ja aus der Firma zurückgezogen. Im übrigen lautet doch ein kluger Spruch bei euch: Leben und leben lassen."

Auch der Soave, den Capurro ausgesucht hatte, schmeckte sehr gut. „*Salute!*"

„Dass ihr Deutschen einander immer zuprosten müsst! – Also gut: Salute Christoph!" Capurro lachte und erwiderte die Bewegung nur als Andeutung. „Es gibt eine Anekdote dazu. Weißt du, wie die Deutschen gleich zu Beginn des Zweiten Weltkriegs einen ihrer besten Spione in Frankreich verloren haben? Kennst du es?"

Troebst war die unbändige Erzähllust seines Freundes nicht neu. „Sag!"

„Sie hatten ihn an einer wichtigen Schaltstelle in Lyon eingeschleust. Sein Französisch war perfekt. Seine Legende war perfekt. Also, irgendwo saß der Maulwurf. Es kamen nur wenige Spitzenfunktionäre in Betracht. Da ging der Chef der Abwehr mit jedem einzelnen zum Essen. Er schenkte einen guten Burgunder ein. Der Deutsche hob das Glas: ‚*Santé!*' – Da hatten sie ihn. Wir Südländer sagen so etwas höchstens, wenn jemand Geburtstag hat."

Troebst nahm es sich zu Herzen und betrachtete die Flasche. „Lenotti, sehr gut."

„Mein Nachbar schreibt für faschistische Zeitungen. Der sagte mir, Lenotti ist ein Neofaschist. – Gut, das heißt schlecht, dachte ich, als ich das erfuhr, und kaufte danach bei Giacomelli. Einer der besten Soave. Aber was höre ich? Er ist einer ihrer Hauptfinanziers. – Bleibt also nur Endrizzi. Und was sagt er mir dazu? Der ist auch einer. Du kriegst keinen ordentlichen Soave, außer vom Faschisten! Seither hole ich meinen eigenen Weißwein bei einem kleinen Winzer im *Friuli*. Bei dem weiß ich wenigstens nicht, ob er auch einer ist."

Nach einer Weile fragte Capurro: „Sag mal, warum hat mich dieser Rechtsanwalt gestern sofort nach Entsorgung gefragt? Den einen Typ dort hinten kenne ich von der Schadstoff-Mafia."

Troebst musste passen. „Wenn du willst, frage ich ihn. Ihr solltet euch sowieso einmal kennenlernen. Wenn ich mich recht erinnere, hat er sogar Verwandtschaft in deiner Gegend."

*

Als Siedler mit seinen Leuten fort war, konnte sich Schiller der Wohnung widmen und ging langsam und aufmerksam durch alle Räume. Er suchte keine Indizien, welche die Spurensicherung vergessen hätte, dazu waren Siedlers Leute zu professionell. Sondern so etwas wie einen Gesamteindruck vom Opfer und seinen Tätigkeiten, Interessen, Lebensumständen. Das meiste hinterlässt doch irgendeine Spur in der Wohnung.

Ihr Stil war der von hundert Akademikerwohnungen: weiße Raufaser, die Möbel eine Mischung aus Ikea und modernen Klassikern. Das Wohnzimmer wurde hauptsächlich zum Zeitunglesen, Fernsehen und Musikhören benutzt. Es sah nicht nach einem eifrigen Musikhörer aus, und obwohl er es mit jungen Frauen trieb, hörte die musikalische Welt des Toten anscheinend bei Mahler und Louis Armstrong auf. Opern fehlten ganz; für das Drama, die *bella figura* und für alle Arten der neueren Musik hatte er wohl kein Gespür. Schiller fiel es schwer, den Mann nicht zu bedauern.

Von zwei Kinderzimmern diente eines wohl gelegentlich als Gastzimmer, das andere war Abstellraum für einen nicht mehr benutzten Hometrainer, alte Computer, Bücherkisten, Koffer und anderes. Das riesige Bett im Schlafzimmer hatte keine Erklärungen nötig. Schiller prüfte die Federung mit der Hand. Im Schrank – Interlübke, was sonst? – fanden sich keine Spur mehr der Kleidung der Ehefrau, nur einige vorwiegend schwarze Slips, Strapsgürtel, BH, ein Body und Strümpfe, offenbar Reizwäsche der Gespielin; also stimmte wohl, was das Mädchen über die schon lang andauernde Trennung gesagt hatte. Auch als Schiller daraufhin nochmals in den Kinderzimmern nachsah, fand sich keine Damenkleidung in den dortigen Schränken. Sonst war das Schlafzimmer unauffällig; ein paar Bruno-Bruni-Drucke an der Wand zeugten vom mäßig erfolgreichen Bemühen, dem Raum eine erotische Note zu geben. Gegen das neuere Modell des Hometrainers am Fußende des Bettes kamen sie nicht an. Auffällig, dass auf dem Kopfteil nur ein paar Fachbücher lagen, keine Krimis, keine Belletristik. Nach allem wurde hier nicht Liebe inszeniert, sondern auf Leistung geackert und gerackert. Alles in der Norm – für einen deutschen Professor. Wenn die Ehefrau tatsächlich Geld hatte und gegangen war, um sich woanders ihre Epheben zu organisieren, konnte man sie gut verstehen.

Das Bad war spartanisch bestückt. Nierkamp genügte offenbar ein Duschgel, Zahnputzzeug, Rasierschaum und ein Rasierwasser. Das zugehörige Herrenparfum hatte er nicht angebrochen. Dem Mädchen waren eine zweite Zahnbürste, Shampoo, Wimperntusche, Haarspray und ein kleiner Haarföhn zuzuordnen. Kein Make-up, Kamm, Eau de toilette, keine intimen Artikel; sie hatte sich hier nicht breit gemacht. Die Hausapotheke war leer bis auf das Aspirin-Genericum und eine ungeöffnete Packung Pflaster. Nierkamp kochte offenbar nicht, sonst hätte er sich doch irgendwann geschnitten.

Entsprechend sah die Küche aus. Zwar wurde nicht gekocht, dafür umso mehr getrunken. Viele ungespülte Gläser zeigten, dass erst vor kurzem eine größere Zahl von Leuten eine Art Party gefeiert hatte. Ob Nierkamp allein nur mäßig oder im Unmaß soff, war nicht auszumachen. Die leeren Flaschen konnten sich mit der Zeit angesammelt haben. Schiller dachte an die Flaschen zuhause, die seit Weihnachten zusammengekommen waren, und nahm sich vor, sie gleich am nächsten Samstag wegzubringen. – Bestückt war Nierkamp mit allen üblichen Alkoholika, hatte aber ein offenbares Faible für Malts. Als Schiller seine Lieblingsmarke *Talisker* entdeckte, die von der *Isle of Skye* kommt, schaute er zuerst auf die Uhr und sah mit Befriedigung, dass der Zeiger die Mittagsmarke überschritten hatte. Vorher, so hatten ihn seine schottischen Kollegen damals belehrt, war das Trinken ein Sakrileg, während nach High Noon ein *„dram"* genauso zu den Nahrungsmitteln zählte wie Coffee und *„cuppa"*. Dann fragte er sich selbst als Geschäftsführer ohne Auftrag des Toten in aller Form, ob der Tote ihm wohl ein Glas angeboten hätte, was dieser, vertreten durch Schiller, erwartungsgemäß bejahte. Er nahm die Flasche und ein frisches Glas, schenkte sich ein gutes Drittel ein und ließ dann, wie er es am Originalschauplatz gelernt hatte, zu vier Elfteln Whisky sieben Elftel Bodenseequelle aus dem Wasserhahn laufen.

Dann fiel ihm ein, dass er die Fingerabdrücke völlig vergessen hatte. Vielleicht waren sie hier ja schon abgenommen, sonst war es Pech. Er nahm ein Küchenhandtuch und rieb die Flasche sauber; musste ja nicht getuschelt werden, der Kriminalrat vergreife sich an den Getränken der Opfer. Das Glas war frisch. Er durfte nur nicht vergessen, es nachher abzuwaschen.

Er trug es ins große Arbeitszimmer und setzte sich in den Schreibtischsessel. Die Spurensicherung hatte jedes Stück wieder an seinen vorigen Platz gelegt, darauf bestand er immer.

Von dort telefonierte er zuerst mit Dr. Kohler, und der bestätigte, was Siedler schon gesagt hatte. Bei der Tatzeit hielt er eine genauere Bestimmung bei diesem zeitlichen Abstand nicht für möglich. Der Körper war auf den Kacheln liegend vermutlich etwas schneller ausgekühlt als auf einem Teppich oder Holzboden, aber weder die Wärmeleitkoeffizienten der Kacheln noch die Größe der Kontaktflächen ließen sich genau genug bestimmen, trotz der Leichenflecken. Und dann hatte die Heizung noch eine Nachtabsenkung, deren ungefähre Auswirkung gerade für diesen Raum in der Übergangszeit auch nur grob geschätzt werden konnte.

„Abends etwa zwischen sechs und neun. Nur ein Scharlatan würde das genauer eingrenzen."

„Und sonst?"

„Der Täter hat ihn mit einem einzigen Schlag direkt von vorne auf den Kopf außer Gefecht gesetzt. Einem Gasrohr zum Beispiel. Da gibt es eine starke Prellung, nur eine einzige. Vermutlich auch Mikrofrakturen im Knochen, aber das ist umständlich festzustellen und ändert ja nichts am Befund. Vom Material des Schlagwerkzeugs selbst keine Spur, das haben wir mit dem Mikroskop untersucht. Einen winzigen Rest gängigen Klebstoff an der Schlagstelle können wir nicht zuordnen; der könnte vom Werkzeug stammen oder auch nicht. Der Prof ging k.o., aber daran ist er nicht gestorben. Erstickt ist er an dem ekligen Schaumzeug, das ihm dann in den Rachen gespritzt wurde."

„War es PU, wie Fahnauer vermutet hat?"

„Ja. Das ist auch das Gängigste, das findest du in jedem Baumarkt."

„In welchem Zustand war er sonst?"

„O.B., würde ich sagen, ein bisschen Stressherz, hat zuviel gefressen und gesoffen."

„Und gevögelt?"

Mit dieser Bemerkung kam Schiller bei Kohler gerade richtig. „Mein lieber Schiller!" Kohler dehnte die Worte. „Aus ärztlicher Sicht ist dazu nur zu sagen: Das kann man gar nicht oft genug tun. Da gibt es überhaupt kein Zuviel, nur ein Zuwenig. Bring die Leute doch zweimal am Tag zum Pimpern, und das Gesundheitswesen hat Milliarden gespart: Übergewicht, Herz-Kreislauf-Geschichten, Altersdiabetes, Gelenkversteifungen, Rheuma, alles weg! Und das Generationenproblem bei den Renten würde ganz nebenbei auch noch gelöst."

„Auf Rezept?", spöttelte Schiller. „Du solltest wirklich Gesundheitsminister werden! – Apropos, was hältst du von der Pfauenfeder?"

„Nur symbolisch, kaum eingeführt. Ein Mediziner war es nicht. Ich vermute, das Opfer war schon tot, als der Täter auf diese glorreiche Idee kam. Interessanter für dich ist wahrscheinlich schon der Schaum. Sagst du nicht immer, man muss es so weit treiben, bis das Verbrechen spricht? Kann das besagen, er sei ein Schaumschläger gewesen? War er denn einer?"

„Ich weiß es nicht. Ich muss es erst herausfinden."

Schiller versuchte, eine erste Hypothese über die Tat zu bilden. Bei seinem Rundgang hatte er auch nach Werkzeug geschaut. Außer einem kleinen Hammer und ein paar Schraubenziehern und Schraubenschlüsseln fand sich nur unbrauchbares Kinderwerkzeug in einer Küchenschublade. Der Tote war kein Bastler, der sich eine Dose Bauschaum auf Vorrat ins Regal gestellt hätte; abgesehen davon gab es keine Stelle in der Wohnung, wo man das Zeug hätte einsetzen können. Alles sprach also dafür, dass es der Täter mitgebracht hatte.

Dasselbe galt für die erste Tatwaffe. Es hatte, soweit ersichtlich, kein Kampf stattgefunden. Nachdem Siedlers Leute wussten, dass der Täter etwas wie ein Stück Rohr benutzt hatte, hätten sie es in der Wohnung gefunden. Es war plausibel, dass der Täter das Werkzeug mitgebracht und den Professor gleich unter der Tür niedergeschlagen hatte.

Er durfte sich aber von der einen Theorie auch nicht verrückt machen lassen. Es konnte bei dieser Ausführungsart genauso gut um Raub gehen. Man musste auch prüfen, ob es Banden oder Einbrecher gab, die in letzter Zeit auf diese Weise vorgegangen waren. Umgekehrt war es auch nicht sicher, dass es ein Rohr war. In jedem Haushalt gab es Gegenstände mit genug Masse und entsprechend abgerundeten Ecken, angefangen von den Stühlen. Im übrigen war nicht einmal sicher, ob der Professor überhaupt in seiner Wohnung niedergeschlagen worden war. Vielleicht hatten die Nachbarn ja eine Anlieferung beobachtet.

Die Spurensicherer hatten das Notebook des Toten auf dem Schreibtisch stehen lassen. Das war eine Aufgabe für Katrin. Sie sollte feststellen, was der Tote zuletzt geschrieben hatte, und seine E-Mails überprüfen, ob sie irgendeinen Grund für einen Konflikt erkennen ließen.

Schiller schaute sich um. Konnte der Grund für einen tödlichen Konflikt hier in der Studierstube zu finden sein? Schiller konstatierte belustigt, wie doch das Bemühen um individuellen Ausdruck die Arbeitszimmer so vieler Gelehrter am Ende fast identisch aussehen ließ mit ihren Billy-Regalen, Porträtbildchen großer Forscher, Sammelstücken und buntbescheidenen Devotionalien des Fernwehs. Dabei bemerkte er einen eigenartigen Gegensatz. Auf dem Schreibtisch lagen nur das Notebook und ein Manuskript. Die Bücher in den Regalen waren nicht gerade pedantisch, aber sehr ordentlich eingestellt, es gab keine Lücken, nichts war umgefallen, nichts lag quer. Vielleicht hatte er ja eine seiner akademischen Leibsklavinnen vor nicht zu langer Zeit dazu gebracht, die Regalbücher zu ordnen.

Ganz anders, wenn man die diversen Ablagen und den Fußboden anschaute. Hier lagen jede Menge Papiere, Notizzettel, Zeitschriften, Internetausdrucke und auch Bücher, diese aber oft aufgeschlagen, mit Zetteln darin, kreuz und quer. Das war wohl das Material, mit dem er wirklich arbeitete, das andere nur gelehrte Kulisse.

Schiller musste sich genauer über die Arbeitsgebiete des Professors kundig machen. Zwar konnte er sich schlecht vorstellen, dass man einen Philosophen wegen seiner Schriften oder seiner Gedanken ermorden würde. Bei einem Pharmakologen oder Genforscher, der eine wichtige Entdeckung gemacht hatte, mochte das anders sein, da konnte es beim Streit über die Verwertung auch einmal um Millionen gehen. Oder bei Schäden im Rahmen einer klinischen Erprobung. Da ging es um die Chance, die Welt zu *verändern*. Aber wieso jemand töten, der die Verhältnisse nur anders *interpretierte*? – Ach, ich denke schon in Marx-Zitaten, stellte er überrascht fest. Auf dieser Schiene kam er jedenfalls im Moment nicht weiter.

Eine gewisse Plausibilität hatte immer das Beziehungsargument. Wie war es, wenn der Professor bei der Hemmungslosigkeit, mit der er an fremde Röcke zu gehen schien, tatsächlich einmal an die Falsche geraten und von einem eifersüchtigen Partner erledigt worden war? Die gute Bettina Haller – wenn sie überhaupt die Wahrheit gesagt hatte – hatte keinen eifersüchtigen Ex erwähnt. Das sagte nichts. Und von einer anderen Liaison musste sie nicht unbedingt wissen. Merkposten.

Was war mit der Ehefrau? Zuerst einmal war sie weit weg. Schiller musste sie noch heute verständigen. Wenn stimmte, dass sie selbst Geld hatte und schon lange ohne Scheidung von ihm getrennt lebte – welche plausiblen Gründe sollte es für sie geben, daran etwas zu ändern? Und für ihn? Oder bringt man tatsächlich jemand um, weil er nach fünf Jahren Getrenntleben vielleicht sagt, er wolle sich scheiden lassen? Für einen Verdacht gab das nichts her.

*

Auf dem Tisch lag ein Manuskript. Wahrscheinlich das Vortragsmanuskript, das der Tote am Abend hatte benutzen wollen, wenn er nicht schon ein anderes eingesteckt hatte. Nein, er hatte das Jackett noch nicht angezogen. Eine Mappe war nicht zu sehen. Das musste es ein. Es sah tatsächlich so aus, als wäre dieses Manuskript schon benutzt worden, also, mit den Worten der Haller, ein „alter Hase“. *Menschenrechte und Todesproblematik* war der Text überschrieben, und darunter mit Bleistift: *Lebens Ende, philosophisch*. Man konnte den gleichen Vortrag unter verschiedenen Themen verkaufen. So etwas kam vor. Ein Freund, der Anwalt Reiss, hatte ihm einmal von einem dreisten jungen Theologen erzählt, der seinen Vortrag über „Luther und die Neuzeit“, mit dem er viel Lob geerntet hatte, kurz darauf woanders mit neuer Einleitung unter dem Titel „Goethes Menschenbild“ vorgetragen habe. Lebensende oder Menschenrechte, da konnte man gespannt sein.

Da es im Moment nichts Dringenderes zu tun gab, konnte Schiller der Versuchung nicht widerstehen und las ein paar

Sätze. Vielleicht war es ja so ungeschickt nicht, wenn sich der Ermordete unmittelbar vor seinem Tod, auch wenn er ihn nicht erwartet haben dürfte, noch einige philosophische Gedanken darüber gemacht hatte. War das nicht eine Art von objektiver Ironie?

Was Schiller dann im Manuskript las, war freilich keine besinnliche *ars moriendi*, sondern eine höchst streitbare Auseinandersetzung mit den Gegnern des Schreibers. Bevor er das Manuskript einsteckte – er konnte es ja nicht ganz durchlesen – blätterte Schiller zur Schlussbemerkung vor. Und las dort zu seiner Verblüffung, dass der Philosoph aus methodischen Gründen sich für genötigt erklärte, sowohl den Begriff der Menschenwürde als auch den von allgemeinen Menschenrechten fallen zu lassen. Immanuel Kants Berufung auf ein allgemein Menschliches, rührend symbolisiert im poetischen Ausdruck Menschenantlitz, sei nichts als eine theoretische Selbsttäuschung – Nierkamp sagte *theoretical fallacy* dazu – in Gestalt eines fehlsamen, ja im Grund tautologischen Induktionsschlusses, zu deutsch ein Schuss ins wissenschaftliche Knie. Dabei wisse man doch, dass von Aristoteles bis Kant das Problem der Induktion nicht gelöst worden sei. Das Ganze sei naiv konzipiert, und auch Kants Gottesbeweis der reinen praktischen Vernunft in den verschiedenen Formen des kategorischen Imperativs sei eine *petitio principii*, die den inzwischen nirgends mehr bestrittenen Grundsätzen der Forschungslogik eines Popper und seiner Nachfolger nicht standhalte. Wenn man es aber mit Popper als kontingenterweise zwingend – Schiller nahm sich vor, sich diesen Begriff erklären zu lassen – ansehe, dass Wissenschaft mit deduktiven Hypothesen arbeite und es nur die Kohärenz des Systems sei, in welchem solche Deduktionen funktionierten, die als Wahrheitskriterium herhalten müsse ...

An diesem Punkt ließ Schiller die Blätter sinken und versuchte, sich klar zu machen, was er gerade eigentlich gelesen hatte. Er hatte es nicht verstanden. Aber Schiller war nicht einer, der schnell aufgab. Das würde er heute Abend noch einmal durchstudieren, mit dem Bleistift in der Hand und dem

Lexikon vor sich! Jetzt wollte er es aber doch wissen und las weiter.

... dass also für die Wissenschaft, so paraphrasierte er für sich, nur die Konsistenz ihres Systems von Ableitungen als einziges Wahrheitskriterium übrig geblieben sei, dann stoße man überall auf den Befund, dass Menschenrechte so wenig wie die Menschenwürde in realen Beschreibungshypothesen als allgemein gegeben verifiziert werden könnten.

Schiller hatte im Moment den Eindruck, zugegeben als Laie: Der Autor habe hier seinem Leser eine logische Lumperei untergeschoben. Denn wenn er sagt: Ein Recht wird nur anerkannt, wenn es alle ausnahmslos befolgen, ist dies das Ende des Rechtsbegriffs. Wo etwas sowieso von allen für nötig gehalten wird, braucht man kein Recht.

Natürlich, schrieb der Autor da, könnte man solche Erkenntnisse, welche zum Beispiel den Weg eröffnen würden zu einer viel weiterreichenden Werttheorie der menschlichen Person mit vielen sozioökonomischen Konsequenzen, außerhalb des *arcanums* der Wissenschaft einer unvorbereiteten Öffentlichkeit nicht an den Kopf werfen. Aber die Wissenschaft habe ja die Pflicht vorauszudenken und dürfe sich auch nicht durch moralische Tabus aus der ersten Hälfte des 20. Jahrhunderts in ihren Projektionen einschränken lassen, zumal sogar etwas so Aufrührendes wie der Holocaust alle Bedingungen seiner Möglichkeit bewiesen habe. Ein konsequent ökologisches Denken müsse sowieso irgendwann sich seiner anthropozentrischen Selbstwidersprüche entschlagen und zum Gedanken einer sozioökologischen Selektion in der Menschenpopulation vorstoßen. Die anthropologische Ermächtigung dazu sei ja mit PID – auch das würde Schiller erst nachschlagen oder sich im Internet erklären lassen müssen – und mit der Gentechnik längst dem Grunde nach akzeptiert, nachdem man ja nur noch über den Kreis der zulässigen Anwendungen streite.

Schiller war mehr als entsetzt. Er war angewidert, dass der Professor seine verbrecherische Konsequenzzieherei auch noch für ökologisch ausgab. Ihn wunderte denn auch nicht, dass der Redner zum Schluss neben der suizidalen Euthanasie gleich auch noch zu einer eugenischen Euthanasie fortschritt und von dort den Faden weiterspann bis zu einer sozialen und geriatrischen Euthanasie. Auf dem Markt der Selbstdarsteller verlor, wer sich überlebt hatte und nicht mehr genug Rückhalt in der Gesellschaft mobilisieren konnte, sein Aufenthaltsrecht. Besonders zynisch fand Schiller, dass Nierkamp an die sozial nicht Integrierbaren wie auch an die alten Leute, die in der Gesellschaft nicht mehr funktionierten, als eine Art von perversem kategorischen Imperativ das Ansinnen richtete, sie sollten die ihnen von der Politik oder der Wissenschaft verordnete vorzeitige Auslöschung als soziale Pflicht akzeptieren und verinnerlichen. Dafür berief sich der Redner auf die kynisch-stoischen Philosophen im alten Griechenland.

Das reichte. Hatte Schiller vor einer halben Stunde noch gedacht, dass es keinen Grund geben könne, einen Stubengelehrten wegen seiner Überlegungen zu töten, so fragte er sich jetzt eher, ob es überhaupt einen Verrückten oder Fanatiker brauchte, um einen Kerl umzubringen, der so etwas von sich gab. Genügte am Ende nicht schon ein couragierter Typ mit gesundem Menschenverstand? Jedenfalls würde er neben dem persönlichen auch das fachliche Umfeld des Professors ins Auge fassen müssen. Und zudem gab es die vielen Hörer seiner populärwissenschaftlichen Vorträge, wie das wohl gestern Abend einer hätte werden sollen.

Schiller bedauerte ein wenig schuldbewusst, dass er sich seit dem Jahr seiner Kant-Lektüre und seinem Scheitern an Hegel nie mehr konsequent mit Philosophie befasst hatte. Er konnte sich nicht vorstellen, dass Nierkamps Thesen von anderen so mir nichts dir nichts akzeptiert wurden. Aber wie anstößig sie tatsächlich für die Fachdiskussion waren, konnte er nicht einschätzen. – Schließlich hatte er auch einmal angenommen, dass der Satz „Gott ist tot“ einen Theologen schockieren müsste. In Wirklichkeit wurde er durchaus ernsthaft als ein Existentiale der theologischen Anthropologie und von anderen sogar als ein Kernsatz der Kreuzestheologie hingenommen, und wenn man das einmal begriff, war es ja auch eine wichtige Aufgabe für jeden Glaubenden, sich mit dem Satz vom Tod Gottes auseinanderzusetzen, der dem Karfreitag seinen tiefen Sinn gab. Schiller war kein Kirchgänger, aber an solchen Fragen interessiert. Und das hatte er schon begriffen.

Könnte es sein, dass Nierkamps Thesen eine ähnliche Funktion hatten? Von aller aufgeblasenen Methodologie abgesehen stimmte es ja, dass man die Achtung der Menschenwürde und der Menschenrechte nicht durch unwiderlegliche Feststellungen beweisen konnte, das wusste jeder. Vielleicht war da eine Begründungslücke. Und seine Folgerungen mochten ja auch Provokationen sein, mit denen er nur seine Methodenkritik scharf machte.

Bevor er sich mit solchen Fragen in Nierkamps Umgebung traute, wollte Schiller sich von neutraler Seite ein wenig präparieren lassen. Noch aus der Studierstube des Toten rief er seinen Freund Reiss an. Der verdiente zwar sein Brot heute anders, nämlich als Rechtsanwalt, aber er hatte auch Philosophie studiert und einige Zeit sogar unterrichtet. Schiller erwartete nicht, dass diesen Nierkamps Thesen interessierten, aber er konnte ihm sagen, an wen er sich halten sollte. Und mit Reiss eine Flasche Wein zu leeren, war immer ein Vergnügen.

Reiss war erfreut. Schiller solle doch noch um zehn vorbeikommen, vorher ging es leider nicht. Und natürlich nach Hause, da habe man die Bücher zur Hand. Außerdem warte da ein Fitou, und zwar aus Castelmaure im inländischen Teil des Anbaugebiets. Er habe dort einen Winzer entdeckt, dessen Wein unbedingt probiert werden müsse. Gebongt.

Dann rief Schiller gleich die Freundin am Arbeitsplatz an. Die Freundschaft der beiden mit Reiss war in einem dramatischen Urlaub begründet worden.

„Willst du mich etwa nicht mitnehmen, he? Haben die Herren irgendwelche Heimlichkeiten miteinander, oder wie sehe ich das?“

Judith spielte darauf an, dass Reiss in der damaligen Phase ihrer Beziehung so etwas wie den erotischen Mentor gespielt hatte. Wenn sie heute mitgehen wollte, war es ihr also wohl nicht unangenehm, daran erinnert zu werden.

„Komm mit. Du weißt, dass er dich immer gerne sieht."
Das stimmte. Trotzdem war Schiller nicht eifersüchtig. Wenn etwas den Namen interesseloses Wohlgefallen verdiente, dann wohl das Verhältnis zwischen Reiss und Judith.

*

Schiller hatte sich die Schlüssel geben lassen und ein gestempeltes Klebeetikett, damit er die Wohnung beim Weggehen versiegeln konnte. Dass jemand im Besitz der alten Schlüssel hineinginge, war sowieso unmöglich. Die Techniker tauschten routinemäßig die Zylinder aus.

Als Schiller die Wohnung verließ, war es fürs Mittagessen zu spät. Aber gegenüber der Kunstakademie wusste er eine winzige Bar, in der sich die Studenten Sandwiches warm machen ließen. Was Schiller da fand, war keine kulinarische Sensation, aber die Kümmelseele mit Emmentaler schmeckte ehrlich, und ein kaltes Haigerlocher Pils gab es auch dazu.

Er staunte nicht schlecht, als im nächsten Moment Bettina Haller neben ihm stand und ihn mit einem schüchternen „Hallo" ansprach.

„Jetzt bin ich aber sprachlos", sagte Schiller, wenig logisch, weil er ja redete. „Sie kennen doch auch das Sprichwort, dass es den Täter immer an den Ort seines Verbrechens zurück treibt?"

Sie errötete ein wenig, und das stand ihr gut. Schiller dachte, wie jung sie doch noch ist! Aber gleich hatte sie sich schon wieder gefangen und erwiderte trocken: „Quatsch. Sie haben mich bloß nicht in hier in der Studentenkneipe der Aka erwartet. Ich bin Ihretwegen hergekommen. Ich habe gehofft, dass Sie oder Ihre Kollegen noch in der Wohnung sind."

„Und warum das?"

„Paul – ich meine Professor Nierkamp – hatte das Leseexemplar meiner Dissertation zur Vorkorrektur. Ohne die

Korrekturen kann ich nicht weitermachen. Ich hoffe bloß, dass er sie auch korrigiert hat.“

„Das war knapp. Ich habe die Wohnung schon versiegelt. Wir gehen erst später wieder rein, wenn wir genauer wissen, was wir suchen.“ In dem Moment, als Schiller das aussprach, bereute er es schon; wieso ließ er sich überhaupt herbei, mit ihr über seine heutige Arbeit zu reden?; die gehobenen Augenbrauen seiner Kollegen, wenn sie davon erführen, sah er schon vor sich. Konnte es etwa sein, dass sie den Professor mit der gleichen vertraulichen Masche auch über den Tisch gezogen hatte? „Aber Sie haben wirklich Glück, dass Sie mich hier getroffen haben.“

„Nicht so ganz“, sagte sie und wurde wieder ein bisschen rot. „Ich hab Sie herauskommen sehen und bin Ihnen gefolgt.“

„Und warum dann nicht gleich angesprochen?“

„Ich hab mich zuerst nicht getraut“, sagte sie und spitzte ein wenig verschämt den Mund – und ihm entging nicht das Verführerische, das von ihren vollen und doch nicht wulstigen Lippen ausging – „es gibt da so ein blödes Sprichwort ...“

„Aber dann haben Sie sich gesagt, er hat mich vielleicht gesehen, und wenn ich mich jetzt nicht melde, bin ich ganz besonders verdächtig, oder?“, ergänzte Schiller.

„Darauf bin ich nicht gekommen“, sagte sie ein bisschen atemlos. „Aber Sie haben mich nicht gesehen, oder?“

Das war alles nicht furchtbar logisch, ahnte Schiller mehr, als er es präzise erkannte. Aber er fühlte sich gut in der Gesellschaft dieser jungen Frau – obwohl er das, was sie über ihr Verhältnis zum toten Professor gesagt hatte, nicht wirklich einordnen konnte. War das eine verspätete pubertäre Verirrung, oder war sie schon innerlich alt und zynisch geworden? Oder waren, wie er es bei jungen Frauen ihrer Generation manchmal befürchtete, einfach die Uhren nicht synchron gestellt? Auf jeden Fall wollte er sie gerne besser kennen. Und ihr jetzt den Gefallen zu tun, war nicht unkorrekt.

„Nein nein. Ich mache ja auch nur Spaß. Wir werden sehen, ob Ihre Arbeit da ist und ob sie korrigiert ist. – Aber eigentlich glaube ich Ihnen nicht so ganz, dass Sie nur die Dissertation holen wollten, um daran weiterzuarbeiten. Es steht doch sowieso alles im Computer."

Sie gab ihm einen tiefen Blick. Schiller dachte, was sie doch für große dunkle Augen hat! Ruhig fühlte er sich also durchaus nicht, als sie ihn so ansah und sagte: „Was soll ich Ihnen da vormachen? Ich brauche seine Korrekturen. Wäre es besser, wenn ich zuhause sitze und mich verrückt mache?"

„So, wie Sie über den Toten gesprochen haben."

„Wie hab ich gesprochen? War das so schlimm?"

„Über Ihr Verhältnis. Sie wollten Ihr Eigenes zurückholen und so schnell wie möglich alle Brücken abbrechen, damit Sie ihn aus dem System und aus den Poren kriegen, stimmt's?"

Sie überlegte einen Moment. Ihm gefiel, dass sie nicht gleich losplapperte. Er selbst sah seine Rolle in diesem Gespräch nun doch ziemlich problematisch. Wenn diese Bettina neben ihm wirklich die Karriere-Nutte war, als die sie sich selbst geoutet hatte, wäre es völlig legitim, sie jetzt in die Enge zu treiben und auszuquetschen. Nur war sich Schiller gerade da nicht mehr so sicher. Ihre lockeren Reden vorhin konnten auch den Versuch anzeigen, eine tiefe Enttäuschung und Verletzung irgendwie in den Griff zu kriegen. Was war, wenn sie den Kerl wirklich geliebt hatte? Was, wenn der Professor vielleicht auch gespürt hatte, dass sie ihm eine schwärmerische, maßlose Liebe an den Hals warf, und darauf zu reagieren versucht hatte, ohne gleich alle anderen Boote zu verbrennen?

„Ich glaube, Sie haben recht. Auch das mit den Poren. Ich habe immer gefürchtet, dass man es riecht, wenn ich von ihm komme. Durchschauen Sie alle Leute immer so gut?"

Schiller wiegelte ab, das sei schließlich sein Job. Er war froh, dass er sich ans Tatsächliche klammern konnte. „Und was hätten Sie mit den anderen Sachen gemacht? Es gibt doch sicher noch andere persönliche Sachen in der Wohnung."

„Ich hab mich nicht getraut, danach zu fragen. Sie haben die ja sicher auch schon gefunden. Ich musste einmal seinen Audi aus der Werkstatt holen, und es lag Wäsche von mir auf dem Rücksitz, da bin ich fast gestorben. Ich hätte alles dort gelassen." – Sie kann wunderschön erröten, sagte sich Schiller und studierte die Löckchen an ihren Ohren.

„Im Moment lassen Sie die Sachen besser dort. Wir können niemand erlauben, dass er oder sie sich in der Wohnung zu schaffen macht. Aber später holen Sie natürlich, was Ihnen gehört! So schockierend ist es ja nun auch wieder nicht, wenn zwei Leute miteinander gepennt haben."

Inzwischen hatte Schiller sein Sandwich verdrückt und das Bier geleert. Sie gingen über die Wiese zur Wohnung hinüber. Schiller ging unwillkürlich aufrecht und zog ein wenig den Bauch ein.

„Ich find's lustig, was Sie für ein Polizist sind", sagte sie, „ich hätte nie gedacht, dass Sie in so einer Studentenbeiz essen und Haipi trinken."

„Und ich hätte nicht gedacht, dass eine offensichtlich gescheite und hübsche junge Frau es für nötig hält, sich von so einem Typ aufs Kreuz legen zu lassen."

„Sie verachten mich", sagte Bettina.

„Nein!" Schiller schrie fast. „Ich habe bloß eine Wut auf die Verhältnisse und die Leute, deretwegen so was vorkommt!"

Sie stapfte wortlos neben ihm her und glaubte ihm nicht.

„Aber wenn ich schon unsere Regeln verletze und das Manuskript für Sie heraushole, schulden Sie mir auch einen Gefallen."

Sie standen jetzt vor der Tür des Hauses.

„Wenn es das ist, von dem Sie gerade geredet haben, können Sie den Mist behalten!" Sie blitzte ihn an, Wut und Verachtung im Blick, und drehte sich zum Weggehen.

„Halt!", rief der Bulle Schiller, aber spürte dabei, wie hohl das in diesem Moment klang. „Was soll der Mist? Ich will doch was anderes von Ihnen, und zwar dienstlich! Sie müssen mir Nachhilfe geben. Ich meine in der Philosophie, die Nierkamp betrieben hat. Damit kennen Sie sich doch aus."

Sie war sich nicht sicher, was sie davon halten sollte. „Nachtigall!"

„Ich warne Sie! Ich bin in festen Händen."

„Das hat Paul, ich meine Nierkamp, auch gesagt."

„Seine Frau hat Ihnen aber nicht die Augen ausgekratzt. Meine Freundin macht das glatt!“

Schiller zog vorsichtig das Siegel ab und schloss auf. Solche Siegel sind heute ja nur noch selten von der unverbrüchlichen Art, die man zerstören muss, damit man hineinkommt. Heute sind sie nichts anderes als ein Verwaltungsakt mit ein bisschen Warnfunktion. Vorsichtig abziehen und hinterher wieder hinkleben.

„Wissen Sie, wo das Papier liegt?“

„Ich zeige es Ihnen. Hier.“

Die dritte von oben im Stapel war die gesuchte Arbeit. In der Einleitung waren ein paar Korrekturen und Bemerkungen mit Bleistift beigeschrieben. Dann nichts mehr. Schiller ließ das ganze Konvolut durch die Finger laufen.

„Diese Sau“, protestierte Bettina, die ihm über die Schulter geschaut hatte. „Er sagte, er hätte den ganzen Tag dran gesessen, damit es wirklich gut wird, und alle Unklarheiten markiert.“

„Hat er noch andere Exemplare?“

„Nein, ich habe immer alles wieder mitgenommen. Sie haben wohl keine Ahnung, wie misstrauisch man heutzutage im Wissenschaftsbetrieb sein muss. Lass irgendwo etwas liegen, und ein paar Tage später steht es leicht umgeschrieben unter fremdem Namen in Net. Und machen kannst du dagegen gar nichts.“

„So habe ich mir das nicht vorgestellt.“

„Deshalb will ich ja zum Journalismus wechseln. Da wird man zwar auch beklaut, aber meistens erst nachdem es gedruckt ist.“

Schiller legte aus Prinzip keine dienstlichen Termine auf das Wochenende. „Tagsüber geht es bei mir rund. Wie wär’s am Montagabend? Zum Beispiel bei Paolo in Heslach?“

„Im Prinzip ja. Aber vielleicht sollten Sie doch besser in die Wohnung kommen, wo ich meine Bücher hab.“

Etwas Ähnliches hatte Schiller doch vor zwei Stunden schon einmal gehört. Er zierte sich. Aber sie bestand darauf, außerdem wohne sie in einer WG.

„Ach so. Kam der Professor denn auch zum Vögeln in die WG? Hat es ihm nichts ausgemacht, dass Sie nicht allein wohnen?“ Das war der etwas halbherzige Versuch, bei ihr einen Widerstand gegen allzu große Intimität aufzubauen. Aber sie reagierte gar nicht darauf.

„Im Gegenteil, der kannte da keine Hemmungen. Er hätte auch meine Freundin gepackt, wenn sie ihn rangelassen hätte.“

„Also, wenn es Ihnen wirklich nichts ausmacht. Das mit den Büchern leuchtet ein. Und keine Anmache. Wann soll ich antreten, Frau Professorin?“

„Sie sind wirklich ein lustiger Polizist, dass Sie ‚Professorin‘ sagen!“

„Wieso, ist das nicht korrekt – vorausgesetzt, Sie wären's schon?“

„Es wäre korrekt. Eben drum. Ich habe noch nie gehört, dass ein Kerl die weibliche Form korrekt ausgesprochen hat.“

*

Als er ins Präsidium zurückkam, saßen Schillers Mitarbeiter etwas hilflos in Fahnauers Zimmer herum. Mit Jellinek, dem Zweitjüngsten, war sein engeres Team jetzt komplett. Nierkamp war das Thema, zu dem ihnen nichts einfiel.

Fahnauer ließ Rogner berichten: Von den Nachbarn hatte niemand auch nur das geringste Verdächtige bemerkt, weder zur Tatzeit noch an den Tagen vorher. Keinen, der Fragen stellte, keinen, der das Haus beobachtete. Natürlich waren Leute herumgelaufen und hatten die Häuser besichtigt, so ist das, wenn man in einem Baudenkmal wohnt. Aber nichts Auffälliges, null. Die sechs Kollegen waren wieder an ihren Arbeitsplätzen, aber jederzeit abrufbar, wenn man sie brauchte.

Fahnauer hatte sich auch die Wohnung nochmals genauer angesehen, während die Techniker drin waren, und Rogner ebenso. Ergebnis null.

Katrin und Kobler, die noch an ihrem Protokoll schrieben, hatten aus der Sekretärin im Institut auch keine brauchbare Information herausgebracht.

Katrin, erst vor wenigen Monaten von der Schutzpolizei zum Team gekommen, konnte mit der Pattsituation ganz schlecht umgehen. „Wir haben eine Leiche, aber keinen Täter und kein Motiv und kein Ermittlungsziel. Was sollen wir denn machen?“

„O, keine Sorge“, beruhigte sie Schiller, „wo ein Aas ist, kommen schon die Fliegen. Aber du hast recht, wir müssen uns für eine vorläufige Hypothese entscheiden. Die Leute gönnen uns unser Gehalt nicht, wenn wir nur herumsitzen und nachdenken. Obwohl das fast immer das Gescheiteste wäre.“

„Ich würde mich im Zweifel halt wieder an die klassischen Motive halten“, sagte Rogner. „Moos oder Möse ...“

„Aha, das Bullenschwein auf Trüffelsuche!“ protestierte Katrin. Sie war genervt, weil man nichts tun konnte.

Schiller ersparte sich einen Kommentar. Rogner war ein alter Beamter mit einer kranken mürrischen Frau, der in zwei Jahren in Pension ging und schon alles gesehen hatte. Er tat seine Pflicht nach dem Wahlspruch „Man tut, was man kann“, war unendlich verlässlich, er dachte auch mit, aber ein gelöster Fall mehr oder weniger regte ihn nicht auf. Von ihm war nach diesem auch kein weiterer Diskussionsbeitrag zu erwarten.

„... Ich tippe jedenfalls auf das erste. Da will uns doch jemand klar machen: Der konnte den Hals nicht voll kriegen. Das wäre meine Hypothese.“ Er nickte. Das sollte heißen: Basta, ich habe mein Ding gesagt.

Jellinek, seit Monaten von einer ärgerlichen Scheidungsgeschichte umgetrieben, bei der seine Noch-Frau jeden Cent aus ihm herauspressen wollte, obwohl doch sie ihm davongelaufen war und schon mit einem neuen Typen im Nest lag, stimmte halb zu: „Wenn eine Scheidungsgeschichte läuft, geht es vielleicht um beides.“

„Ich glaube eher nicht, nach dem, was wir gehört haben. Können Sie das überprüfen?“ Jellinek würde dazu nicht lange brauchen.

Fahnauer war gereizt, weil sie keine Spur hatten, und es ärgerte ihn wie Rogner, wenn man wild in der Gegend herum spekulieren musste. Ähnlich ging es Kobler. Die beiden sagten einfach nichts.

„Es ist Freitag Nachmittag“, sagte Schiller, „und morgen ist der Erste Mai.“

„Richtig, wer geht morgen mit zur Kundgebung auf dem Rathausplatz?“ Rogner war ein alter Gewerkschafter, und Schiller achtete ihn dafür. „Was ist?“ Rogner schaute sich in der Runde um. „Katrin? – Jellinek? – Und du, Kobler? Du bist der erste, der zum Personalrat rennt, wenn dir bei der nächsten Beförderung irgendein Schleimer vorgezogen wird!“

„Die Reden da kennt man doch schon“, versuchte sich Kobler zu entschuldigen. „Proletarier aller Länder ...“

Damit brachte er Rogner vollends in Fahrt. „Ja ja, die Reden kennt man in der Tat. Vierzig Jahre schon höre ich, wir Gewerkschaftler wären ja bloß blöde Apparatschiks, und jeder sei sich selbst der Nächste. Und Solidarität brauchten sowieso bloß die Luschen und die Versager. Aber eine Gehaltserhöhung, weil die blöden Apparatschiks was gedacht und die doofen Müllmänner die Kohlen für die Herren Beamten – Verzeihung, Damen und Herren Beamten – aus dem Feuer geholt haben, die hat keiner von den Schmarotzern abgelehnt. So, so seh ich das!“

Schiller hatte seinen Rogner immer für einen Mann mit Charakter gehalten, aber dass er so hinstand, imponierte ihm. Und vielleicht musste man ja wirklich den Jüngeren ein bisschen Nachhilfe in Sozialkunde geben. Deshalb sagte er ohne viel nachzudenken: „Ich bin da.“

Jellinek und Katrin schauten ihn an, als wäre er gerade wie Elias aus den Wolken herabgeschwebt. „Du? Du bist echt in der Gewerkschaft?“

„Ja, was glaubt ihr denn? Ist das für euch nicht selbstverständlich? Und wer bitte soll dann für euch die Tarifverhandlungen führen? Und dagegenhalten, wenn man euch bei der

Arbeitszeit noch mehr in die Pfanne hauen will. Der Willi Rogner hat doch total Recht. Ich hielte es wirklich für unmoralisch, wenn ich die Gewerkschaft für mich kämpfen ließe und bloß die Ergebnisse einstreichen würde. Sorry Kobler, ich weiß ja nicht, ob du drin bist oder nicht, geht mich auch nichts an, im Dienst spielt das keine Rolle."

„Doch doch", beeilte sich Kobler zu sagen, und keiner stellte es in Frage. Schiller war froh, dass er ihn nicht blamiert hatte. Und ziemlich überzeugt, dass jemand in den nächsten Tagen diskret bei Rogner nach einem Beitrittsformular fragen würde. Und das war auch richtig so.

„Viel zu machen ist heute sowieso nicht mehr. Wer übernimmt die finanziellen Verhältnisse von Nierkamp?"

Katrin schaute sich um und sagte eifrig: „Soll ich?"

„Nein, du warst jetzt schon bei den Uni-Leuten. Da brauchen wir dich und Kobler noch weiter. Im Moment solltest du versuchen, ob du aus Nierkamps Laptop schlauer wirst."

Schiller hatte das Notebook unter den Arm geklemmt, als er mit Bettina in der Wohnung war, und mitgebracht.

„Das Finanzielle kann ich machen", sagte Jellinek, der schon öfter eine glückliche Hand in solchen Fragen bewiesen hatte. „Vom Gehaltskonto kommt man da meistens schnell weiter."

„Gut. Sie und Kobler zusammen." Es war einer von Schillers Grundsätzen, dass an jeder Frage möglichst zwei Leute zusammen arbeiteten, damit alle flexibel blieben und die Informationen leicht verfügbar waren.

„Was bleibt dann für mich?", fragte Rogner. Als alter Routinier wusste er natürlich, dass man bei einem prominenten Mordopfer eine unglaubliche Betriebsamkeit darstellen musste, auch wenn es im Moment noch wenig Sinnvolles zu tun gab.

„Noch genug! – Wenn jemand was anderes zu erledigen hat, hab ich nichts dagegen, dass er es jetzt macht. Die Überstunden kommen schneller, als uns lieb ist. Wir müssen sowieso auf Rufbereitschaft gehen übers Wochenende."

„Die von der Pressestelle hat schon ein paarmal angerufen. Das ist ne geile Tussi." Fahnauer hatte sie bisher abgewimmelt.

„Spürst du das durchs Telefon?", frotzelte Jellinek.

„Ach was! Publicitygeil. Als ob sie Bundeskanzlerin werden wollte."

„Das vielleicht nicht", meinte Rogner. „Aber mindestens Polizeipräsidentin? Die haben sowieso alle einen Wahnsinnskrattel da unten."

„Logo. Das ist die neue Zeit. Wir leben im amerikanischen Zeitalter. Nicht was einer leistet, ist wichtig, sondern wie er es verkauft. Die Polizei, dein Freund und Schaumschläger! Lass eine heiße Pressetussi auf der Glotze in jedes Haus sülzen – und du kannst Hunderte von Streifenpolizisten einsparen! Deren Job macht dann ein Callcenter in Taiwan." Fahnauer.

Kobler nickte. „Und es funktioniert ja auch. Wenn du als Chrysler deine Schrottkisten nicht mehr los wirst und technisch längst erledigt bist, suchst du dir im alten Europa einen dummgierigen Möchtegern, und die beste Autofirma der Welt schiebt dir die Milliarden in den Arsch, bevor sie merkt, dass alles heiße Luft war."

„Leute, für heut ist genug politisiert. Macht, was ihr für richtig haltet. Ich muss mir jetzt diese verdammte Pressemitteilung überlegen."

„Reiß dir keinen Fuß aus. Und mach sie so knapp wie möglich. Morgen gibt es keine Zeitung. Bis Montag kannst du dich nur blamieren, egal was du heute schreibst." – Damit hatte Fahnauer sicher Recht. Nur überlegte sich Schiller, ob es nicht besser war, vorher auf den Busch zu klopfen. In den Abendnachrichten zum Beispiel. Mit Namensnennung. Um die Schmeißfliegen ein wenig aufzuscheuchen.

„Was hab ich gesagt", murmelte Rogner, „der Tag der Arbeit nützt sogar den Ermittlungen."

„Da wär' ich aber jetzt nicht so stolz drauf!" Schiller musste ihm doch widersprechen. „Den Ersten Mai als Feiertag haben die Nazis eingeführt, auch wenn uns das heute peinlich vorkommt! Die haben gewusst, wie man sich die Leute kauft."

Rogner senkte den Kopf. „Du hast recht. Das habe ich schon mal gewusst. Aber ich habe es vergessen, vergessen wollen. Das versteht heute keiner mehr."

*

Am Schreibtisch angekommen, war Schiller nur noch zu einundfünfzig Prozent überzeugt, dass sein nächster Schritt richtig war. Aber wenn die gegenständliche Umgebung des Toten keine Aufschlüsse hergab – und dies hier war kein beliebiger Toter, sondern ein bekannter Ordinarius und *homme de lettres*, der auf eine sehr sprechende Art und Weise umgebracht worden war – dann musste man eben in das Medium gehen, in dem er seine Wirksamkeit entfaltet hatte. Angehörige, die besonderer Rücksicht und Feinfühligkeit bedurft hätten, waren, wenn es sie gab, weit weg. Also die Tat mit aller Massivität charakterisiert:

Der bekannte Professor Nierkamp von der hiesigen Universität, in zahlreiche, zum Teil heftige, wissenschaftliche Kontroversen verstrickt, wurde am Donnerstagabend in seiner Wohnung ermordet. Mord zweifelsfrei, selbst Polizei entsetzt über Brutalität, mit der das Opfer erstickt wurde. Ausführung höchst professionell, ohne Hinterlassung irgendwelcher Spuren. Täter wie Motiv mysteriös. Keine Beobachtungen der Nachbarn. Tat zufällig am Freitag von einer Mitarbeiterin entdeckt, die noch unter Schock steht (bewusste Fehlspur). *Polizei hat eine Sonderkommission gebildet, Untersuchungen gehen mit Hochdruck in verschiedene Richtungen, aber noch keine konkrete Spur. Sachdienliche Hinweise erbeten ...*

Schiller legte die Beine auf die Tischplatte, las es nochmals durch und ersetzte die Worte *selbst Polizei entsetzt über* durch *bemerkenswert die*. Er war nicht entsetzt. Er hatte noch nie einen Mord gesehen, der nicht in der Ausführung oder den Folgen furchtbar genannt werden konnte, und dieser hier war auch nicht tödlicher als andere. Also, warum entsetzt? Der philosophisch verbrämte Sozialdarwinist Nierkamp, sagte er sich, wenn den schon jemand zum Schweigen gebracht hatte, verdiente für seinen Exitus keine Rekordmarke, sondern eher einen Fußtritt in die Grube, die er unschuldigen anderen zugedacht hatte. – So!

Schiller wusste wohl, dass die Kollegin von der Pressestelle auf Kohlen saß und jeden Moment anrufen würde. In keinem Moment erwartete er, dass sie durch die Tür käme. Er hatte öfters beobachtet, dass gerade Leute, die in einer Richtung einen riesigen Wirbel veranstalteten, in anderen Hinsichten ganz unsicher waren. Die von der Pressestelle, die sich seit kurzem Presse*abteilung* nennen durfte, bewegten sich durch das eigene Haus bei den operativen Abteilungen wie Fremde. Dabei hatte er längst seine viel direkteren, nämlich stoffhaltigen Drähte zur Presse. Er wollte als ersten Langkammer anrufen, den sympathischen jungen Redakteur der großen Tageszeitung, und dann Kost von der Bildzeitung. Aber zuerst die Meldung an die Pressestelle mailen.

Langkammer sei auf dem Golfplatz einlochen üben. Seine Mitarbeiterin, die vom guten Kontakt der beiden wusste, sagte das so süffisant, dass Schiller etwas anderes vermutete. Vielleicht war sie eifersüchtig. Und wenn es wirklich nur der Golfplatz war, gönnte er es dem blassen, immer überarbeiteten jungen Mann, dass er ein wenig an die frische Luft kam, damit vielleicht danach Variante eins zur Ausführung kam.

„Danke, Sie sind trotzdem ein Schatz. Und jetzt verraten Sie mir bitte ein Geheimnis. Mit wem von der Landesschau redet er so offen wie wir beide miteinander?“

Sie zögerte und entschloss sich dann, es zu sagen. „Sie heißt Elisabeth Kuon, die beiden lachen und schäkern ständig zusammen, ich werde da richtig eifersüchtig.“

„Sie und der Langkammer sitzen einander gegenüber?“

„Deshalb nervt es mich ja so. Aber jetzt gebe ich Ihnen die Nummer.“ Sie gab sie ihm.

„Danke. Das nächste Mal schäkern dann wir, und er guckt in die Röhre. Aber ich muss Sie warnen, meine Süße ist eifersüchtig wie eine läufige Katze!“

„O je, hab ich schon wieder eine Niete gezogen! Wann werde ich armes Mädchen bloß auch mal geküsst?"

Schiller lachte. „Vielen Dank für die Niete! Ich würde an Ihrer Stelle dem Langkammer nicht so viel Auslauf geben. Der ist doch ein super Typ."

Jetzt lachte sie. Schiller wurde aber nicht schlau daraus. – Monate später erfuhr er durch Zufall, dass die Frau mit der verführerischen Stimme einer Siebenundzwanzigjährigen in Wirklichkeit 54 war und im Rollstuhl saß.

Elisabeth Kuon gab sich zuerst sehr reserviert. Erst als sie kapierte, wer er wirklich war und wie und warum er an sie gekommen war, taute sie auf. Er bat sie zurückzurufen, damit sie sicher sei, mit wem sie gesprochen habe. Oder besser zuerst die Pressemeldung abwarten, die gerade hinausgehe, und dann zurückrufen und sich mit ihm verbinden lassen.

Schiller wollte eigentlich nur erreichen, dass die Meldung nicht unter den Tisch fiel. Obwohl das Fernsehen auf Landesebene mit immer wechselnden Formaten und Zeiten, lächerlichen Moderationen, Vermengung von Nachricht und Jokus alles getan hatte, um sich als Nachrichtenmedium zu diskreditieren, bot es doch die einzige Gelegenheit, eine Meldung zeitnah unter die Leute zu bringen, zumal am Wochenende. Nur das wollte Schiller. Dann würden hoffentlich irgendwelche Informationen auftauchen. - Nach zehn Minuten rief Elisabeth Kuon an: Gebongt, das nehmen wir so fast wörtlich in die Abendnachrichten.

Der freche Redakteur der Bildzeitung namens Kost, mit dem Schiller sonst immer zu tun hatte, war um diese Zeit – vor der zweitägigen Erscheinungspause – nicht am Schreibtisch. Schiller hatte auch gar nicht vorgehabt, ihm irgendwelche Details zu sagen. Eigentlich rief er nur an, um ihm für diesen Fall den Schneid abzukaufen und in künftigen Fällen, wenn es wieder um irgendwelche „geilen" Nachrichten ging, entgegenhalten zu können, dass er ihn doch zum Beispiel im Mordfall Nierkamp als allerersten habe unterrichten wollen.

Schiller hatte ja auch nichts weiter mitzuteilen. Umgekehrt wäre aber interessant gewesen, ob irgendein Arsch schon ausgeplaudert hatte, dass man den berühmten Professor mit Schaumstoff im Mund und einer Pfauenfeder im Schwanz aufgefunden hatte. Und dann war weiter interessant, welche Reaktionen das eine oder das andere Merkmal hervorrufen würde. Schiller hätte von diesen Details sowieso nichts verraten. Doch wenn ein Fall in sich selber heiß war, und dieser wurde gerade heiß, wurden solche Schlacken ganz von allein an die Oberfläche gespült.

*

Schiller hatte Mappe und Mantel in der Hand, als das Telefon läutete. Er sah am Display: Es war die Pressestelle, und verließ seelenruhig sein Zimmer.

Ihm war schon klar, dass da jemand gerne die blutigeren Einzelheiten – natürlich ganz unter uns, das ist ja ein Hintergrundgespräch – verkaufen wollte, um sich wichtig zu machen. Und möglichst auch gleich alle Ermittlungshypothesen dazu. Man konnte eine Information gar nicht so schnell zum Dienstgeheimnis erklären, wie die Pressestelle sie schon ausgeplaudert hatte. – Kobler und Fahnauer hatten völlig recht. Nicht was einer leistete, war noch wichtig, sondern nur, wie er es verkaufte.

Zufrieden mit dieser seiner Analyse der Verhältnisse marschierte Schiller hinaus. Er war unruhig. Das mochte auch daran liegen, dass das unnatürlich warme Hochdruckwetter der letzten Tage sich gerade in Wolkentürmen, einzelnen Gewittern und Temperaturschwankungen austobte, die im Kleinklima des Stuttgarter Kessels abrupte Wechsel bewirkten. Er schaute an den quirlenden Himmel hinauf und zelebrierte dann an der letzten Treppenstufe vor dem Asphalt wie jedes Mal sein kleines privates Ritual, alles Dienstliche beim Verlassen der Arbeitsstelle abzuschalten.

Diesmal gelang es nicht ganz. Morgen musste er zu der Maikundgebung. Von sich aus wäre er da nicht hingegangen. Aber nachdem er dem guten Rogner beigesprungen war und sich zum Vorbild für die Kollegen aufgeworfen hatte, durfte er nicht fehlen. Dabei war der Morgen im Haushalt schon vollständig verplant gewesen, und in diesem Plan war für das Auswintern und Umtopfen der Oleanderpflanzen, das auch dringend gemacht werden sollte, noch gar keine Zeit vorgesehen. Und die leeren Flaschen wollte er doch auch wegbringen. Das Treffen mit Reiss heute abend, so angenehm es werden konnte, war letztlich auch dienstlich. Judith wird mir die Augen auskratzen!

Es war halb fünf Uhr am Nachmittag. Schiller hätte rein zeitlich gesehen gleich heimfahren und die Pflanzen hinausbringen können. Aber er hatte den Kopf woanders. Mit seinen letzten Aktionen hatte er quasi in die Luft geschossen und musste nun warten, welcher Vogel, wenn überhaupt einer, ihm jetzt vor die Füße gesegelt kam.

Reiss hatte ihm dazu einmal eine Geschichte erzählt und dazu die rätselhafte Bemerkung gemacht, diese Geschichte gehöre zu seiner weiteren Verwandtschaft und sei deswegen genau so wahr oder erfunden wie eine andere Geschichte, in der – der anderen Geschichte, die jetzt zuerst komme – er einmal mit Bekannten in einer Stuttgarter Kneipe an der Bar gesessen habe. Schiller kannte die Kneipe mitten im Rotlichtviertel, in der sich immer wieder auch Schriftsteller, Schauspieler – für einen von ihnen, gar nicht unbekannt, sei das mehr oder weniger das Wohnzimmer –, Zeitungsleute und andere Intelligentsia das Stelldichein gaben. Also, Reiss sei da, wie er erzählte, am Tresen gesessen, habe aber nicht wirklich zugehört, sondern sei mit seinem Kopf in einem Text herumgewandert, an den er sich danach nur vage erinnert habe, als ein paar Männer hereinkamen und einer, den er kannte, zu ihm sagte, er solle doch nachher zu ihnen in den Nebenraum kommen.

Er habe dann seinen eigenen Begleiter verabschiedet und sei in den Nebenraum gegangen, wo einer der drei, ein weißhaariger Mann mit feinem Gesicht, das ihn an einen Lehrer erinnerte, über einen kleinen *palmtop* und seine mickrigen Buchstaben gebeugt, geradezu andächtig einen Text vorlas. Nur kurz habe der Lesende unterbrochen, um dem Ankömmling die Hand zu geben und zu sagen, er habe übrigens den Text, den er jetzt von diesem *palmtop* vorlese, nicht etwa von irgendwoher *überspielt,* sondern buchstäblich, also Buchstabe für Buchstabe, hier auf den winzigen Tasten selbst eingetippt, damit er ihn immer bei sich habe. Der Text, das habe er gleich an der Satzmelodie gemerkt und dann auch erkannt, sei von Robert Walser gewesen, der Lesende sei der Peter Bichsel gewesen, und sie hätten ihm zu dritt schweigend und süchtig so lange zugehört und Rotwein getrunken, bis die Wirtin sie hinausgesetzt habe, und dann hätten sie den Bichsel wie einen Dichterfürsten zu dem bescheidenen Hotel geleitet, in dem ihn irgendeine einladende Instanz einquartiert hatte.

„So, und wie es das Warenhaus ‚Zur Stadt Paris' eben in Langnau im *Emmental* und nicht im *Simmental* gibt, mit welchem eine Geschichte von Peter Bichsel beginnt, so ist es auch wahr, dass der Samuel Zeller, ein Evangelist von Gotteskraft und Gottvertrauen im vorvergangenen Jahrhundert, eigentlich ja ein Schwabe, aber längst verschweizert – dass dieser Zeller eines Malefiz- und durch Gottes Güte letztlich doch gesegneten Tages eben nicht in *Beuggen am Rhein*, wo es auch einen Evangelisten Zeller gab, sondern in *Männedorf am Zürichsee*, wo er die Rettungsanstalt namens *Elim* leitete, unter der Tür seines Hauses steht, während draußen auf der Wiese zum Zürisee hinunter sein kleines Kindlein im Gras spielt, als der Vater den Blick erhebt und erkennt, dass der Adler, der da oben kreist, zum Fangsturz ansetzt, und ist weit und breit kein anderes Tierlein oder Lebewesen zu sehen, das der Adler schlagen könnte, als allein sein kleines Kindlein. Das erkannt, gefriert ihm das Blut, zum Rufen ist es zu weit, so gehorsam das Kind auch wäre – es gibt dazu noch eine andere Missionarsgeschichte von dem gehorsamen Kind unter einem Baum in Borneo, aus dem eine Giftschlange hängt, aber es gehorcht so genau aufs Wort, dass es sich auf den ersten Ruf der Mutter auf den Bauch wirft und unter der bösen Schlange davonkriecht, aber darum geht es in unserer Geschichte nicht –, hier in Männedorf ist es zum Rufen zu weit, aber ein Stoßgebet entringt sich der Brust des Vaters, und da besinnt er sich des Sturmgewehrs, das bei ihm wie bei jedem *währschaften* Schweizer Mann gleich hinter der Haustür lehnt. Ein Griff, er spannt – der tückische Raubvogel ist in seinem Sturzflug nur noch wenige Fuß über seinem Opfer, das da spielt wie in Abrahams Schoß, nein, nicht *wie*, sondern wirklich *in* Abrahams Schoß hat es gespielt –, und mit dem ersten einzigen Schuss taumelt das große Tier und segelt dem Schützen vor die Füße. Heute noch ist der Aar ausgestopft in Männedorf zu sehen."

Schiller stellte verwundert fest, dass er sich da selber eine Geschichte erzählte und dabei sogar den Dialekt, mit dem Reiss das Schweizerische mit einem gewissen Geschick nachzumachen verstand, imitierte. Heute war ein sonderbarer Tag. Und Grund genug, auf seine alte Maxime zu vertrauen, dass sich die Fakten und Gedanken auch dann in eine Ordnung zusammen fügten, wenn man nicht mit Absichten daran herumspekulierte und herumfeilte.

Er stieg in sein Auto. Er hatte *blindlings* in die Luft geschossen. Die vergleichsweise läppische Frage war nur, ob ihm trotzdem wie dem Sami Zeller in Männedorf ein Adler vor die Füße flattern würde. Er hatte ja nicht einmal ein Stoßgebet gebetet.

*

Als der Anlasser drehte, fiel ihm ein, dass er tatsächlich vergessen hatte, die Ehefrau des Toten zu verständigen. Das gehörte nun wirklich zu den Aufgaben des Teamchefs. Aber er wusste nicht, wo er sie erreichen konnte. Vermutlich hatten es die Kollegen schon herausgefunden. Doch er hatte keine Lust, ins Büro zurückzugehen. Lieber fuhr er nochmals in die Wohnung, den Schlüssel hatte er bei sich.

Trotzdem verließ ihn auf dem Weg das Gefühl nicht, irgendetwas laufe nicht richtig. Nicht bloß, aber auch mit der Unterrichtung der Angehörigen. Zwischen Nierkamp und seiner Ehefrau hatte es sicher Knies gegeben, aber es schien doch so, als hätten sie ein ziviles Verhältnis zueinander gefunden. Dann sollte die Frau nicht durch Dritte von der Sache erfahren. Aber möglichst auch nicht zu schnell auf der Matte stehen; die Wohnung musste ohnedies beschlagnahmt bleiben, bis eine Spur gefunden war. Seltsamerweise kam Schiller zunächst nicht auf den Gedanken, die Ehefrau in den Kreis der Verdächtigen einzubeziehen.

Erst als er auf dem Stuhl des Toten saß, sah er den Platzhalterzettel: Er selbst hatte dessen Notizbuch ja schon am Nachmittag in seine Mappe gesteckt! Ich bin heute wirklich nicht gut drauf! – Er fand die Nummer, die mit 003933 begann. Das war aber nicht in der Schweiz, sondern irgendwo in Norditalien. Am anderen Ende nahm niemand ab. Bei einem zweiten Versuch ließ er es ewig läuten und schaute dabei dem Wolkentreiben über dem Kessel zu; schließlich meldete sich eine ältere Frau, die auf seine deutschen Worte nicht reagierte. Vermutlich eine Hausangestellte oder Hauswartin. Also suchte er all sein Ferien-Italienisch zusammen. Ob dort die Signora Nierkamp? Sie reagierte mit Unverständnis. Erst als er seine Frage wiederholte, kapierte sie: *Si si, si si.* – Zu sprechen? Ach so, nicht zu Hause. Ob heute Abend, *questa sera?* – Schließlich kam heraus, dass sie verreist war, aber nicht hinterlassen hatte, wohin. Sie besaß auch ein Mobiltelefon, *telefonino*, aber die Perle wusste die Nummer nicht. Also ließ er sich die Adresse, *indirizzo*, geben und sagte, sie würden ein Telegramm schicken und einen Brief. Er notierte ein paar Sätze und rief im Präsidium an. Die Sekretärin war nicht mehr da. Aber der gute Rogner war noch am Platz und belehrte ihn, dass es seit 2001 keine Telegramme ins Ausland mehr gebe; aber er sorge dafür, dass gleich ein Brief an die Adresse und eine Mail ans dortige Revier abgeschickt werde.

Schiller blieb sitzen und dachte an die eigenartige Begegnung mit der jungen Bettina am Mittag. Er hatte den Kollegen nichts davon gesagt, was sollten die auch damit anfangen? Am Morgen hatte er sich noch richtig empört über die zynische Haltung, mit der sie, wie andere ihrer Generation, ihren Körper als Tauschware im Postenschacher eingesetzt hatte. Am Mittag hatte sie ihn mit einer distanzverschlingenden Präsenz überrollt, der er nichts entgegenzusetzen hatte. Und natürlich ließ das, was sie über ihre sexuelle Verfügbarkeit erzählt hatte, ihn als Mann nicht kalt. Das Mädchen dampfte ja direkt vor – ja, vor was? Es war nicht Gier, auch nicht Geilheit. Das Aufreizende war ihre offen eingestandene Verfügbarkeit als Lustobjekt. Und jetzt fiel ihm auch das gesuchte Zitat wieder ein: *Sie war, ob sie wollte oder nicht, die Art von Frau, die den Eindruck vermittelt, noch zwanzig Sekunden vor der eigenen Ankunft nackt gewesen zu sein ...*

Lag vielleicht das Geheimnis der Tat in diesem Mädchen? War es nicht so, dass sie Sex atmete und zumindest manche Männer damit betäuben konnte? Warum sollte da nicht einem jungen oder älteren Mann, der verzweifelt in sie verliebt war und zusehen musste, was Nierkamp mit ihr trieb, und der das nicht als Spiel zwischen den beiden, sondern nur als Ausbeutung und Erniedrigung begreifen konnte, die Sicherung durchbrennen? Sie hatte keinen früheren Liebhaber erwähnt. Das musste nichts bedeuten. Es ließ auch die Möglichkeit offen, dass da noch ein großes, zuvor nicht abgeschlossenes Drama im Hintergrund stand.

Und jetzt das Drama bei Nierkamp? – Schiller hatte leider den familiären Hintergrund Nierkamps ganz den Kollegen überlassen und die Ergebnisse nur kurz überflogen. Es existierten Kinder, Schiller meinte sich zu erinnern, dass es zwei Töchter waren und beide schon lange aus dem Haus; die Nierkamps mussten jung geheiratet haben. Würde eine Tochter bei einer ödipal motivierten Kurzschlusshandlung ihren Vater umbringen, oder nicht viel eher die falsche Frau an der Mutterstelle? Ohne zusätzliche Verdachtsmomente konnte man die Töchter vorerst beiseite lassen.

Oder doch die Ehefrau? Bettina hatte gesagt, er habe seine Frau gut behandelt. Das durfte man nicht für bare Münze nehmen, zumal es aus dem Mund der Geliebten kam. Aber es sprach auch nichts dagegen. Man musste die Szenerie auf sich wirken lassen und warten, was sich zeigte. Vielleicht fanden sich ja Hinweise auf einen ganz anderen Konflikt in seinen Unterlagen.

Das herauszukriegen war nicht einfach. Nierkamp war ein Chaot. Wie das Leben, so die Papiere, dachte Schiller. Die Leere der Tischplatte, auf der nur der Laptop gestanden und das Manuskript gelegen hatte und von der die Techniker viele Spuren abgenommen hatten, passte nicht zum Übrigen. Hatte er etwas auf dem Schreibtisch ausgebreitet, das vom Täter abgeräumt worden war? Darüber musste man auch noch nachdenken. Der Rest war das totale Durcheinander; im ersten Stoß lagen: ausgerissene Zeitungsseiten, Sonderdrucke von Kollegen mit Widmung, Notizzettel mit Stichworten, vermutlich von seiner Hand, Nachrichten der Universität über die Renovierung eines Hörsaals, der Brief von einem Verleger, eine studentische Klausurarbeit, unkorrigiert. Wenn da eine Ordnung war, dann allenfalls die, dass Nierkamp die Dinge hintereinander auf den Stoß geworfen hatte. So ging es weiter, der ganze Boden war voll dieser Papierstapel. Im Regal stand eine ganze Menge Ordner, aber ein paar Blicke hinein zeigten, dass dieses Ordnungssystem schon vor Jahren wieder verlassen worden war. Was Schiller suchte, Privatbriefe oder persönliche Schreiben jüngeren Datums, konnte man dort nicht vermuten. In der großen Schreibtischschublade, die, prall gefüllt, ein wahres Papiergrab darstellte, kam er der Sache näher. Zwar ging auch hier das Persönliche und das Dienstliche wild durcheinander, aber es waren Weihnachtsgrüße vorhanden von „Bibi“, das könnte eine der Töchter sein oder eine andere Frau, die ihm gegenüber einen Kosenamen benutzte. Schiller schmökerte weiter, legte Geschäftliches links und Privates rechts aufs Gesicht – und hatte auf einmal einen Brief von Nierkamps Frau Beate in der Hand. Vor drei Monaten geschrieben.

Der war mit der Hand geschrieben und begann: „Lieber Paul“ – also immerhin verkehrten sie noch persönlich und nicht durch Anwaltsschreiben. Sogar wenn es, wie sich zeigte, um Geld ging. Sie schrieb, ob resigniert oder eher mit Genugtuung, war nicht zu erkennen: So wie die Dinge lägen, würden sie ja wohl auch weiter nicht in einem gemeinsamen Haushalt leben oder leben können, aber seit einiger Zeit sei ja wieder das Dienstalter gestiegen und außerdem habe es mehrfach

Gehaltserhöhungen gegeben. Dann ging es um ein gemeinsames Haus am Bodensee, das er allein nutze, aber zur Hälfte von ihrem Drittel abziehe, das sei nicht ganz fair. „Andererseits heißt es schon im fünften Buch Mose: ‚Du sollst dem Ochsen, der da drischt, das Maul nicht verbinden.' Also will ich dich nicht rupfen oder rasieren und schränke mich entsprechend ein. Nur wäre es nett, wenn du mich auch normal leben ließest." Sie wisse ja nicht, wie seine Lebensumstände jetzt seien, wolle das auch gar nicht wissen, den Ohrenbläsern habe sie schon lange den Abschied gegeben, aber vielleicht könne man sich trotzdem mal wieder treffen, zumindest zum Essen und Reden, sie wisse ja gar nicht mehr, woran er arbeite. Aber das solle er so halten wie er lustig sei.

Das war doch etwas! Die Frau wirkte recht souverän, klammerte kein bisschen, und hatte sich sogar ihren Humor bewahrt. Jedenfalls nach diesem Brief. Also: volle Entwarnung. Diese Ehefrau schickte ihm keinen Meuchelmörder ins Haus. Und da Kinder nur selten wirklich eigene Konflikte mit einem Elternteil austragen, waren damit für Schiller auch die Töchter zunächst abgehakt.

Schiller grub sich weiter durch die Papiere. Es fanden sich kein Erpresserbrief und keine Korrespondenz mit der nigerianischen Geldmafia. Sein Auto hatte der Tote als Vorführfahrzeug von der nächstgelegenen Werksniederlassung bezogen und, wie es aussah, gleich bezahlt. In einer weiteren Schublade des Schreibtisches fand sich all das, was vermutlich die gesamte Geldwirtschaft des Toten ausgemacht hatte: Verrechnungsschecks, nicht mehr gültige Euroschecks, Kontoauszüge abgeheftet und lose, Überweisungsträger ... Auch mehrere Gehaltsmitteilungen des Landesamts für Besoldung und Versorgung. Äußerlich glichen sie denen, die er auch jeden Monat bekam, doch er wunderte sich, wie viel höher das Gehalt und die Abzüge waren. Er zog einige der Kontoauszüge heraus und entdeckte nichts Auffälliges, Krankenversicherung, Lebensversicherung, Bausparkasse, alle möglichen Beiträge und Abonnements neben normalen Einkäufen. Jeden Monat eine Auslandsüberweisung; die Ehefrau hatte offenbar keine inländische Bankverbindung mehr. Er wollte

Jellinek nicht vorgreifen, aber es interessierte ihn doch, wie Nierkamp auf den Brief seiner Frau vom Januar reagiert hatte, und fand, dass dieser tatsächlich deren Apanage ab dem Februar um dreihundert Euro angehoben hatte. Jellineks Aufgabe war nach diesem Befund fast unnötig. Die Musik spielte woanders.

O je, es war schon nach sechs! Morgen blieben wegen des Feiertags die Läden geschlossen. Getränke musste er auf jeden Fall besorgen, aber auch sonst machte er meist einen Teil der Wochenendeinkäufe. Judith war aber schon im Supermarkt, als er sie anrief, und sicherte die Notversorgung. Er müsse sich nur um die Getränke kümmern. Außer wenn er selbst kochen wolle.

Schiller wollte nicht kochen und besorgte die Getränke. So war er rechtzeitig zuhause und konnte um viertel vor acht sehen, wie seine Nachricht in der Landesschau herüberkam. Die Oleander blieben drin und die Flaschen da.

*

Zwischen Schiller und Judith stimmte glücklicherweise der Sex. Keiner beklagte sich über mangelnde Initiative des anderen. Und wenn man Harald Schmidt in seinen besten Zeiten nachsagte, er sei das wirksamste Verhütungsmittel in Deutschland und damit der größte Feind der Rentenkassen, waren davon Schiller und Judith mit Sicherheit nicht betroffen; dass sie trotzdem noch keine Kinder hatten, hing direkt davon ab, dass Judith noch keine Kinder wollte und indirekt vielleicht davon, dass sie beide diesen Bereich mit seinen Reizen noch längst nicht ausgelotet hatten. Schiller drängte seine Freundin auch nicht.

Judith, eine zierliche Person mit braunen Haaren, denen sie in letzter Zeit einen leichten Rotstich mitgab, von Beruf Fotografin an den staatlichen Museen, war genusssüchtig, mit einer gewissen devoten Ader begabt, und hatte den Schalk im

Nacken. Schiller spielte nicht nur mit, sondern brachte seine eigenen Ideen und Spielchen ein. Und genau das machte den Besuch bei Reiss, zu dem sie an diesem Abend aufbrachen, spannend. Im vergangenen Jahr hatten sie von Reiss, der ein Ferienhaus mit zwei Wohnungen besaß, eine Wohnung gemietet. Das war zufällig zu einem Zeitpunkt, als sie ernsthaft angefangen hatten, ihrem Sex mit Spielchen der Dominanz und Devotion ein zusätzliches Gewürz beizumengen. Dann waren sich Reiss und sie beide im Zusammenhang mit einem tragischen Ereignis sehr nahe gekommen, und in kürzester Zeit hatte Reiss, wie es sonst nur Schiller mit anderen Leuten gelang, die Lage der beiden durchschaut und in einer Situation, in der sie sich allein in ihrer Zweierkiste fürchterlich ineinander verkrampft hätten, sich als Zuhörer, leiser Erzähler von Geschichten und mit vorsichtig lächelnd vorgetragenen Vorschlägen eingebracht, und das so, dass es selbst bei intimen Themen zu keiner Zeit peinlich geworden war. Seither war er für sie so etwas wie ein Pate ihrer Beziehung.

Heute war die Frage, wie sich diese Geschichten nach einem Dreivierteljahr auswirken würden. Judith machte sich schick, weil sie zu ersten Mal Reiss' Frau Anneliese treffen sollten, und Markus lachte vergnügt, als sie ihm in ihrem knallroten Tangokleidchen und eleganten Schuhen entgegenkam. „Whoaw, willst du Reiss verführen oder gar Anneliese?"

„Sag, ist das zu *osé*?"

„Für ihn sicher nicht. In der Nacht zum Ersten Mai schon gar nicht! Und bei ihr musst du es einfach riskieren!" Trotzdem merkte Schiller, dass sie ein bisschen verlegen war, weil sie sich auf den letzten Metern zur Reiss'schen Wohnung eng bei ihm einhängte.

Der Rechtsanwalt nahm Judith begeistert in den Arm. Er führte sie hinein und öffnete ein paar Türen. In der weitläufigen Wohnung dominierten Bücher und Bilder. Von der Ferienwohnung hatte Reiss einmal gesagt, Anneliese und er würden sich um „aufmerksame Schlichtheit" bemühen, ein ähnlicher Eindruck herrschte hier. Viele Möbel waren alt und einfach, einige jedoch Schmuckstücke, und einige moderne Klassiker. Mehrere Stühle waren als Einzelstücke geschreinert. Dabei war die Fülle der Dinge bei allem Bemühen schwer zu bändigen, das sah man. In Reiss' Arbeitszimmer war ein kleines Ensemble schöner Aktfotografien versammelt, in dem seiner Frau hing ein Plakat vom Stierkampf in Céret in den Pyrenäen an der Wand. Picasso hat dort seine berühmten Stierkampfmotive gemalt.

„Ihr habt Anneliese ja beide noch nicht kennen gelernt." Während sie sich noch umsahen, kam diese von einer Sitzung zurück. Ob sie mit Reiss tatsächlich das praktizierte, was er ihnen beigebracht hatte, war bei aller Neugier nicht herauszukriegen; nicht einmal Schiller als Experte schaffte es, ihr sphingenhaftes Lächeln bei diesem Thema zu durchdringen.

„Genug geschaut. Jetzt geht's zuerst zur Sache. Ich hab mir gedacht, wir nehmen einen Schluck von einem leichteren Minervois, wenn ihr mögt – einen Rosé. Nach der Arbeit kommen wir dann zu den Roten, und vergleichen den von Castelmaure mit dem Combe Nègre."

„Dem vom Intendanten?" - Der genannte Rotwein, mit dem Reiss seine Neuentdeckung vergleichen wollte, stammte von Jérôme Savary, dem berühmten Intendanten der Pariser Theater, der sich in einem kleinen Örtchen bei Fitou als Winzer engagierte, und das durchaus nicht hobbymäßig.

„Das ist noch immer mein Lieblings-Fitou."

Aber dann musste Schiller seine Fragen zu dem Philosophen und seiner Philosophie vorbringen. Er hatte vorhin Nierkamps Vortrag noch etwas weiter studiert und immer weniger davon verstanden. Nach seinem Eindruck waren das nur Wortspielereien, und deswegen sträubte sich auch sein Verstand dagegen. Zu seiner Enttäuschung wurde er von Reiss nicht korrigiert, sondern bestätigt. Er halte den Mann trotz Lehrstuhl für einen Scharlatan, der sich immer zu aktuellen Themen wichtig mache. Im Moment sei es die Euthanasie, vorher sei es die Medizinethik gewesen, davor die Weltinnenpolitik, davor die Menschenrechte. Wenn er sich in seinem Papier auf Popper berufe, dann glaube er ihm das einfach nicht. Popper sei als Wissenschaftler immer seriös gewesen, auch wenn er selbst, Reiss, mit dessen Forschungslogik wenig anfangen könne.

Als Schiller mit eigenen Worten berichtete, was Nierkamp zur Widerlegung von Aristoteles, Kant und Hegel geschrieben hatte, wollte Reiss das zunächst gar nicht glauben; Schiller musste das Papier herausziehen und ihn selber lesen lassen. Als Reiss dann aber anfing, über die Probleme der Begriffsbildung und der Induktion bei Aristoteles ins Einzelne zu gehen, winkte Schiller ab. „Das sollte man ein andermal besprechen, wenn du dir die Zeit nehmen willst. Ich würde das gern mal kapieren. Für meinen heutigen Fall genügt mir: Wenn du sagst, das ist Mist, gibt es sicher viele vernünftige Leute, die das genau so sehen."

„Es gibt aber viele, die Mist schreiben." Reiss nahm einen Schluck. „Das ist heute wie vor der Aufklärung, so nach dem Ausgang der Renaissance, wo alle systematische Sicherheit weg war und jeder jeden Mist schreiben konnte, der ihm durch den Kopf schoss, und jeder hat Leser und Anhänger gefunden. Heute ist man wieder süchtig nach Querdenkern. Je abstruser desto aparter, Derrida sei Dank, alles ist Text. – Aber ob das zu einem Verbrechen führt? Was bringt es denn, wenn man in einem Meer von Wirrköpfen einen einzigen Wirrkopf ausschaltet?"

„Gegenthese: Es gab zwar immer eine Quote der Unvernunft", schaltete sich Anneliese ein, „und auch immer eine ganze Menge Leute, die vernünftig zu denken und vernünftig zu arbeiten versucht haben. Warum bist du so sauer?"

Reiss nickte. Sie hatte natürlich recht. „Was der Nierkamp schreibt, ist ja nicht total dumm. Es verletzt nur meine Vorstellung von Wissenschaftsmoral. Doch er könnte dagegen sagen: Ich brauche das, um dich zu provozieren – damit du beim Versuch, mich zu widerlegen, alles aufbietest. Und wenn du das nicht kannst, habe ich meinen Punkt gemacht. So dass seine These hier nicht wäre: das und das und das gehört zur Menschenwürde und das nicht, sondern seine These wäre quasi ein radikalisierter Marx: Fundamentalontologisch habe sich die Marktverfallenheit aller Dinge, auch der absoluten Güter, Adorno hätte gesagt: die *Verdinglichung aller Lebensverhältnisse* – trotz des Begriffs der absoluten Menschenrechte, trotz Grundgesetz und Menschenrechtserklärungen, schon so von innen in den Köpfen festgefressen, dass die Leute gar nicht anders denken können als in der Käuflichkeit von allem. Was könnte man dann dagegen sagen, wenn einer den anderen zu einem höheren Preis, als dieser selber bieten kann, aufkauft und abräumt?"

Judith war das nicht genug. „Ich finde, er hätte zumindest aufzeigen müssen, welche Kräfte oder Evidenzen oder Widerstände es dagegen gibt."

„Na ja", meine Reiss. „Bei anderen Schwungdenkern hat man das auch nicht verlangt, zum Beispiel bei dem Marquis de Sade, der hundert Jahre lang für ein Monstrum galt. Der hat auch nur rücksichtslos seine These durchgezogen – die für mich weniger mit Sexualität, aber ganz viel mit der Verdinglichung zu tun hat, von der wir sprechen. Verdinglichung und Transgression. Die Leute, die ihn heute für genial halten, würden sagen: Die Gegenthese hat die Realität beigesteuert, die Bastille. Aber die steile These war seine eigene Leistung. – Und tatsächlich hat er ja auch keine massenhaften Folterungen und Kannibalisierungen im Zusammenhang mit sexuellen Vergnügungen ausgelöst. Das Elend der Massen haben die Industrie und der industrialisierte Krieg mit sich gebracht."

„Er hat zunächst doch gar nichts ausgelöst", warf Judith ein, „weil sein Zeug kaum bekannt und er in der Klapsmühle weggeschlossen war."

Schiller schaltete sich wieder ein. „Darf ich nochmal? Es gibt doch in der Wissenschaft immer Fraktionen. War Nierkamp eine Art Schulhaupt? Oder wäre er mit diesen Thesen eines geworden – und ein Gegner oder Konkurrent könnte ihn weggeputzt haben?"

„Es gibt alles", antwortete Reiss. „Du erinnerst dich vielleicht an die Zeitungsberichte über zwei chirurgische Oberärzte, die um eine lukrative Chefarztstelle konkurrierten. Da hat der eine den Patienten des anderen Schmutzwasser eingespritzt, damit der eine schlechtere Operationsbilanz bekam. Da ging es aber um große Geldsummen, und die verderben bekanntlich oft den Charakter. Mit philosophischer Schaumschlägerei ist vielleicht ein bisschen an Buchvergütungen und

Vortragshonoraren zu verdienen, aber nicht so viel wie mit Medizin. Oder mit Esoterik."

„Kann es sein, dass der Täter seinen Lehrstuhl haben wollte?"

„Abwegig. Beim heutigen Angebot an habilitierten Philosophen wäre es sehr naiv zu meinen, man könne die Chance, auf eine Berufungsliste zu kommen, derart einengen. Zumal die Kommissionen selten rational kalkulierbar entscheiden. Ich vermute, du musst woanders suchen."

„In welchen Kreisen hat er sich denn bewegt, weißt du da was?"

„An dem Tatabend war ein Vortrag vor der Privatstudiengesellschaft vorgesehen. Er war dort kein Mitglied, dazu sind sie zu elitär. Ein Professorentitel gilt da nichts. Er war als Gast zum Vortrag gebeten."

„Und woher weißt du das dann?", stichelte Judith.

Jetzt wurde Reiss ein wenig rot, ein ungewohnter Anblick. „Ich sagte doch, ein Professorentitel gilt da nichts. Leider habe ich auf Dauer keine Zeit für diesen sehr angenehmen Zeitvertreib."

Schiller erinnerte sich, dass Reiss von der Hochschule, an der er einen kleinen Lehrauftrag wahrnahm, auch einmal der Professorentitel angetragen worden war. Er hatte aber abgelehnt. „Du sagst: auf Dauer. Warst du etwa dort?"

Reiss lächelte vorsichtig. „Naja, ausnahmsweise. Ich hatte da auch mal referiert."

„Und worüber?"

„Ich weiß nicht, ob euch das interessieren sollte, mein Vortrag liegt etwas zurück. ‚*Lebens Ende, juristisch*'."

„Was, das ist ja das Pendant zu ‚*Lebens Ende, philosophisch*'!", schrie Judith. „Und du sitzt da und schaust seelenruhig zu, wie dein Korreferent abgemurkst wird?"

„Das ‚seelenruhig' verbitte ich mir, außer du wolltest mir die vollkommene stoische Ataraxie, eine Unaufgescheuchtheit der Seele im höheren Sinne, zubilligen. Und zugeschaut habe ich auch nicht, der Herr ist einfach nicht hergegangen, wofür er vielleicht akut nichts kann, was aber dennoch im stoischen Sinne vorwerfbar wäre als unordentliche Lebensführung. Der Weise nimmt eben keine Vortragsverpflichtung an, wenn er sie nachher nicht halten kann."

Judith sah ihn an, als ob sie gleich seinen Puls fühlen und ein Aspirin für ihn holen müsste, aber dann sah sie das Blitzen in seinem Auge und wusste, er hatte sie nur hochgenommen.

„Du Schuft! – Anneliese, wie kannst du nur mit ihm leben?"

Aber Reiss sprach schon weiter: „Ich glaube, Nierkamp war auch Mitglied in einigen Ethik-Kommissionen. Ich hab so was gehört. Vielleicht bei der Uni. Es gibt auch eine für das Städtische Klinikum. Auch für andere größere Kliniken. Und bei gewissen Arzneimittelfirmen. Das müssten aber seine Mitarbeiter am Lehrstuhl genauer wissen. – In so einem Gremium ist es ärgerlich, wenn jemand sich wichtig macht. Aber wir wissen ja nicht, wie er da aufgetreten ist. Und ob es überhaupt Konflikte gab."

„Die Haller müsste das wissen."

„Wieso gerade die?" Schiller konnte sich auf Judiths Diskretion verlassen und hatte ihr gegenüber nie ein Geheimnis aus den Fragen gemacht, die ihn umtrieben, und als er mehrfach die Haller erwähnte, hatte Judith wohl gleich gespürt, dass sein Interesse für *das Mädchen* über das Dienstliche hinausging.

„Weil wir sie schon kennen und ich sie sowieso nochmal befragen muss. Bist du etwa eifersüchtig?" Diese Frage war das sicherste Mittel, um Judith eifersüchtig zu machen. Anneliese schaute erheitert zu.

„Vielleicht sollten wir diesen Vortrag beide nochmals gründlich durchgehen. Wenn irgendwo ein Konflikt schwelt, findet man sehr oft eine Spur in anderen Texten des Schreibers."

„Im Prinzip ja. Aber diese Bettina sagt, der Text ist ein ‚alter Hase', also schon vor Monaten oder Jahren geschrieben, er hat ihm nur ein frisches Mäntelchen umgelegt."

„Aha", giftete Judith, „jetzt heißt sie schon Bettina", und ihr Lachen dabei war nicht durch und durch souverän.

Reiss schaute neugierig von Judith zu Schiller. „Aber jetzt zu was anderem: Habt ihr denn weiter gemacht mit euren

Spielchen?“ Judith errötete ein wenig. „Oder geniert ihr euch drüber zu reden, weil Anneliese dabei ist? - Mit ihr durfte ich doch drüber reden, oder? Wir schwätzen nämlich miteinander, auch nachts.“

Die beiden sagten, sie hätten einen Rhythmus gefunden. Von Zeit zu Zeit Spielchen, dazwischen auch viel Vanilla. Auf Annelieses Frage erklärte es Reiss: normal, ausnahmsweise nicht mit einem Tick oder Kick, Kuschelsex, all das.

Anneliese lachte: „Na ja, beim anderen müssen wir jetzt ja nicht so ins Detail gehen, das kann ich mir vorstellen.“

Ganz anders als mit Reiss spürte Judith bei Anneliese den Altersunterschied, obwohl sie wesentlich jünger schien als er. Als Reiss wissen wollte, ob sich denn ein Bekanntenkreis gefunden habe, mit dem sie sich über ihre Neigungen austauschen könnten, spöttelte Anneliese ein wenig über das Wort *austauschen*, aber Reiss ließ es sich gefallen. Judith gefiel die zurückhaltende Art, wie Anneliese dazu lachte. Ob sie wohl eine therapeutische Ausbildung hatte, dass sie so viel Vertrauen auslösen konnte, ganz ohne sich selber ins Spiel zu bringen? Zwei Eheleute, dachte sie, so verschieden, und doch passen sie zusammen. Ähnlich dachte Schiller über die Nierkamps, die hatten auch einen Modus für ihr Leben gefunden, freilich in der Distanz.

„Es ist ein Problem“, gab Schiller zur Antwort. „Eigentlich waren wir faul.“

„Ihr habt dieses Feuer angezündet. Das muss auch mal brennen. Sonst wird der ganze Herd verrußt.“ Aus dem heiteren Ton von Reiss hörten sie schon die Feststellung heraus, sie hätten seinen Ratschlägen nicht gehorcht.

Schiller und Judith sahen einander wie ertappte Kinder an, und Anneliese sprach ganz ruhig aus, was beide gedacht hatten: „Warum muss man auch an einer Beziehung arbeiten und kann sich nicht einfach hineinfallen lassen, nicht wahr?“ – Die Älteren schienen es zu wissen. Judith spürte den Wein und hätte ihren Kopf jetzt gern in den Schoß der erfahreneren Frau gelegt und sich ohne Worte streicheln lassen. Sie traute sich – noch – nicht, den Wunsch auszusprechen.

„Wir waren damals auch leichtsinnig", sagte Reiss. „Trotzdem wäre es besser, ihr hättet eine Clique, die euch tragen und auffangen kann, wenn es Knies gibt. Aber gut. Doch wenn ihr mal Mist macht in eurer Beziehung, kommt wenigstens zu uns, bevor es kracht! – So! Und jetzt gehen wir den Wein probieren!"

Umzug ins Wohnzimmer. Die Flaschen waren entkorkt. Und auch eine CD war schon eingelegt. Als Reiss sagte: „Ich mache ein wenig Musik", schauten Judith und Schiller einander an und sagten fast gleichzeitig „Dave Brubeck?" Reiss nickte. *„The unfinished woman."* Er hätte es nicht zu sagen brauchen, auch Anneliese kannte das Stück.

Reiss schenkte jedem zwei Gläser ein. Beim Combe Nègre spürte man tatsächlich die Aromen der alten Rebstöcke, die Savary zum Teil fünfzig- und sechzigjährig in einer flachen Lößmulde auf der Kalkebene der Corbières hatte restaurieren lassen, mächtige Grenache- und Carignan-Körper wie wilde Bauern, weniger für die Nase als für den ganzen Gaumen. Herb, aber zugleich überreich. Judith machte eine Anspielung auf den Theaterjob des Produzenten und sagte, der sei in seiner Urgewalt wie ein Schlingensief der Weine. Reiss war begeistert: Gut gesagt!

Der andere Wein war schlanker, frischer, sehr sorgsam abgestimmt. Weniger blaurot als rubinrot. Verglichen mit dem Schlingensief war er ein Beamtentyp. Während sie noch hin und her verglichen und diskutierten, welches das passende Fleisch dazu wäre, ging Anneliese hinaus und brachte Bauernschinken, Salami, Paté, Brot und Käse dazu; es wurde spät, und am Ende riefen sie ein Taxi.

*

Als Schiller aufwachte – nicht durch den Wecker, den hatte er vergessen zu stellen, sondern weil Judith ihn knuffte –, hatte die Maikundgebung schon angefangen. Doch er durfte nicht schwänzen, er hatte es versprochen, und lief ins Bad. Für einen Typ von bald vierzig sieht er ganz gut aus, dachte sich Judith, auch das Knie hätte man kaum bemerkt, und sie freute sich, dass er nackt schlief: Man sieht so gleich, ob sich einer in seiner Haut wohlfühlt. Für einen Kaffee nahm er sich Zeit und brachte ihr auch einen ans Bett, aber dann rannte er zur Straßenbahn. Das Auto stand noch drüben auf der anderen Seite der Stadt.

Er erkannte seine Kollegen an Fahnauers rotblondem Schopf und Rogners langer Bobby-Figur. Immerhin waren neben Rogner auch Jellinek, Katrin und eben Fahnauer gekommen. Von ihm als Zyniker und Gartenbesitzer hätte er es zuletzt gedacht. Bloß Kobler, der Einzelgänger, war nicht erschienen. Verglichen mit früher fand Schiller die Ansprachen knapper und genauer zur Sache. Nicht schlecht. Nach einer guten Stunde war der offizielle Teil vorbei. Schiller wollte seine Kollegen gern auf ein Bier einladen, aber die Kneipen rundum waren rammelvoll, und den Leuten fehlte sowieso ein Samstag. Also dann, tschüs bis Montag!

Schiller war es so auch recht. So konnte er noch zu einer zivilen Zeit vor dem Essen bei Reiss anrufen. Er musste einfach noch mehr wissen über die Leute, die Nierkamp an seinem letzten Abend erwartet hatten, und über das Milieu, in dem sich der Tote bewegt hatte. Er ging sein Auto holen und verwarf die Idee, kurz bei Reiss hineinzuschauen, wo er schon am Haus war. Doch der stand mit der Gartenschere davor und winkte ihn zu sich.

„Es war schön gestern. – Jetzt treibt mich der Gedanke um, dass es von eurer Versammlung zu der Tat irgendeine Linie gibt. Ich brauche einen Einstieg. Irgendwer fand Nierkamp doch toll, zumindest interessant, und hat die Einladung betrieben. Jemand hat ihn eingeladen. Andere waren sicher dagegen, so umstritten wie Nierkamp war. Vielleicht gab es jemand, der ihn gehasst hat, ihn für einen Brunnenvergifter hielt?“

Anneliese rief die beiden ins Haus, sie hatte gerade nochmals Kaffee aufgesetzt, nach dem Besäufnis gestern!

„Vergiss nicht, dass ich bloß Gast war. Ich kann nur von uns sagen: ich wurde eingeladen und weiß nicht warum. Einige kannten mich, Flusser, Hackländer, diverse andere; andere kannten Anneliese, die hat dort schon früher Vortrag gehalten. Ähnlich wird es mit Nierkamp gegangen sein. Ich weiß nicht, was für Linien man da ziehen könnte."

„Ich weiß es auch nicht. Nur verlangt es mein verdammter Job, dass mir was einfällt. Bis jetzt habe ich erst mit einem Menschen gesprochen, der den Mann lebend gesehen hat. Am Montag gehe ich an die Uni, aber die Kollegen sollen ihn geschnitten und er sie gemieden haben. Sie sagten, er sei halbseiden. Er betrachtete sie als Neider und Böbbeleskacker. Und dass die Studenten, die ihn nur aus dem Hörsaal kennen, mir weiterhelfen können, bezweifle ich."

„Was kann ich dir sagen?"

„Wer war gegen die Einladung? Wer wollte verhindern, dass er redet? Und wie weit konnte das gehen?"

„In so einer Gesellschaft wird natürlich die Form gewahrt. Auch wenn jemand zehnmal das Messer in der Tasche aufgeht, er würde es nie herausziehen, solange man sich bei den Hackländers oder den Küsters auf neutralem Terrain begegnet. Aber natürlich gibt es das: Flusser zum Beispiel, Dr. Theophil Flusser, hat laut und deutlich gegen die Einladung protestiert, so einem Scharlatan dürfe man keine Plattform bieten. Er kann schimpfen wie ein Rohrspatz. Aber er ist ein Mann, der sich in solchen verbalen Zuspitzungen gefällt. Die Leute begreifen oft nicht, dass er ein Ironiker ist. – Mich hat man auch als Nierkamps Gegner hingestellt, aber ich war gegen diesen einen Schwätzer genau so, wie ich auch gegen hundert andere Schwätzer bin. Letztlich sind sie mir egal. Ich ging nur hin, weil es eine Art von Korreferat war."

„Mein einziger Strohhalm ist: Irgend jemand von den Leuten, die du dort getroffen hast, könnte mehr darüber wissen. Vielleicht hat ja jemand an diesem Abend was mitgekriegt?"

„Verstehe. Ich kannte nicht alle. Ich kann dir nur sagen, wen ich über Nierkamp reden hörte ..." Er nannte ihm einige Namen mit ungefährer Adresse oder sonst einer Angabe, mit der er sie im Telefonbuch finden konnte: Flusser, Hackländer, jeweils mit Frau, Lechler, sein alter Kollege Troebst, der Verwaltungsjurist, aber der habe sicher nichts Näheres damit zu tun, fünf oder sechs weitere Namen. Den jungen Mann, Jörn mit Vornamen, den man Nierkamp entgegengeschickt hatte, kannte Reiss nicht, das könne ihm aber Hackländer sagen. „Aber nimm es nicht krumm, wenn's ein Schuss in den Ofen ist. Ich wünsche dir, dass einer was weiß, aber es ist nicht wahrscheinlich."

„Klar. Ich habe einen alten Kriminaler bei mir, der reduziert jeden Mord auf zwei Hypothesen: Moos oder Möse. Und meistens hat er recht. – Trotzdem wüsste ich gern, ob nicht noch ein anderes Mordmotiv in Betracht kommt. Das war doch Dynamit, was der von sich geben wollte, es konnte nicht alle kalt lassen! Ich selbst vermute fürs erste, dass Geld keine Rolle spielt. Also wäre die hypothetische Alternative für mich am ehesten: Möse oder Maul, Schwanz oder Schnauze?"

„An dir ist ein Werbetexter verlorengegangen. Wie wäre es mit dem Slogan: ‚Fahnden ist geil!'?"

„Ich hätte auch einen: ‚Philosophieren ohne Gnade!'"

*

An einem Tag, der zugleich Samstag und Maifeiertag ist, war nicht leicht Termine machen. Wenn abgenommen wurde, waren erstaunlicherweise die Kinder zu Hause. Hackländer und seine Frau waren über das Wochenende verreist. Die Flussers nutzten den Tag in ihrem Gartengrundstück und wurden erst am Abend zurück erwartet. Rechtsanwalt Troebst war nach Aussage der Haushälterin mit seinem Gast in den Schwarzwald gefahren. Man musste das verrückte Hochdruckwetter ja ausnutzen.

Schiller sagte sich, auch er hätte an diesem Tag gescheiter seine häuslichen Aufgaben erledigen sollen. Zwar konnte er die seit Weihnachten angehäuften Flaschen am Feiertag nicht in den Container donnern. Aber die Oleander konnte er hinaustransportieren, umtopfen und nachschneiden. An einigen musste man sicher wieder die Schildläuse absuchen ...

Als er, nur um seine Liste vollends abzuarbeiten, bei Professor Dr. Lechler anrief, meldete sich eine helle Stimme. „Moment, ich hole meinen Vater." Einer war da. Oleander ade.

Lechler kam an den Apparat, Schiller entschuldigte sich für den Überfall zur Unzeit und fragte, ob er kurz vorbeikommen könne. Lechler antwortete mit unverkennbar schwäbischem Tonfall, bei dem sich Schiller gleich wohlfühlte, das mache nichts, er sitze heute sowieso den ganzen Tag am Schreibtisch und gehe erst am Abend mit seiner Frau in den Don Giovanni. Schiller könne gleich nach dem Essen kommen oder zum Kaffee oder Tee, wie er wolle. – Also um halb drei, wenn's recht ist, dann ist es erledigt.

Lechler wohnte in einem Einfamilienhaus mit großem Garten am Rand des Sillenbucher Eichenhains. Wer dort wohnte, hatte Geld, neues oder altes, und nach dem, was Reiss angedeutet hatte, war es bei Lechler eher altes Geld, das im Grund auf die schwäbischen Anfänge der Anilinchemie zurückging, als – Reiss hatte daran erinnert – von Stuttgart aus die BASF in Ludwigshafen gegründet wurde. Und stand nicht der Name Lechler am Beginn der Petrochemie vor hundertfünfzig Jahren? Lampenpetroleum. – Am Haus selbst oder dem Garten konnte man das, von der Lage abgesehen, nicht ablesen. Der Garten war nicht unordentlich, aber keineswegs besonders gepflegt, die kleine Villa angegraut und unauffällig. Typisches *understatement*.

Lechler öffnete ihm die Tür, im Tweedjacket mit kariertem Hemd und tartanfarbiger Fliege, die Dunhill-Pfeife in der Hand mit schwerem weißgoldenen Siegelring, ein Bild wie von der englischen *landed gentry*. Im Flur, durch den er Schiller führte, hing das Gemälde einer Obstwiese mit dem Rand der schwäbischen Alb im Hintergrund, und als Schiller zögerte und die Signatur als „Strich-Chapell" erkannte, war er von Lechler als satisfaktionsfähig akzeptiert. „Meine Raucherei hat ihn ruiniert. Ich müsste ihn dringend reinigen lassen. – Können Sie den Standpunkt des Malers erkennen?"

Schiller trat zurück und schaute genauer. „Irgendwo bei Wolfschlugen vielleicht?"

„Nicht schlecht. Kennen sie etwa das Bild?"

„Iwo, warum?"

„Es ist fast ein Fall für Ihr Fach. Das Bild heißt tatsächlich: Albtrauf von Wolfschlugen. So hat es der Maler hinten drauf vermerkt. Aber tatsächlich ist das Panorama von Gniebel aus gesehen, eventuell auch von oberhalb Rübgarten. Das ist nicht ganz unähnlich, man kann sich täuschen. Aber das Seltsame ist: Unter dem Bild ist eine Vorzeichnung, die zeigt tatsächlich das Panorama genau aus der Sicht von Wolfschlugen. Das kam beim Röntgen heraus."

„Vielleicht hatte er den Bildtitel schon auf die Skizze geschrieben. Und sie danach weiter verwendet. Oder er hat es viel später drauf geschrieben und sich nicht mehr erinnert."

„Denken Sie, ein Maler vergisst den Ort, wo er sein Bild gemalt hat?"

„Halte ich für möglich. Es ist fertig, und er vergisst alles drumherum. So wie ich alle Details ausblende, wenn ein Fall abgeschlossen ist. Oder er hat es im Atelier gemalt, nach Skizzen und Fotos. Da verwechselt man leicht den Blickwinkel, wenn er sowieso ähnlich ist."

„Das hat was. Bisher gehen alle davon aus, dass Strich-Chapell diese Bilder vor der Natur gemalt hätte. Vielleicht war das voreilig."

Lechler führte ihn in seine Studierstube, wo schon Kaffee, Sahne, brauner Zucker und Cognac bereitstanden.

„Bitte sehr. – Ich hoffe, ich kann Ihnen weiterhelfen."

Schiller schilderte sein Anliegen. Er habe gehört, dass Lechler von Nierkamps Einladung nicht erfreut gewesen sei.

„Das ist eine Untertreibung. Ich war verärgert." Schiller schaute ihn nur fragend an, er wollte jetzt keinen eigenen Impuls dazugeben. „Verärgert, weil sogar einer der ernsthaftesten Studienkreise, die diese Stadt oder auch das Land aufzuweisen hat, sich gegenüber der dreistesten Lügerei als hilflos erweist. Da wird dann gesagt – und mein Freund Hauser gefällt sich besonders in dieser Art Pseudoliberalität – ‚das ist doch interessant, lass ihn doch vortragen und uns drüber reden!'"

„Wer ist Herr Hauser?"

„Pensionierter Oberstudiendirektor. Einer der Wortführer in unserer anachronistischen Vereinigung. Ich kritisiere ihn schon lange und werfe ihm Pseudotoleranz vor. Denn genau so haben die Bruckmanns und die Hanfstaengls und die Maffeis damals in München auch geredet, als sie dem Hitler die Plattform boten, um die Demokratie zu verhöhnen. Das ist unverantwortlich. Wenn einer seine Geige falsch gestimmt hat, kann ich auch nicht sagen: ‚Jetzt lass ihn halt mal mitspielen, nachher, wenn das Konzert vorbei ist, können wir drüber diskutieren!' – Und wissen Sie, was das Schlimmste ist ...?"

Lechler beugte sich vor, damit Schiller kein Wort entging: „Der Mann verdirbt die Jugend! – Man würde sich ja nichts daraus machen, wenn er ein brabbelnder Kathederphilosoph geblieben wäre, der seine Lügen vor ein paar irregeleiteten Spinnern ausbreitet. Oder einer dieser eitlen Feuilletonisten, die sich schon durch ihren Schreibstil selbst unschädlich machen. Aber der Kerl schreibt auch noch packend, wirft sich ran und gewinnt Anhänger. Er macht den Aristoteles lächerlich, den Kant, den Hegel, alle Neueren, und findet Dutzende von Adepten, junge Männer und vor allem junge Frauen, die es ihm nachtun. – Menschenwürde – ..." – Lechler blies auf die flache Hand – „Menschenwürde sei doch nur ein Wort!"

„Ich verstehe Ihren Ärger."

Lechler lächelte um eine Entschuldigung und machte sich daran, endlich den Kaffee einzuschenken. „Verzeihen Sie, ich habe mich von meiner Suada forttragen lassen, und jetzt ist der Kaffee kalt."

„Ich nehme ihn gern so. Das ist bestens."

„Soll schöner machen, aber Sie haben's nicht nötig, wenn man das unter Männern sagen darf. – Einen kleinen Cognac dazu?" Er wartete die Reaktion nicht ab und schenkte ein.

Schiller probierte den Kaffee. „Prima Kaffee!" Man wird unversehens selber zum Abzug der Werbeklischees.

Was Lechler dann gegen Nierkamps Thesen einzuwenden hatte, klang für Schillers Ohren fast wie eine Wiederholung des kleinen Referats, das er am Vorabend von seinem Freund Reiss gehört hatte, nur dass er es jetzt besser verstand. Auch Lechler kritisierte weniger die Tatsache, dass Nierkamp steile und einseitige Hypothesen formulierte, so etwas komme immer wieder vor, und Hypothesen riefen ja auch danach, geprüft und widerlegt zu werden. Was auch er für verwerflich hielt, waren die skrupellosen Kurzschlüsse, mit denen Nierkamp seine Gedankenspielereien als gültige Regeln für die praktische Moralphilosophie vermarkte. In das Gespräch konnte Schiller denn auch einiges von dem einbringen, das am Vorabend zur Sprache gekommen war, doch wie bei Reiss konnte manche Differenzierung am letztlich vernichtenden Urteil nichts ändern.

„Sie wissen vielleicht, ich habe da diesen kleinen Lehrauftrag an der Fakultät."

„Die Professur."

Lechler lachte. „Ich bin nur Privatdozent. Wie Schopenhauer. Wenn Sie das lange genug gemacht haben, gibt man Ihnen den Titel eines Professors, sozusagen als Aufmunterung: Jetzt ist es aber Zeit, den Hintern zu lüpfen und dir einen ordentlichen Job zu suchen. Ich hab mich dazu nie entschließen können. Aber leider muss ich so die Wirkungen dieses Mannes aus der Nähe mit ansehen. Was ich sagen wollte: Es ist ein Skandal für sich, wie Nierkamp mit diesen jungen Frauen umgegangen ist. Er kennt seine Wirkung und nutzt sie schamlos aus."

Schiller überlegte, ob aus Lechlers hartem Urteil einfach der Neid sprach. Aber wenn er ihn so ansah, wirkte er nicht unattraktiv. Volles graues Haar, schmaler Kopf, ein sehr typisch schwäbisch-kantiger Schädel. Dezente Eleganz. Es gab sicher genug Frauen, die von Lechlers Stil und Persönlichkeit angetan waren. Und dass er ein gerader Charakter war, das bewies er ja im Moment. Das Familienleben schien auch in Ordnung zu sein. Schiller hörte weiter aufmerksam zu.

„Nicht nur, dass sie seine haltlosen Zynismen nachplappern. Er hat sie auch systematisch dazu angehalten, alle anderen ernsthaften Positionen für lächerlich zu halten und zu verspotten. Damit sind sie für die Wissenschaft verdorben. Doch er wedelt ihnen mit der Promotion und einer wissenschaftlichen Karriere vor der Nase herum. Aber der Weg dazu, wenn er sie einmal am Kanthaken – Verzeihung, am Haken, der gute Immanuel Kant ist mir dafür zu schade – hat, führt durch sein Bett. Eigentlich ist das ja strafbare Nötigung, Unzucht mit Abhängigen, aber die dummen Dinger, wenn man sie fragt, sagen ja, sie täten das freiwillig. Eine hat er geschwängert, dann verlangte er, dass sie abtreibt, und jetzt kann sie keine Kinder mehr haben. Eine andere hat er abserviert, die hat einen Suizid versucht und ist immer noch nicht drüber weg. Die letzte Favoritin, eigentlich eine kluge und sympathische junge Frau, hat er behandelt wie seine Sklavin; er hat sie vorgeführt wie eine Nutte. Pfui Teufel! – Und so einen hat unsere feine Gesellschaft als achtbaren Diskussionspartner eingeladen. Verstehen Sie meinen Ärger?“

„In der Tat. Die Gründe, die Sie mir genannt haben, wären ja eigentlich triftig genug, dass jemand dem Treiben ein Ende macht.“

„Das sehe ich auch so. Aber wer tut es? Die Fakultäten fallen als Instanz der Selbstreinigung völlig aus. Ein Ministerium könnte zwar die sexuellen Übergriffe aufgreifen, aber dann müsste man es ja auch anderswo tun. Und das ist ja auch nicht der Grund, sondern nur ein Ausfluss der Verwirrung. Nein, lieber Herr Schiller, gegen so ein Phänomen ist man machtlos. Es sei denn ...“

Lechler sprach nicht weiter. Schiller wartete eine Weile und sah zu, wie sein Gegenüber einen Schluck vom Cognac nahm. Er nahm auch einen und studierte im Glas die Schlieren. „Sie sagten: Es sei denn ... An welche Möglichkeit haben Sie gedacht?“

Lechler sprach leise. „Je nun, jemand hat es ja offenbar gemacht.“

Schiller war jetzt hellwach. „Sie sind vor etwas erschrokken, ich nehme an, vor einer Möglichkeit, die Sie plötzlich erkannt haben. Was war das?“

Aber Lechler hatte sich schon wieder in das Schneckenhaus des unverbindlich plaudernden Causeurs zurückgezogen. „Nein nein! Ich bin erschrocken, das stimmt. Es ist ja was anderes, ob man so redet, der und der ist tot, oder ob man plötzlich mit voller Klarheit vor sich sieht: Dieser Mensch, ein Kollege, mit dem ich vor wenigen Tagen noch gestritten habe, lebt nicht mehr. Er wird nie mehr atmen, nie mehr reden, nie mehr streiten. Aber ob ich mich quasi als Anstifter von jemand erkannt hätte, so etwas meinten Sie doch? Nein, das nicht."

„Sind Sie sich sicher?"

„Ja. Wissen Sie, da zeigt sich wieder der Unterschied. Nierkamp traue ich in der Tat zu, dass er, in die Enge getrieben, den Verführer gespielt, jemand von seinen Jüngern über den Haufen gequatscht und losgeschickt hätte. Solche Skrupellosigkeit warf ich ihm ja vor. – Aber wenn mir eines wichtig war als akademischer Lehrer: Nicht Jünger heranzubilden, sondern Schüler; der Unterschied ist nach Lukas 6, dass der Schüler nicht abhängig bleiben, sondern am Ende den Meister übertreffen soll. Ich wollte nie von Knechten umschlichen sein. Einen Schüler würde ich nie zu so etwas anstiften. Und ich bin fest überzeugt, keiner meiner Schüler würde sich je zu so einer Tat anstiften lassen. Vielleicht hat ja jemand den Kerl aus ganz anderen Gründen ausgeschaltet."

Am Ende des Gesprächs fragte Schiller den Gelehrten, wo er sich am Donnerstag aufgehalten hatte. Das müsse leider sein.

„Fragen Sie nur, das ist Ihr Job. Sie müssen mein Alibi überprüfen, wenn ich das recht sehe. Natürlich habe ich es mir überlegt, als Sie heute Mittag angerufen haben. Am Nachmittag war ich im Institut, bis etwa um sechs. Auf dem Heimweg war ich noch an der Tankstelle. Ich habe eine Kleinigkeit gegessen, mich umgezogen und bin dann zu den Hackländers gefahren. Leider waren meine Frau und meine Tochter an diesem Abend nicht hier. Wenn es darauf ankommt, wird mich hoffentlich jemand aus der Nachbarschaft gesehen haben, die sehen sonst immer alles."

Schiller zeigte auf seine Karte: „Dürfte ich Sie bitten, irgendwann am Montag kurz bei uns hereinzuschauen, damit wir Ihr Alibi zu Protokoll nehmen können. Wann würde es passen?“

Lechler schaute ihn etwas verwundert an, griff aber kommentarlos nach seinem Kalender und nannte einen Termin. Sehr gut. Danke.

*

Nach diesem Gespräch verschob Schiller alle weiteren Interviews mit Teilnehmern an der Studiengesellschaft auf die nächste Woche und fuhr nach Hause, um sich endlich um seine Sträucher und danach um seine Freundin zu kümmern. Was sollte auch anderes herauskommen?

Doch da warf ein Anruf von der Leitstelle alles wieder um. In Paul Nierkamps Wohnung war eingebrochen worden. Dafür war eigentlich Jellinek eingeteilt. Was nützt eine Rufbereitschaft, wenn die Leitstelle im entscheidenden Moment doch nicht darauf achtet? Die Streifenbeamten waren bereits dort, jemand von der Spurensicherung auf dem Weg. Schiller sagte Judith Bescheid und sauste hin.

Die Wohnung lag am oberen Ende des Treppenhauses und die Tür nicht voll im Blickfeld der Nachbarn, deshalb konnten diese nicht sagen, wann der Einbruch erfolgt war. Bemerkt hatte ihn der Rentner, der hausmeisterte. Er war am Nachmittag auf seinem Rundgang das kurze Stück bis zur Wohnungstür gegangen, um, wie er sagte, sich mal so eine Versiegelung anzuschauen. Am Vortag hatte man ihn um zehn wecken müssen. Jetzt stand er im Kreis der Neugierigen vor dem Haus und machte sich wichtig. Daneben befragten zwei Beamte von der Streife die Nachbarn.

Die Tür war brachial aufgebrochen worden. Dass das Siegel einen Gelegenheitskriminellen angelockt hatte, ein Risiko bei allen versiegelten Wohnungen, konnte man hier ausschließen. An Nierkamps Wohnung kam kein Fremder zufällig vorbei. Die Haustür war auch tagsüber eingerastet. Und selbst oben an der Treppe konnte man die Versiegelung noch nicht sehen.

Allenfalls konnte die Nachricht von Nierkamps Tod eine bestimmte Art von Profis angelockt haben. Die Polizei gab ja schon den Rat, dass bei Beerdigungen jemand das Trauerhaus bewachte, weil die Anzeige mit dem Zeitpunkt gewissen Leuten das falsche Signal gab. Wer die Zeitung genau las, der wusste schon, dass Nierkamp allein lebte. Ob am 1. Mai schon eine der Zeitungen erschienen war, wusste Schiller nicht, aber da war die Nachricht im Fernsehen gewesen. Das Siegel zeigte dann dem Einbrecher, dass er die Wohnung gefahrlos in Ruhe durchsuchen konnte.

Das war die eine Alternative. Oder der Einbruch hatte mit dem Mord zu tun.

Schiller nickte den Technikern vom Bereitschaftsdienst zu, die er flüchtig kannte, der eine hieß Schnapper. „Das war auch kropfunnötig am Ersten Mai!“ Er blieb stehen und sah sich Türrahmen und Schloss genauer an.

„Sie sagen es. Keine Spur von Brecheisen. Einfach dagegen und eingerannt. Muss ein ziemlicher Brocken gewesen sein. Das hält kein einfaches Schließblech aus. Man wundert sich nur, dass die Nachbarn den Krach nicht gehört haben.“

„Oder ihn gehört und nicht reagiert.“

„Eher so, es muss schon einen Mordsschlag getan haben!“

„Könnt ihr denn rauskriegen, wann etwa das gewesen ist?“

„Kommen Sie rein, dann sehen Sie es.“

Schiller folgte Schnapper ins Arbeitszimmer, wo dessen Kollege kniete und Fingerabdrücke abnahm. „Hallo“, rief der und blieb knien, „sagen Sie, sollen wir noch den Fotografen bestellen, oder reicht’s, wenn wir das Wesentliche mit der kleinen Digi aufnehmen?“

„Natürlich reicht es so. Wir haben ja, wie es vorher ausgesehen hat.“ Man muss die Leute an so einem Tag nicht schikanieren.

Das Arbeitszimmer sah schlimmer aus als es war. Unerfahrene verwechseln in solchen Fällen gern die Unordnung mit dauerhaften Schäden, nur weil eine Menge Sachen auf dem Boden liegt; dabei überstehen die meisten Papiere, Bücher und sogar Bilder einen Sturz aus Brusthöhe leidlich unversehrt. Anscheinend hatte jemand etwas gesucht und sich dabei ziemlich geärgert. Schnapper, der wie üblich Handschuhe trug, bückte sich und hob eine Uhr auf, die wohl im Regal gestanden hatte. Es sah aus, als hätte man jeweils ein ganzes Fach mit einer Armbewegung heruntergestreift. Die Uhr zeigte zwanzig nach acht.

„Abends oder morgens?"

„Fragen Sie mich was Leichteres. Wenn wir frische Fingerabdrücke auf dem Lichtschalter finden, war es vermutlich am Abend."

„Und sonst irgendwas festgestellt?"

„Die anderen Räume sind praktisch unberührt. Jedenfalls habe ich im Vergleich zu gestern keinen Unterschied bemerkt, aber das sollte man anhand der Fotos nochmals überprüfen. Entweder der Einbrecher hat etwas Bestimmtes gesucht. Oder nur Geld und Wertsachen, die man einstecken kann. Die teure Stereoanlage im Wohnzimmer hat ihn nicht interessiert. Und auch sonst hat er ein paar kleine feine elektronische Geräte liegen gelassen." Er zeigte auf einen teuren tragbaren CD-Player. „Nur der Laptop ist weg, der stand hier auf dem Schreibtisch."

„No Problem. Der steht bei uns im Präsidium."

„Ach so. Dann vermissen wir bisher nichts. Der Täter hat ein Glas benützt. Das stand gestern so noch nicht in der Küche und riecht nach Whisky."

Schiller stutzte – und lachte. Er hatte gestern im Eifer vergessen, das Glas abzuwischen. „Wenn Sie die Abdrücke identifizieren, spendiere ich eine Flasche!"

Der andere schaute ihn verdutzt an. Aber sein Kollege sprang vom Boden auf und zeigte lachend mit dem Finger auf Schiller: „Das waren Sie, stimmt's?"

„Das nenne ich kriminalistische Intuition, Mann! Man muss sich doch in so ein Opfer einfühlen. Und der Scotch war gut, sage ich Ihnen, ein echter Talisker! Wenn es nicht ins Protokoll kommt, trinken wir einen zusammen auf den Tag der Arbeit. Der Tote war in vielem problematisch. Aber großzügig war er immer, der hätte uns eingeladen."

Gemeinsam gingen sie in die Küche. Schiller schilderte die Vierelftel-Regel, die er von seinen schottischen Kollegen gelernt hatte, und fasste die Flasche am Hals und Boden mit einem Handtuch an.

Der zweite Techniker, der Bauschert hieß – „nennen Sie mich Matze, wie alle" – probierte vorsichtig. „Verdammt, das ist was. Ich habe Whiskey immer für so einen Fusel gehalten. Mit dem da könnte ich mich direkt anfreunden."

„Der hier ist echt Spitze. Aber auch der gewöhnliche Ballantine's aus dem Supermarkt ist nicht schlecht. Der wäre dann kein Single Malt, sondern ein Blend, aber da heißt das nur, dass er aus verschiedenen Distillen und Jahrgängen gemischt ist. Lassen Sie bloß den amiländischen Bourbon-Fusel beiseite. Whisky, nicht Whiskey. Der hier ist aus Gerste, der andere aus Mais oder Roggen. Und dann immer mit genug reinem Wasser, nie auf Eis oder mit Soda trinken. Da können Sie eine Flasche leeren und kriegen keinen Kopf."

„Ausprobiert?"

„Ich trink doch keinen Alkohol. Prost!"

Schiller kam sich bei den jungen Leuten ein wenig vor wie ein Missionar des Geschmacks. Ein wenig auch wie Lechler unter seinen Studenten.

Viel zu machen war heute nicht mehr. Schnapper holte die Fotolampe und Matze Schreinerkoffer und Schraubzwingen. Schiller half bei den Aufnahmen. Matze leimte den gesplitterten Türrahmen und schraubte das Schlagblech mit langen Ankerdübeln wieder an.

„So, das ist jetzt stabiler als vorher."

„Danke", sagte Schiller. „Von mir aus wär's das."

„Und was schließt dann der erfahrene Kriminaler aus dem Ganzen?"

Schiller zeigte die offenen Hände. „Irgendjemand hat irgendwas gesucht. Solange wir nicht wissen, wer es war und was es war, stehen wir ziemlich dumm rum."

„Ja dann, schönen Sonntag!" – „Ebenso!"

*

Vielleicht hatte ihn die Reizwäsche der Studentin Bettina darauf gebracht. Oder der Abend bei Reiss. Auf jeden Fall gingen die kleinen frivolen Spielchen des letzten Sommers nicht mehr aus Schillers Kopf, die Judith jedes Mal so wunderbar hatten erröten lassen und zu aufregenden Weiterungen geführt hatten. In diesen für die Jahreszeit viel zu heißen Tagen konnte man damit weitermachen. Sicher gab es irgendwo ein Frühlings- oder Feuerwehrfest, das mit seiner Anonymität den idealen Rahmen bot. Im Internet wurde er fündig. Hundert Kilometer südlich, das war weit genug weg.

Am Morgen zog ein strahlend blauer, warmer Sonntag herauf. Judith wachte als erste auf, blinzelte und bemerkte, dass die Fenster geputzt werden müssten. Aber Schiller sprang aus dem Bett und ließ ihr keine Zeit für solche Gedanken.

„Komm, mach schnell. Wir fahren zum einem Frühlingsfest irgendwo in Richtung Bodensee."

Aha, Frühlingsgefühle, lachte sie in sich hinein. Sie spürte, dass er etwas mit ihr vorhatte, fühlte sich auch ein wenig unsicher und befangen, aber spürte doch tief innen, dass auch etwas in ihr selbst von dieser Art Abenteuer, was immer es war, gereizt wurde. Außerdem hatte sie das Gefühl, dass sie neulich ein wenig übertrieben hatte mit ihrer provokativen Erwähnung von René, mit dem sie in Wirklichkeit nur ein paar kumpelhafte Sätze gewechselt hatte.

Als sie vor dem Kleiderschrank stand, stellte er sich hinter sie. „Zieh was an, das ein bisschen frivol ist." Was genau er sich bei *frivol* dachte, wollte sie sich nicht ausmalen, aber es wurde schnell deutlich. Sie hatte wie aus einer Ahnung heraus erst vor kurzem einen eleganten Hüftgürtel aus Bregenz gekauft, dessen fleischfarbenes Material tatsächlich *naked satin* hieß. Markus hatte den noch nicht gesehen, aber als er ihn in die Finger bekam, war er begeistert. „Der ist schön, seit wann hast du den?" Den passenden BH nahm er ihr wieder aus der Hand.

Also stand sie im neuen Strapsgürtel und im übrigen nackt bis auf einen winzigen Slip vor dem Kleiderschrank, fühlte sich sehr erotisch und konnte sich nicht für ein Kleid entscheiden. Das gelbe Rüschenkleid? Es erinnerte an ganz junge Mädchen. Sie war aber nicht Blümchen! – Für draußen ginge der braune Cordrock. Mit einem karierten Holzfällerhemd? Zu wenig feminin. – Einen bunten weiten Chiffonrock, zu dem ein T-Shirt in altrosa Farbe gehörte, nahm sie mehrmals in die Hand. Aber eigentlich war das zu fein für grobe Holzbänke. Und das Hemdkleidchen aus leichter Baumwolle mit Cacharelmustern war schon sehr kurz.

„Na, was ist? Nimm doch das hier!"

Im dem Moment erkannte sie, sie hätte das Kleid nicht in die Hand nehmen sollen. Als erwachsene Frau konnte man das dünne und superkurze Fähnchen bei einer privaten Party tragen, aber kaum in einer fremden Stadt, sie war schließlich kein sechzehnjähriges Gör mehr. Aber Schillers jungenhafte Begeisterung vor dem Ausflug ließ keinen ernsthaften Widerspruch aufkommen. Wer ihn liebte, musste ihn als den Voyeur lieben, der er war. Also gut, was soll's, wenn er unbedingt will? Zum Glück hatte sie noch ein paar Strümpfe ohne Saum. *Andiamo!*

Schon auf dem Weg zum Auto trafen sie eine alte Nachbarin, wohl auf dem Weg zur Kirche, die Judith so kritisch anschaute, dass sie rot wurde. Schiller behauptete natürlich, der Blick habe nicht dem flippigen Kleidchen gegolten, sondern der Tatsache, dass sie den Kirchgang schwänzten. Aber Judith wusste es besser. Das Gefühl des schamhaften Errötens und einer leichten Erregtheit der Haut verlor sich den ganzen Tag über nicht mehr.

Unwillkürlich hielt sie sich ganz straff, achtete auf präzise Bewegungen, ging elastisch. Die Aufmerksamkeit auf den eigenen Körper strahlte aus. Zwar gewöhnt man sich als Frau nie daran, wenn man bei jeder Bewegung aufpassen muss: beim Aussteigen aus dem Auto, sooft ein Windstoß kam, als sie gut sichtbar quer über einen Platz gingen, gar auf dem Kettenkarussell. Doch weil sie spürte, wie sehr ihm das Spiel von Zeigen und Verbergen gefiel, wie sehr das ihr selbst galt, genoss sie es auch. Es wurde immer lustiger, sie waren richtig aufgekratzt; er hielt die meiste Zeit den Arm um sie gelegt, hielt sie mit der Hand wie eine Puppe, die er nicht loslassen wollte. Und sie machte immer wieder einen Fischmund und gab ihm leichte weiche Küsse, bis er sich zu ihr beugte und sie auf ihre Schultern und den Halsansatz zurückgab. Hitze und Alkohol kamen dazu. Als auf dem Rückweg zum Auto das lang erwartete Gewitter herunterprasselte, alles durchnässte und das Fähnchen an ihrem Körper kleben ließ, stolzierte Schillers lüsterne Geliebte an seiner Seite mit schamlosem Genuss durch den Regen. Die Blicke der Leute um sie herum glitten von ihr ab und waren doch aufregend.

Bald wurde es ihr im nassen Hemdchen zu kühl. Zum Glück fand sich im Kofferraum einer von seinen dicken Pullovern.

So gingen sie zum Abendbrot in eine ländliche Wirtschaft. Eng aneinander gedrückt saßen sie auf der Bank in der niedrigen in Jahrzehnten verrauchten Stube, die mit unbehandeltem Tannenholz getäfert war; er suchte sie mit seinem Arm zu wärmen. Und natürlich konnte er es nicht lassen und streichelte sie, und das ließ sie natürlich nicht unberührt.

„Sag mal, denkst du jemals an was anderes?“

Statt einer Antwort erzählte er ihr seinen neuesten Lieblingswitz: „Der Cowboy kommt in eine Bar. Eine junge Frau setzt sich neben ihn. ‚Sag, bist du ein echter Cowboy?‘ – ‚Naja, ich war das ganze Leben auf der Ranch, das halbe auf dem Pferd, hab Vieh gehütet, Kühe gebrandet, Zäune repariert, ich denk schon. Und du?‘ – ‚Ich bin eine Lesbe. Ich denk den ganzen Tag an nichts anderes als an Frauen, wenn ich aufstehe, wenn ich dusche, esse, arbeite, wenn ich ins Bett gehe, ich denke immer an Frauen.‘ – Später kommt ein altes Ehepaar herein. ‚Sagen Sie, sind Sie ein Cowboy?‘ – ‚Naja, bis vorhin hätte ich ja gesagt. Aber jetzt weiß ich es genauer. Ich bin eine Lesbe.‘“

Judith lachte. Sie müsse zwar zugeben, dass es lustig und aufregend gewesen war, so gewagt unter die Leute zu gehen. Aber eigentlich sei er schon ein schlimmer Kerl.

Später, als Judith beim zweiten Viertel Lemberger und Schiller als Fahrer beim Wasser angekommen waren, erzählte er von einer kuriosen Lesefrucht: Im alten Wien, zur Zeit von Hofmannsthal, als die Lüstlinge ihren Herodot noch auf griechisch gelesen und die sexuellen Neigungen wie Schmetterlinge klassifiziert hätten, habe man tatsächlich einen alten Lyderkönig namens *Kandaules* als Namensgeber für eine eigene Art von Perversität genannt, aber die sei weit über das Spiel mit der Entblößung hinaus gegangen. Pervers eben, wie es zum degenerierten *fin-de-siècle* gepasst habe.

„Da siehst du es. War der auch so schlimm wie du?“ Sie löste sich aus der Umarmung und lehnte sich auf der Bank zurück.

„Schlimmer. Zuerst hat er ständig irgendwelche Typen angeschleppt, damit sie seine nackte Süße besichtigten, um sich daran aufzugeilen. Das kommt mir schon ein Stück entgegen, aber mir wären die Männer egal, ich will ja dich aufreizen. Doch der Typ konnte bald selber nur noch vor Zuschauern. So kaputt bin ich hoffentlich noch nicht.“

Sie lachte, das wusste sie ja, und beugte sich ganz nahe zu ihm. „Aber das alles ist doch Kopfkino, reine Phantasie. Ihr Kerle seid durchweg Voyeure. Wahrscheinlich sind die erotischen Nervenenden bei Männern und Frauen doch ungleich verteilt. Bei uns mehr auf der Haut, und bei euch auf der Netzhaut. Ich freu mich schon auf das Hautkino.“

Sie nahm einen Schluck, zögerte, ob sie weiterreden solle. Aber er nahm sie in den Arm. „Und du bist auch ein bisschen eine Exhibitionistin, je nackter desto geiler.“ Als er sie losließ, stand die Kellnerin am Tisch. Wahrscheinlich hatte sie das meiste mitgehört. Judith wäre am liebsten im Boden versunken.

„Haben Sie Eis mit heißen Himbeeren?“

„Klar. Darf ich sonst noch etwas bringen?“, fragte die Kellnerin etwas süffisant.

„Zwei Espresso und die Rechnung bitte.“

Die Bedienung war ein junges, üppiges Mädchen. „Sollen wir sie in Verlegenheit bringen?“, fragte Schiller.

„Jetzt mach aber mal einen Punkt! Woanders würde man einen wie dich einsperren. Wie heißt dieser Perverse nochmal?“

„Kandaules. War der letzte Nachkomme von Herkules. Dem Ausmister.“ Schiller dachte an den Arbeitstag morgen. Ein wenig Blut von Herkules in den Adern wäre am Ende gar nicht so übel.

*

Am Montag holte Schiller als erstes seine Truppe zusammen und berichtete vom Einbruch. „Ich kann mir keinen Reim darauf machen. Bitte sehr, lasst euch was einfallen!“

Schweigen. Es war wie Mikado. Katrin bewegte sich als erste. „Hat der Mörder eine Spur hinterlassen, die wir übersehen haben, und sie hinterher beseitigt?“

„Dann wäre sie jetzt futsch.“ Fahnauer, lakonisch.

Diesmal war Jellinek der Praktischere. „Woher sollte er wissen, dass wir sie nicht schon haben? Solche Vermutungen kann man immer hin und her drehen. Wenn die Techniker keine Spuren finden, können wir's grad vergessen.“

„Richtig“, sagte Rogner, „so zu spekulieren ist sinnlos.“

Schiller wurde nicht müde, die gruppendynamischen Prozesse zu beobachten: Fahnauer war montags immer besonders wortkarg; ob das mit der Familie zu tun hatte? Und Rogner hatte das gerade sicher nur gesagt, damit auch er seinen Beitrag eingebracht hatte.

Erneutes Schweigen. Alle dachten nach, aber niemand fiel etwas ein. Bei Siedler nachzufragen, hatte noch keinen Sinn. Schiller beendete die Diskussion. „Messieursdames, ich danke euch für das Gespräch. Auch wenn wir allesamt weiter auf dem Schlauch stehen. Ohne Tritt marsch, rührt euch!“

Alle standen auf, nur Rogner blieb sitzen. „Rogner, was ist los?“ – „Ich akzeptiere keinen Kommiss-Befehl.“ – Da ging Schiller zu ihm, nahm ihn in den Arm und zog ihn vom Sitz hoch. „Recht hast du, Rogner! Ich war gedankenlos. Nehmt euch ein Beispiel an ihm!“

Da lachten sie. Das irre Theater war nur ein Ausfluss der großen Unsicherheit, die sie alle einschließlich Schillers erfasst hatte.

Im Hinausgehen sagte Katrin: „Treffen wir uns um zwanzig vor zehn? Ich habe uns für zehn Uhr bei der Fakultät angemeldet.“

Schiller ging noch in Fahnauers und Katrins Zimmer hinüber und berichtete ihnen von seinen Besuchen bei Reiss und bei Lechler. Er wusste, dass die beiden noch eher als die anderen Kollegen etwas für die philosophischen Spekulationen übrig hatten, mit denen er sich da befasst hatte, um auszuloten, ob neben „Moos“ oder „Möse“ auch die Denke des Toten ein Motiv abgeben könnte. Er versuchte, in wenigen Worten das Motiv eines Täters zu beschreiben, der Nierkamp allein wegen seiner Ansichten umgebracht hätte. Katrin nickte eifrig.

„Dann suchst du jemand, der Angst hat vor einer Welt der Lüge?“, sagte sie nach einer Weile.

„Haben wir das nicht alle mehr oder weniger?“ fragte Fahnauer. „ – aber keine Sorge, ich war's nicht!“

Kobler war hereingekommen und nahm den Gedanken auf: „Wir kommen wohl nicht darum herum, alle seine Kollegen und die Zuhörer vom Vortrag zu vernehmen und ihre Alibis zu überprüfen. Das gibt eine Heidenarbeit.“

Um neun kam Lechler vorbei. Schiller begrüßte ihn und übergab ihn Fahnauer, der mit ihm zusammen die Liste der Teilnehmer zuerst soweit möglich ergänzte. Fahnauer suchte sie dann jeweils im Internet heraus. Dann bat er Lechler, seine Tätigkeiten und Wege ab etwa 17 Uhr möglichst detailliert zu schildern.

„Wie ich Herrn Schiller schon sagte, gibt es leider eine kleine Lücke, von der ich nicht weiß, ob mich jemand anderes gesehen hat. Zuerst war ich bis etwa um sechs im Seminar, da haben mich alle möglichen Leute gesehen. Danach an der Tankstelle gegenüber vom Katharinenhospital. Ich habe mit Karte bezahlt, also können Sie auch das leicht nachprüfen.

Von dort fuhr ich im Abendverkehr nach Hause und stellte das Auto in die Einfahrt. Zuhause habe ich geduscht, mich umgezogen, ein Brot mit einem Glas Rotwein und dabei die Heute-Nachrichten zu mir genommen, und bin dann zu den Hackländers gefahren. Ich denke, da war ich etwa zwanzig vor acht."

„Was für ein Auto fahren Sie?"

Lechler deutete ein entschuldigendes Lächeln an. „Es ist ziemlich auffällig. Einen braunen Saab, ein Cabrio."

„Wie lange, schätzen Sie, waren Sie zuhause?"

„Ab etwa halb sieben, vielleicht fünf Minuten früher oder später. Nach den Nachrichten bin ich gegangen. – Also eine Dreiviertelstunde."

„Und es war niemand im Haus?"

„Meines Wissens nein. Bei meiner Tochter weiß ich das nie ganz genau, aber ich habe sie nicht gehört oder gesehen."

*

Schiller hatte sich sagen lassen, der Montagvormittag sei kein schlechter Zeitpunkt, um Nierkamps Kollegen aufzusuchen. Die meisten Professoren würden an diesem Vormittag im Seminar sein und ihr Wochengeschäft einteilen. Katrin hatte schon ein Vorlesungsverzeichnis besorgt.

Die neueste Masche des Wissenschaftsministeriums war, die Fachbereiche, die man vor nicht zu langer Zeit in überschaubare Einheiten aufgespalten hatte, wieder zu großen Fakultäten zusammenzufassen; das sollte Verwaltungskosten sparen und bewirkte vor allem, dass die Verwaltenden von ihren Leuten keine Ahnung mehr hatten, doch das wussten die beiden Polizisten noch nicht. Schiller war daher verblüfft, dass ihnen als Dekan der Philosophischen Fakultät ein jüngerer Mann gegenübertrat, der als erstes erklärte, von Philosophie habe er keine Ahnung, sein Fach sei die Geschichte der islamischen Staaten. Außerdem sei er erst seit einem Jahr da und nur wenige Wochen im Amt – „Wissen Sie, das hängt man immer dem Jüngsten an den Hals". Er könne die Gelegenheiten, bei denen er den Kollegen Nierkamp zu Gesicht bekommen habe, an den Fingern abzählen; ein persönliches Gespräch habe es nie gegeben. Er hatte die Meldung vom Mord nicht selbst gehört, war aber darauf angesprochen worden, und heute Morgen war die Notiz ja auch in der Zeitung. Wenn sie nicht gekommen wären, hätte er sich demnächst erkundigt, das gehöre sich ja so. Aber, wie gesagt, persönlich kenne er den Menschen nicht.

Sein Vorgänger im Amt, auch er kein Philosoph, sei schon länger da. Der wisse vermutlich etwas mehr. Er könne nur sagen, Nierkamp habe als erfolgreich gegolten, als Lehrer wie als Buchautor, und er habe auch zahlreiche Doktoranden – und Doktorandinnen, dabei hob er leicht die Stimme – betreut. Doch über fachliche Kontroversen oder Ähnliches wisse sein Vorgänger sicher auch nicht Bescheid.

„Doktorandinnen – warum haben Sie das betont?"

„Hab ich das? Ach, wissen Sie, es gibt da so Gerüchte. Er soll getrennt leben und sich gern mit jüngeren Damen umgeben, *if you know what I mean.*"

„Genaueres?"

Wisse er nicht. Es gebe aber noch den Fachgruppenvorsitzenden, einen älteren Wissenschaftlichen Rat namens Burger, der kenne Nierkamps Verhältnisse sicher besser. „Und ein Hitzkopf ist er auch. Er hat mit Nierkamp in der letzten Fakultätssitzung gestritten und ihn angeschrieen, dass die Fetzen flogen. Ich hab leider nicht mitbekommen, was der Grund war. – Hoffentlich war es nicht der Burger, der Nierkamp ermordet hat, er ist nämlich ein sympathischer Zeitgenosse. – Diese Äußerungen habe ich natürlich nie gemacht."

Katrin lachte: „Wenn Sie es ihm wirklich zutrauen würden, hätten Sie den Mund gehalten. Was ist Burger für ein Mensch?"

„Guter Typ. Sie werden ihn mögen."

„Herr Dekan, wir danken Ihnen für dieses Gespräch!"

Der lachte jetzt auch. „Sagen Sie einfach Hohberger zu mir. Übrigens, Nierkamp – Nierkamp soll echt geil auf seinen

Professorentitel gewesen sein! Der hat mal eine Sekretärin richtig zur Sau gemacht, nur weil sie ihn bloß als Doktor angeschrieben hat. Dabei ist das international eher üblich."

Burgers kleines Zimmer im Philosophicum war nur mit Mühe zu finden und bot gerade Platz für zwei Besucher. Die Sekretärin des Dekans hatte sie angemeldet. Burger war ein hagerer Mann von einer etwas altmodischen Höflichkeit, nach Habitus und Kleidung in Pullover und Cordhosen aber ein Alt-Achtundsechziger. Graue Mähne, grauer Bart, Lachfältchen, energisches Kinn, Pfeife.

„So so, also der Nierkamp. Ja das tut mir schon leid. Es hat geheißen, er sei auf eine scheußliche Art umgebracht worden, ist da was dran? Und weiß man denn schon irgendwas vom Täter?"

„Wir wären nicht hier, wenn wir ihn hätten. Aber wir erhoffen uns eigentlich von Ihnen ein paar Tipps zum Suchen."

„Über seine privaten Verhältnisse bin ich nicht im Bild. Wir hatten schon lange keinen näheren Kontakt mehr. Und zur fachlichen Seite kann ich nur sagen: Ich verstehe seine Thesen nicht, und was ich verstehe, kann ich nicht billigen. Vor einiger Zeit haben wir einander auch deswegen angeschrieen. Aber es gibt so viele Narren in unserem Fach. Doch als Tipp für Ihre Fahndung: Nicht wenige Philosophen wurden zu Märtyrern der Staatspolitik oder der Religion. Aber wenn Sie davon absehen: In der ganzen Philosophiegeschichte finden Sie keine Handvoll Philosophen, die jemand im bürgerlichen Leben wegen ihrer Denke umgebracht hat. So gesehen ist die Philosophie kein gefährliches Metier."

„Hatte er Neider?"

„Sicher. Viele. Aber keiner von denen findet einen Cent mehr in seiner Tasche, wenn der Nierkamp für immer den Mund hält."

„Wissen Sie von irgendwelchen Kontroversen oder Vorgängen, bei denen jemand persönlich verletzt wurde. Oder das so empfinden konnte?"

„Der Kerl hat bei allem Ärger gemacht, was er angefasst hat. Immer wenn er etwas schreibt, gibt es ein paar Journalisten oder Journalistinnen, die es hirnlos hochjubeln. Und ein paar kritische Rezensionen aus der Fachwelt. Unter Kollegen nennt ihn dann schon mal jemand mit Jacob Burckhardt einen ‚*schrecklichen Vereinfacher*‘, dann wissen alle, wie sie dran sind, aber das war's dann auch schon. Von richtig persönlichen Kämpfen – so einer Art geistigem Duell – ist mir nichts bekannt. So ernst nimmt man ihn auch wieder nicht.“

„Und im Postenschacher an der Universität, was Berufungen angeht zum Beispiel?“

Burger wiegte den Kopf. „Nope. Er hat instinktiv gespürt, wann er in die Minderheit geraten würde. Dazu war er ein zu großer Opportunist. Aber was Sie sagen, ist natürlich ein Riesenproblem bei anderen Leuten, die man ernst nehmen müsste, die aber in der dumpfen Meute keine Mehrheit finden.“

Stimmt. Der Mann wusste, wovon er sprach. „Und worüber haben Sie gestritten?“

Burger lachte. „Neulich in der Fakultät wollte er mich aus meinem angestammten Hörsaal vertreiben. Wir lesen gleichzeitig, und meiner ist der einzige, der im Sommer erträglich kühl bleibt. Ich hab dann Theater gemacht und ihn als Rüpel und aufgeblasenen Schlauch beschimpft. Nachher musste ich mich entschuldigen, damit er keinen Strafantrag stellt. Aber ...“, Burger rieb sich spitzbübisch die Hände, „... meinen Hörsaal hat er nicht bekommen.“

„Und nichts Inhaltliches?“

„Doch doch. Immer mal wieder. Er versaut einem die Arbeit. Ich versuche, meinen Studenten ein Minimum an historischem Unterscheidungsvermögen beizubringen, aber Nierkamp mit seiner Konsequenzzieherei, der an überhaupt keiner historischen Tatsache interessiert ist, verwirrt ihnen ständig die Köpfe. Man kann nicht mal sagen, der hat seine eigene Sicht, denn bei ihm ist es heute so und morgen anders – Entschuldigung, war es. Aber ich würde mir doch niemals an so einem Kerl die Finger schmutzig machen. Wozu sind wir denn Philosophen? Unsere Waffe ist das Wort, nicht das Messer!“

Auf die Frage, wer denn von den Kollegen über Nierkamps persönliche Verhältnisse genauer Bescheid wisse, musste Burger passen. „In geselliger Hinsicht hatte er zuletzt kaum Umgang mit den Kollegen. Seit seine Ehefrau fort ist, und die wusste, warum sie ging, konnte man ihn ja auch nicht mehr einladen, so wie er immer mit den Doktorandinnen rumgemacht hat. Da gibt es eine, Bettina Haller heißt sie, die weiß wohl am besten Bescheid. Die hat ihn ziemlich angehimmelt. Es ist eine Schande, wie der das Mädchen ausgenützt und vorgeführt hat. Als ob sie ne Nutte wäre, dabei ist sie eigentlich eine nette Person."

Sie sagten, sie hätten schon mit ihr gesprochen.

„Es gibt noch eine, die hat sich wohl freigeschwommen, seit sie ihren Lehrauftrag hat, Dr. Brawanski, Svenja Brawanski. Vielleicht kann die Ihnen noch dies und das sagen. Die könnte im Moment im Dozentenzimmer zu finden sein. Sonst müssen Sie sich im Dekanat die Adresse geben lassen."

„Am Samstag habe ich schon einen Ihrer Kollegen gesprochen, der ist auch Mitglied in dieser Studiengesellschaft ..."

„Sie meinen sicher den Lechler, Professor Konrad Lechler. Ja ja, dann muss der auch bei denen gewesen sein, die auf Nierkamp gewartet haben. Kriminalistisch ist der Mann sicher ein weißes Blatt. Für den lege ich die Hand ins Feuer. Darf ich Sie mit einem ganz persönlichen Eindruck behelligen?"

„Aber bitte!"

„Manchmal ist der Betrieb hier ja zum Verzweifeln. Selbst die besten, gutwilligsten Studierenden beweisen einem, dass man monatelang in den Wind gesprochen hat. In solchen Momenten greife ich nach Hermann Hesses Glasperlenspiel. Es ist ja eigentlich ein bildungsromantischer Kitsch. Aber wenn Sie dann einen Typ wie den Lechler sehen, wie er unverdrossen und geduldig mit den jungen Leuten redet, erklärt, korrigiert – dann ist die gelehrte Provinz wieder in Ordnung. Anderes Beispiel: Ich lese bei Sloterdijk im zweiten Band, den Sphären, und denke an einer Stelle: Implicite muss der hier doch Plato zitieren – also frage ich Lechler. Und was sagt der, nach einem Zug aus der ewigen Pfeife: Ich würde mal im Timaios, im elften Kapitel nachsehen, da muss sowas stehen. Und tatsächlich, da steht es!

Und, wissen Sie, der Mann vergibt sich nichts, wenn er mit einem hilflos dummen Erstsemester, das sich nie in unser

Fach hätte verirren sollen, geduldig seine Proseminararbeit bespricht. Dieser Nierkamp, wenn er dabei sitzen würde, hätte aus jedem Satz etwas zu lernen gehabt!"

„Sie schwärmen ja richtig!"

„Der Mann ist genial. Nur fehlt ihm völlig die Angeberei. Manchmal denke ich, er ist der letzte Repräsentant einer Bildungswelt, die mit seinesgleichen zu Ende geht. Zu redlich, zu bescheiden. Manchmal, denke ich, spürt er das selbst. Und in seltenen begnadeten Momenten wünsche ich mir, ich wäre dabei an seiner Seite."

Zum Schluss fragten sie Burger nach seinem Alibi. Das war einfach: Er hatte mit einigen andern Dozenten und Assistenten ab sechs Volleyball gespielt und danach noch eine Stunde in der Kneipe mit ihnen zusammengesessen. Er diktierte auch gleich in den Block, wer von den Philosophen sonst noch dabei gewesen war.

„So hab ich mir einen Philosophen eigentlich vorgestellt", meinte Katrin auf dem Weg zurück zum Dekanat. Sie ließ offen, ob damit Burger oder Lechler gemeint war. Schiller hätte ihr kaum widersprochen.

Svenja Brawanski war, wie bei ihrem Namen nicht unerwartet, eine Frau mit slawisch geprägtem Gesicht, dabei schmalem Kopf, hoher Stirn und hellblauen Augen. Sie vermittelte den Eindruck einer sehr überlegt sprechenden und handelnden Person. Über ihr Verhältnis zum Toten sagte sie im wesentlichen nichts andres als Bettina Haller, natürlich nur mit vagen Andeutungen über das Sexuelle. Auch sie sagte, sie habe bewusst opportunistisch gehandelt und verachte sich eigentlich dafür, aber was sei ihr auch übriggeblieben? Am Tag, an dem sie nicht mehr abhängig war, habe sie ihm den Laufpass gegeben und ins Gesicht geschrieen, was er für ein Schwein sei. Er würde deswegen sicher versucht haben, ihr später zu schaden, aber sie sei sicher, in diesem Fall hätten ihr andere gerne geholfen. Mehr nützliche Informationen brachten sie aus ihr nicht heraus. Während der Tatzeit war sie angeblich im Haus und arbeitete in der Bibliothek. Einige Studenten hätten sie gesehen, aber das genau nachzuprüfen wurde schwierig.

„Vielleicht hat Nierkamp ihr gedroht, er macht sie fertig?" erwog Katrin, als sie weggingen.

„Möglich. Doch sie hat nichts davon gesagt. Sie wirkt auf mich wie jemand, der sehr planvoll handelt. Wenn sie beteiligt war, dann hat sie es nicht selbst oder zumindest nicht allein gemacht. Und eine so coole Frau wie sie hätte auf die ‚Verzierungen', wie du sie nennst, verzichtet."

„Ich würde es mir so vorstellen", sagte Katrin – und Schiller dachte dabei, sie sei doch ein altkluges Luder, während er wieder einmal die zarten Härchen im Nacken der jungen Kollegin betrachtete –, „dass sie sich einen Freund von starker Emotionalität angelacht hätte. So jemand könnte dann auch die ‚Verzierungen' angebracht haben."

„Hat sie einen Freund? Und war er es? Krieg es raus!"

„Wenn ich recht sehe, werde ich mich demnächst als Philosophiestudentin verkleiden. Vielleicht ziehe ich bei dieser Gelegenheit ja ein geistiges Großkaliber an Land oder einen reichen Erben, wenn schon mein Chef mit meinen weiblichen Reizen nichts anfangen kann."

„Hör bloß auf. Du weißt, dass ich dich mag, aber wir leben nicht in Haremland. Also mach dir keine falschen Hoffnungen. Und: Ein reicher Philosoph ist ein hölzernes Eisen. Die meisten dort hoffen bei ihrer brotlosen Kunst selbst auf eine reiche Erbin. Von dieser Seite musst du vielleicht sogar eine gewisse Konkurrenz befürchten. Bei den großen Vermögen hat man gern einen Philosophen als Sahnehäubchen in der Familie."

„Warum lässt du mir nicht einmal meine Illusionen! Unter einem Herrn Brawanski müsste ich mir nach deiner Logik also wohl einen sentimentalen Pfeffersack aus der Spielautomatenbranche vorstellen? Aber wie du meinst, dann ziehe ich mir eben ein brotloses Genie an Land!"

„Ich sehe, du hast mich verstanden."

*

Am Nachmittag war Schiller gerade vom Präsidenten zurück, wo er sich den Rüffel für die eigenmächtige Presseerklärung – „Viel zu direkt – und dann muss ausgerechnet die auch noch in die Landesnachrichten kommen, da konnten Sie zwar nichts dafür, aber es ist trotzdem saublöd!“ – abgeholt hatte. Schiller hatte sich nicht verpflichtet gefühlt, den Präsidenten bei der Entschuldigung, die er ihm voreilig ausstellte, zu korrigieren.

Kaum hatte er sich den Kaffee an den Schreibtisch geholt, hörte er den sonst ruhigen Kobler schon auf dem Flur laut rufen, und kurz darauf drängten er und alle Kollegen von der Kommission zur Tür herein.

„Ich glaub ich spinn, Chief! Wir haben es mit einem ganz hundsfottsgemeinen Raubmord zu tun. Der Tote hat mit seiner eigenen Scheckkarte und korrekter PIN am Donnerstag, am Freitag, am Samstag, Sonntag und heute jeweils das Maximum von tausend Euro abgehoben.“

Schiller war aufgesprungen und fasste sich links und rechts an den Kopf. „Unglaublich! Und wir produzieren stattdessen einen Haufen nutzloser Hypothesen halb so hoch wie das Ulmer Münster.“ Er sagte ‚halb so hoch‘, wie man als Schwabe einen Deppen auch ‚Halbdackel‘ nennt.

„Und wie kam der an die PIN?“, fragte Jellinek.

„Die meisten Leute sind leichtsinnig“, sagte Rogner lakonisch. „Wenn ich das machen müsste, ich würde dem Opfer eins aufs Hirn schlagen und dann seine Schublade durchsuchen. Das braucht nicht viel Fantasie.“

„Mo-o-ment!“, ging da Fahnauer dazwischen. „Immer langsam mit der Braut! Wenn du auf diese Tour losgehst, nimmst du da immer eine Dose Isolierschaum mit auf den Trip?“

„Die kann er doch irgendwo in der Wohnung gefunden haben“, sagte Kobler in einem schwachen Versuch, seine These vom alleinigen Raubmotiv zu halten. Aber sofort widersprach Fahnauer: „Der Mann hatte nicht mal Werkzeug im Haus, wozu soll er das Zeug in der Wohnung gehabt haben?"

„Eine Baumarktquittung haben sie nicht gefunden, ich hab den Technikern gesagt, sie sollten darauf achten. Aber es sagt natürlich was, dass der Täter sich offenbar die Mühe und die Zeit nahm, die PIN rauszukramen. Es gibt allerdings auch Leute, die halten sich für so zerstreut, dass sie die Nummer gleich im Geldbeutel dabei haben. Aber auch im Schreibtisch war sie leicht zu finden, da liegt in einer Schublade alles, was das Geld angeht", sagte Schiller.

„Jedenfalls müssten wir unseren Mann oder unsere Frau ja bald haben", meinte Fahnauer. „Die Geldautomaten haben inzwischen doch praktisch alle solche netten Digicams. Hat er denn immer bei der gleichen Filiale sein Geld abgehoben?"

„Hat er. Und ausgerechnet da hat die Kamera anscheinend nicht funktioniert. Die Schnarcher haben das erst vorhin festgestellt, als ich danach gefragt habe. Jetzt wird fieberhaft gesucht, woran das liegt." Kobler machte noch einen letzten Versuch. „Denkt mal, da kommt ein Räuber an die Tür und will das Opfer tatsächlich nur berauben. Hofft, er kann inkognito bleiben und ihn betäuben. Aber die Maske verrutscht, der erkennt ihn, also muss er jetzt sein Opfer beseitigen. Kommt irgendwo irgendwie an diesen Spray. Vielleicht ist es eine Frau, die nicht die Kraft hat, den Bewusstlosen zu erdrosseln."

„Unlogisch", sagte Rogner knapp. „In der Hose hat er einen Gürtel, damit könnte sie ihn erwürgen. Und wie gesagt, das erklärt weder Spray noch Pfauenfeder."

„Ich hab's", ging Katrin dazwischen. „Wir müssen eventuell den Raub oder Raubmord trennen von diesen – wie soll ich sagen – Verzierungen. Der liegt da, ist tot oder sieht aus wie tot. Dann erst kommt sein wissenschaftlicher Feind oder eine seiner Verflossenen dazu, sagt sich, der war schon immer ein Schaumschläger und geiler Bock, und macht sich an die Arbeit."

Fahnauer: „... und, *ceterum censeo* – hat für diesen Fall vorsorglich Schaum und Pfauenfeder immer dabei! Oder glaubst du, der fährt dazwischen in den Baumarkt, besorgt sich das

Zeug, geht auch noch schnell auf den Jahrmarkt, eine Pfauenfeder schießen, und kommt wieder?“

„Dann eher noch so: Jemand entdeckt ihn, haut voll Schreck ab, am Institut wird getuschelt: Der Alte liegt tot in der Wohnung. Dann sagt jemand, der Hass ist ja vielleicht groß genug: Jetzt können wir ihn alle symbolisch massakrieren, und alle tragen zusammen, was sie haben.“

„Das wäre doch ein plausibles Szenario.“ Katrin.

„Und alle hätten es gewusst außer der Haller, die natürlich als sein Bettschatz unten durch ist.“

„Kennen wir eigentlich die Leute vom Lehrstuhl?“

„Nö, Chief, aber wir werden sie wohl kennenlernen dürfen.“

Kobler war die Menge der Hypothesen spürbar lästig. „Ich gehe dann mal los und kümmere mich um den Typ mit der Scheckkarte. Vielleicht hat es sich dann ja ausspekuliert.“ Es gibt Phasen, in denen man in der Sache nicht wirklich vorankommt und nach jedem Strohhalm greift. Die Geschichte mit der Scheckkarte schien den meisten offenbar nicht mehr der große Durchbruch zu sein.

Eine halbe Stunde später stand Kobler wieder vor Schiller, enttäuscht und wütend. „Sie werden es nicht glauben, die Kamera hat wirklich kein Bild. Und wissen Sie, warum? – Der Typ hat sie mit dem einfachsten Trick von der Welt außer Funktion gesetzt ... !“

„Machen Sie es nicht so spannend!“

„Zugeklebt. Mit so einem netten Aufkleber, der für die Allfinanzdienste der Bank wirbt.“

„Und woher hatte er den so schnell?“

„Von der Fensterscheibe abgezogen, zwei Meter weiter.“

„Haben die Kasper wenigstens ein Bild von ihm, wie er den Aufkleber anbringt ...?“

„Nein, denn es ist so: Diese Kameras werden aktiviert, sobald jemand eine Karte einschiebt oder sich sonst am Apparat selbst zu schaffen macht, zum Beispiel auf die Tastatur drückt oder kratzt oder so. Man spart dadurch Bandlaufzeit und kann bessere Bilder abspeichern. Er konnte in aller Seelenruhe seinen Sticker platzieren.“

„Und was sagen die Bankfritzen dazu?"

„Das wäre was völlig Singuläres, noch nie da gewesen, man müsste jetzt die Systeme ändern..."

„Wenn uns diese Blödheit bloß weiterhelfen würde ...!"

„Und jetzt hätten sie gern, dass wir den Automaten Tag und Nacht bewachen. Aber wenn Sie mich fragen, ist das ein Schuss in den Ofen. Der Täter muss doch denken, dass man irgendwann die Abhebungen seit Donnerstag bemerkt. Dafür spricht schon, dass er heute so früh morgens dran war."

„Natürlich weiß er, dass der Kontoinhaber nichts mehr prüft."

„Trotzdem – ich an seiner Stelle würde es jetzt woanders probieren. Sticker gibt es genug."

„Seh ich auch so. Wir können uns bloß nicht leisten, den Wunsch zu ignorieren. Wenn der Täter ein Idiot wäre, was er nach meiner Ansicht nicht ist, würden wir lebendig gegrillt, falls er uns deswegen entkommt. Können Sie die Überwachung organisieren? Vielleicht immer einer von uns und einer vom örtlichen Revier."

„Mach ich. Ab Mitternacht. Die haben übrigens das Konto schon gesperrt."

„Was?" Schiller konnte sich nicht beherrschen und schrie: „Sind die denn noch dicht? Wir sollen Gott und Welt bewegen, und die klemmen wegen tausend Euro. Nein, wir sind doch nicht der Jojo von denen! Die sollen sofort die Sperrung aufheben! Und stattdessen die Scheine registrieren. Und zwar nicht nur in diesem Apparat, sondern in zwanzig Kilometer Umkreis. Wenn sie dazu zu faul sind, blasen Sie alles ab. Wo war der Apparat, an dem er es gemacht hat?"

„Am Marienplatz bei der Leipziger Bank. Nicht schlecht gewählt."

Als Kobler wieder draußen war, dachte Schiller eine Sekunde nach und ärgerte sich, dass selbst ein guter Mitarbeiter wie Kobler das Nächstliegende vergaß. Er rief Siedler von der Technik an, er sollte sofort jemand hinschicken, um alle Spuren am Automaten zu sichern. Und besonders auch am Aufkleber, selbst falls ein eifriger Trottel diesen schon in den Müll geworfen haben sollte.

*

Beim regulären Dienstschluss hatte Schiller kurz überlegt, ob es sich lohnte, zum Abendessen nach Hause zu fahren, bevor er Bettina Haller zu ihrem philosophischen Privatissimum aufsuchte; sie wohnte in einem der typischen Gründerzeitquartiere im Stuttgarter Westen. Der Montag war nicht klug gewählt, denn ausgerechnet an diesem Abend ging Judith von der Arbeit in ihre Pilates-Gruppe, von der sie normalerweise gegen neun nach Hause kam. Nach dem Wortwechsel über den jungen Mann neulich wäre Schiller natürlich gerne zu Hause gewesen, um zu sehen, ob sie pünktlich zurückkam, aber sagte sich dann auch, er würde sich verrückt machen, wenn sie vielleicht mit jemand noch einen Salat essen ging. Auf jeden Fall hinterließ er ihr eine Nachricht auf der Mailbox und zuhause auf dem Alibiphon, es würde später werden, und fuhr in die Stadt, wo er zum wiederholten Mal die Existenz eines Kneipenviertels vermisste. Und kaum saß er im Auto, schalt er sich den größten Narren; nach dem Nachtgespräch letzte Woche waren seine Botschaften doch geradezu eine Aufforderung, heute etwas mit dem jungen René anzufangen!

Schiller wollte jetzt nicht zu Paolo oder in eine andere Kneipe, die er schon kannte, fuhr also durch den milden Abend hierhin und dorthin, dachte zuerst an eine Gartenwirtschaft, aber alle, die ihm in den Sinn kamen, wären zu weit draußen gewesen, und ließ sich dann mehrfach durch die Speisenkarte abschrecken. Andere Kneipen waren montags zu. Schließlich landete er in einer kleinen Wirtschaft am Südeingang des Schwabtunnels, unweit von Bettinas Wohnung, wo noch deftig schwäbisch gekocht wurde: Maultaschen, Schupfnudeln, Blut- und Leberwürste und Linsen mit Speck. Als er drin saß, war ihm das alles zu habhaft, bevor man zu einer Dame ging; er bestellte eine Tellersülze mit Brot und ein kleines Pils dazu. Und sagte sich, dass er diesen Besuch unter allen Umständen korrekt und dienstlich hinter sich bringen müsse, egal wie sympathisch ihm die junge Philosophin vorgekommen war. Und kannte sich doch gut genug, um in sich selbst unter dieser Oberfläche des bewussten Wollens und Denkens ganz andere, und zwar sehr unklare und widersprüchliche Motive zu ahnen.

Er rief kurz bei der Technik an, lenkte sich noch ein Weilchen mit der Tageszeitung ab, bis es Zeit war, und fuhr dann zur Wohnung der Philosophin.

Beim Wegfahren in der Nebenstraße, in der sein Auto stand, gab es noch ein wenig Ärger. Ein anderer Fahrer hatte sich mit seinem Honda so knapp vor ihm in die Parklücke gequetscht, dass Schiller seinen Dienstmercedes praktisch nicht ohne das Risiko einer Berührung herausrangieren konnte. Normalerweise, das heißt mit dem Privatauto, hätte er es riskiert. Aber beim Dienstwagen wäre die kleinste Markierung am eigenen oder fremden Fahrzeug in einen derartigen Papierkrieg ausgeartet, dass er lieber vorsichtig war und nochmals ausstieg, um den genauen Abstand nach hinten zu prüfen.

In diesem Moment kam ein junger Mann schnell die Straße herunter und näherte sich dem sandfarbenen Golf dahinter. Als Schiller ihn kommen sah, fiel ihm ein, dass dort oben im Hause Hackländer die Gesellschaft getagt und auf Nierkamp gewartet hatte.

„Fahren Sie raus?“, sagte Schiller, um nicht stumm dazustehen, und der andere nickte. Er war lang, Schiller schätzte ihn auf einsachtundachtzig, und so dünn, so dass sich Schiller fragte, ob es auch noch bei erwachsenen jüngeren Männern Essstörungen wie bei den Teenies gab. Dabei fiel ihm das schön geschnittene, ein wenig blasierte bleiche Gesicht auf, das von klassischen Locken eingerahmt war. „Die Parkerei hier ist immer kriminell“, sagte der Dünne und faltete seine Beine in den Golf. Er stieß zurück, rangierte zweimal und war draußen. Schiller grüßte mit der Hand und fragte sich, ob der ihn wohl für einen unbeholfenen Trottel gehalten habe. Vor Bettinas Wohnung war das Parken nicht angenehmer. Er fuhr zweimal um den Block und stellte dann das Fahrzeug verboten direkt an eine Straßenecke. Was soll's!

Seine Gastgeberin führte ihn ins Zimmer und sagte, er solle sich doch einen Platz suchen, natürlich sei es für sie neu, so in ihrer Wohnung mit einem Kriminaler zusammen zu sitzen – „oder soll ich lieber Bulle sagen, so wegen natürlicher Distanz und so?" –, und er sagte, egal, und sie fragte dann, ob sie Tee kochen solle oder Wein holen, und er sagte wieder, egal, wie sie wolle, ihm sei alles recht.

Schiller spürte den Rollenkonflikt und war auch verlegen. Kopfmäßig war ja alles in Ordnung, wie er sich am Freitag verhalten hatte. Niemand verbot ihm, mit einer jungen Frau in freundlichem Ton zu sprechen und hilfsbereit zu sein. Und auch nicht, dass er sich von ihr etwas Fachliches erklären ließ. Und doch war ihm, als hätte sie ihn irgendwie eingefangen, als sie plötzlich in der kleinen Kneipe hinter ihm stand, und ihn über den Tisch gezogen, und jetzt saß eben nicht sie in seinem Büro am Schreibtisch, sondern er war abends in ihrer Wohnung, und zwischen ihnen stand das Wissen, dass es ihren Sexualpartner nicht mehr gab. Zum Glück spürte sie offenbar dasselbe.

„Ich fühle mich befangen. Zu jedem anderen würde ich sagen: Also, schießen Sie los, worum geht's? Aber ich weiß nicht, ob das so ne Art Verhör ist." Sie lächelte unsicher.

Schiller, noch immer im Stehen, weil er nicht wusste, auf welchen der beiden Sessel er sich setzen solle, betrachtete die junge Frau genauer. Sie trug einen schwarzen Rock, ein schwarzes, halb glänzendes T-Shirt und halbhohe Schuhe; das passte zusammen und machte einen unauffällig eleganten Eindruck. „Bestimmt nicht. Ich möchte nur wissen, was und wie der Typ gedacht hat. Ich persönlich, nicht nur als Bulle. Und bei Ihnen hab ich das Gefühl, dass ich was kapiere. Danke, dass Sie mich eingeladen haben."

Eine Handbewegung sollte wohl sagen: aber bitte, und dass er sich setzen solle, aber dann sagte sie: „Ich weiß nicht, warum es mich verunsichert. Vielleicht weil Nierkamp nach dem Vortrag auch zu mir kommen wollte ... wissen Sie, es ging bei Paul immer in erster Linie nur um das eine; ich hätte Sie vielleicht doch nicht hierher bestellen sollen."

„Dann machen wir es doch lieber ein andermal, in meinem Büro. Ich will wirklich nicht der Schuft sein, der Ihre verwirrten Gefühle ausnützt. Und nicht riskieren, dass die Signale und die Situation einander widersprechen.“ Er wollte gleich wieder aufstehen, aber sie drückte ihn in den Sessel. Schiller spürte ihre feste Hand; sie hatte nicht gezögert, ihn zu berühren.

„Was solls, jetzt sind Sie schon da.“ Sie holte die Rotweinflasche und zwei Gläser. „Möchten Sie wirklich gern einen Tee? Ich trinke normalerweise um diese Zeit noch Tee, lang gezogen, und den Wein erst spätnachts. Aber wie Sie wollen.“

„Tee ist doch prima. Danke.“ Sie ging in die Küche, und er sah sich im Zimmer um. Viele Bücher, aber auch Postkarten und Sammelobjekte, hier und da ein Kleidungsstück, eine Jakke lag auf dem großen Bett. Alles ordentlich, gemildert durch das richtige Quentchen Unordnung. Im Regal lagen ein paar Ferienfotos, Bettina mit Gleichaltrigen; Nierkamp war nicht drauf. Er fühlte sich schon weniger befangen, als sie mit dem Tee zurückkam.

„Meine Gefühle sind nicht verwirrt, es ist meine Existenz, in der sich die Arbeit und das Ausgenütztwerden so eng ineinander verwickelt haben. Wenn ich in der Bibliothek sitze, dann lese ich nicht, weil ich auf diese und jene Frage eine Antwort suche, sondern weil ich, wenn er mich danach fragt, die Antwort haben will, die ihm gefällt. Im Seminar habe ich mich schon immer ganz bewusst konservativ angezogen – es hat ihn übrigens geärgert, und er hat dann verlangt, dass ich ganz kurze Röcke trage und so –, aber es hat natürlich jeder gewusst, die bumst mit dem, und jeder Satz, den sie sagt, ist irgendwie geprägt durch diese Unterleibsbeziehung. Und alles, was er in meine Richtung sagt, kann auch so codiert sein. Ich erwähne den Namen eines Methodologen, der zufällig Feyerabend heißt, und schon – so denk ich jedenfalls, aber vielleicht ist es auch meine Obsession – meinen einige: Aha, am Feierabend, wenn die beiden hier fertig sind, geht sie mit ihm in die Kiste zum Rammeln.“

„War es denn so?“

„Ein Stück weit schon. Kaum waren wir bei ihm, hat er gesagt: ‚Komm, zieh dich aus!' Es gibt wahrscheinlich keinen Satz, den ich in den letzten Monaten häufiger gehört habe als ‚Komm, zieh dich aus!'"

„Und Sie haben das jedes Mal gemacht?"

„Natürlich, ich hab ja gesehen, dass er Lust hatte, und ich hab auch Lust gehabt. Und dann hat er auch so Spielchen drauf gehabt."

„Aha?" Schiller war neugierig, wie weit sie von sich aus in ihrem Bericht gehen würde.

„Er wollte, dass ich Strapsgürtel und Strümpfe anzog, wenn ich sie nicht schon anhatte. Und natürlich kein Härchen südlich vom Hals, darauf musste ich immer achten. ‚Froschnackt' wollte er mich und ‚froschglatt', und am liebsten auch froschkalt: Schwitzen konnte er überhaupt nicht ab. Wenn er telefonierte, musste ich mich so über den Tisch legen, und er hat mich von hinten genommen." Ganz präzise beschrieb sie, was er alles mit ihr gemacht habe, wie ausdauernd er dabei gewesen sei, und dass er dabei mit Hinz und Kunz telefoniert habe. Sie habe so eine aufgeweckte Möse, habe er gesagt, das würde ihn auch zum Denken anregen. Schiller konnte gar nicht anders, als in diesem Bericht selbst eine Form masochistischer Lust zu erkennen. Er fragte nichts, und doch wollte sie ihm anscheinend keines von den Details ihrer Ausbeutung und zugleich genussvollen Hingabe ersparen. Für Schiller war das wie eine Lehrstunde. Selbst als sie berichtete, welcher Wege sich Nierkamp bedient und was sie dabei empfunden habe. Und so gerade weiter.

„Er war echt pervers, aber es war immer auch aufregend. An seinen Büchern und Aufsätzen hat er immer ganz konzentriert gearbeitet, das muss man ihm lassen. Aber manchmal hat er seine Vorlesungen diktiert und mich dabei gevögelt. Ich denke jetzt, er hat wahrscheinlich irgendwas genommen, Cialis oder so, diese Dauererektion war ja nicht normal. Übrigens fast immer von hinten, als ob er mein Gesicht nicht sehen wollte."

Schiller hörte staunend zu. Wollte sie ihn aufreizen? Sie musste doch wissen und konnte sehen, dass das auch ihn nicht unbeteiligt ließ. Jedenfalls musste er sich zunächst einmal eingestehen, dass sein erstes Urteil über die sexuelle Phantasielosigkeit des Professors voreilig gewesen war. War am Ende deswegen die Schreibtischplatte so abgeräumt?

„Sie sind übrigens fies, dass Sie mich das alles erzählen lassen, bloß weil ich das Bedürfnis habe, es gegenüber jemand auszusprechen. Eine Art Beichte. Es ist, als ob ich Ihnen dabei einen Striptease vorführe. Aber es ist natürlich, obwohl er tot ist, immer noch sein Striptease, dass er mich jetzt dazu bringt, mich vor einem anderen Mann so nackt zu zeigen.

Er hatte ja auch den Tick, dass es immer ein klein wenig erniedrigend sein musste. So, wie er mich gestoßen hat und gleichzeitig telefoniert. Oder wenn wir in der Öffentlichkeit zusammen waren, vor allem wenn wir auf Reisen gingen, zu Kongressen und so: Immer hat er es so hindrehen müssen, dass klar war, ich war nicht nur seine Assistentin, sondern auch sein Sexobjekt, aber nicht die gleichwertige Partnerin oder Ehefrau. Wenn er Leute da hatte, musste ich einen ganz tiefen Ausschnitt zeigen oder so ein Bolero mit freiem Nabel anziehen und natürlich keinen BH drunter, oder einen Schlitz im Rock, damit man sehen konnte, dass ich Strümpfe und Strapse trug. Nie ganz über die Grenze, aber immer ein klein wenig vulgär. Mensch, ich muss erst wieder lernen, mich anders zu schminken, als er es gewollt hat."

Schiller sagte zu all dem nichts und griff nur unauffällig in den Schritt, um sich zu ordnen. Was hätte er auch sagen sollen? Sie hatte das Bedürfnis, sich auszusprechen, es auszukotzen vielleicht, und sagte das dann auch, und zwar nicht unter Frauen, in dieser weiblichen, immer verständnisvollen und immer – huch! – verlogenen Weiberkumpanei, sondern gegenüber jemand, der das normal sehen und beurteilen konnte. Eigentlich wolle sie herausfinden, ob sie ihm und er ihr nachher noch in die Augen sehen konnte. Ob er sie verachtete oder nicht.

Dafür war Schiller, dem nicht so leicht ein Menschliches fremd war, genau der richtige. Und wieder wunderte er sich, dass er nach diesem Bericht und diesen Erfahrungen nicht den mindesten Zug von Vulgarität, Verhärtung oder gar Verbitterung an ihr entdecken konnte. Im Gegenteil: dieses ebenmäßige, jugendlich klare und – beinahe hätte er sich gesagt: – vornehme Gesicht fesselte ihn immer mehr. Ob es das gibt, fragte er sich: dass man durch all diese Erfahrungen geschwebt sein kann wie eine Fee, wie eine Prinzessin, und all das, auch der perverseste Sex, konnte sie nicht beschmutzen?

Dann erklärte sie ihm Nierkamps Philosophie, und vieles davon konnte er nach Reiss' Vorbereitung schon ganz gut einordnen. Und schließlich auch, worum es in ihrer eigenen Arbeit gegangen war, und dass sie jetzt das Problem hatte, ob und wo sie einen neuen Doktorvater finden konnte. An der Fakultät sei sie als Betthase von Nierkamp wahrscheinlich unten durch. Außer vielleicht bei dem alten Burger oder bei Professor Lechler, der habe sich immer wieder erkundigt, wie sie vorankomme, und habe dabei nie irgendeine Anzüglichkeit aufkommen lassen. Aber natürlich gewusst, was los war. Bei allem, was sie schrieb, habe sie darauf geachtet, ob es Lechler als Zweitkorrektor auch akzeptieren könnte. Und während sie sprach, beobachtete Schiller ihre Lippen, die er so erotisch fand, wünschte, diese Lippen zu spüren, fiel fast in ihre dunklen Pupillen, wenn sie ihn ansah, studierte ihre Ohrläppchen und die feinen Härchen darin, die helle klare Stirn und die Löckchen im Nacken ...

Als sie das mit Lechler sagte, machte er sich im Kopf eine Notiz: Nochmals mit Professor Lechler sprechen.

Sie machte eine Pause, klapperte dabei verschämt mit den Augendeckeln, aber er war sicher, dass sie dabei lächelte, und sagte: „So, Herr Kriminalrat, jetzt wissen Sie alles über mich. Sozusagen in- und auswendig ... oder darf ich du sagen? Ich bin Bettina, der Frosch. – Und jetzt trinken wir den Wein." Sie holte die Gläser her und gab ihm die Flasche in die Hand.

Schiller kam sich vor wie ein Trapezgänger. Eigentlich war ihm schon klar, dass sie ihm das Du anbot, um etwas mit ihm anzufangen; die sexuelle Anspielung war eindeutig. Er wollte sich einreden, dass das Du dem Gesprächspartner gelte, der, obwohl Bulle, sie wirklich verstehen wolle. Und beobachte sich dabei, wie er auf der Gefühlsebene mit einer Mischung aus Lust und Geschmeicheltsein zu ihr umkippte. Er stürzte sich da in einen Abgrund, wusste, dass er eigentlich Angst haben müsste vor den Verwicklungen, die ihn erwarteten, hatte irgendwie auch hintergründige Bedenken, zumal er nicht ahnte, wo und wie er dort unten ankommen würde. „Also – ich bin Markus. Und hier bei dir bin ich nicht als der Kriminalrat, sondern als der Mensch Schiller."

„Ja ja, ich weiß ...", nickte sie, verstehend und so, dass das keine Möglichkeit ausschloss; er hätte auch aufstehen dürfen, doch die Sucht und der leise Kitzel hielten ihn – „... als Mensch, der in festen Händen ist. Du hast vorhin gesagt, wie sie heißt, aber da war ich zu nervös." Er sagte es ihr.

Mit einer kleinen vornehmen Geste legte sie ihm ganz kurz die Hand aufs Handgelenk, wie um zu sagen, du musst dich nicht sorgen, bring deine Bedenken zu Ruhe. Es konnte aber auch heißen: Bleib bei mir, lass mich jetzt nicht allein.

Dann ging sie hinaus und kam nach einer Weile wieder herein. Sie hatte sich offensichtlich bereit gemacht. „Trotzdem hätte ich jetzt gar nichts dagegen zu vögeln. Natürlich nur, wenn du keine Probleme damit hast." Sie lachte entwaffnend mit ihrem runden Mund und zugleich ironisch: „Paul-Nierkamp-Gedächtnisvögeln. Ich muss doch den Kerl aus den Poren kriegen, wie du neulich gesagt hast. Weißt du, ich möchte nicht auf Sex verzichten. Aber ich will auf keinen Fall unter meinen alten Bekannten als die Ex-Schlampe vom Nierkamp herumgereicht werden. Mit dir habe ich das Gefühl, es passt jetzt dazu, aber nachher gehst du wieder weg, und ich bin einen Schritt ins normale Leben zurück."

„Furchtbar logisch ist aber nicht, was du grad sagst. – Und wenn ich mich in dich verknallen würde?" Er musste dabei lachen, was sollte das Herumgerede? Sie wollte, und er – eigentlich auch. Aber es war was dran. Sie zog ihn in ihren Bann. Auch die Gefahr, für die er noch keinen Namen hatte, zog ihn in ihren Bann.

„Hast du keine Lust, oder hast du Angst, dass es irgendwann heißt: Chef der Mordkommission hat Sex mit Mörderin? – Da kann ich dich beruhigen, ich war's nicht. Komm – ich hab heut morgen Gummis gekauft."

Schiller hatte noch nie Probleme damit gehabt, dem Charme einer aufregenden Frau nachzugeben. Aber seine Gefühle und sein Verstand hatten noch nie in einem derart heftigen Widerstreit gestanden wie jetzt. Für sein Gefühl war es die logische Fortsetzung des Gesprächs, in dem Bettina ihre intimsten Erfahrungen ohne Scheu und Verklemmungen mit ihm geteilt hatte. Warum nun nicht die Erregung und das Begehren der Körper teilen? Gefühlsmäßig war er längst überzeugt, dass die Frau, die ihm so offen begegnete, keine Mordtat vor ihm verbarg. Nur sein Kopf sagte etwas ganz anderes: dass er, der als Polizist zu ihr gekommen war, das nicht dürfe, nicht mir ihr! Schiller, sagte ihm sein Kopf, du machst vielleicht die größte Dummheit deines Lebens! Aber diese Stimme kam von weither und tönte eigenartig leblos, so wie man pflichtgemäß jemand über etwas belehrt, von dem man selber nicht überzeugt ist. Schiller war oft Risiken eingegangen, nicht nur durch Lebensgefahren, sondern auch dienstliche, weil man nicht immer bis zum Letzten nach Vorschrift handeln konnte. Im Zweifelsfall hatte er sich da immer auf seine Instinkte verlassen können. Und sein Instinkt warnte ihn nicht.

Schiller als Augenmensch konnte sich an ihrem Körper nicht satt sehen. Es wurde ein schönes unhektisches Liebesspiel mit viel Genuss ihrer feinen und ausnehmend reinen Haut, und eine harmonische Vereinigung. Irgendwann sagte er, er könne sicher nicht so lange wie der tote Kerl, und sie lachte und meinte, dafür sei es bei ihm auch natürlich und nicht die Chemie. Nach dem ersten Mal sagte sie, er dürfe sie ruhig auch anders nehmen, und kniete sich einladend aufs Bett, die Kruppe in die Höhe.

„Bist du da scharf drauf?"

„Nicht so sehr, aber ich will dir nichts vorenthalten." Und nach einer Weile, als sie schon zu stöhnen anfing: „Von dem Kerl soll nichts übrig bleiben."

Als er nachher fragte, ob er bei ihr duschen dürfe, sagte sie: natürlich, ihr Gel stehe am Waschbecken.

„Spinnst du? Ich kann doch nicht mit dem Geruch von einem fremden Gel nach Hause kommen."

Da lachte sie. „Ich wollte nur wissen, ob du blöd bist, oder sie." Dann wurde sie ernst. „Weißt du, ein bisschen komme ich mir vor wie die jungen Frauen im Mittelalter, die wurden ja immer durchgevögelt, bevor man sie gehenkt oder verbrannt hat. Damit man es keiner reinen Jungfrau antut. Ich bin mir immer noch nicht sicher, ob du mir vertraust. Oder ob ich für dich die Täterin bin."

„Wenn du es getan hättest, würde ich dich nicht laufen lassen, bloß weil wir jetzt was miteinander gehabt haben. Aber es war sehr schön, ich hoffe, dass du's nicht gewesen bist. – Und in einem hast du Recht: Ich hab das Gefühl, du weißt etwas, das ich wissen müsste."

„Und was wäre das? An was denkst du, zum Beispiel."

„Zum Beispiel: Der Mann hat keine Vergangenheit."

„Ich promoviere jetzt drei Jahre bei ihm."

„Dann bist du ein Jahr mit ihm zusammen."

„Fast. Elf Monate. In der Zeit hat sich nichts geändert. Vorher hatte er andere Freundinnen."

„Mit einer haben wir gesprochen, Svenja Brawanski."

„Und, war sie es? Die war echt hart, zuerst in ihn reingekrochen und alles mit sich machen lassen. Knallharte Opportunistin. Und am Tag, als sie den Lehrauftrag hatte, hat sie ihn so was von abfahren lassen, richtig voller Hass. Wenn die ihn massakriert hätte ... – sie hätte die Wut und die Kraft dazu."

„Sieh mal an, bei uns hatte sie Kreide gefressen. Und du – hast du eigentlich eine Vergangenheit?"

„Wieso willst du das wissen?" Sie schaute ihn an. „Haben wir ein Verhältnis oder was? Du hast mich geliebt, und ich wollte das, aber nachher gehst du zu deiner Tussi und willst nicht nach mir riechen. Okay okay. Jetzt geh duschen!"

„Also gut", sagte er, als er nass mit dem Handtuch zurückkam, „aber du hast Freunde gehabt. Sag mir nicht, dass keiner von denen eifersüchtig war auf den geilen Professor."

Bettina seufzte, räkelte sich auf dem Bett und suchte so verführerisch auszusehen, wie es irgend ging. Die Haltung war auf Optik berechnet. Schiller dachte sich, sie hat mehr Erfahrung im Bett als Judith. Ganz leise fing das schlechte

Gewissen an zu nagen: War vielleicht am Ende doch alles Berechnung gewesen?

„Schiller", sagte sie – er hatte ihr gesagt, dass alle zu ihm Schiller sagten und niemand Markus, das war nicht ganz richtig, denn Judith nannte ihn Markus, aber sonst praktisch niemand –, „ich möchte dazu nichts sagen. Versteh mich recht, ich weiß nichts. Aber wenn es einen gäbe, der mich wie ein Verrückter anbetet oder anhimmelt oder einfach liebt, und ich ihn eigentlich auch sehr mögen würde, und ich würde was erfahren – hätte ich da nicht so etwas wie ein moralisches Zeugnisverweigerungsrecht?"

„Zum Kuckuck, natürlich. Aber du machst mir meinen Job nicht leichter damit."

„Komm her, du Schuft! Ich will dir wenigstens etwas von meinem gefährlichen Weibsgeruch mitgeben."

Was soll's, dachte Schiller, ich werde es Judith sowieso beichten. Dann macht sie mir vielleicht eine Szene, aber sie sagt ja auch immer wieder, dass keiner von uns dem anderen gehört. Ich frage sie heute auch nicht nach René.

*

Beim Wegfahren dachte er, er könne doch nicht einfach nach Hause fahren und sich zu Judith ins Bett legen. Er rief an, um sie zu einem Absacker in die Kneipe von Paolo am Bihlplatz zu locken, aus olfaktorischen Gründen, und weil so eine Wirtschaft ein neutrales Terrain ist, wo er sich wieder für sie gewinnen konnte. Sich für sie, nicht umgekehrt. Sonst würde sie ihm, wenn sie zu zweit waren, an der Nasenspitze das schlechte Gewissen ansehen. Das meldete sich nämlich immer deutlicher, vor allem, weil er so unprofessionell gehandelt hatte.

„Nein", sagte sie. „Ist nett, dass du es vorschlägst, aber ich bin müde nach der Gymnastik und wollte zeitig ins Nest. Geh du nur zu Paolo, vielleicht triffst du ja irgendwelche lustigen Leute dort."

Ach so. Es war ihr nicht wichtig, zu ihm zu kommen. Und dann gingen alle Warnlampen an: Also hatte sie vermutlich diesen Jungen getroffen! Deswegen war sie müde. Sie hatte ein schlechtes Gewissen und wollte wohl deshalb nicht mit ihm in die Kneipe, wo sie doch sonst immer gerne mitging. Vielleicht hatte sie heute sogar mir dem Jungen das gemacht, was angeblich keine Bedeutung hatte. Und das ausgerechnet in dem Moment, in dem er sie mit Bettina betrog. Er wurde wütend und hatte dabei ein doppelt schlechtes Gewissen, weil es unfair von ihm war, wenn er ihr in Gedanken Vorwürfe machte, die er doch vielmehr sich selber machen sollte, und ärgerte sich noch mehr über sich selbst, weil er so kleinkariert dachte und sich meilenweit von seinem Ideal einer freien und souveränen Beziehung entfernt hatte.

Doch nach fünf Minuten rief Judith wieder an, sie habe es sich doch anders überlegt und komme mit der Straßenbahn noch hin. O Mann! Wie kriege ich bloß meine verwirrten Gefühlsfäden wieder ausgekämmt?

Der Wirt am Bihlplatz in Heslach begrüßte ihn herzlich und freute sich, dass Judith zu später Stunde auch noch dazukam. Die duftete wie frisch geduscht, was sie auch war. Sie begrüßten Bekannte, setzten sich zu ihnen an den Tisch, ließen sich sardischen Wein und etwas *bruschetta* geben und blieben bei lustiger Unterhaltung sitzen, bis der Wirt um halb eins in drolligem Schwäbisch fragte: „Habet ihr jetzt kei drhoim?"

Schiller hatte bis dahin seine Befangenheit Judith gegenüber verloren und auch nicht mehr das Gefühl, ihr beichten zu müssen oder etwas zu verheimlichen. Sie gehörten zusammen, hatten einen lustigen Abend hinter und ein kleines Nachspiel vor sich und schlenderten zum Auto.

„Wir könnten eigentlich noch kurz bei Kobler vorbeischauen und ihn und seinen Kollegen ein wenig aufmuntern", sagte Schiller, als sie ins Auto stiegen. „Die müssen heute Nacht den Bankautomaten am Marienplatz überwachen. Das ist ja gleich da vorne."

„Okay", sagte Judith und zog die laue Nachtluft ein. „In der Kneipe war ja eine Luft wie im Stall."

Au weia, dachte sich Schiller, zum Glück hat sie nicht gleich an mir gerochen!

Als sie das Auto in der Filderstraße nicht weit vom Marienplatz abstellten, waren nicht mehr viele Leute unterwegs. Das eine oder andere Auto fuhr noch in die Tunnelröhre am Südende des Platzes. Und der andere Verkehr im Haus daneben, das, wie Schiller von seinem Kollegen Schanbacher von der Sitte wusste, ein „besseres" Bordell beherbergte, konnte auch nicht zu heftig sein, denn man sah niemand heraus- oder hineingehen. Schiller war neugierig, ob die Beamten sich gut versteckt hatten. Der Platz war voll von großen Bäumen, mit Sträuchern dazwischen, fast ein wenig verwildert (so dass sich die Stadt kurz darauf veranlasst sah, alles abzuräumen und eine leere Kieswüste daraus zu machen). Vermutlich hatte auch der Täter den Sichtschutz der Bäume und Sträucher genutzt. Schiller nahm Judith fest in den Arm, sie gingen leise redend und turtelnd wie zwei Verliebte und machten immer wieder Halt, um sich zu küssen, und es kam Schiller nicht so vor, als wäre das nur so getan als ob. So bewegten sie sich, jedes Geräusch vermeidend, seitlich am Platz entlang, dann drängte Schiller auf einen der kleinen Fußwege in die Mitte. Und sie sahen sofort die dilettantische Überwachung: Die beiden Beamten hatten ihr Auto zwar in den Schatten beim Kiosk gestellt, aber an eine Stelle, an der nie sonst ein Auto stehen durfte. Wer drüben auf dem erleuchteten Trottoir vor den Häusern entlangging, konnte sie nicht sehen. Aber wer von hinten durch den kleinen Park kam, sah gegen das Licht nicht nur die Silhouette des Autos, sondern auch, dass da jemand drinsaß und die andere Seite beobachtete.

Plötzlich drückte Schiller Judiths Hand und zog sie lautlos in den Schatten eines Gebüschs. Judith folgte Schillers Blick und sah, dass sich 30 oder 40 Meter entfernt eine Gestalt vorsichtig und lautlos durch den Park näherte. Der Körpergröße nach war es ein Mann. Er trug einen dunklen Mantel. Sehr schmale Figur, gelockte Haare. Sie spürte die Spannung auch, die den Begleiter erfasste.

Schiller hatte sich in einem Moment vom gutgelaunten Spaziergänger in einen sprungbereiten Jäger verwandelt. In einem Nebengedanken bedauerte er, dass er schon bei Bettina und dann bei Paolo Wein getrunken hatte, aber das war jetzt nicht zu ändern.

Er war sich ja nicht sicher, ob das überhaupt der Gesuchte war. Es konnte genau so gut ein Spanner sein, der die Fenster gegenüber beobachten wollte oder vielleicht auch irgendwelche Pärchen, die in Autos zugange waren; vielleicht hielt er sogar die Polizisten von ferne für ein Liebespaar, das er beobachten wollte. Oder der Park war, oder der Besucher vermutete es auch nur, ein Strich, und er suchte männliche oder weibliche Kontakte. Nachdem er aber das Auto und seine Insassen bemerken musste, wenn er weiterging, war es auf alle Fälle unwahrscheinlich, dass der Mann bis zum Automaten auf der anderen Straßenseite gehen würde. Vielmehr würde er, ob Spanner oder Räuber, sich wahrscheinlich unauffällig zurückzuziehen versuchen, sobald er die beiden Polizisten entdeckt hatte. Und vielleicht flüchten, sobald er sich verfolgt sah. Besonders, wenn er Grund dazu hatte.

Schiller hatte keine Möglichkeit, die beiden Kollegen zu verständigen. Für einen Anruf mit dem Handy war der Verdächtige zu nahe; er könnte schon das Rufzeichen aus dem Auto hören, falls die Fenster nicht ganz geschlossen waren. Also musste Schiller allein versuchen, an eine Stelle zu kommen, wo er den Verdächtigen abfangen oder verfolgen konnte. Judith konnte nur die Flanke abdecken.

Schiller flüsterte tonlos und zeigte ihr die Richtung: „Vielleicht ist er es. Ich versuche es von hinten. Du bleibst hier. Nur wenn er in deine Richtung läuft, schreist du laut: ‚Halt, hier ist er!‘ Aber versuch ja nicht, ihn zu stellen. Wenn er in anderer Richtung davonrennt, holst du sofort die Kollegen. Der Kobler kennt dich ja.“

Schiller schlich sich vorsichtig hinten um das Gebüsch und versuchte, sich dem Verdächtigen schräg von hinten zu nähern. Aber natürlich war das nicht leicht. Der andere bewegte sich zwar sehr langsam. Aber Schiller hatte nur wenige Bäume zur Deckung. Sein Handicap war sein heller Staubmantel; er hätte ihn hinter dem Gebüsch ausziehen sollen. In dem Moment, als er ihn abstreifte, blickte sich der andere um und musste die Bewegung bemerkt haben. Eine Sekunde, dann machte er einige schnelle Schritte. Noch ein Blick, und als Schiller ihm folgte, spurtete er wie der Blitz in westlicher Richtung, weg von Schiller, Judith und dem Polizeiauto, überquerte zwar die hell erleuchtete Randstraße, aber war dann in einer Seitenstraße nicht mehr zu sehen.

Judith rannte zum Auto der Kollegen, so schnell sie das im dunklen Park schaffte, aber bis diese kapierten, was sich hinter ihnen abgespielt hatte, war natürlich nichts mehr zu sehen.

Schiller war kaum mehr als zwanzig Meter hinter dem Flüchtenden gewesen, aber als er um die Ecke kam, war dieser verschwunden. Und weit und bereit kein Passant, der hätte sagen können, wohin sich der andere verdrückt hatte. In Betracht kamen eigentlich nur zwei Einfahrten zwischen den Häusern. Oder er versteckte sich hinter einem Fahrzeug. Die erste Einfahrt endete mit einem brusthohen Bretterzaun, und dahinter war es dunkel. Sportlich, wie der Verdächtige war, konnte er sich darüber geschwungen haben. Schiller war überzeugt, dass er sich die Gegend rechtzeitig am Tage angesehen hatte. Und sich jetzt versteckte oder weiter davonschlich. Oder er stand irgendwo, wenn er wirklich der Täter war, mit einem harten Gegenstand in der Hand, um seinen Verfolger genauso zu erledigen wie den Professor. Also kein tollkühner Sprung über den Zaun. Schiller lauschte, ob sich etwas bewegte. Aber da fuhr lärmend ein Omnibus vorbei, und vom Park her kamen Kobler und der Kollege vom Revier mit Judith angerannt.

Wo konnte der Flüchtige sich versteckt haben? Wahrscheinlich war er noch im dem Häuserblock. Aber wenn er sich so auskannte, wie es den Anschein hatte, setzte er sich schon in diesem Moment auf der Rückseite ab. Schiller überlegte noch, ob es sinnvoll war, die Fahndung auszurufen, aber da hatte Kobler, der die Streifen im Stuttgarter Süden bereits vorgewarnt hatte, schon das Funkgerät am Mund.

„Ich hab gerade gesagt, kein Sondersignal. Können Sie ihn beschreiben?"

Schiller übernahm das Gerät und gab seine Beschreibung durch: Einzelne Person, männlich, ungefähr einsneunzig groß, extrem schlank, dunkler Mantel, den er aber vielleicht schon abgeworfen hat, dunkle Hose, Alter vermutlich nicht über dreißig, schmales Gesicht und dunkle gelockte Haare. Dann fügte er noch fast instinktiv hinzu: „Es könnte auch sein, dass er einen sandfarbenen Golf 4 benutzt, Kennzeichen unbekannt. Das ist aber nur eine Vermutung. – Und wie gesagt, bitte keine Signale, er könnte sich noch hier in der Gegend aufhalten. Danke, Ende."

Judith und Kobler starrten ihn an. „Woher kennst du sein Auto?"

„Ich weiß es nicht. Aber es kann sein, dass ich dem Typ heute zufällig schon begegnet bin. Es ist nur eine vage Vermutung. Aber wie ich ihn so stehen und rennen sah ..."

In der Zwischenzeit war Koblers Begleiter zurück an die Häuserecke gegangen. Kobler ernannte Judith wie selbstverständlich zur Hilfspolizistin.

„Kommen Sie, wir gehen um den Block. Sie haben ihn doch auch gesehen."

Er rannte los, Judith mit Verzögerung hinterher. In diesem Moment kamen bereits zwei Streifenwagen angefahren, die Schiller ebenfalls auf die Rückseite des Häusergevierts dirigierte. Als der dritte herankam und der Beifahrer mit einer hellen Handlampe heraussprang, meldete sich das Funkgerät.

„I glaub, der isch perr", sagte eine schwäbische Stimme, „so oiner isch grad über d' Böheimstroß grennt und wie der Blitz a Haustrepp nauf. Mir ganget ihm noch, aber kaum a Chance! – Ihr sehet ja dann unser Auto. Mir sind die 321."

In solchen Momenten war Schiller beeindruckt, was die Männer und Frauen, die gerade noch eine langweilige Schicht gefahren waren, an Geistesgegenwart parat hatten. Nächste Stimme: „312. Wir sind in der Filderstraße. Wir fahren Lehen, Liststraße bis zur Alten Weinsteige. Kann jemand von Westen her raufkommen?"

„Dreiachtzehn. Sind schon unterwegs.“ – „Dreinullsechs. Lasst ihn bloß nicht in die Gärten oberhalb vom Marienhospital! Da ist es aussichtslos ohne Hund.“

Als Schiller das hörte, war klar: Der Verdächtige war ihnen durch die Lappen gegangen. Wenn er so schnell durch die Hinterhöfe von der Böblinger über die Möhringer und Behaimstraße gelangt war, hatte er seinen Fluchtweg vorher überlegt. Die steilen Gärten, in denen er sich jetzt schon befand, waren von kleinen Wegen und Staffeln durchzogen. Er konnte sich dort oder irgendwo im Krankenhausgelände verstecken, zwischen den kleinen Häusern einer Siedlung, die sich Eiernest nannte, oder sogar auf einem der dunklen Fußwege gemütlich durch die Gärten und Weinberge zum Haigst hinaufsteigen oder auf irgendeiner Weinbergstaffel wieder herunter, ohne dass ihn irgendwer aus dem Auto heraus zu sehen bekam. Oder er war längst unter der Alten Weinsteige hindurch in den Mühlrain gelaufen, und von dort aus gab es Hunderte kleiner Wege und Stege, Hausgärten und Verstecke in dem steilen Gelände. Es war aussichtslos.

Als die 321 meldete, der Gesuchte sei ziemlich sicher in die Gärten entwichen, sagte Schiller, es sei sinnlos, dort jetzt in der Nacht hinauf zu gehen, zumal sie viel zu wenige seien. „Ich denke, wir blasen die Aktion ab. Aber ich wäre dankbar, wenn Sie alle möglichst in der Nähe bleiben und die Augen offenhalten.“

In der anschließenden kurzen Lagebesprechung mit einigen Streifenbeamten erwähnte Schiller, dass der Verdächtige die Polizisten in ihrem Fahrzeug bemerkt haben musste, aber verzichtete auf ausdrückliche Kritik. Kobler verstand und schaute schuldbewusst zu Boden. Als es dann darum ging, ob die Überwachung abgesetzt werden sollte, war ausschlaggebend, dass ja nicht sicher war, ob der Verdächtige tatsächlich etwas mit der Tat zu tun hatte. Außerdem waren die Schichten schon eingeteilt, und man hätte die Leute auch wecken müssen, um ihnen abzusagen. Also wurde weiter überwacht, aber die beiden sollten einen besseren Standort für ihr Fahrzeug suchen.

Es war halb zwei, als Schiller und Judith nach Hause kamen. Schiller nahm es als freundliche Fügung, dass der Rest des Tages undiskutiert blieb.

*

Dafür schlief er unruhig. Immer wieder in seinem Traum suchte ihn die Geschichte des Zeller von Männedorf heim; er sah sich in der Rolle dessen, der in die Luft geschossen hatte, nur war das, was dann auf ihn herunterkam und nicht nur auf der Wiese, sondern auch direkt auf seinem Kopf, Gesicht und Händen landete, kein stolzer Adler, sondern eine Wolke blauschwarzer Tinte oder vielmehr zäher Farbe, die ihn im Spiegel aussehen ließ wie vollgekübelt. Nachher korrigierte sich sein Traum. Es fiel wieder etwas herunter. Diesmal knallte es vor ihm auf den Rasen, zerbarst und sah sehr ähnlich aus wie die Reste eines Flugmodells, das Schiller als Halbwüchsiger einmal gebastelt hatte, aus feinsten Holmen und Spanten. Er erinnerte sich noch, dass streichholzdünne Holme dabei gewesen waren. Er hatte damals die Querschnitte eigenmächtig reduziert, weil er Furcht hatte, es würde sonst nicht fliegen. Es hatte wunderschön ausgesehen und sich beim ersten Absturz in einen irreparablen dekorativen Splittersalat zerlegt.

Dass er nach Ansicht seines Traums angeschmiert war, hatte Schiller irgendwie begriffen. Doch das zersplitterte Modellflugzeug deutete sich nicht. Wollte er zu raffiniert sein? Traute er sich zu wenig zu? Er sah sich im Traum ratlos davorstehen, bis er Judiths Ellbogen ganz real in den Rippen spürte.

„Markus wach auf, Telefon! Was hast du denn?“

Verschlafen sprang er aus dem Bett, suchte nach dem kleinen Gerät und blickte gleichzeitig auf die Uhr. Es war kurz vor vier. „Schiller. Was ist?“

Am anderen Ende hörte man die ausgeschlafene Stimme eines Wachhabenden, zum Kotzen neutral: „Hier Polizeiwache Christophstraße, PHM Bergholt. Es sieht so aus, als hätten wir Ihren Verdächtigen. Unsere Streife hat kurz nach drei in der Immenhoferstraße einen sandfarbenen Golf angehalten. Die Beschreibung trifft zu."

„Sehr gut. Wie heißt er?"

„Reimann. Jorn Reimann. Angeblich weiß er von nichts. Die EC-Karte haben wir allerdings nicht bei ihm gefunden, die Kollegen suchen vorsorglich nochmals die Fahrbahn ab, wo er angehalten wurde."

„Vielleicht hat er sie schon vorher weggeworfen. Oder gut versteckt. Hatte er denn eine Erklärung, warum er um diese Zeit unterwegs war?"

„Zunächst überhaupt nicht, nur gestottert. Jetzt sagt er, er sei von der Autobahn gekommen."

„Und wo wohnt er?"

„Moserstraße. Es passt nicht. Auf dem Heimweg von der Autobahn hätte er die Hohenheimer herunter fahren müssen."

„Und was ist er von Beruf?"

„Er sagt, er ist Student."

„Und was studiert er?" Er hörte am anderen Ende eine Rückfrage, dann war es einen Moment still. Offenbar ging jemand ins Nebenzimmer, um den Mann zu fragen. Dann wurde der Hörer wieder aufgenommen.

„Er sagt, er graduiert, was immer das ist. Irgendwas mit Philosophie."

Jetzt war Schiller hellwach. „Oha. Ich bin so schnell wie möglich bei euch."

*

Auf dem Weg zur Wache überlegte Schiller die Lage. Er war jetzt ziemlich sicher, dass der Verdächtige in der Nacht, der junge Mann, den man jetzt gefasst hatte, und der Autofahrer vom frühen Abend identisch waren. Als Doktorand im Fach

Philosophie gehörte er sowieso zum Umfeld des Toten, gleich ob er bei Nierkamp promovierte oder bei jemand anderem.

Es stimmte. Der erste Blick in das Zimmer des Wachhabenden, in dem dieser mit dem Verhafteten saß, zerstreute jeden noch denkbaren Zweifel, und die mündliche Bestätigung folgte gleich: „Ach, Sie sind das! Ich hätte mir denken können, dass es selbst beim Parken keinen Wortwechsel mehr ohne Hintergedanken gibt. Aber wenn Sie jeden überwachen wollen, der Nierkamp für einen Arsch gehalten hat, da haben Sie viel zu tun.“ Der junge Schönling, wie ihn Schiller wegen seines Äußeren bei sich nannte, hatte eine angenehme Stimme; er kam ersichtlich aus gutem Haus, aber wirkte auf eine verblasene, jugendlich trotzige Art herablassend. Er hielt sich wohl für sehr klug.

Schiller machte sich bekannt und fragte Reimann, was er zu seinem Verhalten erklären könne.

„Ich habe gar nichts zu erklären. Jeder weiß, dass ich Nierkamp nicht leiden kann. Aber da bin ich in bester Gesellschaft, das konnte nämlich niemand. Ich sage Ihnen, Sie verschwenden Ihre Zeit.“

„Ach ja? Bemerkenswert, dass Sie sich mit dem Mord an Nierkamp in Verbindung bringen. Und Ihr Auftritt am Marienplatz?“

Der junge Mann spielte den Überraschten. „Was soll am Marienplatz gewesen sein?“

„Das ist unter Ihrem Niveau, Herr Reimann. Ich habe Sie gesehen, und Sie haben mich gesehen. Wir wissen, warum Sie dort waren.“

„Ich habe Ihren Leuten schon gesagt, dass sie sich irren.“

Schiller spürte, dass der junge Mann noch nicht kapierte, in welcher Situation er war. Das ärgerte ihn, außerdem tat es ihm leid um den versäumten Schlaf. Er machte noch zwei Anläufe, um vernünftig mit Reimann zu reden, aber als der sich weiter dumm stellte, brach er das Gespräch ab. Er erinnerte sich an irgendetwas, ein Detail, aber wusste nicht mehr bewusst, was es war, und sagte sich, man sollte eigentlich keinen

Alkohol trinken, aber dann würde im Leben auch etwas fehlen.

„So, das ist mir zu blöd." Er drehte sich zum Wachhabenden um. „Können Sie ihn morgen früh ins Präsidium überstellen? Haftgrund ist räuberischer Diebstahl, Automatenmissbrauch, Unterschlagung. Mit dem Mord befassen wir uns später. Das Fahrzeug kommt so schnell wie möglich zur Spurensicherung. Und schickt seine Fingerabdrücke mit."

Reimann hatte wohl tatsächlich gemeint, mit ein paar dummen Ausreden würde man ihn laufen lassen. Jetzt geriet er in Panik. „Aber Sie können mich doch nicht einfach verhaften. Sie haben doch gar nichts in der Hand! Ich will sofort meinen Anwalt sprechen!"

Schiller ging nicht darauf ein. „Sobald die Spurensicherung fertig ist, sprechen wir uns wieder. Und weil Sie wahrscheinlich ohne Anwalt sowieso nicht zur Sache aussagen wollen, können Sie ja bis dahin überlegen, wen Sie beauftragen wollen. Aber ich sage Ihnen: Sie machen einen Fehler, Herr Reimann."

Damit ging er grußlos aus dem Zimmer. Im Vorraum setzte er sich an den Computer und schickte eine Mail an die Kriminaltechnik. Aber er hatte eine solche Wut über die Dummheit des jungen Gockels, dass er nachher nochmals die Tür zu dem Raum des Wachhabenden öffnete, wo Reimann immer noch saß und jetzt den armen Bergholt zu überzeugen versuchte, dass das alles ein Missverständnis sei. „Wenn Sie wollen, verständige ich Ihre Ex-Freundin, sie soll Ihnen das Waschzeug und etwas Wäsche zum Wechseln schicken. Vielleicht tut sie's ja noch mal." Es kam ihm irgendwie so vor, also ob er Reimann schon auf einem Foto gesehen hätte.

Reimann konnte ihn nur anstarren. Schiller war sich bewusst, dass er sich unfair verhielt. Und leichtsinnig, denn es war nur eine vage Vermutung, und vielleicht war seine Freundin eine ganz andere. Aber wieso musste der Arsch sich auch so blöd verhalten? Außerdem ist man als Kriminaler auch nur ein Mensch! „Ich hab ja nur gemeint. Wenn nicht, dann nicht."

*

Schiller fuhr zurück, schlief noch eine Runde und brauchte am Morgen viel Kaffee. Aus der gelben Tüte.

Als nächstes waren Nierkamps fachliche, gesellschaftliche und, falls es das noch gab, familiäre Umgebung zu untersuchen. Nach dem Inhalt der Schreibtischschublade erwartete der Kriminalrat, dass Jellineks Erkundung bald ohne besondere Hinweise abgeschlossen wurde. Ob Nierkamps Computer etwas hergegeben hatte, würde er demnächst hören. So wie er Katrin kannte, hatte diese sich halbe Nächte um die Ohren geschlagen und bereits den größten Teil der Korrespondenz gesichtet. Sonst gab es an Material, das man noch auswerten musste, nur das Notizbuch des Toten und seinen Kalender. Das Notizbuch wollte er sich selbst genauer vornehmen; den Kalender hatte Katrin wegen der Berührungen mit der Korrespondenz auf dem Computer schon in Arbeit. Kobler konnte sich am Morgen um die Familie kümmern. Im übrigen wollte Schiller bei einer Besprechung um die Mittagszeit die einzelnen Aufgaben zuteilen.

Als er ins Präsidium kam, lief alles anders. Auf dem Weg in sein Büro schaute er bei seinem Abteilungsleiter Dr. Heimerdinger vorbei, um ihn kurz zu informieren. Der horchte bei dem Namen des jungen Mannes auf und verlangte – genauer, er gab den dringlichen Rat in der deutlichen Erwartung, dass dieser befolgt würde –, die Verdachtsmomente gegen diesen so schnell wie möglich abzuklären. Wenn es sich, was wahrscheinlich sei, hier um den Sohn eines hohen Ministerialbeamten handle, habe das höchste Priorität. Zudem müsse man erwarten, dass sich in kürzester Zeit hochkarätige Anwälte einschalten würden. Und man müsse unbedingt den Minister unterrichten.

Schiller widersprach energisch. „Wir nehmen doch niemand in Sippenhaft. Weder negativ noch positiv. Der Mann ist großjährig. Ich weiß nicht, mit wem er verwandt ist. Und selbst wenn ich es wüsste, dürfte ich doch nur dann etwas unternehmen, wenn er es verlangt. Ich werde nachher sehen, ob er sich überhaupt entschlossen hat, einen Anwalt zu nehmen."

Heimerdinger schaute entsetzt. „Wollen Sie sagen, er hat noch keinen?"

„Ich habe es ihm angeboten. Aber morgens um vier ist das auch nicht so praktisch, trotz Kieswetters Notdienst." Der Genannte hatte vor Jahren einen Notdienst der Rechtsanwälte für eilige Strafsachen ins Leben gerufen.

Schillers Ansichten über ein korrektes Vorgehen wurden wohl nicht überall geteilt. Er saß noch keine fünf Minuten an seinem Schreibtisch, als das Telefon läutete.

„Reimann hier. Ich höre, dass Sie meinen Sohn festgenommen haben, obwohl Sie wussten, dass da ein Missverständnis vorlag, und noch immer festhalten. Sie werden ihn sofort freilassen. Und ich werde mich bei Ihrem Minister beschweren. Auch weil ich nicht sofort unterrichtet wurde."

Schiller hätte am liebsten gesagt: Sie sind nicht der erste Vater, der sich zum Narren macht, weil er mit der Situation seiner Kinder nicht umgehen kann. Er dachte es und sagte eine Spur zu freundlich: „Verzeihung, ich habe vorhin Ihren Namen nicht genau verstanden. Und was, bitte, ist genau Ihr Anliegen?"

Er hatte damit gerechnet, dass am anderen Ende einige Luft mit Geräusch entweichen würde. Aber so heftig? „Mi-nis-te-ri-al-dirigent Reimann."

„Ach so. Jetzt habe ich verstanden. Haben Sie eine Vollmacht, oder ist es dienstlich?"

„Ich bin sein Vater. Ich brauche keine Vollmacht."

„Können Sie mir bitte sagen, wer Sie informiert hat."

„Das geht Sie einen Scheißdreck an!" schrie der aufgebrachte Alte. Aber er brachte Schiller nicht aus der Fassung.

„Vielen Dank, ich habe Ihren Hinweis wörtlich protokolliert. Damit ist das Gespräch beendet." Er legte auf. Das Arschloch, das da gepetzt hatte, hätte er trotzdem gern gekriegt!

Bevor er den jungen Reimann aufsuchte, wollte Schiller doch wissen, wie weit die Technik schon gekommen war. Die Scheckkarte als das nächstliegende Beweisstück hatten sie in den üblichen Verstecken im Auto bisher nicht gefunden, daher hatte Siedler gerade angeordnet, die Türbekleidung abzunehmen; es war ja naheliegend, sie durch die Fensterdichtung zu schieben. Was sie aber gefunden hatten, war ein zerknüllter kleiner Klebezettel mit einer vierstelligen Zahl, die sich als die PIN zur Karte erwies. Außerdem hatten sie das Polizeifahrzeug einbestellt, mit dem Reimann von der Immenhoferstraße in die Kriminalwache transportiert worden war; auch in diesem hätte er die Karte in irgendeinen Spalt praktiziert haben können. Wenn sie dort auch nicht war, musste man vielleicht mit einigen Suchtrupps losgehen und versuchen, den Fluchtweg zu rekonstruieren und abzusuchen.

Die Notiz mit der PIN sei doch schon mal ganz gut, meinte Schiller.

Am Automaten selbst hatten sie keine brauchbaren Spuren gefunden. „Aber ich habe wirklich pfiffige Mitarbeiterinnen. Lucy hat die Scheibe untersucht, wo er den Sticker abgezogen hat. Zum Glück war die Glasreinigung noch nicht dran. Da haben wir schön deutlich seine Fingerchen abgenommen. Den Sticker selbst konnten wir noch nicht untersuchen, weil die Bank gerade erst aufmacht. Aber Lucy ist noch dort."

„Wart ihr schon in der Wohnung?"

Siedler lachte. „Da bin ich gerade. Das Geld ist hier, fünftausend Euro, automatenmäßig sortiert. Er hat es nicht angerührt. Übrigens: Apart versteckt. In einem Band im Bücherregal: *Georg Simmel, Philosophie des Geldes*. Sein Pech war nur, dass der Band unter Augenhöhe stand; deshalb fiel uns die Lücke zwischen den Seiten auf."

Schiller lachte vergnügt. „So muss es sein, wenn zu viele Genies aneinandergeraten!"

„So, wie ich dich kenne, kriegst du damit schon dein Geständnis."

„Schau mer mal", meinte Schiller. „Der ist ein Philosoph!"

Jörn Reimann, bleich wie er ohnehin schon war, sah ziemlich zerknittert und übernächtigt aus. Schiller entschuldigte sich gleich, dass er in der Nacht so aus der Haut gefahren war, und fragte, ob er ein vernünftiges Frühstück gehabt hätte.

Reimann bejahte, akzeptierte aber gerne noch einen weiteren Kaffee.

„Herr Reimann, ich wiederhole meine Aussage: Sie können gerne jetzt gleich einen Rechtsanwalt zuziehen. Dann warten wir so lange mit unserem Gespräch. Dazu würde ich unbedingt raten, wenn Sie tatsächlich Nierkamp getötet haben. Aber lassen Sie mich was dazu sagen: Vom Tätertyp her – entschuldigen Sie den blöden Ausdruck, es gibt keinen Tätertyp, sondern bloß einen Menschentyp, aber man hängt halt an seinem Fachjargon – also, so wie ich Sie einschätze, halte ich es nicht für überwiegend wahrscheinlich, dass Sie der Mensch sind, der Nierkamp umgebracht hat. Obwohl Sie vielleicht Grund dazu hatten oder zu haben glaubten. Professor Burger hat zu mir gesagt: ‚Wir sind doch Philosophen. Unsere Waffe ist das Wort, nicht das Messer!‘ Wenn Sie es nicht waren, drängt die Zeit, und wir sollten versuchen, unter vier Augen vernünftig miteinander zu reden. In diesem Fall gibt es kein Protokoll; sie müssten also alles, was Sie mir jetzt informatorisch sagen, später noch zu Protokoll geben, und könnten dabei natürlich sagen: So habe ich das nicht gesagt oder nicht gemeint. Ich will Ihnen zuerst auch offen sagen, was wir bisher konkret gegen Sie in der Hand haben.“

Reimann nickte etwas unsicher, er hatte wohl nicht erwartet, dass ein Kriminaler nicht versuchen würde, ihn in die Enge zu treiben. Schiller nahm das für Zustimmung. Die Beweise waren schnell berichtet: Reimanns Bekanntschaft mit dem Toten, seine Anwesenheit vor der Bank, seine Lügen über die Fahrtstrecke, der Zettel mit der PIN in seinem Auto, die Fingerabdrücke, wo er den Sticker abgelöst hatte, und das Geld in exakt passendem Betrag und Stückelung in seiner Wohnung.

„Die Indizienkette steht, und die Bankkarte werden wir wahrscheinlich auch bald haben, aber das ist im Grund schon fast nicht mehr nötig. Im übrigen unterstelle ich, dass Sie in Geldnot waren, und auch das, wenn dem so war, werden wir ohne allzu große Mühe herausbekommen.“

In diesem Moment wurde Schiller abgerufen, jemand verlange ihn ganz dringlich am Telefon.

Am Telefon war Dr. Haile, der Strafrechtler einer der großen Anwaltskanzleien. Sie hatten schon öfter miteinander zu tun gehabt und hielten es nicht für nötig, sich gegenseitig zu beeindrucken.

„Der alte Reimann ist in Panik. Ich müsse sofort alle Register ziehen. Was ist denn los?"

„Ich bin froh, dass er Sie beauftragt hat und nicht irgendeine Windmaschine. Der junge Mann ist hier, wir unterhalten uns gerade, und ich habe ihm schon zum zweiten Mal gesagt, er könne einen Anwalt zuziehen. Ich habe ihm gerade im einzelnen gesagt, welche Beweise wir schon haben und welche wir noch suchen. Es geht im Moment um den Missbrauch einer Scheckkarte."

„Ach so", sagte Haile eher enttäuscht.

„Und er überlegt, ob er uns etwas sagen will, das uns im Mordfall Nierkamp weiter hilft. Ich habe ihm übrigens auch gesagt: Wenn er der Mörder sei, soll er den Mund halten und gleich einen Anwalt dazu holen."

Haile lachte. „Sie sind ein Schlitzohr, Schiller."

Der lachte auch. „Das ausgerechnet aus Ihrem Mund! Ich sage ihm jetzt, dass Sie angerufen haben. Dann sehen wir weiter."

Auf dem Rückweg nahm er die Anwaltsliste der Rechtsanwaltskammer mit. „Das war Rechtsanwalt Dr. Haile. Auf Veranlassung Ihres Vaters."

„Was?", fuhr Reimann hoch. „Wie kommt der dazu?"

„Das dachte ich vorhin auch. Mir ist nicht bewusst, dass Sie heute Nacht irgendwen angerufen hätten. Das hätte man mir gesagt."

„Hab ich auch nicht."

„Und ich oder einer meiner Leute auch nicht. Da sehen Sie mal die Grenzen der Polizeiarbeit von innen. Nur wenige Leute wissen, dass Sie da sind. Trotzdem hat irgendein Arsch gemeint, er muss sich wichtig machen und die Information Ihrem Vater zuspielen. Nicht um Ihnen zu helfen, sondern um sich beim Herrn Ministerialdirigenten einzuschleimen. Pfui Teufel."

„Ich würde gern mit Ihnen weitersprechen, denn erstaunlicherweise habe ich den Eindruck, Sie wollen mich nicht über den Tisch ziehen“, sagte Reimann. „Aber vielleicht sollte ich mich vorher doch mit jemand vom Fach beraten, damit ich nichts falsch mache.“

„Einverstanden. Allerdings gibt es die Regel: Sie dürfen nicht selber rauswählen. Sagen Sie mir bitte den Namen, dann wähle ich die Nummer für Sie, und lasse Sie allein. Sie sollten fairerweise danach keine weiteren Telefonate führen.“

„Okay.“ Reimann nickte. „Ich nehm nicht den Anwalt meines Vaters. Können Sie bitte die Nummer von Rechtsanwalt Reiss raussuchen. Eberhard Reiss.“

Einen Moment starrte ihn Schiller entgeistert an. Dann hoffte er, dass Reimann seine Verblüffung nicht bemerkt hatte, und sagte so neutral wie möglich: „Soweit ich weiß, ist Reiss aber kein Strafverteidiger.“

„Aber ich kenne ihn. Wenn er es nicht selber macht, kann er mir den Richtigen empfehlen.“

Schiller wählte die Nummer. Sein Gegenüber bemerkte nicht, dass er vergessen hatte, sie im Verzeichnis nachzuschlagen. Als sich die Kanzlei meldete, reichte er Reimann den Hörer und ging hinaus.

*

Die Kollegen waren bei Schiller zur Lage versammelt, als ihm am Telefon der Rechtsanwalt Reiss durchgestellt wurde. Schiller führte das Gespräch nicht gerne vor allen anderen, aber das war jetzt nicht zu ändern.

„Es war nett, dass du mich dem jungen Reimann empfohlen hast – als Geste, meine ich; du weißt doch genau, dass ich keine Strafsachen mache. Irgendwas wolltest du damit ausdrücken?“

„Wir sitzen gerade in der Besprechung, sonst hätte ich dich schon angerufen. Ich habe dich nicht empfohlen und nicht einmal erwähnt, das ist ein Missverständnis. Im Gegenteil, ich hatte Reimann mitgeteilt, dass sein Vater schon den Haile für ihn beauftragt hat. Trotzdem wollte er partout mit dir sprechen; er sagte, er kennt dich. Da habe ich die Nummer gewählt und ihm den Hörer gegeben, basta. Ich konnte ja nicht sagen: Das geht nicht, er ist mein Freund."

Reiss lachte. „Das hat er mir so nicht berichtet. Ich habe das Mandat natürlich nicht angenommen. Sondern den Haile empfohlen – ohne zu ahnen, dass da offenbar schon Kontakte bestehen."

„Na also. Kennst du den Jungen schon länger?"

„Ich will jetzt nicht viel sagen; es gibt so eine Art vorgelagertes Mandatsgeheimnis, auch wenn letztlich kein Mandat zustande kommt. Es betrifft all die Dinge, die dabei zur Sprache gekommen sind. Aber warum ich so dringlich anrief: Es gibt eine Tatsache, über die würde ich dich gern informieren, aber das wäre nicht korrekt. Deshalb habe ich mir von Reimann versprechen lassen, dass er es dir selber sagt. Du solltest nochmals mit ihm reden, und zwar möglichst bald."

„Hier ist die ganze Bude voll."

„Verstehe ich. Lass ihn trotzdem nicht warten."

Schiller spürte den Konflikt. Die Kollegen warteten schon eine ganze Weile und wollten wissen, was in der Nacht passiert war. Aber wenn Reiss sagte, er solle nicht warten, hatte das Gründe.

„Ein Anwalt. Er sagt, ich sollte dringend nochmals mit Reimann sprechen." Er bat Kobler, schon einmal das zu berichten, was in der Nacht gelaufen war, soweit er es wusste.

Als er in Reimanns Zelle kam, schaute der ihn mit einer Mischung aus Zerknirschung und Erheiterung an. „Wahrscheinlich habe ich mich ziemlich in die Scheiße geritten. Und dann konnte ich doch nicht ahnen, dass ausgerechnet Sie mit Reiss befreundet sind. Ich hab ihm versprochen, Ihnen zu sagen, dass ich am Donnerstag auch bei der Studiengesellschaft wegen Nierkamps Vortrag war."

„Sie sind aber dort nicht Mitglied?"

„Wo denken Sie hin? Ich bin mit Christoph Hackländer befreundet und durfte deshalb ausnahmsweise dazukommen.

Und weil Sie es sowieso erfahren, sage ich Ihnen noch eines: Als Nierkamp nicht kam, hat mich Herr Hackländer gebeten, ihm entgegenzufahren. Ich bin bis zur Wohnung gefahren. Er war nicht da. Ich bin dann die denkbaren Strecken abgefahren und kam um neun wieder in die Hohenzollernstraße."

„Vielen Dank, dass Sie mir das sagen. Es erspart unserem Freund viel peinliches Herumgerede. Aber wenn ich Sie recht verstehe, haben Sie mir jetzt nur gesagt, was er auch weiß, sehe ich das richtig? Über das, was tatsächlich auf dem Weißenhof war, wusste er offenbar nicht Bescheid, und haben Sie mir mit dieser Mitteilung auch nichts gesagt. Vielleicht sollten Sie mir darüber auch etwas mitteilen, spätestens wenn Dr. Haile dabei ist. Natürlich vergleichen wir seit heute Nacht auch Ihre Fingerabdrücke mit denen vor der Wohnung und in der Wohnung."

Bei diesem letzten Halbsatz schien Reimann zusammenzuzucken. Hatte er da einen Fehler gemacht? Schiller wartete, ob er etwas dazu äußerte. Man sah ihm an, dass er mit sich kämpfte, ob er sprechen sollte. Aber Reimann schwieg beharrlich.

„Ich gehe davon aus, dass Sie drin waren. Und glauben Sie mir, so etwas lässt sich immer beweisen." Riemann schaute ihn erschreckt an. Von seiner ursprünglichen Sicherheit war nicht mehr viel übrig. Man hätte jetzt noch weiter reden und versuchen können, ihn in die Enge zu treiben, aber wenn ein Typ wie Reimann nicht reden wollte, hatte das keinen Wert. Also ging Schiller zurück zu den Kollegen.

Kobler hatte seinen Teil beendet. Alle wussten schon, dass der Verdächtige Reimann hieß und in der Nacht gefasst worden war. Schiller brauchte nur zu ergänzen, was gegen Morgen abgelaufen war und welche Ergebnisse von der Spurensicherung schon vorlagen. Über Reimanns Vernehmung sagte er nur das Nötigste, nämlich dass es so aussehe, als ob er in der Scheckkartensache irgendwann ein Geständnis ablegen würde, sobald er mit seinem Verteidiger gesprochen habe. Aber dabei werde wohl die interessantere Frage offen bleiben, ob und was er mit dem Mord zu tun habe. Dazu berichtete Schiller, was ihm Reimann soeben nach dem Gespräch mit

Reiss mitgeteilt hatte. Und dass er über das, was er in der Wohnung getan, angetroffen oder gesehen hatte, keine Aussage machte.

„Normalerweise hätte ich gesagt, jetzt haben wir den Täter“, sagte Rogner, „aber Sie haben offenbar Bedenken.“

„Ich weiß es nicht“, sagte Schiller. „Der Mann ist nicht dumm, er kann uns etwas vorspielen. Drum ist vielleicht naiv, was ich jetzt sage: Er kommt mir nicht wie ein Mörder vor. Und irgendwie passt es nicht.“

Rogner nickte. „Ich kenne ihn ja gar nicht. Aber es gibt einen Grund, warum ich das gleiche Gefühl habe. ... Natürlich, ich hab's: Er ist doch erst hingefahren, als Nierkamp wegblieb!“

Jellinek schaltete sich ein: „Genauer, er wurde vom Gastgeber hingeschickt, er fuhr nicht von sich aus.“

Katrin: „Und warum er?“

„Weil er den Professor kannte und wusste, wo er wohnt.“

Rogner nahm seinen Faden wieder auf. „Wäre Nierkamp am Leben gewesen, so wäre er ja gekommen. Er war also schon vorher tot. Daher kann ihn nicht erst Reimann getötet haben. Ist das zwingend?“

Die anderen überlegten. Alle nickten. „Vom Bauschaum ganz abgesehen“, setzte Fahnauer hinzu.

„Außer er war vorher schon einmal dort und hat sich danach beim Gastgeber vorgedrängt, um ein Alibi obendrauf zu setzen. Aber das klingt mir ehrlich gesagt zu konstruiert.“ Kobler hatte gesagt, was alle dachten.

„Mit Reimann kommen wir wohl im Moment nicht weiter, bis er mit seinem Anwalt gesprochen hat. Aber wenn wir mal unterstellen, dass er ihn nicht selber kalt gemacht hat, sondern Nierkamp schon tot war, als er vor der Wohnung stand: Wusste er es? Wenn ja, woher wusste er es? Und wie kam er an Nierkamps Scheckkarte und an die PIN?“ Schiller schaute sich fragend um.

„Wenn Nierkamp nicht tot wäre“, meinte Rogner, „würde ich ganz einfach sagen: Der gehört zur Clique. Irgendwann vorher hat ihm Nierkamp seine Karte gegeben und die PIN dazu, vielleicht um Getränke für die Party zu besorgen.“

Katrin widersprach: „Moment! Hältst du einen Professor, der mit Studenten umgeht, für so naiv? Und trotzdem ...“

Jellinek unterbrach: „Und wenn er ein paar Tage vorher die Karte und die PIN einfach geklaut hat, zum Beispiel bei dem Besäufnis, von dem noch die ganzen Gläser herumstanden?“ Er drehte sich zu Schiller. „Sie haben doch diese Schublade erwähnt.“

„... trotzdem macht das alles nur Sinn, wenn er noch am Abend wusste, dass Nierkamp sein Konto nicht mehr kontrollieren kann.“

Das war plausibel, aber nicht zwingend. Nach einer Weile nahm Kobler den Faden auf. „Also, nur damit das klar ist: Reimann hat die EC-Karte benutzt, keine Kreditkarte. Nierkamp hatte auch Scheckkarten: eine Visa-, eine Master- und eine Amexco. Die alle laufen auch auf sein Arbeitskonto bei der Leipziger Bank und steckten in seinem Geldbeutel. Vermutlich wurde dort aus dem obersten Steckfach die EC-Karte gezogen. Daneben hatte Nierkamp noch ein Konto bei der Landesbank für seine Honorare. Dazu gibt es auch eine EC-Karte, die wurde aber nie benutzt. Ich vermute, sie liegt irgendwo herum, vielleicht in der Schublade. Ich wollte die sowieso noch genau durchsehen. Das ist, was ich im Moment weiß.“

Katrin blieb skeptisch: „Eben. Meine EC-Karte steckt auch im Geldbeutel und liegt nicht in einer Schublade rum. Wie konnte Reimann die Karte klauen, außer er hat sie dem Toten aus der Tasche gezogen?“

„Na ja“, meine Kobler, „ein Klemmer war Nierkamp nicht, so zumindest mein Eindruck. Ob er misstrauisch war, weiß ich nicht. Er hat wohl gewusst, wo es warm rauskommt. Warum sollte so einer nicht auch beim Ausgeben großzügig sein? Ich glaube nicht, dass er auf die Karte übertrieben aufgepasst hat. Und halte es auch nicht für undenkbar, dass er sie mal zusammen mit der PIN für irgendeine Besorgung aus der Hand gab.“

„Alles denkbar, aber nicht sehr wahrscheinlich“, fasste Schiller zusammen.

Jellinek war nicht zufrieden. „Für mich liegt immer noch am nächsten, dass er der Täter war. Und wenn nicht, müsste es so abgelaufen sein: Er kommt hin, Nierkamp liegt tot rum. Zufällig braucht er Geld. Also bedient er sich aus Nierkamps Geldbeutel, und die PIN weiß er entweder, oder er findet sie in der Schublade schnell heraus."

„Und wie kommt er zuallererst in die Wohnung?"

„Nächstliegende Hypothese: Der Killer hat die Tür nicht oder nicht richtig zugezogen. Die Klotür hat er auch nur mit dem Ellbogen aufgedrückt. Macht mal eine schwere Wohnungstür von außen nur mit dem Ellbogen zu, wenn ihr eilig wegwollt!" Jellineks Hypothese war nicht aus der Welt, aber vor Fahnauer fand sie keine Gnade.

„Blah blah!"

Katrin gefiel das Hickhack nicht. „Vielleicht gehörte er zur engeren Clique? Fräulein Haller hatte einen Schlüssel. Warum nicht auch Herr Reimann?"

„Warum wohl?", sagte Rogner und gab selbst die Antwort: „Weil er keinen Rock anhat."

„Moment!" Schiller kam erst jetzt darauf. „Muss es denn Reimanns eigener Schlüssel sein? Warum nicht der der Haller oder der Brawanski? Oder ein Nachschlüssel, den er als abgeblitzter Liebhaber von dem seiner Freundin hat machen lassen. Die Türen und die Schlösser waren alt, da macht dir jeder Schlüsseldienst einen Nachschlüssel. Wenn Reimann so einer wäre, und seine Süße trat regelmäßig beim Rivalen zum Liebesdienst an, wäre es dann abwegig, wenn sich der eifersüchtige Ex einen Nachschlüssel besorgt hätte?" Er zog den Schlüssel zur Wohnung heraus, betrachtete ihn kurz und steckte ihn wieder ein. „Sorry, das ist ja der Zylinder von unseren Technikern. Klassischer Zeiss-Ikon. Vielleicht sollten wir auch mehr investieren heutzutage. Aber ich sehe schon, wir müssen ihm noch eine Menge Fragen stellen. Leider sagt uns das alles wenig über die eigentliche Tat. Sind wir denn sonst irgendwo weitergekommen?"

„Also Finanzielles: Aus der Nähe sieht alles ganz unauffällig aus", sagte Kobler. „Gutes Gehalt, davon drückt er ein ordentliches Stück ab an seine Frau. Ausgabeverhalten normal bürgerlich. Er wohnt zur Miete und zahlt eine Ferienwohnung ab. Er reist viel, kauft viele Bücher und kriegt einen Großteil der Reisekosten später wieder erstattet. Ich denke, das ist üblich bei so jemand. Ich hätte die Pappe fast zugeklappt, aber es gibt am Rand noch ein paar Fragen. Erstens zahlt er nicht nur auf ein einziges Konto in Italien, sondern hat auch andere Zahlungen angewiesen. Aber das könnten natürlich Anschaffungen oder ähnliches bei der Ehefrau sein: Autoreparatur, neue Küche, was weiß ich. Der normale Unterhalt geht auf die örtliche Bank in Luino, da wohnt sie. Die anderen Gelder gingen auf ein Konto in Rom."

„Interessant. La Mafia!" Alle lachten über Fahnauers Scherz.

„Und dann habe ich noch eine Information, fragt mich nicht woher, ich kann im Moment auch nicht verifizieren, ob nur eine Personenverwechslung vorliegt, oder was da war: Eine Person namens Paul Nierkamp hat in der Spielbank in Baden-Baden Hausverbot. Vielleicht war er nur einmal da, hat zuviel gesoffen und randaliert. Normalerweise kommen solche Verbote nur vor, wenn jemand betrügt. Oder wenn er sich ruiniert hat, also Kredit aufgenommen, und den in der gesetzten Frist nicht glattstellen konnte. Wahrscheinlich ist das alles Humbug, aber ich will den Punkt noch abklären."

„Gibt's denn einen zweiten Paul Nierkamp in der Gesamtnamensliste?"

„Nö, nicht mal den ersten!"

„Soviel zur Verlässlichkeit der Register."

„Interessant", sagte Katrin, „bei mir ist es ähnlich. Zuerst habe ich auf seinem Notebook auch nichts Aufregendes gefunden. Das Gerät ist auf der Oberfläche clean und verglichen mit dem Chaos im Arbeitszimmer sauber geordnet. Es gibt einen filetree mit seinen Vorlesungen, einen mit seinen wissenschaftlichen Vorträgen, einen für seine Bücher und Verlagskorrespondenz, und einen für so Alltagskorrespondenz: Vielen Dank für Ihre Einladung, aber habe schon was vor, und so. Dann gibt's noch eine ziemlich große Abteilung, wo er downloads drauf hat, Zip- und PDF-Dateien und so. Meist Wissenschaft, ein bisschen Anekdoten, ein paar Nuditäten, was so ein Mann eben so runterlädt. Aber dann entdecke ich plötzlich versteckt in den Systemdateien eine file mit optimal verschlüsselten Dateien. Ich hab nur an den Endungen erkannt, dass das keine Systemprogramme waren. Oha, sage ich mir, der Typ hat eine glatte Oberfläche und im Keller was zu verbergen."

„Und weiter?"

Katrin freute sich mit einem Seitenblick auf Schiller, dass sie etwas zu bieten hatte. „Ich hab dann doch mit dem Norton gesucht, ob ich was Gelöschtes wiederfinde. Wenn er etwas schreibt, läuft ja ein backup nebenher, bevor er die Datei am Ende verschlüsselt. Aber es wird natürlich vieles gleich wieder überschrieben, und den Rest zu finden in 40 Gigabyte Daten ist nicht leicht. Ich habe erst ein paar Desktops ausgedruckt. Was ich habe, ist vermutlich italienisch. Könnte zu einer Korrespondenz mit einer Anwaltskanzlei gehören."

Mehr konnte sie noch nicht sagen. Der eine vermutete, dass die Anwaltskanzlei mit Nierkamps Frau zu tun haben könnte, vielleicht werde da doch eine Scheidung vorbereitet. Der nächste schlug einen Verkehrsunfall vor, oder Ärger mit irgendeinem Lieferanten. Aber das blieben leere Mutmaßungen. Das einzig Auffallende war die Tatsache, dass alles verschlüsselt war. Also war die Frage, wo die Gegenkorrespondenz abgeblieben war, wenn es sich denn um Briefe handelte.

Schiller hätte Katrin gerne mehr Zeit gegeben, aber schon der Hinweis war wichtig. „Wenn wir die Papiere finden, kommen wir vermutlich schneller ans Ziel. Ich werde nochmal mit Siedler reden." Der Techniker war immer für Ideen gut.

Er verteilte die Arbeitsaufträge. Kobler und Jellinek sollten den Vorfall in der Spielbank klären, vor allem an Reimann dran bleiben und sich die Ehefrau und die Töchter des Toten vornehmen, sobald diese auftauchten. Rogner hatte ohne viele Worte bereits von Katrin die Aufgabe übernommen, die Befragung aller Kontaktpersonen aus dem Terminkalender zu organisieren, und Schiller sagte, er solle dazu so viele Leute wie nötig von den anderen Abteilungen anfordern. Und wer immer Zeit hatte, sollte sich jemand von der Fakultät oder von Fahnauers Liste der Versammlungsteilnehmer vornehmen. Nur Hackländer, weil er der Gastgeber war, und Flusser, der gegen die Einladung protestiert hatte, wollte er selber vernehmen.

Doch verglichen mit allem, was sie sonst in der Hand hatten, könnte Katrins fragmentarischer Hinweis die heißere Spur sein. Schiller bat Fahnauer und Katrin, mit ihm ins Landeskriminalamt in der Taubenheimstraße zu fahren. Katrin könnte mit den dortigen Vollprofis zusammen weiter in die Geheimnisse des Notebooks eindringen. Und Fahnauer mit einem oder zwei von Siedlers Technikern die Suche nach den Papieren zu dieser Italian-Connection organisieren.

Siedler wurde um eins in der Taubenheimstraße zurückerwartet. Also gingen sie zur Abwechslung dort in die Kantine, von der es hieß, sie sei besonders gut, und warteten auf ihn. Es gab aber Königsberger Klopse, und sie machten lange Gesichter.

„Wolltest du dich nicht heute unter den Studierenden umhören? Ich will nicht schuld sein, wenn dir eine andere deinen Millionenbubi wegschnappt!“ Auf Fahnauers fragenden Blick erklärte ihm Schiller Katrins Plan, und der fasste die Anspielung gar nicht als Scherz auf. „Natürlich. Dort ist der wichtigste Heiratsmarkt. Wenn ich denke, mit wem meine Cornelie im ersten Semester schon rumgezogen ist im Vergleich zu den paar Schulfreunden vorher – als Vater wird es mir da schwindelig. Aber ich in ihrem Alter hätte mich auch gern an einer Uni ausgetobt und nichts anbrennen lassen.“

„Und jetzt bist du neidisch?“, spöttelte Katrin.

Schiller wollte sich nicht auf Sticheleien über *dirty old men* einlassen. „Ein paar Leute von der Uni haben dich schon gesehen. Das ist ein Problem.“

„Wer denn? – Die Sekretärin. Die geht nicht in Vorlesungen. Der Dekan ist weit weg. Der alte Burger? Der wird mich nicht verpfeifen. Bleibt nur Svenja Brawanski, zumal sie Grund haben könnte, misstrauisch zu sein. Aber wenn ich mich ein bisschen ändere, so hellblonde Haare, andere Frisur, anderen Lippenstift und *low riders* bauchfrei ... Zweimal Friseur auf Dienstkosten müsste aber schon drinsein.“ Sie schaute Fahnauer an. „Und vielleicht könnte mich deine Cornelie ja beim ersten Mal begleiten."

Schiller feixte und schaute zuerst Katrin an, dann Fahnauer. „Du bist ein Miststück. – Aber wenn Cornelie mitmachen würde ..."

Nun kam Siedler an den Tisch, nahm die drei mit in sein Büro und rief gleich Burkhard Weiss, einen seiner Computercracks, dazu. Herein kam ein großer, vierschrötiger Typ, der so leise wie präzise sprach. Schiller konstatierte belustigt, dass Katrin den blonden Sunnyboy nicht mehr aus den Augen ließ. Mit ihm waren sie sich schnell einig, dass es sich zunächst nicht lohnte, mit irrsinnigem Rechenaufwand an die Verschlüsselungen selbst zu gehen. Zuerst habe Katrin ja die beste Idee schon selbst gehabt, nämlich auf der Festplatte nach Dateirückständen zu suchen. Er würde Katrin gern zeigen, wie und wo man am besten sucht. Wo das nichts bringe, könnte man die Festplatte eins zu eins auf einem der großen Rechner spiegeln und nach Stichwörtern und *keys* durchsuchen. Natürlich wollte Katrin dabeibleiben, um den Spezialisten am Werk zu sehen, und trug das Notebook ins Labor.

„Da hast du dir echt was Pfiffiges an Land gezogen. Und verdammt hübsch", sagte Siedler und schaute ihr interessiert hinterher.

„Dass du mir aber keine Stielaugen kriegst!"

Siedler ignorierte die Bemerkung. „Also, wir unterstellen, dass es irgendwo ein Konvolut mit dieser Korrespondenz gibt. Vielleicht versteckt oder irreführend beschriftet. Wenn Nierkamp mehrfach korrespondiert hat, war das Versteck ziemlich sicher so, dass er leicht drankam. Lass mal mit gesundem Menschenverstand überlegen. Was immer es ist, bei einer neugierigen Sekretärin würde ich mein Geheimnis zuletzt verstecken, also kommt das Institut schon mal kaum in Frage. – Warum verschlüsselt man? Macht ein Philosoph eine patentfähige Entdeckung? – Nö. – Besitzt er hochbrisante Geschäftsdaten? – Worüber auch? – Also verschlüsselt er nur, damit neugierige Augen nicht mitlesen, wenn er Liebesbriefe schreibt oder sich über die Rechnung seines Pornoversenders beschwert oder mit seinem Stiefbruder übers Erbe streitet.

Und die höchste 128-bit-encryption besagt gar nichts; die nimmt er eben, weil der Computer so eingestellt ist. Ich vermute, dass die Papiere nicht schwer zu finden sind. Ich kann dir morgen zwei Mann abstellen."

Fahnauer nickte. „Kobler hat was von einer Ferienwohnung gesagt. Sollen wir dort anfangen?"

„Nein", widersprach Siedler, „kein Mensch hält seine Ferienwohnung für ein sicheres Versteck. Zu übersichtlich, kaum Papier dort, man rechnet immer damit, dass Einbrecher reinkommen. Für einen Geisteswissenschaftler ist das eigene Arbeitszimmer seine Welt, und da findet er auch das beste Versteck. Ich würde mich wie Carlos Castaneda an den Schreibtisch stellen und zu spüren versuchen, wo die Kraftströme hingehen."

„Mensch Siedler, jetzt fang bloß nicht auch noch du mit so esoterischem Quatsch an. Sollen wir am Ende nach Feng Shui ermitteln, oder wo soll das hinführen?" Er appellierte an die aufklärerische Rationalität des Freundes, die er so schätzte, und sei es nur, weil er das eigene schlechte Gewissen spürte. War es denn wirklich soviel rationaler, wenn er sich in kritischen Momenten immer wieder auf seine Intuition verließ? Er erinnerte sich an seinen Traum, in dem er in die Luft schoss und eine Tintenwolke auf ihn herabkam.

Auf dem Rückweg im Auto hielt Schiller mit Mühe die Augen offen, ihm fehlte der Schlaf. Fahnauer bemerkte es. „Du siehst aus wie's Kätzle am Bauch, kein Wunder nach der kurzen Nacht. Geh doch schwimmen oder in die Sauna, dann bist du morgen wieder ein Kerl!"

*

Kobler hatte schon den Haftbefehl für Reimann besorgt. Im Moment war Rechtsanwalt Dr. Haile bei ihm. Der hatte gesagt, dass er danach noch mit Schiller sprechen wolle. Schiller konnte sich fast denken, was sein Anliegen war. Reimanns

Vater versuchte vermutlich, seinen Sohn aus der Haft freizubekommen, selbst wenn er dafür eine erhebliche Kaution anbieten musste. Aber Haile, wenn Schiller ihn richtig einschätzte, war Realist genug zu wissen, dass das im Moment angesichts der Verwicklung in den Mord nicht drin war. Zumindest so lange, wie Reimanns Tatbeitrag nicht aufgeklärt war. Außerdem hatte Schiller selbst nicht darüber zu entscheiden und konnte allenfalls seine Meinung dazu sagen. Also würde Haile wahrscheinlich zu erreichen suchen, dass Reimann noch einige Tage in der Arrestzelle des Präsidiums verblieb und nicht in die JVA nach Stammheim verschubt wurde. Und sei es nur, damit er dem Vater einen Erfolg vorweisen konnte. Schiller war nicht dagegen, solange er immer noch hoffte, dass Reimann irgendwann die Karten auf den Tisch legen würde. Aber er hatte es nicht in der Hand, wann der Raum anderweitig gebraucht wurde. So ein Arrangement ging sowieso nur wenige Tage.

Noch bevor Schiller sich seinen obligatorischen Nachmittagskaffee holen konnte, wurde ihm ein Besuch angekündigt. „Eine Frau Krottendorf will Sie ganz dringend sprechen."

Schiller staunte, als sie hereingeführt wurde: eine weißhaarige, sehr alte und sehr schlanke Dame mit wachen hellblauen Augen und pergamentener altersfleckiger Haut, trotz ihres Alters noch von stattlicher Größe. Sie musste in ihrer besten Zeit mindestens einsfünfundachtzig gemessen haben, dachte Schiller. Sie trug eine pelzbesetzte Überjacke mit einem schwarzen Trauerband im Revers und reichte ihm eine schmale Hand. „Ich bin Lore Krottendorf. Sie ermitteln wegen des Mordes an meinem Sohn."

Schiller vergaß eine Sekunde, sich seinerseits vorzustellen, so dass sie weitersprach. „Mein Sohn ist Paul Nierkamp. Ich habe mich nach dem Krieg wieder verheiratet."

„Ach ja." Schiller beeilte sich, sich vorzustellen, bot Platz und Kaffee und forderte sie mit den Augen auf, weiter zu reden.

„Ich wurde gestern in Lüneburg angerufen und war schon wütend auf meine Schwiegertochter, dass sie mir das vorenthalten hat. Aber Ihr Mitarbeiter sagte, Sie hätten sie noch gar nicht erreicht."

„Zunächst meine herzliche Teilnahme. In der Tat ist es eine unglückliche Situation. Frau Nierkamp ist unterwegs, und die Haushälterin, oder was immer sie ist, kennt die Nummer des *telefonino* nicht. Es ist praktisch unmöglich, das auf amtlichem Weg zu erfahren. Wir haben geschrieben und an die Polizei gemailt. Jetzt können wir nur warten, bis sie sich meldet. – Ihr erster Ehemann Nierkamp ist im Krieg gefallen?", fragte Schiller tastend. Er hatte kurz gerechnet. Die Frau musste mindestens 80 sein, dafür hatte sie sich gut gehalten. Nierkamp selbst war erst 1949 geboren.

„Ich sehe Ihnen an, was Sie rechnen", lächelte sie. „Paul ist natürlich nicht der leibliche Sohn meines ersten Mannes. Er ist rechtlich trotzdem ein eheliches Kind. Damals war mein Mann noch nicht für tot erklärt. Über die Umstände hat mir erst lange danach ein Spätheimkehrer berichtet. Ich habe Paul nie gesagt, wer sein leiblicher Vater war, aber vor einigen Jahren hat er es durch eine Unachtsamkeit von meiner Seite herausgefunden. – Sagen Sie mir, wie es passiert ist, aber ersparen Sie mir die schlimmsten Details. Und ob Sie schon etwas herausgefunden haben?"

Schiller sagte sich, selten habe er die Mutter eines Mordopfers so emotionslos über den Tod ihres Kindes sprechen hören. Er vermutete einen Grund in ihrer norddeutsch kühlen Art, konnte aber auch den Verdacht nicht ganz unterdrücken, dass das nur Fassade war.

Er schilderte den bekannten Hergang knapp und schonend, erwähnte den Bauschaum, aber nicht die Pfauenfeder, berührte die Trennung von der Ehefrau und die Tatsache, dass er eine junge Freundin gehabt hatte, berichtete von Reimanns Bankgeschichte und Verhaftung, machte aber ganz deutlich, dass man noch nicht sagen könne, ob der junge Philosoph etwas mit der Tat zu tun oder sich nur als Trittbrettfahrer betätigt habe. Im übrigen deutete er die Richtungen, in die ermittelt wurde, lediglich allgemein an. Er erfuhr, dass die Mutter nur sehr förmlichen Kontakt mit ihren Enkelinnen habe, aber diese demnächst im Präsidium vorstellig werden würden. Auch mit dem Sohn hatte sich der Kontakt auf Telefonate zu Geburtstagen und Weihnachten beschränkt. Als Schiller sagte, dass die Wohnung selbstverständlich noch nicht freigegeben sei, griff sie das Thema auf und fragte ihn nach einer Hotelempfehlung. Er nannte ihr ein gemütliches Familienhotel im Stuttgarter Osten und eine weitere Adresse auf dem Killesberg. Sie wolle gerne in der Stadt bleiben, sagte sie, und er ließ ihr ein Zimmer reservieren.

„Sie sagten, Ihr Sohn habe erst vor kurzem erfahren, wer sein leiblicher Vater war. Hat er mit ihm Kontakt aufgenommen?"

„Ich weiß es nicht. Wir waren damals beide sehr jung. Und als ein Gockel, wie es diese Südländer sind, wollte er unbedingt als Vater eingetragen werden. Da war ja nun wenig zu bestreiten, also wurde seine Vaterschaft festgestellt und eingetragen. Aber Paul blieb ehelich; von der Familie meines Mannes war niemand mehr da, der die Ehelichkeit angefochten hätte. Als es mir finanziell nicht so gut ging und Romano ahnte, dass ich Unterhalt für das Kind verlangen könnte, hat sich mein schöner Italiener auf französisch verabschiedet."

„Aus welcher Gegend war er?"

„Aus den Marken. Aber das ist lange her, warum interessiert Sie das?"

„Ich weiß es selbst nicht, Frau Krottendorf. Solange wir keine heiße Spur haben, gebe ich einfach meiner Neugier nach. Wie heißt Pauls leiblicher Vater?"

„Romano Guazza." Sie sprach es so aus, wie man einen vollen Löffel *gelato* ablecken würde. „Aber der müsste jetzt ..." – sie rechnete – „... einundachtzig sein. Wenn er noch lebt. Er war als junger Fremdarbeiter nach Deutschland gekommen. Ein lockiger Adonis mit seinen schwarzen Haaren. Und eine Freude für jede ausgehungerte junge Frau." Sie errötete kokett. „Ich alte Frau dürfte so was ja nicht sagen!"

Schiller wurde auch rot, als er begriff, was sie damit meinte, und versuchte, seine Antwort diplomatisch zu formulieren: „In diesem Punkt war Paul Nierkamp, wie ich höre, anscheinend der Sohn seines Vaters!"

„Na, auch eine Art Kompliment!“, quittierte die Alte. „Ich bin noch ein paar Tage in Stuttgart. Ich muss den Armen ja wohl unter die Erde bringen. – Aber Sie erwähnten da eine ‚Gespielin‘, wie Sie sie nannten. Wollen Sie ihr nicht sagen, sie soll sich mal zum Tee bei einer alten Frau einladen, wenn sie sich dafür nicht zu schade ist?“ Sie lächelte. „Mit meiner frigiden Schwiegertochter hab ich's nicht so eilig.“ Damit stand sie auf und reichte ihm die schmale fleckige Knochenhand.

Das Gespräch mit Dr. Haile verlief wie erhofft: kurz und sachlich. Der erfahrene Anwalt erwartete von Schiller keine halbausgegorenen Vermutungen und sagte direkt, worum es ihm ging. Schiller hatte keinen Einwand. Aber im Gegenzug erwarte er, dass Reimann demnächst ein Geständnis abliefere und dann all sein Wissen für die Ergreifung des wirklichen Täters zur Verfügung stelle. „Ich traue ihm den Mord nicht zu. Aber wenn er weiter den Mund hält, muss ich mich wahrscheinlich irgendwann vom Gegenteil überzeugen lassen. Sie wissen so gut wie ich, dass nur Fakten zählen.“

Sobald Haile ihn verlassen hatte, wollte Schiller von Kobler und Jellinek wissen, was sie inzwischen über die finanzielle Lage Reimanns herausgefunden hatten.

Direkt noch nichts, aber Jellinek hatte mit seiner sanften Beharrlichkeit doch etwas über den Vorfall in der Spielbank erfahren. Eine der Kassiererinnen erinnerte sich vage, dass da ein jüngerer Mann gewesen sei, der wohl einen Begleiter angepumpt, ziemlich viel Geld verspielt und sich dann lautstark aufgeregt habe, als ihm die Bank nicht mehr als den zulässigen Tagesbetrag auf seine EC-Karte auszahlte. Dabei habe sich herausgestellt, dass schon bei den Angaben, mit denen er sich Zutritt verschafft hatte, irgendetwas zweifelhaft war. Nach ihrer Beschreibung war der Störer mit Sicherheit nicht Nierkamp gewesen; es konnte sich um Reimann oder irgendeinen anderen Studenten gehandelt haben. Doch die Kassiererin meinte, sie würde ihn sehr wahrscheinlich nicht wiedererkennen, denn sie hatte nicht direkt mit dem Vorfall zu tun. Trotzdem hatten sie Reimanns Bild gleich an das damals zuständige Polizeirevier gemailt. Und Kobler hatte gleich prüfen lassen, ob der Tote irgendwann eine EC-Karte verloren hatte, doch das war nicht der Fall.

Auch wenn sie noch nicht wussten, wie Reimann damals und diesmal an die Karte gekommen wäre, war das zumindest eine Hypothese: Der Sohn des Ministerialdirigenten brauchte Geld, weil er spielte. Oder er spielte und klaute, weil er Geld brauchte. Etwa für Stoff?

*

Zurück am Schreibtisch sagte sich Schiller, er sollte eigentlich dem Rat seines Kollegen folgen, in die Sauna gehen und die Gedanken schweifen lassen. Aber natürlich geht ein beamteter Arbeitssklave, zumal wenn er Vorgesetzter ist und sich für ein Vorbild hält, nicht am hellen Nachmittag aus dem Büro, nur um seinen müden Leib zu pflegen. Schiller schalt sich deswegen selbst kleinkariert und handelte doch nicht danach, sondern arbeitete sich noch eine Stunde lang durch aufgelaufene Papiere. Daneben überlegte er, ob er nachher hinüber ins Leuze, ins Fildorado hinter dem Flughafen oder die vierzig Kilometer hinaus bis nach Urach fahren sollte. Unterdessen schob sich immer dringender der Wunsch in den Vordergrund, nochmals mit Reiss zu sprechen.

„Schiller hier. Ich konnte heute morgen nicht reden."

„Ist gut. Was hältst du davon, wenn wir aus unseren respektiven Löchern kriechen, uns irgendwo einen Kaffee brauen lassen und die Beine ausstrecken?"

„Wo, denkst du?"

„Wiener Café. Du kannst direkt bei der Liederhalle parken."

„In zehn Minuten?"

„Du hast es aber pressant. Gib mir fünfzehn." Dass dieser Reiss doch gleich spürte, ob man es eilig hatte!

Als Schiller sein Auto auf dem Gehweg gegenüber abstellte und das Blaulicht aufs Dach setzte, war Reiss schon da und schaute ihm aus dem Fenster des Kaffeehauses amüsiert zu.

„Du siehst aus, als ob du einen Kaffee Schnaps nötig hättest."

Schiller nickte. „Ich hab für deinen Studienfreund Reimann die Nacht auf den Kopf gehauen."

„Zwei Kaffee Kirsch bitte! – Moment, er war Gast, ich war Gast. Das ist alles. Kein Studienfreund. Ich hab den Jungen vorher nie bewusst gesehen. Aber hab mir sagen lassen, dass er mit dem jungen Hackländer befreundet ist. Kann ja sein, dass er mich irgendwoher kennt."

„Jedenfalls hat er getan, was du ihm gesagt hast. Genau das hat er berichtet, was du mitbekommen haben kannst. Und ausdrücklich nichts von dem, was in der Wohnung war. Darüber schweigt des Sängers Höflichkeit."

„Ich könnte dazu nichts sagen. Aber zu deiner Beruhigung: Ich weiß auch nichts darüber."

„Gut, dann müssen wir nicht um den heißen Brei reden. Natürlich wäre es einfacher, wenn er aussagen würde. Aber wenn er's war, kriegen wir ihn auch so. Da würde die Hypothese lauten: Der Junge war rettungslos verknallt in eines von Nierkamps Betthäschen, in die Haller oder die Brawanski, wahrscheinlich die erstere. Ich meine, dass ich ihn auf einem Foto mit ihr erkenne. Da er dich als Erotologen leider nicht früher kennengelernt hat, konnte er die Ambivalenz so einer Beziehung, wie sie Nierkamp mit dem Mädchen pflegte, nicht kapieren, und musste sie sich zwingend als ausgebeutetes und missbrauchtes Geschöpf vorstellen. Dabei hättest du hören sollen, wie schön Bettina die Lust des Missbrauchtwerdens formulierte! Aber zurück zu Jörn Reimann: Was liegt näher, als sich in seiner Version der Dinge zum Rächer der Missbrauchten aufzuschwingen ...?"

Der Kaffee kam. Reiss nahm einen Schluck von dem heißen Gebräu und schüttete den Schnaps ins Glas. „Mmh! Du machst mich richtig neugierig. Aber zuerst Hypothese zwei?"

Schiller tat es ihm nach und probierte.

„Sehr gut! – Dieser anderen Variante gebe ich 60 Prozent Wahrscheinlichkeit. Reimann hat unseren Fall nur zufällig gestreift. Sicher gehört er zur Clique um Nierkamp, vielleicht wegen der Mädchen; er ist selber ein Beau. Als Hackländer ihn aus eurer Versammlung heraus hinschickte, hat er entweder schon gewusst oder vor der Wohnung, eventuell auch schon drin, weil die Tür nicht ganz zu war, rausgekriegt, dass der große Bumser tot ist. Ob er da die Bankkarte und die PIN zufällig schon hatte oder danach geklaut hat, ist nicht so wichtig. Ich tippe drauf, dass er in die Wohnung gekommen ist. Entweder er traf auf den Täter. Oder die Tür war nicht zu. Vielleicht hatte er sogar einen Schlüssel, Original oder nachgemacht, oder er hat es auch nur mit dem alten Kartentrick probiert."

„Sprich weiter." Reiss nahm einen Schluck. Schiller auch.

„Ich vermute, dass er es war, der dem Toten die Pfauenfeder verpasst hat. Und unterstelle, dass er die vorher bei eurer Versammlung nicht dabei hatte. Er kann sie in Nierkamps Wohnung gefunden haben. Interessant wäre, ob er vielleicht vorher schon gewusst hat, was an diesem Abend passiert. Ob er irgendwelche Anzeichen für eine Anspannung zeigte. Ob er sich etwa angeboten hat, den Professor zu holen. Es ist ja schon unüblich, dass man einem Redner entgegenfährt, wenn er sich verspätet, oder?"

Reiss hob die Achseln. „Ich habe davon nichts mitbekommen. Du kennst meine Unart, ich habe mich ins Erzählen hinreißen lassen. Und dann kam noch ein echt interessanter alter Italiener dazu."

„Ein Italiener?" Schillers Antennen stellten sich auf.

„Schulfreund vom alten Troebst, den kennst du doch, den Rechtsanwalt?" Schiller nickte und schluckte, und Reiss fuhr fort: „Schuhfabrikant und Venezianer. Und ein echt kultivierter Mensch, der Mann aus dem Veneto. Du weißt, da gehen bei mir die Bremsen durch."

„Im Fall Nierkamp gibt's möglicherweise eine Verbindung nach Italien. Sein wirklicher Vater war Italiener. Er hat es vor kurzem erst erfahren."

Jetzt nahm Reiss einen großen Schluck. „Noch zwei Kaffee Kirsch bitte! – Du nimmst doch auch noch einen? – Du denkst, da könnte ein Zusammenhang bestehen? Ich habe übrigens den Dottore Capurro, so heißt er, für Freitagabend zu uns eingeladen. Und natürlich seinen Freund, den alten Troebst, der ist kürzlich verwitwet. Komm doch dazu. Es gibt *foie gras de canard*, Perlhuhn und Wirsing mit Champagnercreme. Ein leichtes Abendessen. Und absolut passend für jemand wie mich, der soeben zu einem Kongress von Vegetariern und fanatischen Tierschützern sprechen musste."

Sie lachten. Dann hob Reiss den Zeigefinger: „Und das weißt du: Immer wenn wir dich einladen, ist auch Judith ganz herzlich eingeladen. Hoffentlich werden wir alte Leute ihr nicht zu langweilig! Capurro und Troebst sind noch einen guten Zahn älter als ich."

„Keine Angst, bei euch freut sie sich immer. Hoffentlich hat sie keinen anderen Termin." Judiths Beruf als Fotografin brachte es mit sich, dass sie oft auch abends Verpflichtungen hatte. Es verstand sich von selbst, dass diese den Vorrang hatten.

Der Kellner kam. „Zwei Kaffee Kirsch." – „Danke."

„Ein Schuhfabrikant, sagst du. Schuhe haben bis jetzt in meinem Fall noch keine Rolle gespielt. Außer dass Nierkamp seine Freundinnen gerne in *high heels* sah. Und über den Venezianer wusste ich bisher nichts. Judith übrigens hat gerne Schuhe aus dem Veneto. Sie sagt, da passt der Leisten genau zu ihrem Fuß."

„Was *high heels* angeht, könnte ich deinem Nierkamp sogar folgen. Im Soziologenjargon nennt man das übrigens *marked discomfort,* die kokett zur Schau gestellte Unbequemlichkeit. Spannendes Thema."

Schiller schweifte ab und dachte einen Moment an Judiths hohe Schuhe, oder waren es Bettinas Füße? Vom Fenster des Cafés konnte man den kleinen Park neben der Liederhalle überblicken. Die Bäume standen noch nicht voll im Laub, die Blätter leuchteten hellgrün mit rötlichen Zwischentönen in der Nachmittagssonne. Die Perspektive durch die Parkbäume ließ die Leute, die an den Haltestellen aus den geräuschlos wirkenden Straßenbahnen aus- und einstiegen, wie Legomännchen aussehen, und alles wirkte frisch und ordentlich. Schiller fragte sich, ob es etwas gab, das mit den Figuren seines Falles auch so spielte wie mit Legomännchen. Wenn der Tag so weiterging, müsste man den Abend eigentlich in einer Gartenwirtschaft ausklingen lassen, aber dafür war er heute zu sehr geschafft.

Nach einer Weile sagte Reiss: „Du hast mich nicht wegen Reimann herbestellt, das wäre auch am Telefon gegangen?"

„Stimmt. Ich wollte dich sprechen, weil ich ihn nicht für den Täter halte. Am Samstag war ich noch bei Lechler. Alle anderen von unserer Liste waren nicht zu erreichen, und seither bin ich nicht weitergekommen. Lechler hat im Prinzip dasselbe gesagt wie du, nur wesentlich schärfer. An einem Punkt nannte er den Toten ein Geschwür auf der Erdoberfläche, er sei froh, dass das jemand ausgedrückt habe."

„Hartes Wort von einer *anima candida* wie Lechler. Ich kenne ihn persönlich nicht sehr gut, aber was ich weiß, ist nur positiv. Du wirst nie hören, dass Lechler irgendetwas bezahlt hat. Aber du würdest dich wundern, wo überall sein Geld mit größter Diskretion helfend, lindernd, ermöglichend eingewirkt hat. Das sind die alten schwäbischen Honoratioren, von denen ich dir manchmal vorgeschwärmt habe. Dabei ist er Agnostiker und kann nicht einmal auf einen Lohn im Jenseits hoffen. Und wissenschaftlich! Absolut integer. Im Kopf präzise, formuliert luzide, voll geistreicher Ironie. Du hast ihn ja selbst kennengelernt."

„Lass mich meine Frage formulieren: Ich kann mir nicht vorstellen, dass du oder Lechler – oder euer Freund Flusser, von dem ich nur habe erzählen hören – heimlich herumschleicht, um ein Ekel wie Nierkamp kaltzumachen. Mit der Feder vielleicht, aber nicht mit dem Knüttel! Dazu sind alle, die ich bis jetzt kenne, viel zu sympathische Leute. Aber da ich bisher keinen zweifelsfrei überführten Raubmörder habe und keinen Lustmörder und keinen Eifersuchtsmörder, will ich trotz allem nicht ohne zwingenden Grund die Hypothese streichen, dass es eine Tat aus philosophischer Überzeugung, ein *Mord aus Philosophie,* gewesen sein könnte."

Schlucke. Im Moment des Aussprechens fragte sich Schiller, ob seine Meinung über den philosophischen Eros nicht allzu naiv und romantisch war. Also nochmals nüchterner: „Kann jemand den Nierkamp für seine Ansichten so sehr gehasst oder für so schädlich gehalten haben, dass er ihn meinte umbringen zu müssen?"

„Na ja", meinte Reiss, „die meisten Philosophen sind ja der Meinung, dass sie die ganze Zeit über Grundfragen nachdenken. Doch warum sie das überhaupt tun, ihre persönlichen Grundorientierungen – die bleiben meist unaufgedeckt: wovor sie Angst haben, was sie erreichen wollen, ob sie ihre Überzeugung ändern würden, um einer Frau zu imponieren ..."

„Interessant. Willst du sagen, man kann das Verhältnis eines Philosophen zu seiner Philosophie wie ein Projekt betrachten, wie eine Geschäftsidee oder einen Bauplan?"

„Du hast recht. – Ich denke an etwas herum, das man mal die *Praxis der Theorie* genannt hat." Reiss verstummte und nahm einen Schluck. Offenbar dachte er nach.

Schiller kratzte sich am Kopf, das war so ein Tick von ihm. „Wie geht man mit der Wahrheit um? Meinst du so was? Legt man sie in den Schrank und holt sie heraus, wenn man zur Vorlesung geht? Oder stellt man sie auf einen Sockel? Oder man wartet, bis sie hereinstürmt wie eine verführerische Frau?"

Reiss lachte. „Mein lieber Mann, deine Beispiele verraten dich. Dich hat's ganz schön!"

Schiller wollte protestieren, aber doch auch nichts gegen Bettina sagen, also machte er eine Handbewegung und hielt den Mund.

„Ich glaub, ich hab's. In der alten Kirche ging's oft darum: Was ist, wenn einer auf der Kanzel steht, und dann stellt sich heraus: Das ist einer, der vorher in einer der Verfolgungen dem Glauben abgeschworen hat. Wird seine Predigt deswegen zur Lüge, weil er persönlich schwach war? Die Antwort war die *Autopistie* der Schrift, das musst du dir nicht merken. ‚*Autos*' heißt selbst, ‚*pistis*' heißt Glauben. Der Begriff besagt: Die Schrift überzeugt von allein, ein falscher oder lumpiger

Zeuge kann der Wahrheit nicht schaden. Witzigerweise hat die säkulare Aufklärung diese Wortfrömmigkeit, diesen naiven Glauben an die erleuchtende bekehrende Wirkung von Texten, stillschweigend übernommen. Aber nicht alle sind gläubig."

„Du meinst, das macht hier einen Unterschied?"

„Jetzt kommt die kriminalistische Anwendung. Nimm zwei Personen. Der eine sagt: Man muss nicht dafür kämpfen, dass die Kreisfläche Pi mal Daumen ausmacht, es ist eben so. Wenn ihr das mir nicht abnehmt, kommt später eben ein anderer und beweist es. Die Wahrheit setzt sich *eo ipso* durch. Der andere muss sich ängstlich an sie klammern, denn wenn sie einmal futsch ist, ist sie futsch."

„Aber ..."

„Der alte Grieche Epiktet hat gesagt: *Die Wahrheit siegt durch sich selbst. Eine Lüge braucht stets einen Komplizen*. Ich persönlich glaube auch, die Wahrheit ist nicht totzukriegen, die Textbestände sind ja da. Dummheit oder Bosheit oder auch ein Nierkamp können ihre Wahrheiten nicht mehr auslöschen. Auch wenn darum herum die Dummheit blüht, aber die ist sowieso unendlich."

Da nickte Schiller. Das Einstein-Zitat, auf das Reiss anspielte, hatte er auch schon gehört. Der ließ sich nicht unterbrechen.

„Was aber macht einer, der das nicht so gelassen optimistisch sehen kann?"

Schiller schaute ihn erwartungsvoll an.

„Was macht jemand, der Angst haben muss, dass die Wahrheit, wenn sie verleugnet wird, ein für alle Mal verloren geht?"

„Ich weiß nicht, ob ich den richtigen Schluss ziehe, das geht mir zu schnell."

„Er muss den, der die Wahrheit auslöscht, selber auslöschen. Der ist dein Mann!"

Schiller dachte nach. Wie der Schluck Kaffee Kirsch doch beim Denken helfen kann! „So einer wird doch zum tragischen Narren."

„Zunächst würde ich sagen: er wäre der einzig ernstzunehmende Konservative."

„Der töten muss, damit die Wahrheit lebt?"

„Wenn, dann so. Du suchst einen Menschen, der an die Inhalte der Aufklärung, aber nicht mehr an die Kraft der Aufklärung glaubt. Jemand, der auf seinen Schultern die Last spürt und sich damit abkämpft: Ich muss die Wahrheit gegen die Lüge verteidigen. Wenn ich wanke, wer wird dann den Heiligen Geist der Philosophie noch verteidigen? Vielleicht bricht sie, wenn ich falle, mit mir zusammen."

„Ich glaube, das habe ich gemeint."

„Vergiss es. Es wäre zu schön, wenn jemand rein für die Wahrheit töten würde."

„Aber wenn – dann wäre mein Täter doch zumindest überzeugt, dass man unbedingt ernst nehmen muss, was jemand vertritt. Im Grund möchte ich das ja auch. Den anderen beim Wort nehmen können."

Reiss lachte. „Soweit ja. Aber man bringt den Lügner nicht um. Gott spottet des Teufels, aber er ermordet ihn nicht. Wen du suchst, ist ein ‚*kleingläubiger Aufklärer*'. Aber vorher würde ich doch noch gründlicher in den Abteilungen ‚Moos' und ‚Möse' recherchieren."

„‚Moos' kommt ja bisher nicht vor. Im Raum stehen also nur ‚Möse' – und jetzt als drittes: ‚Maul'."

„Sag doch gleich Schwanz oder Schnauze."

„Das hast diesmal du gesagt! Petze bitte nicht bei unseren Damen, wie subtil wir hier unsere Arbeitshypothesen formulieren."

Reiss trank seinen Kaffee aus. „Grüß Judith und denk an Freitagabend. Um acht, wenn's recht ist?"

*

Schiller hatte Judith angerufen, ob sie mit in die Sauna gehe, doch sie hatte zu tun. Er holte zuhause seine Handtücher und fuhr durch den lauen Abend in Richtung Bad Urach. Die Sauna dort war ziemlich alt und wenig komfortabel, zu den Kabinen im Freien ging man zum Teil über den Rasen, das Schwimmbecken war nicht berauschend und der Platz zum Trocknen der Handtücher beengt. Trotzdem fühlte sich Schiller dort wohl. Gerade weil alles nicht so perfekt war.

Er erinnerte sich von seinem letzten Besuch an jene junge Frau mit einem Tattoo im keltischen Stil über den Hinterbacken, das die Umrisse einer fliegenden Taube zeigte, dazu mit einer schön glatt epilierten Vulva und einem sympathischen Lachen. Das war vor einem Jahr gewesen, und in diesem einen Jahr hatte man sich an Tattoos so sehr sattgesehen, dass er heute das Mädchen wegen ihres „Arschgeweihs", wie inzwischen das Spottwort lautete, nur bedauern könnte.

Er war ein Narr, denn zuhause hatte er jede Nacht die schönste aller Frauen bei sich, auch sie wunderbar glattrasiert und aufreizend, daneben gab es seine junge Kollegin Katrin, die allen anderen das Wasser im Mund zusammenlaufen ließ und sich ihm an den Hals warf (ob sie rasiert war, wusste er nicht); und bei Bettina Haller, der nach wie vor nicht unverdächtigen Gespielin des Toten, war er überzeugt, dass sie erneut mit ihm schlafen würde – was konnte er mehr wollen? Stattdessen fuhr er wegen eines flüchtigen Eindrucks über Land zu einer Sauna, in der die Mehrzahl der Besucher alte Leute waren, die meisten aus der Form geraten und die anderen auch selten aus dem Musterbuch der menschlichen Natur. Vielleicht gleicht das der Homöopathie, dachte er, die auch minimale Reize wirken lässt. Eigentlich gehe ich ja hin, um Müdigkeit und Schlacken auszuschwitzen und mich auf mich selbst zu konzentrieren. Ich möchte höchstens Möglichkeiten ahnen, nicht eine Wirklichkeit erleben.

Unterwegs kaufte er noch Grapefruitsaft und Mineralwasser. In der Sauna schwitzte und träumte er gedankenlos vor sich hin. Wenn ein hübsches Wesen durch seine Optik lief, nahm er sie kurz wahr, aber während er sonst immer geschaut hatte, ob ein Mädchen, wie Nierkamp es wohl ausgedrückt hätte, ‚froschnackt' und ‚froschglatt' war, und sich jedes Mal darüber freute, registrierte er es diesmal zwar auch positiv, aber nahm sich nicht einmal die Mühe, hinterherzuschauen. Zwischen den Gängen trank er gierig seine Flüssigkeiten, schwitzte gewaltig und schlief auf der Liege im Ruheraum ein. Er erwachte erst, als ihn die Bademeisterin weckte.

Auf der Rückfahrt ließ er mehrere verlockende Gaststätten links liegen.

Sollte er noch bei Bettina vorbeischauen? Er musste herausbekommen, ob Jörn Reimann tatsächlich ihr Verehrer gewesen war, bevor sie mit Nierkamp in die Kiste ging. Er konnte sie das nicht direkt fragen und erwartete auch keine offene Antwort. Aber wenn sie den Jungen mochte oder vielleicht sogar noch immer etwas mit ihm hatte, konnte sie den vielleicht überzeugen, dass es ihm nur nützte, die blöde Kartengeschichte vom Mord abzutrennen. Wenn Reimann das kapierte und mitspielte, konnte ihm das sogar die Haftentlassung bringen.

Es würde ein wichtiges Gespräch werden mit Bettina. Das womöglich wieder mit wildem schönem Sex endete. Nein, nicht womöglich, sondern wahrscheinlich. Schiller wollte sich nicht selbst belügen. Es war nicht Liebe, was er für das Mädchen empfand, aber Verlangen, Lust, Gier ... Seine Haut, offen und porös nach der Sauna, müsste ihre Säfte, ihren Schweiß und ihren Geruch aufsaugen wie ein Schwamm.

Er rechnete auch mit der Möglichkeit, dass sie sich ihm so hemmungslos hingab nicht um seinetwillen, sondern um den Jungen zu retten, aber das machte nichts. Sie musste den Jungen dazu gar nicht lieben; allein die Vorstellung, was einem jungen Mann von seiner Schönheit und Sensibilität im Knast passieren konnte, mochte sie dazu bringen. Dass sie zu schenken verstand – sich zu verschenken –, daran zweifelte er nicht.

Schiller würde sowieso nie begreifen, warum sie mit ihm geschlafen hatte, wo sie doch wusste, dass er in festen Händen war – in festen Händen, was für ein saublöder Ausdruck! Ob es doch eine Art Zuneigung von ihr war oder schlichte Lust, wie er sich gerne einbilden mochte, oder Geilheit, Genusssucht, oder doch Fürsorglichkeit? Oder gar Mitleid, was sollte das ändern?

Plötzlich war ihm gar nicht mehr so klar, ob dieses angenommene Mitleid wirklich nur dem Jungen gelten würde. Warum nicht ihm, dafür, dass er sich nicht einfach frei und ungezwungen hingeben, sich vergessen, sich nicht rückhaltlos in ein Glück einschwingen konnte, das sie ihm mit gespreizten Schenkeln ‚froschnackt' und bedenkenlos anbot? Sondern dass er, der Arme, immer seine Bedenken mitschleppen, sein schlechtes Gewissen mittragen und das geschenkte Glück wie ein Ladendieb die gestohlene Brezel heimlich genießen musste?

Er versuchte sich einzureden, es wären die freigesetzten Endorphine nach der Sauna, aber er wusste, das war nicht wahr: Es war eine Überwallung von einfach unmäßigem Glück, verbunden mit der grenzenlosen Angst, es im Wissen darum schon wieder verloren zu haben, eine Art positiver Melancholie, die ihn überwältigte. Schiller bekam feuchte Augen. Er trauerte um eine Liebe, die er nicht übrig hatte. Bei aller Liebe, die er hatte.

Er lenkte sein Auto und hatte Mühe, auf die Straße zu sehen. Was wohl die Kollegen von der Verkehrsstreife denken würden, wenn sie ihn zufällig anhielten und den Chef der Mordkommission so verheult aus dem Auto steigen sähen?

Schiller fuhr in eine Parkbucht, stieg aus und machte ein paar Übungen. Dann legte er die Stirn auf das kühle Wagendach und besann sich, was mit ihm los war. In dieser Verfassung fuhr er jedenfalls nicht zu Bettina. Außerdem spürte er: Er war viel zu müde!

Nach dieser Entscheidung fühlte er sich fast, als wäre das ein moralischer Sieg über sich selbst gewesen; dabei hatte er doch nur der Verwirrung und Müdigkeit nachgegeben. Nach und nach verlor sich die Melancholie, und seine Laune besserte sich. Um zehn kam er beinahe gutgelaunt, doch immer noch halbwegs schläfrig nach Hause. Judith hatte schon vorher eine Kleinigkeit gegessen und spöttelte vorsorglich, er sei den Winter über zu fett geworden, so dass er schlafen ging, ohne sich nochmals an den Küchentisch zu setzen. Sie ging voraus ins Bad, verzichtete auf ihren Schlafkittel und warf sich neben ihm aufs Bett. Schiller stand nochmals auf und tat dasselbe. Judith fing noch kurz ihr Vögelchen und streichelte es ein wenig, und schon schliefen sie schnell ein wie Brüderchen und Schwesterchen.

Schiller hätte weder sich noch seiner Partnerin eingestehen wollen, was er in der Nacht träumte. Am Morgen war er bereit, Bäume auszureißen.

*

Gut gelaunt kam er im Präsidium an. Er hatte das Gefühl zu wissen, wen er suchte. Und ohne viel Zutun hatten sich die Aufgaben in seinem Kopf geordnet. Letztlich gab es im Moment doch die drei Alternativen: Möse, Moos oder Maul. Dabei stand der junge Reimann trotz seines Geldbedarfs für eine Tat aus Eifersucht. Wenn es um Geld ging, kam die mysteriöse Italien-Adresse in Betracht. Und für die dritte Variante stand eine unbekannte Person X, welche die frivolen Thesen des Philosophen mit einer eindeutigen Tat hatte durchstreichen wollen.

Schiller musste zweimal hinsehen, als eine junge Frau durch die Tür kam. Das junge Mädchen mit natürlich aussehenden hellblonden Haaren und ebensolchen Brauen, blassem Teint und blassen Lippen kam ihm nicht unbekannt vor. Über einem kurzen roten T-Shirt trug sie einen noch kürzeren mausgrauen Pullover, und knapp auf den Hüften saßen abgewetzte Jeans, über denen man, wenn sie sich bewegte, den Slip und einen Streifen Bauch blitzen sah. Turnschuhe und Rucksack gehörten auch dazu.

„Fall mir bloß nicht vom Stuhl!“, rief Katrin und lachte sich schräg über die gelungene Überraschung. Die Verwandlungskünste seiner Kollegin waren fast unbegreiflich. Auch ihre Gesten waren plötzlich viel lässiger. „Ich musste mich nur wegen der Frauen so gründlich umarbeiten, Ihr Kerle seht sowieso nichts. Aber so bin ich doch okay als Studienanfängerin?"

„Du bist Spitze. Hoffentlich ist dein Millionär dann nicht auch bloß Attrappe!"

„Wieso Attrappe? Das hier bin ich. Ich kann so bleiben, wenn er mich so lieber mag. Ich riskiere höchstens, dass dann mein Chef nicht so auf mich steht, aber das ist ja eh für die Katz ..." Sie lachte seufzend.

„Woher willst du wissen, dass mich das nicht anmacht? Aber pass bloß auf, wenn dich Verkleidungen so reizen, schenke ich dich doch noch der Judith als Püppchen zum An- und Ausziehen!" Da machte sie ihm eine lange Nase und war weg.

Nach ein paar Minuten kam sie wieder, diesmal ganz die ernsthafte Mitarbeiterin.

„Nimmst du Cornelie Fahnauer mit?"

„Wir treffen uns gleich in der Cafeteria. Du willst wohl gar nicht wissen, was Burkhard und ich rausgekriegt haben?"

„Doch. Du wirst es mir gleich sagen."

„Hier, wir haben alles ausgedruckt, was noch erhalten war. Vielleicht geht es um einen Erbstreit in Italien, Burkhard kann ein bisschen Italienisch. Aber wir brauchen jemand, der sich echt gut auskennt. Nierkamp stellt seinem Anwalt Fragen, die wir beide nicht einordnen konnten."

Schiller wurde lebendig. „Ich rufe gleich Piero Geroni an." Geroni war der italienischstämmige Kontaktbeamte im Präsidium. „Und du – geh mal fleißig studieren, vielleicht hörst du ja was Interessantes. Das sind unsere beiden wichtigsten Spuren."

„Jawoll, Herr Professor", flötete sie ironisch und war weg.

Schiller ging durch die Zimmer der Kollegen und ließ sich sagen, was sie zusammengetragen hatten. Jellinek hatte alles über die wirtschaftlichen Verhältnisse Nierkamps beisammen, und es war nichts Aufregendes dabei. Rogner hatte schon ein ganze Reihe der Personen gesprochen, mit denen Nierkamp in den vergangenen Wochen Kontakt gehabt hatte. Aber das waren alles ganz normale Arbeitskontakte gewesen zur Vorbereitung von Kongressen, Artikeln, Vorträgen, wegen Prüfungen und Gutachten. Alle gaben sich vom Mord betroffen, aber niemand schien ein engeres oder gar herzliches Verhältnis zum Toten gehabt zu haben. Rogner war ein geschickter Fragensteller und überzeugt, dass keiner in Nierkamps Leben und Tod persönlich verwickelt war. Kobler hatte die familiäre Seite auch ohne weitere Überraschung abgeschlossen und erwartete die beiden Töchter des Professors, die jetzt auch angereist waren, um zehn auf dem Präsidium. Fahnauer war schon am Morgen mit zwei von Siedlers Leuten losgegangen, um Nierkamps Wohnung gezielt nach der gesuchten Korrespondenz zu filzen. Schiller selbst wollte endlich die weiteren Personen aufsuchen, die er am Samstag zusammen mit Reiss herausgesucht hatte, allen voran Hackländer und Flusser. Normalerweise hätte auf dieser Liste übrigens auch Reiss selbst stehen müssen, doch Schiller brachte es nicht fertig, den Freund ernsthaft zu verdächtigen.

Als Schiller mit dem obligaten zweiten Morgenkaffee zum eigenen Arbeitszimmer zurück kam, wartete eine zierliche, ja zerbrechlich wirkende braunhaarige Frau mittleren Alters auf ihn, die sich zunächst als Beate Lehle vorstellte, aber dann ergänzte, sie sei Frau Nierkamp und führe nur im Tessin wieder ihren Mädchennamen. Sie hatte, von einem Malkurs in Urbino kommend, seine Nachricht am Abend in Luino vorgefunden und war noch in der Nacht über die Alpen weitergefahren. Unter ihrer gesunden Gesichtsfarbe sah sie ziemlich übermüdet aus.

Schiller hatte den Eindruck, dass sie geweint hatte. Anscheinend war ihr der Tote, obwohl sie seine Nähe nicht ausgehalten hatte, doch noch nahegestanden.

Auch sie wollte wissen, was vorgefallen war und wie man Paul gefunden hatte. Auch sie war völlig überfordert, als Schiller versuchte, sie über mögliche Täter oder auch nur Motive für die Tat zu befragen. Sie selbst hatte über Jahre praktisch keinen Kontakt mehr mit ihm gehabt und schilderte ihm, so genau er es wissen wollte, ihre Verhältnisse in Italien. Sie hatte einen Freund, jünger als sie selbst, einen Norweger, der am Lago Maggiore als Bootsbauer arbeitete, da nicht allzu viel verdiente, aber von ihr auch nicht ausgehalten wurde. Die beiden wohnten zusammen.

Während sie redete, versuchte Schiller sie einzuordnen. Ein bisschen Aussteigerträume, Verzicht und Verletztheit spürbar, Bedürfnis nach Nähe, Flucht in die Kunstbetätigung, Resignation – das kam wohl alles zusammen. Ihre Kunstwerke, wenn sie es angeboten hätte, hätte er nicht anschauen wollen. Er dachte darüber nach, was aus ihr wohl geworden wäre, wenn sie sich auf die erotomanischen Neigungen ihres Ehemannes hätte einstellen können – oder genauer, sich ihnen unterworfen hätte.

Unverschämterweise stellte er sie sich in den Positionen vor, die ihm Bettina ausgemalt hatte: zum Vögeln über den Schreibtisch gebeugt, an dem er selbst nun mehrfach gestanden hatte. Nicht um sich aufzugeilen, sondern um sich ein Bild zu machen, aus innerer Neugier. Es gelang nicht, ihre Körperlichkeit schien in dem losen Gewebe unterzugehen, in dem sie sich verbarg; und immer wieder mutierte die Frau in seiner Phantasie in die Gestalt von Bettina Haller, ‚froschnackt' und ‚froschglatt' und quicklebendig, und dabei kam er sich seiner eigenen Freundin Judith gegenüber fies vor.

Sie hatte schon eine ganze Weile aufgehört zu reden. „An was denken Sie, Herr Schiller? Haben Sie zugehört?"

Er fühlte sich ertappt und wischte seine Phantasien beiseite. „Doch doch! Ich habe mir nur versucht vorzustellen, wie Sie damals mit Professor Nierkamp zusammengelebt haben, aber es gelang mir nicht. Deshalb sind Sie ja auch auseinander. Verzeihen Sie, dass ich abgeschweift bin."

Sie nickte und schluckte. Zum Erbarmen, wie sich diese doch sicher einmal hübsche und sympathische Frau abgehärmt hatte! Und erstaunlich, wie wenig Auskünfte er von ihr erwartete, und wie wenig auch sie von ihm wissen wollte, nachdem er einmal den Hergang der Tat geschildert und hinzugefügt hatte, dass sie noch ganz am Anfang der Ermittlungen stünden. Am direktesten erkundigte er sich nach Kontakten Nierkamps zu italienischen Anwälten, besonders in Padua. Er hatte noch keine Gelegenheit gehabt, Katrins Ausdrucke genauer zu studieren. Aber Beate Lehle wusste davon gar nichts, und mit ihr hatte das erst recht nichts zu tun. Das war glaubhaft. Und auch das war ihr abzunehmen, dass Paul nach ihrem Wissensstand nichts über seinen leiblichen Vater gewusst hatte.

Einen Moment dachte er, sie könnte wegen ihrer Sprachkenntnis Katrins Ausdrucke mit ihm durchgehen. Aber nein, das war Unsinn, und in juristischen Dingen kannte sie sich vermutlich sowieso nicht aus.

*

Aber nun musste er mit Bettina das Gespräch über Reimann führen. Er fuhr auf gut Glück; sie sollte sich nichts vorher zurechtlegen.

Auf dem Weg zum Parkplatz spürte er die kräftige Sonne und zog den Mantel aus. Die Hitze dauerte, es war immer noch viel zu warm für Anfang Mai; darum zog er auch noch die Jacke aus und warf sie auf den Rücksitz. Unterwegs fielen ihm die schon sommerlich angezogenen jungen Leute auf. Woher die jungen Dinger nur am Morgen schon gewusst hatten, dass es so warm wurde, die jetzt mit nichts als einem knappen Top und einem kurzen Röckchen in die Läden spazierten, in denen sie als Verkäuferinnen jobbten?

Wie konnte er mit Bettina sprechen? Schiller war hin- und hergerissen, nach dem aufregenden Sex neulich hatte sie ihn ja nicht losgelassen, immer wieder waren seine Gedanken auf ihrem Körper herumgewandert, hatten ihren Körper in einen Fetisch, den Klang ihrer Stimme in ein Tonmuster transformiert, und etwas in ihm wollte das fortsetzen, neue Seiten an ihr entdecken und am liebsten sich in dem dunklen weichen Raum, den sie für ihn bildete, endlos verlieren. Doch dazu passte überhaupt nicht, dass er dafür im Moment eigentlich keine Zeit hatte und mit ihr als Polizist reden musste. Seine Intuition, auf die er sich sonst fast immer verlassen konnte, ließ ihn im Stich. Konnte er heute als Bulle ankommen und so tun, als ob es ein andermal eine Fortsetzung mit dem Menschen Schiller gäbe, war es fair anzudeuten, dass er darauf hoffte, aber sich im Moment nicht traute? Und wollte er überhaupt, oder war es eine einmalige Sache gewesen? Sein Kopf überschüttete ihn mit Bedenken, wollte Schluss gemacht haben, aber nicht nur seinen Körper, auch seine Gefühle zog es zu ihr, er wollte sich irgendwie mit ihr teilen; trotz Judith, trotz der unklaren Situation insgesamt war das schon eine Art Liebe, die ihn gepackt hatte. Und doch konfus und wirr, denn er hatte keine Ahnung, wie Bettina reagieren würde, würde sie ihn umarmen, drüber sprechen, ihm die kalte Schulter zeigen?

Aber er musste wissen, wie sie zu Reimann stand. Und wollte ihr auch sagen, dass sie dem Jungen, wenn sie etwas für ihn übrig hatte, am besten helfen konnte, wenn sie ihn dazu brachte, die blöde Automatengeschichte bald restlos aufzuklären. Wenn sie freilich selber doch die Täterin oder an der Tat beteiligt war – das war bis jetzt ja durchaus noch nicht vom Tisch –, war es gut möglich, dass ihr das half, ein eigenes Alibi abzudichten. Doch das musste er riskieren.

Als er in der Rotebühlstraße gegenüber vom Feuersee eine offene Parkbucht sah, wendete er über den durchgezogenen Mittelstreifen und hielt an. Eigentlich wollte er noch weiter nachdenken, aber es fiel ihm nichts Gescheites ein. Die ganze Situation war blöd. Seine Gefühle waren blöd und wirr. Natürlich war er scharf auf sie. Aber er kam eben wieder als Bulle.

Nicht aus Hunger, sondern weil er unschlüssig war, stieg er aus, holte sich beim Metzger an der Ecke eine Currywurst und trug sie über die Straße. Er schaute den schmutzigen Enten im Teich bei ihrem Spiel zu und aß langsam seine Wurst. Sie schmeckte fader als sonst. Am Ende wischte er den Ketchup sorgfältig zusammen. Dann warf er den Rest der Semmel zu den Enten ins trübgrüne Wasser hinunter und sah zu, wie sie sich balgten.

Beim Abbiegen von der Hasenbergstraße in die Querstraße von Bettinas Wohnung musste Schiller auf eine alte Frau warten, die umständlich mit ihrem Einkaufswagen die Straße überquerte. Was er dann sah, ließ ihn schlicht vergessen, dass er weiterfahren wollte. Vor Bettinas Haus stand in der zweiten Reihe das dunkelbraune Saab-Cabrio, das er am Samstag schon vor Lechlers Haus gesehen hatte, mit offenem Verdeck. Drin saß Lechler, und wenn er ihn sonst nicht erkannt hätte, dann an seiner stylischen Autofahrermütze, vermutlich einer echt schottischen *Corduroy Cap*. Ein Bild weit aus dem letzten Jahrhundert. Offensichtlich wartete er auf Bettina. Schiller war so verblüfft, dass er einfach stehenblieb, und als ein Fahrer hinter ihm ungeduldig hupte, winkte er den nur mit der Hand vorbei, ohne seinen Blick abzuwenden.

Bettina kam bald herausgehüpft, auch sie so sommerlich gekleidet wie die jungen Mädchen in der Innenstadt, mit einem Streifen nacktem Bauch über den Jeans. Die verführerischen Grübchen am Rückenansatz konnte er auf die Entfernung nicht sehen und sah sie doch. Bis jetzt war Schiller nur neugierig gewesen, vielleicht hatten die beiden ja etwas zusammen zu erledigen. Aber dann schlüpfte sie auf den Nebensitz und warf sich Lechler zu einer engen Umarmung an den Hals. Damit hatte Schiller allerdings nicht gerechnet. Die Überraschung packte ihn wie ein körperlicher Schmerz und schnürte ihm den Atem ab. Wie ein Automat nahm er die Verfolgung auf, und hätte man ihn gefragt, hätte er ganz sicher nicht sagen können, ob er in diesem Moment als pflichtbewusster Polizist oder als eifersüchtiger Liebhaber handelte.

Er bemühte sich, dem Saab unauffällig zu folgen. Zum Glück sah der Dienstmercedes grau und dutzendmäßig aus, ideal für solche Zwecke. Lechler vor ihm bemerkte ihn nicht, er hatte ja auch mit seiner Beifahrerin zu tun, und fuhr keine Winkelzüge, sondern direkt die Reinsburgstraße hoch und über die normale Auffahrt zum Birkenkopf und weiter auf der alten Solituderennstrecke das Mahdental hinaus bis zum Diebsbrunnen. Da hielt er auf dem Parkplatz, von dem der Weg durch den Wald zum sogenannten Bärenschlößle führt, einem kleinen Ausflugslokal im Wald, der einmal herzogliches Jagdrevier gewesen war. Aus sicherem Abstand beobachtete er, wie sie ausstiegen. Gleich noch eine Umarmung. Dann hielten sie Händchen und gingen wie zwei verliebte Pennäler in Richtung Bärensee, zwei miteinander verbundene künstliche Gewässer, mit einer Brücke in der Mitte und beliebten Spazierwegen ringsum.

Schiller war nicht neugierig darauf, was sie jetzt unternahmen. Obwohl die Vorstellung, dass sich Bettina auf dem Moos und Gras einer sonnigen Lichtung hingeben könnte, seine romantische Phantasie und zugleich seine heftige Eifersucht nährte. Aber abgesehen vom belebten Wald war es dazu noch zu feucht. Brennend interessierte ihn dagegen, was die beiden zu reden hatten. Er selber konnte sie nicht verfolgen. Er dachte an Katrin, doch die war in der Uni – und, ach ja, sie war sowieso bei Bettinas Vernehmung dabei gewesen, wenn auch vor ihrer Verwandlung. Also rief er Jellinek an und fragte ihn, ob er kürzestfristig irgendwo eine junge Frau krallen könnte, eine Kollegin, Sekretärin oder wen immer, um ein verliebtes Pärchen zu spielen. Mit Jellineks Frau herrschte Scheidungskrieg, das wusste Schiller, aber vielleicht konnte der junge Kollege zu Ermittlungszwecken ja eine der anderen Töchter des Landes an den Arm nehmen.

Tatsächlich hatte der schon nach fünf Minuten eine junge Polizeiassistentin gefunden, die es natürlich reizte, in einem wichtigen Fall mit der Kripo zusammen zu ermitteln, und zufällig auch schon einen Satz sommerlicher Straßenkleider im Spind hatte.

Nach Schillers Einschätzung führte der Spaziergang der Zielobjekte, wenn sie schon von hier losmarschiert waren, zwangsläufig am Bärenschlößle vorbei. Vielleicht setzten sie sich dort auf die Terrasse und tranken Kaffee. Oder sie machten einen längeren Spaziergang um einen Arm des Bärensees und hatten vor, im Schlösschen zu Mittag zu essen. – Unwahrscheinlich, die Küche war nicht besonders. Wahrscheinlicher war, dass Lechler mit Bettina noch zur Essenszeit zum Auto zurück kam und die kurze Stecke zum Hotel Schatten hinauffuhr, einem beliebten Speiselokal. Schiller vertrat sich die Beine und überlegte, was er den Kollegen in kürzester Zeit sagen konnte, damit sie nicht nur die Personen zweifelsfrei erkannten, sondern auch die Gesprächsfetzen der beiden einordnen konnten, und war überrascht, wie schnell die beiden Polizisten über die Kräherwaldstraße bei ihm ankamen.

Die Anwärterin hieß Susi Ott, sah mit Platinhaaren, der bleichen Haut eines Punkgirls und einem Nasenpiercing so schräg wie pfiffig aus, und als er sie fragte, ob sie auch gute Ohren habe, erwiderte sie ganz keck: „O Herr Schiller, wir lassen uns schon was einfallen."

Bald war sich Schiller nicht mehr so sicher, ob die beiden jungen Leute, die sich fünf Minuten später zu einem Spaziergang an den Bärensee aufmachten, ein verliebtes Paar nur spielten.

Er selbst wollte nicht auf dem Parkplatz warten. Etwas talabwärts wusste er eine kleine Kneipe, eine Art Stelldichein der Biker. Bis jetzt waren sie noch nicht sehr zahlreich, aber es wurden laufend mehr. Er holte ein Bier, setzte sich an einen der Holztische und freute sich über die blitzenden Maschinen, in denen sich der blaue Himmel und der gelbe Löwenzahn der Wiesen spiegelten. Er hatte immer schon von einer Harley geträumt. Letztes Jahr hätte er von einem Kollegen beinahe eine gekauft – bis herauskam, dass sie ein Fake und komplett aus Ersatzteilen zusammengeschraubt war. Von manchen der alten Modelle laufen ja allein in Deutschland mehr Maschinen, als die Firma insgesamt hergestellt hat! Nach zwanzig Minuten kam Jellineks Anruf, dass sie die anderen bisher noch nicht getroffen, aber jetzt in der Ferne entdeckt hatten.

Als Bettina und Lechler in Sichtweite waren, schaffte es Susi, beim Herumalbern auf einem Baumstamm auszugleiten und so blöd aufzutreten, dass sie den Fuß verstauchte und sich mit schmerzverzerrtem Gesicht am Weg hinsetzen musste. Beim Untersuchen drückte sie die Fußvene so heftig ab, dass der Fuß tatsächlich etwas angelaufen und verdickt war, als das andere Paar herankam. Natürlich wehrte Susi die angebotene Hilfe zuerst ab und sagte, es würde reichen, wenn sie es bis zur Kaffeeterrasse schaffte. Aber Lechler bestand darauf, sie müsse sich zum Auto bringen und in die Orthopädie fahren lassen. Lechler und Jellinek nahmen Susi zwischen sich, sie legte ihnen die Arme über die Schultern und hüpfte auf ihrem gesunden Fuß mit, während Bettina auf Lechlers Seite ging. Sie plauderten über den schönen Tag, der für Susi leider zu früh zu Ende war. Und dass der Himmel schon bedenklich nach Gewitter aussah. Susi war es peinlich, dass sie den Ausflug ihrer Begleiter gestört hatte. Die Antwort ergab, dass sie nichts Dienstliches besprochen hatten und Lechler von Bettina als seiner Freundin sprach. Aus einer Nebenbemerkung ging auch hervor, dass sie sich noch nicht lange kannten und dies ihr erster Spaziergang im Gelände war.

Bei vorsichtigem Nachfragen war Bettina gar nicht scheu, sondern sagte, dass sie froh war, dass es ihr Freund und sie menschlich und fachlich so gut miteinander könnten.

„Was machst du?"

„Ich schreibe eine Arbeit in Philosophie, und du?"

„Ich lerne Verwaltungsangestellte. Und dein Freund?"

Lechler antwortete unverbindlich: „Ich bin auch an der Uni."

Am Auto angekommen, bestand Susi drauf, dass Bettina ihr die Adresse gab, um sich später bedanken zu können. Dann musste sie sich ins Auto manövrieren, und um den Schein zu wahren, fuhr Jellinek schnell los.

Schiller kam gleich hinterher und schlug vor, irgendwo eine Kleinigkeit zu essen. Er wusste eine Gartenwirtschaft in Botnang, dem nächsten Vorort. Schillers Agenten waren nicht ganz glücklich über ihre bescheidene Ausbeute; Susi hatte gehofft, dass es zu einem Gespräch auf der Caféterrasse kommen würde. Aber Schiller war zufrieden. Für ihn stand jetzt zumindest fest, dass die beiden ein Verhältnis hatten. Im übrigen war nicht zu erwarten, dass sie im Beisein oder auch nur in Hörweite von anderen irgendwelche Geheimnisse im Blick auf Nierkamp ausplaudern würden. Und es war doch ein prima Anknüpfungspunkt, dass Susi am Abend mit bandagiertem Fuß und Blumen zu ihr gehen und sie von Frau zu Frau aushorchen konnte.

In der Zwischenzeit musste jemand unbedingt zum Eichenhain hochfahren und Lechlers Alibi genauer nachprüfen – und dabei wenn möglich auch mit der Ehefrau über das Umfeld sprechen. Schiller rief im Präsidium an und war überrascht, dass Fahnauer schon zurück war. Einer der Techniker hatte die Mappe mit der gesuchten Korrespondenz in der ersten Stunde in Nierkamps Notebook-Tasche gefunden.

Fahnauer fuhr gleich los. Wenn Lechler als Täter in Betracht kam, konnten sie nur vernünftig weiter recherchieren, wenn klar war, was sein Alibi wert war.

Zuvor reichte er Schiller noch an Kobler weiter, dem sei etwas aufgefallen. Den Kontoauszügen zufolge hatte Nierkamp im Vorjahr Gebühren für ein Schließfach bezahlt, aber nicht im laufenden. Also war entweder nichts dringewesen – viele Leute richten ja solche Fächer ein und stellen danach fest, dass sie diese gar nicht benutzen. Oder er hatte den Inhalt verlagert. Man weiß, dass solche Verstecke meist in fußläufiger Entfernung von der Wohnung gesucht werden. Deswegen hatte Kobler spaßeshalber die gängigen Banken in der Umgebung der Wohnung abgefragt – und war tatsächlich bei einer anderen Bank am Killesberg auf ein Schließfach gestoßen, das Nierkamp im Herbst eingerichtet und auf Jahre voraus bezahlt hatte. Kobler hatte schon vereinbart, dass es morgen früh zu Dienstbeginn geöffnet wurde.

*

Fahnauer traf Frau Lechler mit einer weiteren Frau, die sich als Anna Sigurdsson bekannt machte, noch beim Mittagessen an. Er entschuldigte sich für den Überfallbesuch, aber sie müssten bei allen Kollegen des Toten reihenweise die Daten zusammentragen; leider gebe es noch immer keinerlei heiße Spur. Fahnauer wolle eigentlich nur wissen, ob ihr bekannt sei, wo sich ihr Ehemann in der fraglichen Zeit aufgehalten hatte. Bei sich rechnete er mit der Möglichkeit, dass Lechler sie noch nicht präzise über seine Aussagen vom Morgen informiert hatte.

Zuerst antwortete sie ganz klar: „Ich war am vergangenen Donnerstag nicht im Haus. Er muss aber am frühen Abend hier gewesen sein."

„Du irrst dich", sagte die Freundin, „wenn du den letzten Donnerstag meinst. Das war doch, als ich dich abgeholt habe. Zum Tennis mit den Gugels. Drum weiß ich sicher, dass es der Donnerstag war. Da stand der Saab noch in der Einfahrt, und du warst hier. Du hast ihn selber in die Garage gestellt, weil Konrad schon weg war, und bist erst dann bei mir eingestiegen. Wir waren um sieben verabredet."

„Ach, richtig. Ich hatte gedacht, wir wären früher gefahren."

„Aber sicher ist, dass Sie den Saab in die Garage gefahren haben?" Fahnauer bemühte sich um einen leichten Ton. „Dann konnte man ja gut sehen, wann Ihr Mann kam und wieder abgefahren ist. Vielleicht finde ich ja jemand in der Nachbarschaft, der es zufällig gesehen hat."

Er verzichtete im Moment auf ein Protokoll, aber ließ sich die Adresse der Freundin geben, um das später nachzuholen. Die Ehefrau würde im Zweifel ohnedies die Aussage verweigern. Aber Lechler hatte gelogen. Oder sich geirrt. Fahnauer hatte ihn ja ausdrücklich nach dem Autotyp gefragt. Dieses Alibi wankte heftig.

Vor dem Haus schaute er sich um. Große Grundstücke. Doch in solchen Villenvierteln sind die Leute oft auch misstrauisch und registrieren jede Bewegung. Aber dann hapert es bisweilen mit der Erinnerung an den genauen Zeitpunkt; er bedauerte, dass er sich nicht vorher das Fernsehprogramm der Tatzeit eingeprägt hatte, denn daran erinnern sich die Leute am ehesten.

Er hatte Glück. Auf einem Nachbargrundstück werkte ein Mann, wohl ein Pensionär, an seinen Pflanzen. Er hatte seine Sträucher picobello geschnitten und angehäufelt und stach jetzt die Rasenkanten nach. Fahnauer lobte den Garten und konnte nicht verschweigen, warum er ihn fragte. Er müsse, sagte er, für alle Kollegen Nierkamps die Alibis überprüfen, hier sei das ja problemlos, aber er habe gerade erfahren, dass Frau Lechler in der fraglichen Zeit schon aus dem Haus war.

Ob er vielleicht Näheres bestätigen könne; Frau Lechler habe vor dem Wegfahren den Saab hineingestellt.

Er wisse den Tag nicht mehr genau, sagte der Mann, aber ja, das sei wohl so gewesen. Lechler habe an einem Spätnachmittag den Saab in die Einfahrt gestellt und sei keine zehn Minuten später mit dem Golf davongefahren. Er selbst habe sich noch überlegt, ob Lechler Probleme habe mit dem Cabrio. Später dann, so um halb, dreiviertel sieben, jedenfalls vor dem Abendessen, sei die Frau herausgekommen und habe ihn weggestellt. – Wann Lechler denn den Saab gebracht habe? – Wusste er nicht genau. Aber sicher noch vor der Teezeit. Am Mittwoch oder Donnerstag, ein anderer Tag kam nicht in Betracht.

Fahnauer tat so, als sei die Aussage unproblematisch, aber bat, sie gleich protokollieren zu dürfen, damit er bei seinen vielen Befragungen nicht durcheinanderkomme; er meine ja, dass auf diesen Spuren sowieso nichts herauskomme. Der Mann bat ihn herein, Fahnauer schrieb das handschriftliche Protokoll, der Mann unterzeichnete. Er hieß Brust. Das war die zweite Aussage, die Lechlers Alibi ins Wanken brachte, besonders falls der Mittwoch aus anderen Gründen auszuschließen war.

*

Als Schiller ins Präsidium zurück kam, lag da ein Zettel, er müsse „unbedingt sofort" den zuständigen Staatsanwalt Krenek anrufen, beides doppelt unterstrichen. Schiller fragte sich, was die Sache so dringend machte, denn seit er den Staatsanwalt am Montagvormittag unterrichtet hatte, war seine Gruppe zwar vielerlei Spuren nachgegangen, hatte aber kein Ergebnis mitteilen können, über das man diskutieren musste. Schiller kannte ihn flüchtig und hatte noch nie mit ihm zusammengearbeitet.

Krenek fuhr ihn in schroffem Ton an, ob er endlich geruhe, ihn zurückzurufen. Seltsam, dachte Schiller, und entgegnete freundlich, er sei den ganzen Tag zu Ermittlungen unterwegs gewesen und habe gerade erst den Rückrufzettel vorgefunden.

Krenek wischte das beiseite. Er erwarte, dass künftig die Kommunikation besser funktioniere. Außerdem wolle er ein für allemal klarstellen, dass die Staatsanwaltschaft nach der Strafprozessordnung Herrin des Ermittlungsverfahrens sei. In Zukunft wolle er über jeden einzelnen Schritt genau informiert werden.

Schiller sagte nur knapp, er habe bisher die Dienstanweisung so verstanden, dass die polizeilichen Ermittlungen Sache der Polizei seien. Sie würden aber selbstverständlich den konkreten Anweisungen der Staatsanwaltschaft Folge leisten und auch ihre Anregungen berücksichtigen. Bis jetzt sei allerdings bei ihm kein einziger Vorschlag – er sagte ausdrücklich „Vorschlag“ – der Staatsanwaltschaft zur Durchführung von Ermittlungsmaßnahmen eingegangen. Ob es denn solche gebe?

Darauf wusste Krenek nicht Besseres zu sagen als: „Ich habe Sie etwas gefragt. Das müssen Sie nicht umdrehen!“

Sobald seine Leute die Gelegenheit gehabt hätten, erste Zwischenergebnisse niederzuschreiben, werde er ihm die Akten übermitteln, sagte Schiller. Ansonsten könne der Herr Staatsanwalt jederzeit weitere Ermittlungen anordnen. Er könne auch in die Lagebesprechung kommen. Die werde er ihm künftig ankündigen, allerdings häufig mit kurzer Frist.

Krenek schrie in den Hörer, er verbitte sich diesen Ton. Und das gefalle ihm besonders, dass die Polizei zuerst vollmundige Presseerklärungen in die Welt trompete und dann den zuständigen Staatsanwalt nicht informiere! Die Polizei werde schon noch sehen, wo sie da hinkomme.

Schiller war wütend, zwang sich aber zu einem gelassenen Ton und sagte ruhig: „Herr Staatsanwalt, apropos Ton: Ist Ihnen aufgefallen, wer gerade gebrüllt hat?“

Er hörte nur noch ein Knacken. Krenek hatte wohl den Hörer auf die Gabel gepfeffert.

„War das dieser unverschämte Staatsanwalt? Was hat der?", fragte Jellinek, der gerade ins Zimmer gekommen war.

„Weiß nicht. Vielleicht Angst, dass er nicht befördert wird?"

Die weitere Bearbeitung des Falles würde dadurch allerdings nicht leichter werden.

Gleich darauf wurde der junge Journalist der größten Tageszeitung durchgestellt. Langkammer wollte wissen, ob es seit der fettleibigen Presseerklärung vom Freitagabend irgendwelche Fortschritte gebe.

„Fettleibig? – Und Sie? Treiben sich auf dem Golfplatz rum wie alte Landräte! Mensch, wo sammer denn?" Als der Journalist überrascht fragte, woher er das alles wisse, sagte Schiller, er dürfe nie vergessen, dass er es mit Ermittlern zu tun habe. – Gebongt, sagte Langkammer. Aber ohne Spaß, seine Chefs wollten Futter. Nierkamp sei ein berühmter Mann gewesen.

Ihm sagte Schiller genau das, was er dem Staatsanwalt auch gesagt hätte, wenn dieser ihn nicht so unverschämt angebrüllt hätte. Weder offiziell noch inoffiziell gebe es irgendeinen konkreten Verdacht oder auch nur die Ahnung davon. Die Tat komme wie aus heiterem Himmel. Aber sie würden natürlich das gesamte Umfeld untersuchen. Die familiäre Seite sei ohne Probleme, auch die Ehefrau, die – absichtliche Fehlspur – in der Schweiz lebe, sei herbeigeeilt und unterstütze die Ermittlungen. Einem familiären Kontakt ins Ausland werde rein vorsorglich und ohne Verdachtsgrundlage nachgegangen. Die Kollegen des Toten würden befragt, ob sie von irgendwelchen Konflikten wüssten. Und selbst die Teilnehmer einer Vortragsveranstaltung, auf der der Tote am Abend seines Missgeschicks sprechen wollte, würden vernommen. „Dass diese Befragungen erfolgen, haben Sie aber bitte selber recherchiert!"

Langkammer lachte. „Logo."

„Aber Sie könnten doch einen Kollegen anstiften, eine kritische Würdigung von Nierkamps moralphilosophischem Werk zu schreiben! Das würde nicht nur mich faszinieren. Sie haben da doch einen Kollegen, der kürzlich zum Hegelpreis sehr interessante Sachen geschrieben hat."

„Au weh, der hat Prügel gekriegt!"

„Dann ist das hier umso besser. Wenn er dem Nierkamp aufs Grab brunzt, werden ihn die Richtigen und die Falschen loben! Ich schicke Ihnen das Manuskript des Vortrags, den er am Todestag halten wollte. Demnach ist er sich selber zuvor gekommen. Und keine Angst, das Papier ist ein alter Hase, also schon veröffentlicht. Es kann zitiert werden!"

„Übrigens, als ich Sie nicht erreichte, habe ich vorhin den Staatsanwalt angerufen. Der ist ja ekelhaft."

„Ach der! Ich vermute, der will halt was werden. Aber wenn, stellt er es nicht so klug an."

*

Gleich darauf kam Fahnauer herein und berichtete. Da stellten sich freilich bei Schiller alle Antennen auf. „Kann es sein, dass ich mich in dem Mann so getäuscht habe? Und die sagen beide tatsächlich im Klartext, dass er den Saab abgestellt hat und gleich danach mit dem Golf weggefahren ist?"

„Non dubitare, Capo!"

„Kein Wort mehr. Ruf den Siedler an. Der soll sofort den Golf abholen. Den schnappen wir uns, bevor Lechler nach Hause kommt. Wenn niemand da ist, machen wir selbst die Garage auf. Jetzt ist er ja mit dem Saab unterwegs."

Gleich nach der Rückkehr hatte Jellinek, der darüber gar nicht unglücklich zu sein schien, die Kollegin Ott zu Dr. Kohler gefahren. Susi gruselte es natürlich ein wenig vor dem Ort, man macht sich ja seltsame Vorstellungen über die Rechtsmedizin! Aber diesmal handelte Kohler nur als Schillers Kumpel.

Er verpasste ihr mit Jodtinktur und einigen Pflastern einen echt verletzt aussehenden Fuß. Zuerst wollte er ihn fachgerecht bandagieren, aber dann hatte er eine bessere Idee. „Ach kommt“, lachte er, „ein Klumpfuß ist viel aparter. Und eine Verletzung im Dienst ist doch heldenhaft. Ich diagnostiziere jetzt einen kleinen Bänderriss, und dann machen wir einen super Verband, das was man früher als Gehgips gemacht hat. Nur krankschreiben kann ich dich leider nicht. Dein Freund hier kann dir ja unter die Arme greifen.“

Kohler schaute auf Jellinek.

Der begriff und schaute verblüfft zu Susi. „Hast du eigentlich einen Freund? Ich bin ja bis jetzt nur der Lover vom Dienst.“

„Na ja“, sagte Susi geistesgegenwärtig, „mal sehen, was wir da draus machen!“ Die jungen Leute machen einander seltsame Liebeserklärungen heutzutage, dachte Kohler. Bei ihm lag das alles doch schon einige Jährchen zurück.

*

Um fünf rief Susi bei Bettina an. Jellinek spielte Taxi, ging aber nicht mit hinauf. Sie übte mit ihrem Handicap das Treppensteigen und gab Bettina die Blumen. Die empfing sie in ihrer warmherzigen Art und bot gleich einen Tee an. Susi beäugte neugierig die vielen Bücher, die für sie wirklich ein Erlebnis waren, und fragte ganz unbefangen nach Bettinas Lebens- und Arbeitsumständen, um dann ebenso unbefangen von ihren Kursen in Recht, Verwaltungslehre undsoweiter zu erzählen. Nur einige Kurse ließ sie aus.

Und natürlich fragte sie, wie das sei mit einem Freund, der einem der Vater sein könnte. Der sei sicher ein Professor oder sowas?

Bettina war ganz zutraulich. Es stimme schon, sie wolle auch bei ihm promovieren. Ihr bisheriger Doktorvater sei umgebracht worden, das habe Susi sicher in der Zeitung gelesen, aber mit dem habe es schon vorher nicht mehr richtig gefluppt. Der habe sie nur ausgenutzt und sich für ihre Arbeit auf einmal nicht mehr interessiert. Deswegen habe sie Konrad angesprochen, eben als Professor in ihrem Fach, und das habe einfach gefunkt. Und dann hat er erzählt von seiner Ehe, es läuft schon lange nichts mehr mit seiner Frau. Sie hat eine sehr enge Freundin. Er war lange frustriert und eigentlich nur zu bequem, sich scheiden zu lassen.

„Bis er zu mir sagte, Mädchen, du musst aus diesem Mist raus. Seitdem sind wir zusammen."

„Ach", sagte Susi schwesterlich, „bei mir ist es auch so, Wolfgang will sich auch scheiden lassen, der will es tatsächlich, aber seine Alte zieht ihm die Haut ab. Er will mich wirklich haben, aber er leidet. – Und du, bist du dir sicher, dass dein Konrad dich heiraten will, so ein vornehmer Herr? Und nicht bloß als Betthäschen, sondern echt?"

„Konrad meint es ehrlich!" Bettina sagte das ganz überzeugt. Dann zögerte sie doch und fügte hinzu: „Außerdem hätte ich ihn in der Hand."

Sie tranken Tee und redeten über dies und das. Bis Susi sagte: „Geht mich ja nichts an, aber du sagst, du hast ihn in der Hand. Wie geht das? Habt ihr was Krummes zusammen gemacht, oder was?"

„Ich möchte nicht drüber reden. Aber er könnte mich gar nicht fallen lassen. Aber es ist unfair, wenn ich das denke. Er will mich ja nicht fallen lassen."

*

Am folgenden Morgen gingen Kobler und Jellinek als erstes zur Bank, wo bereits ein Schlosser bereitstand, der das einfache Bartschloss mit dem Dietrich öffnete. Das hätten die Polizisten im Zweifel selber billiger gekonnt. Aber es muss wohl alles seine Ordnung haben.

Der Filialleiter hatte sich von ihren Kripo-Ausweisen beeindrucken lassen. An sich wäre ja ein Durchsuchungsbeschluss des Richters nötig gewesen. Aber den hätte der Staatsanwalt beantragen müssen, und Schiller hatte wirklich keine Lust, den verbiesterten Krenek zu kontaktieren; also musste das hier als Eilmaßnahme durchgehen. Denn eines konnte man ja nicht gut bestreiten: Eilbedürftig war eine Mordaufklärung allemal.

Leider fand sich im Fach keine spektakuläre Überraschung. Das Wichtigste, weswegen Nierkamp vermutlich überhaupt wieder ein Schließfach angelegt hatte, war die notarielle Originalausfertigung eines italienischen Testaments von Romano Guazza, also seinem leiblichen Vater. Die beiden Polizisten konnten die Urkunde in ihrem Juristen-Italienisch nicht genau übersetzen, doch der grobe Sinn war klar: Guazza setzte Paul Nierkamp neben anderen Kindern zu einem seiner regulären Miterben ein.

Ansonsten gab es ein paar Tafelpapiere – *peanuts* für das Finanzamt, Nierkamp war in Gelddingen nicht gierig. Dazu ein paar Sparbücher, eine kleine Schatulle mit altem Schmuck und sonst eine dicke Mappe mit alten Familienurkunden, in der sich dank Adolfs Ariernachweis wahrscheinlich die Nierkamp-Familie zurückverfolgen ließ bis dahin, wo die Nierkamp-Ahnen vor fünfhundert Jahren erstmals aufrecht aus den sumpfigen Niederungen des Emslands gekrochen waren. Für Nierkamp selbst war das ja wohl nun Makulatur geworden, aber weggeworfen hatte er es trotzdem nicht.

Wenn das Schließfach überhaupt etwas enthielt, das mit dem Fall zu tun oder man in seiner Wohnung gesucht haben konnte, konnte es nur das Testament sein. Kobler ließ eine Kopie davon machen. Dann legten sie alles wieder zurück ins Fach, für die Erben. Und weil sie ja nichts entnommen hatten, verlangte der Filialleiter auch kein Protokoll.

Um zehn am gleichen Morgen kam das ganze Team mit Susi, die immer noch heldenhaft ihren Verband trug, zur großen Lage zusammen. Am Abend vorher hatte Schiller um Viertel vor acht von zuhause, aber über den Server des Präsidiums, eine Mail an Krenek geschickt, dass er für morgen im Präsidium, Zimmer 306, in Sachen Nierkamp eine Lagebesprechung angesetzt habe, bei der die Mitarbeiter, der Eilbedürftigkeit halber mündlich, jeweils über den Stand ihrer Recherchen berichten würden. Wenn sich die Staatsanwaltschaft schon vorab unterrichten oder Anregungen geben wolle, sei sie dazu herzlich eingeladen. Schiller las es nochmals durch und ersetzte den letzten Halbsatz durch: „kann jemand dazu kommen“, und schickte es ab.

Natürlich erwartete keiner den Staatsanwalt Krenek persönlich, aber für den Fall der Fälle beschrieb Schiller seinen Leuten vorher, mit wem sie rechnen müssten. Zu aller Überraschung kam tatsächlich jemand, aber nicht Krenek, sondern ein junger Referendar, der sich gar nicht übel verhielt, sondern furchtbar schüchtern, also offenbar vor Krenek schon so klein gemacht, dass er sich erst nach und nach zur Normalgröße entfalten konnte. Katrin und ihr folgend Susi sagten gleich du zu ihm, und Katrin als Schillers selbsternannte Adjutantin stellte gleich klar: Wir wissen, dein Chef ist ein Arsch, trotzdem behandeln wir dich wie einen Menschen. Wenn dir etwas einfällt, sage es. Und nachher erkläre ich dir, was du deinem aufgeblasenen Chef erzählst. Ist das ein Angebot?

War es. Bin ich aus Versehen unter Menschen geraten?

Susi hatte die wichtigsten Teile des Gesprächs mit Bettina gleich danach protokolliert. Das war sehr profihaft gehandelt. Sie gab einige Eindrücke wieder und las dann ihre Aufschriebe vor. Alle waren begeistert, weil sie nicht bloß klug gefragt, sondern auch die Antworten mit ihren Zwischentönen präzise festgehalten hatte.

„Wenn es Ihnen Spaß macht, bewerben Sie sich zur Kripo“, meinte Fahnauer. „Da wäre Katrin hier zwar eifersüchtig wie eine ...“ Ihm fiel im Moment kein geeignetes Tier ein.

„Ja sag’s nur, sag’s nur, du willst mich beschimpfen, dabei fällt dir gar nicht ein als was!“

Die anderen lachten und machten dumme Witze, bis Schiller dazwischenging. „Ruhe bitte! Wir wissen jetzt dank Susi: Erstens, Bettina hat offenbar Lechler über den Tisch gezogen. Und vor allem: Er hat eine Leiche im Keller. Selbst dieser feine Mann.“

„Nachtigall!“, flötete Kobler.

„Jetzt hört sie jeder trapsen“, sagte Fahnauer. „Aber klar ist da noch gar nichts. Und bewiesen erst recht nicht.“

Katrin berichtete von ihrem gestrigen Tag an der Fakultät. Dank der Einstiegshilfen von Cornelie Fahnauer wurde sie nicht enttarnt und kriegte auch guten Kontakt mit den anderen. Ganz subjektiv bekam sie den Eindruck: Svenja Brawanski war beliebt und galt als ausgeglichen, die Studierenden wussten auch, wer ihr Partner war. Ein großer phlegmatischer Kerl, den sie Hippo nannten; er war Oberarzt in der Inneren Medizin.

„Na, das ist doch was", kommentierte Kobler. „Damit können wir ihn abhaken und sie genauso. Die hätten nämlich andere Mittel benützt."

Allgemeines Nicken. Svenja Brawanski war aus der Schusslinie.

Sonst hatte Katrin noch keine berichtenswerten Ergebnisse. Sie ging nachher wieder hin.

„Studieren macht Spaß, oder?" Jellinek konnte es nicht lassen.

„Und ob. Vielleicht lasse ich euch allein und fange das noch echt an!"

„Untersteh dich!", rief Schiller. Dabei hätte er sie so energisch wie kein anderer unterstützt, wenn sie tatsächlich diesen Plan gefasst hätte.

Als nächstes trug Fahnauer den Kollegen seine Feststellungen über Lechlers Alibi vor. Das löste einige Betroffenheit aus.

„Ich kann das immer noch nicht fassen." Schiller war wirklich ratlos. „Der Mann war so sympathisch, so geradlinig. Wie man sich eine kluge ehrliche Haut wünscht. Mein Freund Reiss hat ihn auch nur gelobt, und der kennt ihn lange. Und Professor Burger, der sicher ein guter Menschenkenner ist, hätte die Hand für ihn ins Feuer gelegt."

„Über den grünen Klee", bestätigte Katrin. „Und jetzt das!"

„Das allein hat doch nichts zu bedeuten", widersprach Rogner. „Er muss nicht einmal Alzheimer haben, damit er sich wirklich nicht mehr genau erinnert hat. Ich weiß nach acht Tagen auch nicht mehr, wann ich welches Auto wo hingestellt habe, auch ohne Alzheimer" – er klopfte auf Holz, dass es so bleiben möge – „und so würde das auch im Gerichtssaal bewertet. Es ist höchstens für uns ein Indiz, aber niemals für einen Prozess."

Das saß. Wahrscheinlich hatte Rogner Recht. Und Schiller war trotz seiner stumpf gefühlten Eifersucht auch wieder etwas beruhigt.

„Die Autos kann er verwechselt haben, okay. Bleibt aber trotzdem die Tatsache, dass er für die fragliche Zeit kein Alibi hat."

„Schon richtig. Doch wir haben die meisten anderen noch nicht überprüft. Viele andere haben auch kein Alibi."

Schiller drängte es nicht danach, aber er musste den Mann nochmals vernehmen. Außerdem mussten sie ihm ja sagen, warum sie sein Auto sichergestellt hatten.

Dann gingen sie die Aufgaben des Tages durch. Zuerst nahm Katrin den Referendar zur Brust und besprach mit ihm, was er dem Staatsanwalt berichten sollte. Wichtig war vor allem: Die Ermittlungen waren derart komplex, dass kein Außenstehender in fünf Minuten durchblickte.

*

Nach einem kurzen Blick in die Anwaltskorrespondenz war Schiller vollends klar, dass man diese nicht ohne Fachleute auswerten konnte. Er hatte schon am Morgen den Dolmetscher Geroni angerufen und ihn gebeten, kurz vorbeizukommen. Der war aber wegen eines Gerichtstermins ziemlich in Zeitdruck. Schließlich einigten sie sich auf ein Arbeitsessen am Mittag, aber nicht in der Kantine, sondern in einer kleinen Pizzeria drunten in Cannstatt, da könne er um eins hinkommen.

Geroni überflog die Papiere. „Ich verstehe gar nicht, warum man daraus ein Geheimnis macht. Das ist eine vollkommen normale Angelegenheit, wie Sie sagen, in einer Erbsache."

„Es ist auch nicht unbedingt der Tote, der ein Geheimnis daraus gemacht hat. Nur wir, weil er die Sachen im Computer verschlüsselt hat und wir sie nicht gefunden haben."

„Ach so. Der Vorgang hier ist ganz einfach. Klingt komplizierter, denn die Anwälte wollen natürlich Vorschüsse und so. Er hat ein Testament. Vermutlich hat ihm das der Notar geschickt zur Notifikation, der muss das tun in Italien wie in Deutschland, wenn es der Testierende so will. In Italien ist das üblich. Jetzt beruft sich Nierkamp darauf und verlangt von den Erbschaftsbesitzern, dass ein Inventar erstellt wird, damit er weiß, was ihm zusteht. Darauf hat er einen Anspruch. Ich verstehe nur nicht, warum das so langsam geht und seine Halbbrüder so seltsam reagieren. Sie sagen, er soll kommen, mit ihnen verhandeln, er soll Angebote machen. Aber sie tun so, als ob es sein Auskunftsverlangen gar nicht gegeben hätte. Und die Anwälte verhalten sich seltsam hilflos."

„Meinen Sie, wir sollten da mal hinfahren und mit denen sprechen? Oder gleich mit den Geschwistern?"

„Kann vielleicht nichts schaden. Lassen Sie mich zuerst noch mit dem Anwalt telefonieren. Anfang nächster Woche, da habe ich mehr Zeit."

*

Während ihre Kommilitonen noch in den Vorlesungen saßen, versuchte Katrin, mehr über die Professoren und Studenten um sie herum herauszubekommen. Sie konnte schlecht ins Sekretariat gehen und Namenslisten verlangen. Das Vorlesungsverzeichnis besagte zu wenig und über nichtpromovierte Assistenten, Hiwis und Studenten gar nichts. Als Ersatz studierte sie die Anschläge am schwarzen Brett. Das ganze Chaos von Seminarankündigungen, Leseplänen, Teilnehmerlisten und was da sonst noch alles hing, war ermüdend, besonders wenn man keine Ahnung davon hatte, was „transzendentalpragmatische Fragen beim mittleren Kant und jungen Heidegger" sein könnten. Interessant waren die Listen der Leute, die sich jeweils für die Seminare eingetragen hatten. Vor allem bei Nierkamp. Katrin schaute sich um, und als sie im Flur allein war, nahm sie die kleine Digitalkamera heraus und fotografierte.

Es gab ein Proseminar unter der Leitung von „Nierkamp mit Assistent", das offenbar Bettina Haller jeden Freitag um 17 Uhr abhielt, ein Hauptseminar am Dienstag um 16 Uhr, ein Referateseminar über neue Literatur zur Ethik am Mittwoch um 16 Uhr und danach auch jeweils mittwochs ein Doktorandenseminar um 19 Uhr. Das war der Termin, vermutete Katrin, nach dem er immer wieder sein Frischfleisch abschleppte. Dann wurde sie stutzig. In allen drei Kursen, die Nierkamp persönlich hielt, war an einem der vorderen Plätze auf der Liste der Name Melanie Lechler eingetragen. Wenn das nichts zu bedeuten hatte? Die musste sie kennen lernen. Das sollte nicht allzu schwer sein. An diesem Nachmittag um vier und um sieben hätten Nierkamps Lehrveranstaltungen stattfinden sollen. Da mussten doch die Getreuen irgendwo um den Weg sein. Vielleicht führte jemand die Veranstaltung in Vertretung weiter. Oder es kam jemand hin, um das Weitere zu besprechen.

Zuerst fragt sie aber im Sekretariat nach. Da hieß es, sie wüssten von nichts, sicher würde jemand von den Assistentinnen kommen und sagen, was Sache sei. Mit diesem Wissen mischte sich Katrin in der Mittagspause unter die Studentinnen und fragte, wer am Nachmittag dort hingehen wollte. Und nach kurzem saß sie in einer kleinen Gruppe neben Melanie.

„Hi, wir kennen uns nicht, ich bin neu. Katrin."

Die Angesprochene nickte. „Melanie."

„Warst du schon länger bei Nierkamp? Das ist doch Wahnsinn!"

Katrin merkte gleich, dass es Melanie schwer fiel, über den Mord an ihrem toten Professor zu sprechen. Und dass sie sich doch aussprechen musste. So kam es, dass sich die beiden, mit zwei Cola rittlings über zwei Stühle gegrätscht, gegenübersaßen und ihre Sorgen teilten.

„Ich find's total beschissen. Ich hab mich nur wegen Nierkamp eingeschrieben", log Katrin.

„Pech. Ich bin sieben Semester da und habe mich fünf davon mit nichts anderem befasst. Alle Veranstaltungen mitgemacht. Ich wollte bei ihm den Magister machen. Dann promovieren. Und jetzt!" Sie zeigte die leeren Hände, will sagen: alles verloren.

„Bei jemand anders geht es nicht?"

„Die haben ihn doch alle gehasst. Die Erbsenzähler." Sie mokierte sich mit der Stimme: „‚Aber da hat er sich im Datum geirrt, und hier hat er ein Zitat nicht vollständig abgepinselt!' – als ob es drauf ankäme! Mein Alter ist hier auch Dozent, du weißt wahrscheinlich noch nicht so gut Bescheid in der Fak, er heißt Lechler. ‚Die siebenunddreißigste Bedeutung des Begriffes transzendental in der Grundlegung zur Metaphysik der Sitten', haha! Aber den ganzen Tag nölt er rum und hetzt gegen Nierkamp. Ich bin zuhause abgehauen deswegen."

Katrin nickte voll Verständnis.

„Dabei ist – war – der Typ so steil und so genial! Echt cool und echt genial. Nicht Papier, sondern Leben. Drum hab ich mich so an ihn 'rangeschmissen. Bei Nierkamp konntest du lernen, dass Philosophie echt was verändern kann!"

Katrin als unbedarftes Erstsemester durfte das andächtig und unkommentiert hinnehmen und nachdenken. „Wie geht's jetzt weiter?"

Melanie wollte das auch am Nachmittag erfahren. Auf jeden Fall solle Katrin in das Proseminar von Bettina Haller gehen, die sei Spitze.

Katrin musste das Gehörte erst verdauen. Die beiden schwiegen sich an; es waren fast so etwas wie Gedenkminuten.

Nach einer langen Weile drängte es weiter aus Melanie heraus. „Weißt du, Paul hat den Leuten die Wahrheit vor den Latz geknallt: Hier, entscheide selber über deine Zukunft!"

Paul. Da klang ein neuer Ton. „Du warst ein bisschen verknallt in ihn?“

„Das ist die Untertreibung des Jahres. Auch das ist bei ihm drin: Er sagte, dass er die Frauen ausnützt, benutzt, wegwirft. Das ist ehrlich, man kann sich darauf einlassen. Die Bettina weiß, dass sie seine Schlampe ist. Aber sie will das, und ich bewundere sie.“

Katrin atmete Anerkennung. „Toll. Du hättest dich echt von einem Prof aufreißen lassen?“

„Logo. Man muss auf den Karren klettern, auf dem die Band spielt.“

‚Love Parade‘, dachte Katrin. Der Nierkamp hat schon den richtig geilen Ton getroffen.

„Und jetzt spielt gar nichts mehr. Mir ist zum Kotzen.“ Katrin stand auf und legte den Arm um sie. „Du – es wird schon wieder gut! Und danke.“

Katrin wollte Schiller verständigen und rief ihn am Schreibtisch an, aber da war er nicht. Für das Handy unterwegs war das kein Thema. Also ging sie in ihrer neuen Rolle als Studentin in die Mensa und dann wieder zurück ins Philosophicum, bis sie hörte, dass ab kommender Woche Svenja das Hauptseminar und ein ihr unbekannter Dozent das Referateseminar übernehmen würden. Das Doktorandenseminar war zu Ende. Sie quatschte mit verschiedenen Leuten, erfuhr aber nichts Wichtiges mehr, und sagte dann tschüs zu Melanie.

Als sie ins Präsidium zurückkam, war es ihr nicht gerade zum Kotzen, aber zum Schreien und Lachen gleichzeitig. Melanie Lechler war auf dem gleichen Trip wie vorher Svenja und dann Bettina! Und es machte ihr nichts aus, dafür das Groupie zu spielen. Pop-Philosophie funktionierte nicht anders als Popmusik. Andere Männer hatten in diesem System wohl nur die Funktion, ihrerseits den Macho-Imitator zu spielen und die Girls in die Scheiße zu drücken, die es beim großen Meister selbst nicht schafften.

Schiller und die anderen waren alle unterwegs. Also setzte sie sich an den Computer und verfasste den Bericht. Dann ging sie so schnell wie möglich los. Es war immer noch wie schon gestern ein wunderbar warmer Tag, auch heute hatten sich die drohenden Gewitterwolken vom Mittag wieder verzogen. Sie telefonierte eine Weile herum, ob sich jemand unter ihren Bekannten fand, der mit ins Schwimmbad ging, aber vergeblich. Sie holte ihr Badezeug und ging allein. Warum hatte sie auch nicht daran gedacht, Melanie Lechler zu fragen? Leider hatte sie deren Nummer nicht.

*

Katrins Bericht lag am Morgen auf Schillers Tisch und stürzte ihn noch mehr in Verwirrung.

Am meisten war er gar nicht über das Verhalten von Lechlers Tochter entsetzt, sondern über die Tatsache, dass es selbst dieser sympathische und gescheite Mann offenbar nicht geschafft hatte, seine eigene und einzige Tochter gegenüber diesem zynischen, beschissenen Sog immun zu machen. Heraushalten konnte er sie nicht, aber vielleicht sie immunisieren. Zumindest das, hätte Schiller gehofft. Er selbst hatte die typischen Eltern-Kinder-Konflikte immer für ein Mysterium gehalten (und warf sich sogar heimlich eine Art Triebschwäche vor, weil bei ihm selbst solche Konflikte nie deutlich zum Ausbruch gekommen waren).

Hier war der Konflikt auch nicht spektakulär. Es war nur so, dass die beiden anscheinend auf zwei getrennten Inseln lebten, zwischen sich einen reißenden Strom, der jedes Wort entstellte. Die Tochter hörte die Rufe des Vaters nur als Genöle. Und er konnte ihre Antworten nicht verstehen. Darum hatte sie sich stumm umgewandt und war in einem wilden Dschungel voll fremdartiger Rituale verschwunden. Dort tobte der personalisierte Erzfeind, und hier saß der resignierte Vater.

Schiller kapierte, wozu es den Mann gedrängt haben musste. Ob er das Logische, zu dem es ihn drängte, auch wirklich getan hatte, musste man noch herausfinden.

Kobler hatte inzwischen die Vernehmung des Ehepaares Hackländer übernommen. Die beiden hatten Nierkamp nie persönlich gesehen und nur das Treffen in ihrer Wohnung ausgerichtet. Sie waren es, die von sich aus Jörn Reimann gebeten hatten zu fahren, er hatte sich nicht vorgedrängt. Die Einladung als solche war zwischen Nierkamp und einem anderen Mitglied der Gesellschaft vereinbart worden, dem pensionierten Oberstudiendirektor Hauser. Der stand ohnedies noch auf der Liste. Aber auch das Gespräch mit ihm blieb unergiebig. Er kannte Nierkamp ebenfalls nicht persönlich. Sein Kontakt beschränkte sich auf ein einziges Telefonat, das Einladungsschreiben und Nierkamps Zusage. Diese wurden vorgelegt und waren nichtssagend.

Es begann wieder die Tagesarbeit. Bericht an den Staatsanwalt, Geschäfte zuteilen ... Am Nachmittag würden dann wieder die Journalisten nerven, die etwas für die Samstagsausgabe haben wollten. Der Besuch beim Ehepaar Flusser musste wohl noch einmal verschoben werden. Vermutlich würden sich die beiden auch als kultivierte Leute erweisen, vielleicht etwas konservativer als sein Freund Reiss, aber über Nierkamp genauso urteilen.

Als zufällig herauskam, dass Susi Ott ganz gut italienisch konnte, war über ihren nächsten Einsatz schon entschieden. Schiller wollte etwas für das zarte Pflänzchen tun, das er da zwischen der kecken Assistentin und Jellinek keimen sah – oder zumindest vermutete, es konnte ja wirklich auch seine bloße Einbildung sein! Jedenfalls bat er ihren Gruppenleiter bei der Verkehrsstaffel, sie noch ein paar Tage zur Kripo abzustellen, und gab den beiden den Auftrag, zusammen mit dem Italienisch-Spezialisten, der am Montag angesagt war, herauszufinden, ob es zwischen der Erbschaft und der Tat irgendwelche Verbindungen geben konnte.

Sie sollten sich heute schon einlesen und die Mails aufsetzen, die Geroni dann übersetzte und an die Kollegen in Padua schickte, die dann wieder mit Nierkamps Anwälten sprechen sollten. Das Ganze sei sicher umständlich und verlange zwei Leute. Kuppler!

Für Schiller selbst war es wie ein Totem-Zauber. Vielleicht gab es doch einen Weg, den Verdacht, der innerlich in ihm fraß, noch abzuwenden.

Als Schiller gerade seinen zweiten Morgenkaffee holte, kam Siedlers Anruf aus der Technik. Diesmal klang sogar der gute Siedler, den sonst nichts aus der Ruhe brachte, ein kleines bisschen aufgeregt.

„Du glaubst nicht, was wir in Lechlers Auto gefunden haben!"

„Dir schon, wenn du es mir sagst."

„Ein Stück von einer Pfauenfeder, es ist nur ein einziger Strahl, der sich da in einem Pullover verfangen hat, ansonsten wurde das Auto kurz vorher ausgesaugt. Mein Biologe sagt, das ist genau der Typ von Feder, die wir vom Toten haben."

„Aber hallo!"

„Bleib unten. Im Moment ist das noch kein Beweis. Es gibt viele Pfauenfedern."

„Könnt ihr denn die Wahrscheinlichkeit benennen, mit der die Feder und das Stück zusammen gehören?"

„Wir sind dran, aber das braucht Zeit. Ich wollte es dir nur vorab schon mal sagen. Du kannst ja schon überlegen, wie du später reagierst."

„Huh."

„Noch was. Im Kofferraum gibt es eine Stelle, da wurde der Teppich anscheinend mit einem Lösungsmittel bearbeitet. Ich verspreche nichts, nur: Gehst du mit Aceton an deinen Kofferraum, wenn es ein Fleckchen gibt? Aber es könnte da ja ein bisschen Schaum hingetropft sein, das haben diese Dosen so an sich. Wie gesagt, ich mache dir keine Hoffnungen."

„Hoffnungen – oder Befürchtungen."

*

Er wusste nicht, ob klug war, was er jetzt tat. Aber er musste es tun. Zumal der letzte Versuch eine so dramatische Wendung genommen hatte. Bei einer kriminalistischen Supervision seiner Handlungsweise hätte er seinen Plan damit erklärt, dass er Bettina in die Enge treiben wollte, um mehr über ihr Verhältnis zu Lechler und über den Punkt zu erfahren, von dem sie zu Susi gesagt hatte, dass sie Lechler in der Hand hätte. Er hoffte, dass Bettina, wenn sie Schiller in die Augen sehen musste, irgendwann knackte und zugab, was über ihre und/oder Lechlers Verwicklung in die Tat zu sagen war.

Sich selbst gegenüber klang die Antwort ein klein wenig anders. Obwohl sie beide einmal gesagt hatten, dass es Sex sei, keine Liebe, was sie praktizierten, war daraus ein für ihn halb eingestandenes Begehren geworden, dessen Heftigkeit er erst richtig begriff, als es in Eifersucht umgeschlagen war. Doch im Subtext dieser Begegnung war auch klar zu erkennen gewesen, dass sie mit einander, selbst wo es geheime Hintergedanken gab, ehrlich redeten und nichts sagten oder taten, was der andere als verlogen empfinden müsste. Da der Subtext nicht ausgesprochen wurde, konnte er sich auch getäuscht haben. Vielleicht war das seine Einbildung, und Bettina fühlte sich berechtigt, mit ihm ein Spiel zu spielen. Wenn er das so sah, ertappte sich Schiller dabei, dass er Bettina schon wieder vorsorglich sich selbst gegenüber entschuldigte für den Fall, dass sie ihn angelogen hätte. Wenn das keine Verrücktheit war! Verdammt nochmal, es war mit seiner beruflichen Objektivität diesem Mädchen gegenüber nicht weit her, und daran änderte die Tatsache keinen Deut, dass sie offensichtlich jetzt die Geliebte dieses Lechler war. War diese Bettina mit ihrem so rein wirkenden Gesicht wirklich eine Art männerverschlingender Vamp, der nicht nur andere, sondern auch einen sich bisher seiner selbst mächtig wähnenden Menschen wie Schiller anzog wie eine Kerze die Motten oder wie eine Alma den Mahler und die Reihe seiner Nachfolger?

Schiller schrie irgendwohin, er sei jetzt zwei Stunden weg, und rannte fast hinaus zum Auto. Am Feuersee mahnte ihn die Metzgerei, dass es Mittag sei, aber für die Currywurst hatte er jetzt keine Geduld. Er parkte das Auto mehr als verboten und ärgerte sich, dass man immer diese großen Flundern als Dienstwagen herumschleppte.

Er stürmte hoch und fand ihre Tür verschlossen. Keine Reaktion. Enttäuscht zog er ab. Natürlich konnte sie mit ihrem Lover zum Essen gefahren sein. Hätte die Uni einen *faculty club* gehabt, hätte er die beiden dort gesucht. Er überlegte eine ganze Weile und wusste nicht, was mit sich anfangen. Die Currywurst wäre eine affige Selbstnachahmung gewesen, der Schwabkeller falsche Höhlenromantik. Schließlich rief er Judith an, ob sie mit ihm zum Essen komme. Sie trafen sich beim Spanier am Wilhelmsplatz.

„Und wie kommt's, so überraschend?"

„Das Mädchen, mit dem ich dich betrügen wollte, ist nicht zu Hause."

Judith lachte, mit solchen Sprüchen musste sie immer mal rechnen, und immer konnte ein Körnchen Realität drin stekken. „Hat dich deine heiße Katrin ablaufen lassen?"

„O, über die sind wir lange raus!"

„Lass raten – deine Mörderin? Willst du's ihr nochmals schön machen vor dem Schafott?"

„Ich wollte doch dich treffen, damit ich auf andere Gedanken komme. Und dann müsstest du mir noch sagen, wie eine Frau denkt, dass ein Mann denkt, dass eine Frau denkt. Ich wollte da zu diesem unglaublich sympathischen Mädchen ..."

„He jetzt!" Sie knuffte ihn.

„Kann es sein, dass Bettina gleichzeitig die Schlampe von Nierkamp und die auf Händen getragene Geliebte seines Mörders war – oder spielte?"

„Stehst du auf dem Schlauch? Das kommt doch alle Tage vor!"

Kurz nach zwei bot er an, Judith wieder in ihr Museum zu fahren, aber sie wollte noch Strümpfe kaufen und ging zu Fuß. Schiller hörte erfreut, dass sie Strümpfe sagte und nicht Strumpfhosen.

Im Präsidium hätte Schiller jetzt so viele Dinge tun und organisieren müssen, dass er für den Rest des Nachmittags beschäftigt gewesen wäre, die Journalisten, Vorgesetzten und

Staatsanwälte nicht gerechnet. Doch seine Unruhe war nicht weg. Und das Schlimmste war die Unruhe, die aus der Unsicherheit über seine eigene Rolle in dieser Lage stammte.

Er fuhr voll Unrast in der Stadt herum und beobachtete sich selber dabei. Schließlich fand er den Weg hinauf zum Weißenhof, als ob am Ort der ersten Begegnung der Schlüssel zur Klarheit zu finden wäre, aber das war natürlich Quatsch, deshalb bog er an der Kunstakademie ab und fuhr, zugleich müßig und gehetzt, auf der Kräherwaldstraße nach Westen bis zum Birkenkopf und in das Mahdental hinaus. Natürlich war Eifersucht mit dabei, als er jetzt an den Ort fuhr, zu dem er Bettina gestern verfolgt hatte. Aber irgendwo musste er ja hin, wenn er noch nicht wieder zurück zu ihrer Wohnung konnte, weil sie kaum vor drei vom Essen, oder was immer sie gemacht hatte, zurück wäre! Er wollte ja nicht mehrfach wie ein Schuljunge vor der Tür stehen. Und um sie anzurufen – er hätte nicht gewusst, was er sagen sollte. Einen Moment fürchtete er sogar, er spüre sein Herz. Aber es war wohl nur die Beklemmung. Dann, irgendwann, war der Kampf mit sich gekämpft, er kehrte auf der Straße um und fuhr hinunter zu Bettinas Wohnung.

Sie öffnete die Tür. Freundlich, offen, ohne Misstrauen. „Hallo Schiller, das bist ja du!“

Er meinte zwar, eine Verlegenheit gespürt zu haben, aber nur einen Sekundenbruchteil. „Wieso, wen hast du erwartet?“

„Ach, nichts.“

Er ließ sich in den Sessel fallen.

Und was tat sie? – Sie strich ihm mit der Hand übers Haar wie einem kleinen Jungen. „Schiller, du wirkst erschöpft. Kommst du als Bulle oder läufst du gerade vor deiner Scheiß-Bullenexistenz davon?“

„Ich weiß es nicht.“ Es waren nicht viele Überzeugungsreserven dahinter. „Krieg ich einen Tee?“

„Immer, das weißt du“, sagte sie. In dem Moment fiel sein Blick auf eine schlanke Vase, die auf einer Art Sideboard neben dem Bett stand, darin standen fünf lange Pfauenfedern.

„Die hast du am Montag noch nicht gehabt“, platzte es aus ihm heraus.

„Was – die Pfauenfedern?“ Sie drehte sich um, den großen Kessel voll kochendem Wasser in der Hand, sie hätte ihn verbrühen können. Aber sie lächelte lieb, nachsichtig. „Dir kann ich es sagen, wir haben ja kein Verhältnis miteinander. Mein anderer Lover hat sie mir geschossen auf dem Rottweiler Frühlingsfest am Sonntag. Ich hatte sie auf dem Rücksitz vergessen.“

Schiller war erleichtert und erschrocken zugleich. Das war das Fest, auf dem er mit Judith ja auch war und sie ihre frivolen Spielchen getrieben hatten. Wie, wenn Bettina und Lechler – oder wer immer ihr wirklicher Lover war, das wurde ja immer komplizierter (und wer war überhaupt der eine, Nierkamp oder er selbst?) – ihn und Judith dort beobachtet hätten ...?

Bettina brachte die Tassen, die Löffel, den Zucker, die Sahne, die Teekanne. Schiller verfolgte jede ihrer Bewegungen mit den Augen wie ein Gelähmter bei der Bewegungstherapie, wenn er wieder seine Welt zurückgewinnen muss. Er hatte sie nicht mehr verlässlich. Er wusste auch nicht mehr, was er Bettina fragen wollte. Warum war er eigentlich gestern gekommen? Dass ihr Lover nicht mehr der junge Reimann war, das war ja längst klar. Es kam nur Lechler in Betracht. Wollte er, dass sie schlicht und entwaffnend sagte: Ich weiß, was du fragen willst. Er hat's getan – ? Oder wollte er sie sagen hören: Echt, er hat es nicht getan – ?

Im nächsten Moment wusste er nicht mehr, ob er das laut gedacht hatte, denn Bettina sagte: „Ich weiß, was du wissen willst! Ob er es getan hat, oder nicht –“ Sie hüpfte herum und baute sich vor ihm auf, um mehr zu rufen als zu sagen, was sie ihm jetzt sagte: „Ob er das war, das möchtest du doch gern hören? Wahrscheinlich weil ihr draufgekommen seid, dass sein Alibi nur vorgeschoben war, wegen seiner blöden Gentleman-Manier, weil er meinte, er dürfe mich nicht kompromittieren. Mich! Und die Antwort ist: Er hat es getan oder nicht, und ich weiß das nicht! Ich kann dir sagen, er hat es nicht getan, das will ich gern, aber weil er jetzt mein Lover ist, hat das für dich ja sowieso keine Bedeutung, ich weiß. Aber was du denkst, hat auch keine Bedeutung. Denn er hat es an jenem Donnerstag hier mit mir gemacht, so wie du es am Montag mit mir gemacht hast! Und ein hämisches Schicksal hat genau in der Stunde zu Nierkamp einen Mörder geschickt, als ich den betrog, und es hat sich ausgepimpert."

Schiller starrte sie nur an.

„Versteh mich recht, ich bin nicht schadenfroh. Ich traure um Nierkamp. Er war der rücksichtsloseste und der einfallsreichste und der potenteste Lover. Und in dem Moment, in dem ich ihn zum ersten Mal mit voller Absicht betrogen hab, kam das eifersüchtige Schicksal und hat ihn ausgeknipst. Ich hätte es aus der Tragödie lernen müssen: Es gönnt nicht einer Person den klügsten guten und den tollsten geilen Liebhaber nebeneinander! Das ist bitter. Scheißschicksal!"

Bettina stampfte auf und schluckte. Das konnte doch kein Theater sein. Schiller nahm es als Regression und hilflose Trauer. Trotz vielleicht, und schlechtes Gewissen. Er wusste noch immer nichts zu sagen.

„Im metaphysischen Sinn bin ich wohl schuld an der ganzen Scheiße. Aber wer kann das vorher wissen? Wenn du mich vor das Weltgericht bringen willst – bitte verhafte mich!" Sie streckte ihm die beiden nackten Handgelenke entgegen. Diese wirkten schmal und zart. Sie hielt den Puls nach oben, den verletzlichsten Teil.

Schiller stand auf. „Ich kann heut nicht mit dir schlafen. So schön es wäre. Es liegt nicht an dir. Ich muss mich vorher erst wieder selber sortieren."

„Es ist doch gut", sagte sie und ließ sich in seinen Arm sinken. Schiller erinnerte sich flüchtig, dass sie sich die ganze Zeit nicht einmal geküsst hatten. „Aber wenn du wieder weißt, wer du bist: Einmal ohne Zeit, ohne Druck deine liebe Judith betrügen. Uns lieben ohne Angst! Oder sogar mit ihr ..." Sie ließ den Satz unausgesprochen. „Tschau Bulle, unter anderen Umständen hätte ich um dich gekämpft."

Der Tee blieb ungetrunken. Schiller ging klüger und dümmer, als er gekommen war.

*

Als Schiller zögernd und wie ein träumender Spazierfahrer auf den fast schon leeren Beamtenparkplatz fuhr, rannte gerade eine aufgelöste Katrin über den Platz. Als sie ihn sah, machte sie einen Haken zu ihm her und schmiss sich auf den Sitz, atemlos.

„Wo bleibst du denn? Melanie Lechler ist in der Notaufnahme im Katharinenhospital!“ Dann fing sie an zu heulen. Schiller fuhr los. Stockend berichtete sie: Man hatte Melanie in einem Seminarraum gefunden, die Pulsadern aufgeschnitten.

Was Schiller jetzt machte, würde ihm sicher wieder einen Rüffel des Staatsanwalts eintragen, denn nach dessen Logik hatte es sicher mit den Ermittlung nichts zu tun, wenn sich ein hysterisches junges Ding die Pulsadern aufschnitt. Die meisten wurden eh gefunden; „Appellselbstmord“ – das war auch so ein Scheißwort, um sich an der Tragik eines jeden solchen Schicksals vorbeizulügen. Ganz abgesehen davon, wie viele dieser Appelle nicht oder zu spät gehört wurden.

Krenek hatte wahrscheinlich den halben Tag aufgebracht auf Schillers Anruf gewartet. Aber das hier war wichtiger. Es war eine schlichte Christenpflicht. Und ob irgendwer Katrins Doppelrolle aufdeckte, war jetzt auch egal.

Sie eilten zur Notaufnahme hinein. Im Flur vor dem Schockraum trafen sie auf einen Oberarzt von der Anästhesie, den Schiller schon von anderer Gelegenheit kannte. Er machte ein sorgenvolles Gesicht.

„Sie kommen wegen unserem Häschen?“ Schiller nickte nur.

„Kritisch. Nicht gut.“ Damit eilte er schnell in den Behandlungsraum zurück. Sein Gesicht zeigte den Stress, aber das sah nur Schiller, der es auch anders kannte.

Katrin hatte nur Bahnhof verstanden. „Was redet ihr da?“

„Sie hat eine Menge Blut verloren. Das haben sie mit Plasmaexpander aufgefüllt. Das heißt HAES-chen. Wenn du einmal so lang dabei warst wie ich und deine Seele so ausgeleiert ist, weißt du sowas auch. Leider."

Im Wartezimmer saß nur der Vater des Mädchens. Er erwiderte ihren Gruß mit einem Nicken. In so einer Situation verschlägt es einem die Sprache. Auch Schiller und Katrin sagten nichts und setzen sich auf die Stühle. Schiller studierte sein Gegenüber.

Er bewahrt Haltung, dachte er. Lechler saß steil aufgerichtet da; die höfliche Weichheit der Gesten, mit der er sonst für sich einnahm, war abgefallen. Von der rosigen Gesichtsfarbe war nichts geblieben. Er sah um Jahre gealtert aus, und erst jetzt bemerkte man, wie grau seine Haare waren. Er hielt seine Hände ineinander gelegt, wie wenn er mit der einen die andere festhalten müsste, aber nicht ruhig, sondern mit einer Art minimaler nervöser Suchbewegung; Schiller hatte diese Bewegung sonst nur bei höchst verängstigten einfachen Leuten beobachtet. Und an der Hand seiner Mutter auf dem Sterbebett. Lechler hatte Angst, sein Kind zu verlieren.

Nach einiger Zeit, die einem wie ein halbe Stunde vorkam, aber sicher kürzer war, trat der Oberarzt herein. Lechler stand sofort auf und wirkte jetzt sogar größer als früher.

„Sie hat sehr viel Blut verloren, sicher mehr als zwei Liter. Zum Glück hat der Notarzt gleich substituiert. Ein ziemlicher Blutungsschock. Sie ist bewusstlos und wird beatmet."

Nach einer Sekunde setzte er wie eine Erklärung hinzu: „Wir können jetzt nur hoffen, dass sich die Folgeschäden in Grenzen halten. Zum Glück ist sie jung, da hat man noch einen Lebenswillen in Reserve."

Das war die dezente Andeutung, dass der Arzt auf jeden Fall mit Folgeschäden rechnete. Lechler hatte schon verstanden und nickte kaum merklich. Langsam und sehr leise sagte er: „Ich danke Ihnen. Ich weiß, Sie tun, was Sie können. Sie ist die Einzige." Das klang wie eine Beschwörung, wie die Bitte um ein Wunder.

Der Oberarzt hatte nichts mehr zu sagen, und Lechler drehte sich zu den beiden um. „Danke, dass Sie gekommen sind." Er nickte ihnen zu, nickte dem Oberarzt zu und ging langsam zur Tür hinaus.

„Befürchten Sie eine Schädigung?“, fragte Schiller.

„Es ist alles möglich. Der Blutdruck war fast weg. Es geht darum, ob es die Lunge und die Nieren noch packen.“ Er schnaufte tief durch. „Man soll das Schicksal nicht versuchen.“

Draußen ging Lechler vor ihnen langsam die Treppe hinunter. Da kam seine Frau entgegen, aufgescheucht, laut und der verkörperte Vorwurf gegen ihren Mann. Beim Näherkommen hörten sie: „Du bist schuld! Du allein hast sie aus dem Haus getrieben. Du mit deiner Rechthaberei, deinem ewigen Kritisieren.“

„Ja“, sagte Lechler leise. „Ja, ja.“

Das Tischtuch zwischen diesen beiden war zerschnitten.

Katrin sagte nichts, ganz gegen ihre sonstige Art. Sie war am Heulen und bewegte leicht die Lippen. Vielleicht betete sie. Schiller wartete, bis sie geendet hatte.

„Komm Mädchen, wir müssen zurück ins Leben! Ich spendiere uns einen Kaffee Kirsch.“

*

Judith war gut gelaunt und aufmüpfig, als Schiller nach Hause kam, um sich umzuziehen. Sie kam gerade aus der Dusche, ließ den Bademantel fallen, um sich darauf zu knien, und flötete im süßesten Heuchelton: „O gütiger Meister, deine Sklavin hängt an deinen Lippen.“ In der Aussicht auf ein neuerliches Treffen mit Reiss waren ihr wohl auch seine Anregungen wieder in den Sinn gekommen. Das Biest wusste natürlich genau, dass sie sowieso knapp dran waren und keine Minute Zeit blieb, um irgendwelche frivolen Spielchen zu treiben.

„Das wirst du büßen“, lachte Schiller und haute ihr auf den Hintern, so dass sie ins Schlafzimmer flüchtete. „Frechheit tut weh!“

„Ich will es aber jetzt wissen“, rief sie mit ihrer normalen Stimme, als er vor der Badezimmertür stand. „Bist du doch noch zu ihr gefahren und hast mit ihr rumgemacht? ‚Ich rieche, rieche Menschenfleisch' – und du riechst schlecht." Was ihr feines Näschen gleich an ihm gerochen hatte, war der Stress.

„Gleich nicht mehr", rief er zurück.

Als er sich abtrocknete, kam sie, die Haare richten. „Warst du bei ihr?"

„Ja. Nein", sagte Schiller knapp.

„O?" Vielleicht zweifelte sie, oder tat nur so.

„Ich glaube, sie hätte es gern getan, obwohl sie neuerdings den Professor Lechler an Land gezogen hat. Ich wollte nicht."

„Sieh mal an, am Ende bricht noch die große eheliche Treue aus!" Das war ein altes Spielchen. Immer wieder beschwerte sich Judith, dass Schiller sie noch nicht geheiratet habe und sie bloß seine Konkubine sei. Aber immer, wenn er ernst machen wollte, war sie es, die ausbüxte. Aber das weiter zu diskutieren, war keine Zeit. Reiss wartete.

Reiss und seine Frau hatten ein schönes Essen mit dem guten Silber aufgelegt. Schiller und Troebst kannten einander, Judith und Capurro wurden bekanntgemacht, und als Nächstes zeigte der Schuhfabrikant auf ihre Schuhe und brach in Begeisterung aus. Judith erwies sich als langjährig treue Kundin seiner Firma, und zwar der Eigenmarke.

„Bei keinem anderen Schuh ist der Leisten wie für meinen Fuß gemacht." Und weil Capurro ein so netter alter Herr war, bedankte sie sich artig und gab ihm Küsschen auf beide Wangen.

„Die beiden Herren gehören wie ich auch zu der Meute, die am ominösen Abend auf Nierkamp gewartet haben. Wir wollten ihn ja nur geistig zur Strecke bringen. Weißt du schon, wer ihm den Fangschuss gab?"

„Nichts weiß ich. Ich weiß immer weniger."

„Aber um das herauszubringen", spottete Judith halblaut zu Ihrer Gastgeberin Anneliese, „besucht er immer häufiger eine junge Dame von sehr dubioser Moral, die der Tote unbetreut hinterlassen hat!"

„Na", lachte die, „solange er dir das beichtet, kannst du ja wohl damit umgehen, oder?"

„Sie hat mir angeboten, ich dürfe sie schänden, bevor sie aufs Schafott steigt. Wie man es im Mittelalter gehalten hat." Schiller hatte ironisch klingen wollen, aber das ging gründlich daneben, und Judith nahm es als halbes Geständnis. Aber weil alle lachten, musste sie gute Miene machen, auch als Capurro noch eins draufsetzte: „Aber Sie wissen sicher, wie Sie sich revanchieren können?"

Reiss schenkte den Weißwein aus. „Ein Stettener Pulvermächer. Ich habe mich nicht getraut, dem Kenner einen Soave anzubieten."

„Recht getan", sagte Troebst mit Seitenblick auf Capurro, „das sind nämlich alles Neofaschisten."

„Endrizzi auch?" Reiss' Lieblingsmarke.

„Der auch, einer der aktivsten."

Später erwähnte Schiller auch den kuriosen Erbstreit im benachbarten Padua, der im Fall Nierkamp eine noch ganz unklare Rolle spielte. Er wisse aber nicht, ob das nicht nur ein Strohhalm sei. Capurro war höflich neugierig, doch beim Namen Romano Guazza zuckte er zusammen und drehte sich halb ernst, halb amüsiert mit fragendem Gesicht zu Reiss.

„Was wird hier eigentlich gespielt? Wir waren keine drei Minuten miteinander bekannt, da fragten Sie mich nach den Kosten der Entsorgung von Material aus den *giardini*. Und jetzt bringt Herr Schiller – der übrigens nicht nur einen großen Namen, sondern auch einen hervorragenden Kaffeegeschmack besitzt, ich habe probiert! – schon wieder den verdammten Namen Guazza ins Gespräch!"

„Das war lustig", erklärte Troebst, zu den Damen gewandt. „Unser Freund Reiss hatte gerade etwas anderes berichtet, einen kuriosen Fall aus dem Urheberrecht – den müssen Sie übrigens noch zuende erzählen. Doch kaum waren die beiden einander vorgestellt, ging es nur noch über Abfallpreise in Venedig. Aber was ist, kennst du den Namen Guazza, Bruno?"

„Romano Guazza ist tot, das wissen Sie vielleicht." Er sprach das ‚z' auf venezianische Art so weich auch, dass es fast wie ein englischen ‚th' klang. „Was ich jetzt sage, bleibt bitte in diesen vier Wänden, denn ich möchte gern noch ein bisschen älter werden und noch ein paar so köstliche Vorspeisen wie diese Entenstopfleber genießen. Und was ich fragen wollte: Die Sultaninen in der Tunke, hatten Sie die in Marsala eingelegt?" Er machte eine angedeutete Verbeugung zur Dame des Hauses.

„In Portwein", sagte Anneliese. „In weißen."

Capurro nickte kundig und wandte sich wieder an Reiss und Schiller: „Ich weiß nicht, wie gut Sie über die heutige Struktur der werten Gesellschaften in meinem Land unterrichtet sind. Aber es ist ja schon lange nicht mehr so, dass da nur finstere Kerle in Hinterzimmern sitzen. Sie sind Teil des Wirtschaftslebens und machen ganz normale Geschäfte, vor allem natürlich in den Bereichen der Wirtschaft, in denen auf redliche Art nichts zu verdienen ist. Also längst nicht nur Drogen und Prostitution. Da sind auch in Italien inzwischen internationale Netzwerke tätig, bei uns zumeist Albaner. Aber nehmen Sie zum Beispiel die Baumaterialien und die Entsorgung. Bei Baustoffen hat Ihr Lieferant entweder mit den *famiglie* zu tun, oder er ist Neofaschist, oder beides. Und die Entsorgung machen nur die *famiglie*.

Guazza war eine große Nummer in der Materialentsorgung. Und entsprechend groß wird sein Vermögen sein. Wer da seine Nase hineinsteckt, wird sie unter Umständen ziemlich blutig wieder herausziehen."

„Wir haben gestern einen Safe geöffnet", erklärte Schiller. „Wenn die Urkunde nicht gefälscht ist, hat Romano Guazza unser Mordopfer, der sein uneheliches Kind ist, zum gleichberechtigten Erben neben seinen ehelichen Söhnen und Töchtern eingesetzt."

„Interessant. Sentimentalität und Härte müssen einander nicht widersprechen." Capurro zögerte, ob er das Weitere überhaupt sagen sollte. „Dann wäre es sogar vorstellbar, dass der Mann, den ich vor ein paar Tagen beim Essen mit unserem Freund Troebst hier erkannt habe, in dieser Sache unterwegs war. Haben Sie irgendetwas von Kontakten Ihres Professors mit jemand vom Guazza-Clan feststellen können?"

„Er hat anscheinend Anwälte."

„Die vergessen Sie. In so einer Sache sind sie im besten Fall Briefträger."

„Sie meinen direkte Kontakte? – Bis jetzt weiß ich davon nichts, doch das will nichts besagen. Wir müssen wohl alles nochmals durcharbeiten."

„Tun Sie das."

„Sie meinen", fragte Reiss, „die könnten ...?" Er machte die knappe Geste des Halsabschneidens an der Gurgel. Aber Capurro lachte nur.

„*Piano, piano!* Diese Leute sind gefährlich und skrupellos. Aber sie sind doch auch klug und handeln ökonomisch! Wenn Guazzas Kinder nicht mit ihrem Halbbruder teilen wollten, mussten sie den Mann doch nicht gleich töten. Es gibt so viele Mittel, ihn zur Vernunft zu bringen. Freundliche und weniger freundliche. Man wird ihn erschrecken. Eliminieren ist nur das letzte Mittel. Wer nimmt eine Kugel, wenn er nur eine Unterschrift benötigt. Außer der andere ist ganz und gar unvernünftig?"

Schiller war elektrisiert. Nach dem Essen bat er Capurro zu entschuldigen, wenn er ihm eine dienstliche Frage stelle. Ob er den Namen des Mannes kenne, der vielleicht vom Guazza-Clan gekommen war? Wie zu erwarten, kannte er den nicht, und ob er bejahendenfalls den richtigen gekannt hätte, war noch ein weiteres Problem.

Schiller war völlig klar, dass man aus der Anwesenheit im Da Marco an einem Tag nach der Tat keinerlei Rückschlüsse ziehen konnte. Aber wenn man die Identität des Mannes kannte und Bilder von ihm hatte, kam man eventuell weiter.

Schiller ließ sich von Capurro beschreiben, in welchem Zusammenhang der Mafioso aus dem Da Marco in den Vorgängen, die jener damals beobachtet hatte, zum Guazza-Clan stand. Er wollte versuchen, möglichst schnell über Interpol an alle einschlägigen Steckbriefe zu kommen, damit Capurro und Troebst den Mann und eventuelle Komplizen identifizieren konnten. Er würde sich melden, sobald das Material da sei.

Capurro sagte zu, er werde gerne helfen. Aber er kannte seine Rechte als Ausländer und machte zur Bedingung, dass er in den Akten nur unter Decknamen und mit einer Deckadresse geführt würde. Das sagte ihm Schiller gerne zu. Für ihn sei er ab jetzt ein 45-jähriger Fliesenleger aus Padova, der zufällig so heiße wie der berühmte Tenor Luciano Pavarotti.

Capurro amüsierte sich: Wie passend, nachdem er sich schon bereit erklärt habe zu singen!

*

Am Samstagmorgen fuhr Schiller gleich ins Präsidium, um die Eilanfrage an Interpol abzusetzen. Capurros Angaben waren so präzise, dass er den Personenkreis der Gesuchten einigermaßen sinnvoll abgrenzen konnte. Er war gespannt, ob sich tatsächlich eine Verbindung zwischen dem Mafia-Clan und dem Mord auf dem Weißenhof herstellen ließ.

Er wäre froh darüber gewesen.

Wie erwartet fand er auf seinem Tisch mehrere Rückrufverlangen des zuständigen Staatsanwalts. Nach den Höflichkeiten der vergangenen Woche war mit einer vertrauensvollen Zusammenarbeit nicht mehr zu rechnen. Aber man musste dem Kerl das Maul stopfen, am besten mit Arbeit, und ihn mit den Ermittlungsergebnissen zuschütten, auch wo sie negativ ausgefallen waren. Vorsorglich für den Fall, dass er selbst wieder eilig unterwegs war, hinterließ er auf Fahnauers Schreibtisch die Bitte, möglichst alle Berichte, auch die unbedeutendsten, mit allem sonstigen Papier zusammenzutragen und die Kopien sofort per Boten an die Pforte der Staatsanwaltschaft zu schicken.

Außerdem musste man die sich jagenden Ereignisse der letzten Tage möglichst schnell in Aktenvermerken erfassen, bevor die Erinnerung anfing, sie zu verwirren.

Schiller selbst hatte immer konsequent darauf geachtet, keine Routinearbeiten über das Wochenende zu erledigen. Doch diesmal nahm er sich ausnahmsweise vor, seine eigenen Berichte auf den neuesten Stand zu bringen. Nicht weil das eiliger war als anderes, sondern damit er in Ruhe jedes Wort genau abwägen konnte. Kein Zungenschlag durfte etwas von seiner besonderen Beziehung zu Bettina ahnen lassen.

Wo es dagegen um die Mafia-Verbindung des Falles ging, sollte ruhig ohne besondere Unterstreichung herauszulesen sein, dass man einen Teil der wichtigsten Informationen über deren Struktur und die Anwesenheit von bestimmten Personen in der Stadt allein der Tatsache verdankte, dass Schiller mit zwei Rechtsanwälten persönlich gut bekannt war, deren weitreichende Verbindungen solche Informationen hergaben. Seltsamerweise wurde ja die vermutete Ahnung, dass jemand über irgendeinen Zugang zur Mafia verfüge, hier wie in Italien nicht als Makel, sondern für einen Ausweis gänsehauterregender sozialer Kompetenz genommen.

Lechler konnte er nicht schonen. Seine unwahren Angaben zum Alibi waren in der Welt. Dass dessen persönliches Motiv darin bestanden haben könnte, Bettina zu schonen, wurde von Schiller erwähnt, aber nicht weiter diskutiert. Das nächstliegende Motiv, wenn es eines gab, war zweifelsfrei die Verstrickung von Lechlers eigener Tochter in die Clique um Nierkamp.

Nicht unerwähnt ließ Schiller, dass Bettina Haller Lechler ein Alibi für die Tatzeit gegeben hatte, er verzichtete jedoch auf Details.

*

Interpol hatte am Montagmorgen tatsächlich schon geantwortet und einen ganzen Satz Steckbriefe per E-Mail durchgegeben. Schiller hielt die Blätter in der Hand und einen Moment den Atem an, um einen dankbaren Stoßseufzer gen Himmel zu Roderigo di Zala zu schicken, dem ehemaligen Direktor der bestfunktionierenden internationalen Einrichtung. Mit schweizerischer Effizienz und Gespür für internationale Organisationen, verbunden mit einer fast ironischen Rücksichtnahme auf nationale Besonderheiten, wie sie eigentlich nur ein Schweizer aus dem Puschlav aufbringen konnte, der zugleich die Sturheit von Appenzell-Innerrhoden versteht, hatte Zala damals aus dem lahmenden Gaul Interpol ein nervöses Turnierpferd geformt.

Das war vor vielen Jahren gewesen: Schiller hatte den massigen Grandseigneur aus uraltem Engadiner Adel im Urlaub kennengelernt, als der schon lange Pensionär war und in seiner Heimatstadt Poschiavo im Schatten vor der Sonne – dem Gasthaus Sonne – *risotto ai funghi* verzehrte, köstliches Steinpilzrisotto, und dazu einen Grumello trank. Der hatte damals den jungen Kollegen, der noch grün war hinter den Ohren, dazu genötigt, dasselbe zu tun. Daraus war eine dicke Freundschaft geworden, mit viel Veltliner und viel *cinghiale, polenta, maiale, paste, marroni, salse* und *dolci*, bis der Alte irgendwann die Akte geschlossen hatte, schnell, nachdem er seine Gebresten lange verborgen, um sich eines Nachts nach einem wunderbaren Essen im Le Prese gegen die Wand zu drehen und nicht mehr aufzuwachen. *Vivat* Interpol!

Die Ausdrucke waren gut. Schiller konnte gleich mit Troebst einen Termin vereinbaren. Sie legten ihn auf halb zwölf, dann konnten die Herren anschließend zum Essen fahren, und Schiller hatte davor genug Zeit für die Dienstbesprechung.

Aber zuerst musste er mit Jellinek und Susi Ott sprechen. Von dem, was sie am Freitag vorbereitet hatten, war einiges überholt. Und auf neun war Geroni angesagt.

Fahnauer hatte seine Notiz gelesen und bereitete das Dossier vor. Als ihm Schiller auch noch seine Berichte bis einschließlich Freitagnacht in die Hand drückte, war er platt.

„Jetzt sag bloß, du kennst auch keinen Feierabend mehr! Hast du nicht kürzlich über Arbeitszeit und Gewerkschaften und so doziert? Aber das musst du selber wissen!"

Geroni wollte so schnell wie möglich den Kontakt mit der örtlichen Kripo in Padua aufnehmen, zumal diese schon von Interpol wissen konnte, dass aus Deutschland Interesse an gewissen Personen aus ihrem Bereich angemeldet war. Er hatte in der Zwischenzeit die ganze Korrespondenz studiert. Demnach war klar, dass Nierkamp seit dem Erbfall nur einmal im Veneto gewesen war, aber an den betreffenden Adressen niemand vorgefunden hatte. Er hatte sich dann von irgendwem die Kanzlei in Padua empfehlen lassen und dort ein erstes Gespräch geführt. Danach wurde alles Inhaltliche in der Korrespondenz abgehandelt.

Er fasste es zusammen: Er hat seine Forderungen angemeldet und will wissen, was an Vermögen da ist. Seine Halbbrüder stellen sich nicht gerade tot, aber sie gehen auf sein Verlangen überhaupt nicht ein, sondern haben mehrfach, anscheinend telefonisch gegenüber dem Anwalt, ihren Halbbruder Nierkamp aufgefordert, zu Verhandlungen herzukommen oder seine Forderung zu stellen. Von einer besonders scharfen Auseinandersetzung kann man nach der Korrespondenz nicht sprechen.

Schiller erklärte lachend, den Geschäftswert einer Funktion als Pate der Mafia könne man ja wohl auch schlecht für den Erbstreit beziffern. Aber man solle vielleicht abwarten, ob die alten Herren um die Mittagszeit jemand von den famiglie identifizieren konnten.

Geroni war anderer Ansicht. Ab Mittag war eventuell keiner mehr zu sprechen, und dann sei wieder ein Tag vorbei. Er wollte so schnell wie möglich mit dem Chef der Kripo in Padua reden, aber musste dazu vorher mit Fax und Apostille der Interpol seine Legitimation nach Padua durchgeben. Das dauerte sowieso. Und dann musste er mehrfach telefonieren, damit die Dinge in die Gänge kamen.

Bevor er sich erneut über den Staatsanwalt ärgern musste, rief Schiller noch bei Siedler in der Technik an, ob sie weitergekommen seien.

In gewissem Sinn ja, lautete die Antwort. Leider konnten sie selber die Detailfragen zur Pfauenfeder nicht entscheiden, weil es ein sehr spezielles Wissen brauchte, um aus einem so kleinen Teil eines Federstrahls herauszulesen, zu welcher Feder aus einem Gefieder und dann gar noch zu welchem Teil der Feder eines Vogels in diesem oder jenem Alter dieser gehörte. Es war nicht sicher, ob überhaupt verlässliche Aussagen möglich waren. Siedler hatte die Asservate, also die Originalfeder und das sichergestellte kleine Stück, bereits an das einzige Universitätsinstitut schicken lassen, das dazu vielleicht, wenn sie Glück hatten, eine Aussage machen konnte. Von dort war eine Antwort frühestens – „und ich sage: frühestens" – in zwei Wochen zu erwarten.

„Und in der anderen Sache?"

„Ach, richtig, ihr seid ja derzeit unsere Hauptauftraggeber! Also, wir konnten eine Reihe von Fingerspuren isolieren. Bei ganz wenigen können wir klar sagen, dass sie vorher nicht vorhanden waren und vom späteren Einbruch stammen müssen. Aber das hilft uns alles nichts, solange wir keinen Verdächtigen haben, mit dem wir unser Material vergleichen können."

Schiller berichtete, dass sie vielleicht demnächst einen Verdächtigen hätten – nicht hätten, sondern benennen könnten, um genau zu sein. Mit Glück könne man über Interpol auch die Fingerabdrücke erhalten, sobald ihn die beiden alten Herren identifiziert hätten.

Siedler wünschte viel Glück. Dann fiel ihm noch etwas ein: „Übrigens, der Fleck im Golf, auf dem Teppich des Kofferraums ... –"

„Ja?" Schiller war gespannt.

„... das war Polyurethan."

„Ist nicht wahr!"

„Piano, piano!" Das hatte Schiller doch schon einmal gehört.

„Wieso? Dann war da vorher ein Fleck. Vom PU-Schaum."

„Mo-o-ment! Nicht so hektisch mit der Braut!" Auch diesen dummen Spruch hatte Schiller kürzlich schon mal gehört. „Ich habe nicht gesagt, dass das PU-Schaum war. Wir konnten nur noch die Substanz ermitteln. Das kann ein Schaum gewesen sein. Aber ob ein Treibmittel dabei war, CO_2 zum Beispiel, das können wir nicht mehr feststellen. Übrigens haben meine Chemiker an dieser Sache ewig gearbeitet. Es sind nur noch minimale Spuren von dem Zeug vorhanden. Und das Interessanteste ist ... – Zwischenfrage: Hast du schon irgendwann versucht, PU-Schaum abzuwaschen?"

„Ich hab das Zeug noch nie in der Hand gehabt."

„Ach, du bist kein Bastler, oder? Aber dein Fahnauer zum Beispiel wüsste sofort: Solche Schaumflecken kann man mit keinem der gängigen Lösungsmittel wie Terpentinersatz, Spiritus, Aceton, oder was immer, auswaschen. Wir haben aber durch ziemlich aufwendige Tricks schließlich herausgekriegt, was hier verwendet wurde: Es gibt ein technisches Lösungsmittel auf Methylethylketonbasis. Das wurde hier verwendet. Wenn ein Laie darauf kam und es sich besorgt hat, war er gut. Das Gutachten ist schon diktiert. Mach was draus."

„Du willst sagen, da war ein Fachmann am Werk?"

„Ein Fachmann hat es wohl rausgemacht. Ob es auch einen Fachmann brauchte, um den Fleck reinzumachen – da sieh du zu! Ich wasche meine Hände in Unschuld und Methylethylketonester!"

Nach fünf Minuten rief ihn Schiller nochmals an. „Du hast gerade gesagt, dass dieses PU nicht zwangsläufig ein Schaum gewesen sein muss. Wo in der Welt kommt das Zeug denn sonst zum Einsatz? Könnte es zum Beispiel auch ein Abrieb von einem Gegenstand gewesen sein?"

„Theoretisch ja. Gut verarbeitet ist es aber so hart, dass es sich nicht abreibt. Das Polster um dein Lenkrad ist PU, aber mit einer Deckschicht. Wenn du einen Laminatfußboden kaufst – ich weiß, das wäre dir zu geschmacklos, aber wenn: Da ist die Trittfläche aus PU-Lack. Der reibt sich am Kofferraumteppich nicht ab. Eine andere Anwendung sind Hochleistungskleber. Förderbänder werden mit PU-Kleber geklebt, weil der den Gummi nicht kaputt macht. Wenn du clever bist, kaufst du keinen neuen Keilriemen, sonder klebst den alten mit PU-Kleber. Das hält wie neu. Er reißt dann zwar neben der Klebestelle, weil der Gummi gealtert ist, aber dafür kann der Kleber nichts."

„Aha. Aber es könnte auch ein Tropfen aus der Spraydose gewesen sein? Wie viele Dosen von diesem Schaum gibt es in Privathaushalten?"

„Was weiß ich? Eine Million, fünf Millionen?"

„Und wie viele Flaschen von dem Hochleistungskleber?"

„Keine Ahnung. Tausend?"

„Dann wäre die Wahrscheinlichkeit, dass es Bauschaum war, 99,9 Prozent oder noch höher. Richtig?"

„Traue keiner Wahrscheinlichkeitsangabe, wenn du sie nicht selber gefälscht hast!"

Auch so etwas Ähnliches hatte Schiller unlängst schon einmal gehört.

*

Für den Anruf bei Krenek holte sich Schiller schon vor seiner üblichen Zeit einen Kaffee.

„Herr Staatsanwalt, Sie rufen immer an, wenn ich schon unterwegs bin."

„Habe ich nicht gesagt, ich will über alle Ermittlungsmaßnahmen und Ergebnisse sofort informiert werden?"

„Ihr Abgesandter hat bei der letzten Lagebesprechung alles mitbekommen. Und Sie haben ein umfangreiches Dossier. Das ist mehr als üblich und macht zusätzliche Kosten."

„Nichts habe ich!"

„Dann liegt es am Behördengang. Ich habe angeordnet, dass Sie alles Material bekommen."

Krenek versuchte, einen Vorwurf zu platzieren. „Und zustande gebracht haben Sie natürlich nichts!"

„Die Kurse für angehende Mörder: Wie verhalte ich mich blöd genug für die Staatsanwaltschaft, konnten leider noch nicht durchgeführt werden. Es haben sich nur Staatsanwälte beworben, aber keine Mörder."

„Die Polizei versagt!"

„Mit dieser Einstellung können Sie unsere Arbeit nicht sinnvoll begleiten. Aber wenn Sie wünschen, schreibe ich sofort einen Aktenvermerk: Da nach Ansicht des Staatsanwalts keine brauchbaren Ergebnisse herauskommen, wird der Fall auf Weisung der Staatsanwaltschaft abgeschlossen. Richtig so?"

„Kommen Sie mir nicht unverschämt, Schiller!"

„Sie wollen sich entschuldigen, Krenek!“

„Verdammt nochmal, das heißt: Herr Staatsanwalt! Ich verbitte mir diese Anmache!“ Jetzt war er wieder auf dem Siedepunkt.

„Verdammt nochmal, das heißt: Herr Kriminalrat! Ich verbitte mir diese Anmache!“, äffte ihn Schiller nach. Dann hob er den Hörer auf Armlänge von sich und sagte zur Seite: „Komme gleich, ich hab noch so einen Rotzlöffel in der Leitung.“ Dann hob er den Hörer wieder in Sprechposition. „Verzeihung, ich wurde unterbrochen. Ich werde Sie nicht mehr anrufen und keine Anrufe mehr annehmen. Es gibt die Dienstpost. Guten Tag!“

Peng! Jetzt war Krieg.

Sofort rief Schiller den Leitenden Oberstaatsanwalt Krull an, den Chef der Staatsanwaltschaft, mit dem er sich schon durch manches Dickicht geschlagen hatte. „Ich möchte nicht petzen, deshalb nenne ich keinen Namen. Aber ich musste gerade einen von Ihren Leuten Mores lehren, weil er meint, er kann mich von oben herunter anmachen. Falls er sich beschwert und nicht vorher das Hirn einschaltet, sollten Sie nur wissen: Von unserer Seite ist alles korrekt gelaufen. Der Mann bekommt zeitnah alle wichtigen Ergebnisse. Und er hat nicht so viel zu den Ermittlungen beigetragen, wie in eine Zahnkaries passt.“

Jovial sagte Krull, und ein wenig pompös wie immer: „Also, ich danke Ihnen, dass Sie mir's vorher gesagt haben. Das Kind kriegen wir schon geschaukelt. Egal, welcher Hammel das auch wieder war!“

Zur anschließenden Lagebesprechung kam niemand von der Staatsanwaltschaft. Sie gingen die ganzen Ereignisse und Ergebnisse durch. Die konkreteste Spur war neuerdings tatsächlich die *Italian Connection*.

Die erste Frage war: Würden die beiden Herren den Mafioso identifizieren? Dann war es möglich, aber nicht sicher, auch Fingerabdrücke zu bekommen.

Die nächste war dann: Konnte man diese am Tatort nachweisen?

Schiller verzichtete auf eine genauere Diskussion der Möglichkeiten, die der zweite Einbruch eröffnete. Fakt war, dass jemand nach der Tat in die Wohnung eingedrungen war. Die schlichte Folgerung daraus war: Entweder war der Einbrecher auch der Mörder, der etwas vergessen hatte. Oder ein anderer, der etwas suchte.

Schiller erörterte das nicht weiter. Es las sich genau so im Protokoll, das zum Staatsanwalt geschickt wurde. Schiller war fast neugierig, ob dieser überhaupt die zeitlichen Verschränkungen sauber auf die Reihe kriegte.

„Und was ist eigentlich mit dem Golf?"

Auch in diesem Punkt reservierte Schiller ein klein wenig Herrschaftswissen für sich. Später konnte man alles im Bericht der Technik nachlesen.

„Die Pfauenfeder können sie nicht mit Sicherheit einschätzen. Die wurde zum Spezialisten geschickt. So Gott will und wir leben, kriegen wir in zwei oder mehr Wochen ein Ergebnis. Bis dahin können wir nur sagen: Das Bruchstück stammt von einer Pfauenfeder. An und für sich sehen alle Pfauenfedern gleich aus. Und wie gesagt, die Haller sagt, Lechler habe ihr auf dem Jahrmarkt am Samstag nach der Tat fünf Pfauenfedern geschossen. Die sind vorhanden."

Keine weiteren Fragen von den Mitarbeitern. Nur Schiller wunderte sich. Schließlich hatte Bettina am ersten Tag die Pfauenfeder beim Toten selbst entdeckt. Sollten wirklich Bettina und Lechler, die doch beide kultivierte Leute waren, so geschmacklos gehandelt haben, dass sie zwei Tage später auf dem Volksfest ausgerechnet Pfauenfedern schossen? Oder war das eine schreiende Freud'sche Fehlleistung der beiden? – Doch dann fiel ihm ein, dass er den größten Schnitzer selbst gemacht hatte. Er hätte natürlich die Federn bei Bettina gleich sicherstellen müssen! Wahrscheinlich war es viel leichter festzustellen, ob das Bruchstück dort dazugehörte, als auszuschließen, dass es nicht von der anderen Feder stammte.

Dann ging es noch um den Fleck im Kofferraum von Lechlers Golf. Als er sagte, die Technik habe festgestellt, dass es sich um PU handle, spürte er fast körperlich, wie sich die Daumen in der Runde senkten. Man hätte in diesem Moment den Mafioso an einer Kette durchs Zimmer führen können, und keiner hätte etwas von ihm gewollt.

Dann machte sich Schiller den Spaß hinzuzufügen, dass nach einer noch ungeprüften Rechnung die Wahrscheinlichkeit 99,9 Prozent betrage, dass es sich um PU-Bauschaum gehandelt habe. Auch dazu kamen keine Nachfragen, und Schiller konnte sich nur wundern, wie leicht sich das Urteil der Leute manipulieren lässt.

Als alle Punkte so eingehend wie nötig durchgesprochen waren, hob Schiller den Kopf und fragte, ob irgendjemand eine vernünftige weitere Ermittlungsperspektive habe. Er sei für alles dankbar.

„Wir haben jetzt zehn Tage rotiert wie der Jojo. Und was wir haben, ist fast nichts. Aber das kommt bitte nicht ins Protokoll, sondern vielmehr die Feststellung, dass unsere Kommission einer bemerkenswerten Vielzahl von Verdachtsmomenten nachgeforscht hat, wenngleich leider noch ohne konkretes Ergebnis. Aber nach aller Erfahrung könne man demnächst ein Ergebnis erwarten.

Unter uns: Ich sehe nur diese beiden Varianten. Variante A: Es kann sein, dass es der Mafioso war. Aber wenn er's war, werden wir ihn nie kriegen. Und die Beweislage wird mehr als dünn bleiben, denn er ist ein Profi. Falls wir ihn identifiziert bekommen, können wir nur noch eines machen: Die ganze Umgebung nochmals absuchen und kopfscheu machen, ob ihn doch jemand gesehen hat. Ob dann so eine Aussage nachher das gerichtliche Verhör überstehen würde, ist eine andere Frage. Wenn es überhaupt so weit kommen sollte: Die Nürnberger hängen keinen, sie hätten ihn denn.

Und jetzt Variante B, der Professor Lechler ... dem vom Typ her niemand einen Mord zutraut. Welche Indizien sprechen gegen ihn? – Er hat Nierkamp gehasst, wie hundert andere auch. Er hat ein falsches Alibi angegeben, aber andere erklären das aus seiner Rücksichtnahme als Gentleman. In seinem Auto lag ein Stück Pfauenfeder, das entweder vom *corpus delicti* oder vom Rottweiler Frühlingsfest stammt. Und in seinem Kofferraum war ein Fleck zweifelhafter Art, von dem wir nicht mal wissen, ob er von einer Bauschaum-Patrone herrührt." Genüsslich erläuterte er seinen Leuten das Spiel mit der Statistik.

„Wenn der Mafioso in der Wohnung war, haben wir zwei Verdächtige und keinen vernünftigen Beweis. Wenn nicht ..."

„Drei!", sagte Kobler.

„Wieso drei?"

„Reimann."

„Stimmt, der ist ja auch noch da. Dem können wir noch weniger nachweisen. Aber er ist auch noch nicht aus dem Rennen. – Wie schön war es doch im Mittelalter", sagte Schiller sarkastisch, „da hätte man jetzt alle drei an Händen und Füßen gefesselt und in den Neckar geschmissen. Wer schwimmt, ist mit dem Teufel im Bund und wird verbrannt. Das war praktisch, logisch, und es blieben keine dummen Fragen ..." – Schiller dachte an eine bestimmte, nicht mehr ganz so reine Jungfrau vor und auf dem Scheiterhaufen.

„... und uns hätte das den Job gekostet!", rief Rogner.

„Wo er recht hat, hat er recht!" Lachen.

„He! Wer weiß nicht, was er jetzt zu tun hat?"

„Machen kann man viel, aber man weiß überhaupt nicht mehr, was man mit Sinn und Verstand machen soll!" Kobler war echt frustriert.

„Na also, dann machen Sie eben das. Und nachdenken, nachdenken, nachdenken, Leute! Irgendwo versteckt sich ein Schlüssel. Es gibt kein perfektes Verbrechen!"

„Sagen Sie!", sagte Kobler frustriert. „Sie wissen es doch besser!"

Die kräftigen Worte bewirkten ihr Gegenteil. Die Leute begannen, unausgesprochen zuerst, und dann immer deutlicher sichtbar, zu resignieren. Da kann man nichts machen. Vielleicht gab ihnen der Mafioso noch einen Stoß. Aber wenn der auch nichts bot, sackten sie zusammen.

Noch am Morgen telefonierte Geroni lange mit Crespo, dem Kripo-Chef in Padua. Der bestätigte vorsichtig, dass es „Gerüchte" über die Guazza-Familie gebe, die im Baustoffsektor und der Abfallwirtschaft eine gewichtige Rolle spiele. Das heißt, er wusste im Prinzip Bescheid, hielt sich aber bedeckt. Über Kontakte oder Aktivitäten in Deutschland wisse er nichts. Geroni könne ihn am Nachmittag nach 16 Uhr wieder anrufen, er werde sich in der Zwischenzeit bei seinen Verbindungsleuten umhören. Na, das war doch wenigstens etwas!

Pünktlich um halb zwölf kamen die beiden Herren, und jeder identifizierte aus dem Stapel der Steckbriefe eindeutig und ohne Zögern einen gewissen Luigi Volpi mit drei anderen Aliasnamen aus Maserà bei Padua. Von den anderen fünf, die am Tisch gesessen hatten, fanden sie keinen in den Unterlagen, aber da waren sie sich beide nicht im gleichen Maße sicher. Volpi, der war eindeutig.

Schiller nahm die Aussagen des Rechtsanwalts Troebst und des Fliesenlegers Pavarotti zu Protokoll, ohne mit der Wimper zu zucken, was Capurro sehr amüsierte. Dann luden ihn die Herren ein, mit ihnen zu Mittag zu speisen, aber das war mehr eine Höflichkeitsgeste und vertrug sich nicht mit Schillers hektischem Alltag. Capurros Adresse kam nicht zu den Akten; er flog am Abend nach Hause, war aber über seinen Freund Troebst jederzeit zu erreichen.

Nach ihrem Weggang leiteten Schiller, Geroni und Jellinek sofort das Nötige ein, um von Interpol alles Material über Volpi zu bekommen. Geroni schrieb eine Mail an seinen Gesprächspartner Crespo, Volpi sei zweifelsfrei hier gesehen worden, er müsse unbedingt versuchen herauszubekommen, aus welchem Grund oder zu welchem Zweck dieser sich hier aufhalte.

Am gleichen Vormittag entschloss sich der junge Reimann, der inzwischen doch nach Stammheim gekommen war, auf Anraten seines Verteidigers Dr. Haile zu einer umfassenden Aussage. Fahnauer übernahm diesen Part, und die Aussagen bestätigten im wesentlichen, was er und Schiller schon vermutet hatten. Vor Nierkamp hatte er eine Beziehung mit Bettina gehabt, die er wohl ernster nahm als diese und auch mit Nierkamps Auftreten nicht aufgeben wollte. Als Nierkamp am Tag vor seiner Ermordung die Leute zur Party in seine Wohnung holte, ging er aus Trotz mit, schon um Bettina zu beschämen. Und ärgerte sich doppelt, als diese ihn ignorierte, sich Nierkamp an den Hals warf und der sie genießerisch als sein Lustmädchen vorführte. Später, als schon die meisten gegangen waren und Nierkamp nicht nur mit Bettina in der Küche knutschte, sondern sie dann auch noch ins Schlafzimmer abschleppte, packte ihn eine primitive und hilflose Rachelust. Zuerst wollte er irgend etwas zerstören, aber dann dachte er, auch er könne umgekehrt Nierkamp etwas wegnehmen. Dessen Jacke hing über dem Schreibtischstuhl. Und während die anderen um ihn herum tranken, flirteten und philosophierten, hatte er genügend Zeit, die EC-Karte herauszunehmen und im Schreibtisch nach dem Briefchen mit der PIN zu suchen. Dass er die Wahrheit sagte, bewies das Zettelchen, das von einem Block auf Nierkamps Sideboard abgerissen war.

Reimanns Bericht wurde von anderen Teilnehmern der Party bestätigt. Einige hatten sogar beobachtet, wie er im Schreibtisch stöberte. Und auch von seiner Wut auf Nierkamp gewusst und gedacht, er suche etwas, um Nierkamp zu ärgern oder zu beleidigen. Wie man sich das eben im Suff so denkt. Tatsächlich fanden sich seine Fingerabdrücke auch noch auf einem Glas aus der Küche. Und als er beschrieb, an welchem Gartenpfosten im Gelände er die EC-Karte in die Erde gesteckt hatte, wurde sie dort schnell gefunden.

Irgendein konkreterer Zusammenhang zwischen dem jungen Mann und der Tat war nicht nachzuweisen. Haile bot eine Kaution, und Reimann wurde entlassen. Schiller, der ihn nie ernstlich für den Täter gehalten hatte, strich ihn definitiv von seiner Liste der Verdächtigen.

Es gibt Momente, in denen in so einem Team die unterschwellige Grundströmung umschlägt. So einer war an diesem Morgen gewesen. Man spürte fast körperlich, dass aus dem Fall das Tempo herausgenommen war. Schiller und seine Leute waren jetzt noch daran abzuschließen, zusätzliche Tatsachen festzustellen und andere in neuem Licht zu sehen. Aber ein Aufbruch ins Neuland war nicht mehr drin. Auch das musste einmal so kommen, man kann kein Fahrzeug dauernd mit Vollgas fahren. Aber Schiller war nicht zufrieden; es war, wie wenn aus einem Ball die Luft entweicht, bevor man zum Aufsetzer vor das Tor gekommen ist.

Um vier rief Geroni in Padua an. Sie witzelten vorher, ob sich Crespo überhaupt sprechen lassen würde. Aber der tapfere Mann war am Platz und hatte sogar rechtzeitig die Mail gelesen. Jawohl, sagte er, Volpi sei bekannt, aber Näheres über ihn wisse man bei ihnen nicht, er halte sich angeblich hauptsächlich in Bologna auf.

Und das stimme: Volpi oder Moreno, wie er sich hier nenne, gelte als die schmutzige Hand dieser Familie. Sein Kollege in Bologna habe derzeit jedoch keinen Kontakt. Und über irgendwelche Beziehungen der Guazza-Clique nach Deutschland sei nichts bekannt.

Ein Gespräch mit Nierkamps Anwalt in Padua brachte auch nichts Neues: Die Gegenseite sei hartleibig, man müsste klagen, aber Klagauftrag sei vom Mandanten bisher nicht erteilt worden, auch ein Vorschuss für weitere Schritte sei noch nicht da.

*

Schillers Laune war am Boden. Die dröge Stimmung seiner Mitstreiter, wann immer er einem von ihnen ins Gesicht sah, trieb ihn vollends zur Verzweiflung. Er hatte die Fingerabdrücke und weitere erkennungsdienstliche Materialien über Volpi gleich zu Siedler ins Labor weiterschicken lassen. Als dann der routinemäßige Kaffee nach dem Mittagessen auch nichts für seine Laune tat und zu allem Überfluss auch noch Susi Ott kam und sagte, sie müsse wieder zur Verkehrsstaffel zurück, was besagte, dass das mit Jellinek offenbar doch vergebliche Liebesmüh gewesen war, nahm er Reißaus.

Es gab einen Ort, wo er ohne schlechtes Gewissen dienstlich hin konnte, das Labor im Landeskriminalamt. Er fiel seinem Freund Siedler ins Haus und erklärte ihm gleich, dass der

Besuch bloß stattfinde, weil ihm im Präsidium die Decke auf den Kopf falle.

Siedler hatte schon gestern alle geeigneten beweglichen Gegenstände abholen lassen, um sie im Labor leichter zu untersuchen.

„Das sind angeblich Fingerabdrücke", sagte Siedler, „aber in Wirklichkeit sind es wohl eher Wolfskrallen. Wenn ich mir klar mache, wo dein Beutetier sonst noch im Unsegen gewirkt und welche Blutspur er da hinterlassen hat!"

„Sag bloß! Woher hast du das alles?"

„Wir Techniker sind natürlich Trottel, aber wenn du wirklich mal eine schnelle Datenleitung und ein virtuelles Terminal bei Interpol brauchst, könntest du ja auch uns fragen."

„Aha." Das war neu für Schiller. „Man lernt nie aus. Und was mache ich im Moment da draus?"

„Mein – lieber – Herr – Kriminalrat! Du ziehst hier eine ganz heiße Nummer an Land und willst den Doofen spielen? No go! Der Typ, der in dem Appartement von Nierkamp war, ist ein hochgefährlicher Profikiller. Ob er der Täter war oder nur irgendwas gesucht und vielleicht gefunden oder aber auch nicht gefunden und sich deshalb geärgert und am Ende sogar noch betrunken hat, weiß ich nicht. Allerdings hat der bisher immer nur in Italien gearbeitet. Kein Mensch weiß, wo er sich wirklich aufhält, letzte Stationen waren Padua, Belluno, Mestre, Rom, Brindisi, Palermo, Bologna! Willst du noch weitere hören?"

Schiller war entsetzt. „Nö!"

„Er hat nicht überall jemand gekillt, bloß fünf Mal nachweislich, doch auch das ist ein bisschen viel für den normalen Kunden von Kaiser's Kaffeegeschäft. Und ob er's überall war, weiß man auch nicht. Die Bullen haben ja so 'ne Art, alles irgendeinem anzuhängen, den sie nicht greifen können. Dafür kannst du es für die Dunkelziffer gleich multiplizieren. Wenn du bei deinem Nierkamp nichts 'rauskriegst, sag doch einfach, es war der Volpi! Volpi schluckt noch einen mehr. Volpi, der Großkunde in ungelösten Mordfällen! Aber eben nicht nur, bei einigen ist er es zweifelsfrei gewesen. Volpi Müllschlucker schluckt auch manchmal lebendige Leute!"

„Sag mal, wie redest du? Hast du gekokst?"

„Schön wär's. Mit Koks hat seine Firma auch zu tun, aber noch mehr mit einem Clan, der vom Friaul bis in die Marken seine Finger in allem hat, was stinkt."

„Müll. Guazza?"

Siedler war baff. „Woher weißt du das?"

„Deswegen ist er hier. Der Typ, an dem wir die ganze Zeit rummachen, der deutsche Ordinarius, ist – war – ein unehelicher Sohn von Romano Guazza, dem Paten! Da staunst du jetzt! Siebzehn Jahr, schwarzes Haar, junger Fremdarbeiter, junge blonde Heldenwitwe, rammel-rammel-rammel, da kam Klein-Paule raus, und wie die Mami dick wurde, hat sich Guazza Romano ganz dünn gemacht! Aber vorher: Wie hat Mama Krottendorf das so handlich formuliert? ‚Ein lockiger Adonis mit seinen schwarzen Haaren. Und eine Freude für eine ausgehungerte junge Frau.'" Er ließ es auf der Zunge zergehen.

„Es gibt doch noch schöne Lebensläufe!"

„Bin ich jetzt besoffen oder du? Wie reden wir denn?"

„Sag mir, was da wirklich los ist!"

Schiller sagte es ihm. „Und dann die interessante Frage: Welchen Geschäftswert setzen wir für das illegale Reich eines Mafia-Paten an? Hat es einen Betriebswert beim Finanzamt? Und dann geh hin und klage vor dem Landgericht in Padua deinen Anteil ein. Auf die blauäugige Idee kann auch nur ein deutscher Professor kommen! Statt dass er hingeht und einen ordentlichen Scheck abholt."

„Oder eine Kugel."

Siedler hatte recht. Schiller nickte. „Und wie der Fall gerade interessant werden will und Volpi vor der Tür steht und seine Beretta ölt, kommt ein Rindvieh und macht ihm sein Ziel vor der Nase mit Schaum kalt."

„Du unterstellst, dass das nicht auch schon unser Freund Volpi war?"

Schiller überlegte. Er hatte die zwei Vorgänge immer ganz selbstverständlich zwei Tätern zugeordnet, blöde Intuition! Aber das war's: „Mensch! Guazzas Fassade war ja der Baustoffhandel!"

„Du vertrittst doch immer die These vom sprechenden Verbrechen. Da hast du deinen Baustoff, dass er ihm zur Nase rauskommt!"

Jetzt war Schiller wieder auf Fährte: „Wo habt ihr denn seine feinen kleinen tödlichen Fingerchen festgestellt?" War natürlich ironisch, der Kerl hatte Pranken.

„Moment, ich frage mal." Er telefonierte kurz, dann stand er auf und ging hinaus. „Ich geh mal nachfragen, die arbeiten in verschieden Räumen." Schiller fühlte sich ausgebrannt und blieb einfach sitzen. Es dauerte ziemlich lange, bis Siedler wieder zurückkam.

„Es sieht so aus, als habe der die ganze Zeit Handschuhe angehabt. Du, der Kerl ist Vollprofi! ..."

„... dann weißt du also gar nicht, ob er überhaupt bei Nierkamp war?" Schiller war enttäuscht.

„... lass mich doch ausreden. Bis auf einen Punkt. Als alles geschafft war, hat er sich ein Gläschen Whisky genehmigt. Da haben wir ihn: Satt, sauber, zweifelsfrei, auf der Flasche. Das Glas hat er offensichtlich nachher gespült, aber die Flasche vergessen."

„Oder aus Aberglauben eine einzige Spur ... Gott versuchen, nennt man das."

„Leider wissen wir überhaupt nicht, wann er seine Markierung gesetzt hat. Ich vermute, beim ersten Mal. Aber nur so aus dem Bauch. Die Flasche war schon eingepackt, als du gesagt hast, wir sollen das Geschirr noch dalassen. Künstlerpech."

„Weißt du noch, welche Marke?"

„Was, der Whisky? Vielleicht irgendwas mit T"

„Talisker, kann das sein?"

Siedler nickte. „Wieso, kennst du dich da aus? Ich denk, du bist ein Weinzahn?"

„Ach weißt du, ich war mal Skifahren in Livigno. Das ist ja so eine zollfreie Zone, ganz oben zwischen dem Engadin und Italien. Da gibt es 600 Arten schottischen Malt, die Italiener trinken ja mehr Malt als die Schotten. Vor zwanzig Jahren habe ich genau so eine Flasche da oben ausgetrunken. Als ganz junger Grünschnabel, mit einem uralten Polizisten." Schiller redete wie ein Buch, nur um nebenher zu überlegen können, was er zu der überraschenden Tatsache sagen sollte und was nicht. Das war die Flasche, die er abgewischt hatte.

„Der muss wirklich alt gewesen sein, wenn du ihn nicht einen Bullen nennst. Und du weißt noch genau, welcher Whisky das war?"

„Zala hieß er, Roderigo di Zala. Er war der pensionierte Chefpräsident von Interpol."

Siedler blieb der Mund offen stehen. Als Schiller nicht loslachte, es also kein Witz gewesen war, sagte er nur noch „Du kommsch aber au rum wie's schlechte Geld!"

Erst auf der Rückfahrt machte sich Schiller klar, dass er im Erzähleifer ja vergessen hatte, was er Siedler dazu sagen wollte: Die Flasche hatte er nach seinem ersten Glas ja sorgsam abgewischt und beim zweiten Mal, nach dem Einbruch, nicht angefasst; sie war der Beweis, dass Volpi beim Einbruch da gewesen war. Aber was hieß das? Es besagte nicht, dass er nicht auch der Mörder war. Also enthielt die Tatsache, die er versehentlich verschwiegen hatte, keine zusätzliche Information. Die beiden Techniker hatten offenbar auch nicht mehr gewusst, dass genau dies die Flasche war, aus der sie getrunken hatten, oder nichts gesagt. Also, sagte er sich, brauche ich mir über diese Tatsache auch nicht so laut den Mund zu verreißen; es muss ja nicht unbedingt in einem Protokoll zu lesen sein, dass der Chef der Mordkommission den toten Opfern ihren Whisky wegsäuft. Schon gar nicht, wenn ein Krenek mitliest!

*

Man hätte schon längst den Professor selbst über sein falsches Alibi und über die beiden Spuren in seinem Auto vernehmen müssen. Nach der Regel war das der Zeitpunkt, um einen Verdächtigen angesichts zwingender Indizien in ein Geständnis zu treiben.

Schiller brachte es in diesen Tagen nicht über sich, zu ihm zu gehen. Solange der Mann nicht wusste, ob seine Tochter am Leben blieb, hätte Schiller es als unanständig empfunden, ihn in dieser anderen Sache in die Zange zu nehmen. Es war genug, wenn er wahrnahm, dass die Polizei ihn beobachtete. Natürlich gab es Kollegen, und der zuständige Staatsanwalt hätte mit seiner Taktlosigkeit sicher ins gleiche Horn gestoßen, die gerade in dieser Lage gesagt hätten: Nützt den Druck doch aus, um ihn zu knacken. Das war unfair. Selbst wenn man sicher gewesen wäre, dass Lechler der Täter war, es war unvornehm. Aber wie es aussah, betrug die Wahrscheinlichkeit immer noch genau fünfzig Prozent.

Außerdem verfingen solche Methoden ziemlich sicher nicht bei Lechler. Der war so nicht zu überführen. Wie der dagesessen war im Krankenhaus, steil, stoisch, ungebeugt: Der redete, wenn er reden wollte, und schwieg, so lange er schweigen wollte.

Und was sollte auch bei einem Gespräch mit Lechler herauskommen? Er hatte sich nicht gemeldet, als sie sein Auto sicherstellten. Er hatte doch sicher von der Befragung seiner Frau erfahren und konnte sich denken, dass es um sein falsches Alibi ging. Bettina hatte ihm dann ebenso sicher gesagt, dass sie die Scharade beendet hatte. Die Antwort zu den Pfauenfedern wusste Schiller auch schon vorher.

Und zu dem Schaumfleck? Es war ja ziemlich wahrscheinlich ein Schaumfleck. Lechler konnte ihn erklären, oder er machte keine Aussage. Eher das Letztere, als ihn direkt anzulügen, so schätzte er ihn trotz des falschen Alibi ein. Und, mein Gott, es gab ja auch Zufälle!

Auch aus einem anderen Punkt scheute Schiller das Gespräch. Wenn er oder Bettina das Herumgealbere auf dem Volksfest mitbekommen haben sollten, wäre das peinlich. Noch peinlicher wäre es, wenn Lechler inzwischen wusste, was sich zwischen Schiller und Bettina abgespielt hatte. Und warum sollte Bettina das nicht berichtet haben? Sie hatte ja auch Schiller gegenüber nicht verheimlicht, was sie mit Lechler hatte. All das drängte ihn nicht gerade zu einem Gespräch.

Wie gesagt, Lechler war hochverdächtig, aber eine weitere Vernehmung brachte wahrscheinlich nichts.

Schiller rief jeden Tag im Krankenhaus an. Melanie erwachte aus ihrer Bewusstlosigkeit, der Kopf war in Ordnung, aber sie blieb auf der Intensivstation, weil es Probleme mit der Lunge gab. Richtig schlau wurden die Ärzte nicht daraus, bei einem der Anrufe sagte der Arzt, manchmal gewinne er den Eindruck, als ob sie gar nicht atmen wollte. Zuerst dachte Schiller nur bei sich: Das ist der Bauschaum. Aber dann rief er nochmals zurück und fragte den Arzt, ob man nicht auch eine mögliche empathische Reaktion von Melanie auf den Erstikkungstod ihres Idols erwägen sollte. Der Arzt war wie elektrisiert; über diesen Aspekt des Suizidversuchs hatte ihnen natürlich niemand etwas gesagt. Schiller schickte Katrin hin, und sie hatten ein ganzes Team zusammengeholt, damit sie ihnen haarklein vom Inhalt des Gesprächs mit Melanie berichten konnte.

In den folgenden Tagen gingen Schiller und seine Leute die ganzen Vernehmungen, die ganzen Aufschriebe, alle ihre Hypothesen bis hin zu den schrägsten Vermutungen immer wieder miteinander durch. Die Besprechungen wurden zu quälenden Sitzungen, weil weder ein neuer Impuls für die Ermittlungen noch eine neue Erkenntnis dazukam.

Die Kneipe in Weilimdorf, in der Volpi gesehen worden war, wurde rund um die Uhr überwacht, aber von Volpi fand sich, wie zu erwarten, keine Spur mehr. Auch die anderen Mafiosi oder Möchtegern-Mafiosi, die er dort getroffen hatte, wurden nicht mehr gesehen. Inzwischen war Schiller fest entschlossen, niemand mehr zu sagen, dass die einzige Spur, die man von Volpi hatte, mit Sicherheit vom Einbruch am Samstag herrührte und nicht vom Mord. Psychologisch hätte das Volpi weitgehend entlastet, ohne ihn aber – rein naturwissenschaftlich gesehen – als Mörder auszuschließen.

Irgendwer brachte dann die Idee auf, nochmals die Presse heißzumachen, damit sich vielleicht jemand, der zuvor auf Reisen gewesen war, jetzt an eine Person erinnerte, die ihm auf dem Weg zur oder von Nierkamps Wohnung aufgefallen war. Es meldeten sich auch einige vermeintliche Zeugen, aber bei denen war in kürzester Zeit klar, dass sie den Zeitungsbericht gar nicht genau gelesen hatten, Tage verwechselten oder einfach unspezifische Aussagen machten über Leute, die sie beim Besichtigen der Häuser beobachtet hatten. Das war nutzlos; der Weißenhof war ständig ein Ziel von Touristen, die sich neugierig umschauten.

Interessanter war nur ein Zeuge, ein älterer Mann namens Bühner. Der konnte sich immerhin noch genau an Tag und Stunde erinnern. Er hatte nämlich einem Bekannten an diesem Tag geholfen, seinen kleinen Stand mit historischen Messern auf der Antiquitätenmesse abzubauen, wahrscheinlich für ein paar Euro. Als alles eingepackt war, kurz vor acht war das, sei er vom Killesberg zum Kräherwald hinauf gefahren. Und zwar ziemlich langsam, weil er wusste, dass dort irgendwo eine Radarfalle war. Dabei wollte er beobachtet haben, wie in einer Parkbucht ein Mann aus einem Golf ausstieg und etwas Schweres, das für ihn wie ein eingepacktes Gewehr aussah, vom Rücksitz nahm und in den Kofferraum legte. Aber zuvor – und das habe ihn stutzig gemacht – habe der Mann, schon halb ausgestiegen, also die Füße schon auf dem Asphalt, aber noch auf dem Fahrersitz, mit seltsamer Bewegung etwas vom Gesicht abgezogen, so von unten herauf. Bühler machte es vor. Er hielt es für eine Gummimaske, wie man sie neuerdings manchmal am Fasching sieht. Die habe er in der Hand gehalten und mit dem länglichen Ding in den Kofferraum gelegt.

Das war eine ziemlich spezifische Information. Das Schlimme war aber, dass er nur wusste, dass es ein neueres Golf-Modell oder so etwas Ähnliches in einer der üblichen Farben gewesen war, aber sich weder an die Farbe des Fahrzeugs noch gar an die Nummer oder an Nummernbestandteile erinnerte. Um diese Zeit am Abend hatte die Welt keine Farben mehr. Er hatte den Mann bewusst erst wahrgenommen, als er praktisch auf gleicher Höhe war, und sich dann im Rückspulen an den Vorgang mit der Maske erinnert. Dabei hatte er sich ganz auf den Kopf und die Hände konzentriert.

Die letzte Hoffnung war, dass er vielleicht einen der beiden Verdächtigen auf einem Foto erkannte. Da bemerkten sie, dass sie von Lechler noch nicht einmal ein Bild in der Akte hatten. Er war ja auch noch nie erkennungsdienstlich behandelt worden. Schiller wandte sich an Langkammer von der Zeitung um Hilfe; zum Glück bekam er wenige Stunden später aus dem dortigen Archiv einige Aufnahmen, die Lechler gut erkennbar bei öffentlichen Anlässen wie der Verleihung des Hegelpreises zeigten.

Sie bestellten Bühner wieder ein; der kam gerne, weil man ihn wichtig nahm und es eine spannende Abwechslung zu seiner Kleingärtnerexistenz war, und vermutlich auch für seinen Stammtisch. Sie hatten die Bilder von Volpi und von Lechler, zum Teil auch verfremdet, vorbereitet. Aber er konnte keinen identifizieren, freilich auch keinen mit Sicherheit ausschließen. Die Figur, die die Maske zeigte, war ihm vage bekannt vorgekommen, irgendwoher aus dem Fernsehen, aber das ist ja so bei solchen Masken ... Und dann eben der Griff, dass der Mann diesen länglichen Gegenstand in der Form wie ein Gewehr ...

Sie überlegten: War das Volpi gewesen? Es konnte auch ein Gewehrlauf gewesen sein, mit dem Nierkamp niedergeschlagen wurde. Sogar ein eingepacktes Gewehr. Um sicherzugehen, wurde Dr. Kohler gefragt, und der bestätigte: Natürlich, auch ein Gewehrlauf. Aber erinnerte auch daran, dass das der Abend einer Waffenmesse gewesen sei, der Fahrer konnte das Gewehr dort gekauft haben. So bemüht der Mann war – Bühners Beobachtung war wertlos.

Dann geschah, zu aller Erleichterung, wenn man zynisch sein wollte, ein neuer Mord. In der großen Siedlung auf dem Steinhaldenfeld wurde eine 40-jährige Frau mit mehreren Messerstichen getötet. Das gab für zwei Tage eine hektische Unterbrechung. Dann stand fest: Es war die typische Beziehungstat, der Ehemann der Toten hatte jede Menge andere Frauengeschichten gehabt und nur noch sporadisch zuhause übernachtet und die Wäsche waschen lassen. Aber als die Frau sagte, sie lasse sich jetzt scheiden, und auch noch, nur um ihn zu ärgern, einen Arbeitskollegen als ihren Liebhaber ausgab, war er ausgerastet.

Nach zwei Tagen war das alles klar, und Schiller konnte Rogner und Jellinek beauftragen, die Sache vollends abzuwikkeln.

Danach kam bald eine größere Drogengeschichte daher, für die man alle verfügbaren Leute von der Kripo zusammenzog. Selbst Katrin, die sonst gerne die Rolle von Schillers Adjutantin spielte, war bei ihm nicht unentbehrlich und sah zu Schillers Bedauern von einem Tag auf den anderen wieder so aus wie vor ihrem Abstecher in die Philosophie. Aber sie versprach, sie werde sich jederzeit gern wieder in das Gör von der Uni zurückverwandeln.

Nur Krenek wurde nicht abgezogen, sondern saß Schiller jeden Tag oder jeden zweiten Tag zunehmend lästig im Genick. Er solle jetzt endlich Lechler verhaften. Was er denn noch zögere? Er mache ihn persönlich verantwortlich, wenn der noch über die Landesgrenzen abhaue. Zeit genug, seine Flucht vorzubereiten, habe er ihm ja sowieso schon gelassen.

Schiller zog sich auf die Position zurück, er sei noch nicht überzeugt.

*

An einem dieser Tage, es war ein Samstag, hatte Schiller einen Traum. Der begann mit einem langen Vorspiel, in dem Schiller sich auf einem Volksfest befand. Nachher konnte er darin unschwer das Frühlingsfest in Rottweil wieder erkennen. Die Augen, aus denen er das sah, waren aber nicht seine, sondern die eines jungen Regisseurs, den er flüchtig kannte; der hatte in Rottweil das Theater übernommen und wurde für seine Arbeit gelobt; Schiller hatte schon mehrfach mit Judith hinfahren wollen, es klappte aber nie. Der schaute aus dem Fenster seiner Intendantur, die in Wirklichkeit eine kleine Bude mit Blick auf den Markt hinaus war, und beobachtete Schillers eigene Figur, der dort stand und aus der Hand etwas aß. Beim genaueren Zusehen war es eine Currywurst. Als Zuschauer hatte er den Eindruck, dass der Schiller dort unten eigentlich dringend weiter wollte, aber sich unnötigerweise damit aufhielt, diese Currywurst sorgfältig zu Ende zu essen, bevor er sich suchend umschaute, wo er den Abfall lassen könnte. Einen Abfallkorb direkt hinter ihm sah er nicht. Seitlich davon stand ein Clown und beobachtete ihn grinsend. Am Ende warf der Schiller den Pappdeckel und die halb gegessene Semmel unter das Podest eines Kinderkarussells auf dem Platz und setzte sich in Bewegung.

Er ging los, um einen schemenhaft erkennbaren Menschen zu fangen. Das ganze Bild blieb in hellen Farben: helles Grau, helles Staubbraun, blasses Gelb und ein rötlicher Ton wie Pastell, aber alles wie ohne Sonne. Der Traumschiller schlich diesem Menschen hinterdrein, zunächst noch von oben gesehen, aber als der andere zu rennen anfing, war er wieder er selbst, der hinter dem anderen, wer immer der war, herhetzte. Es war auch Judith da, die mit ihm rannte, aber plötzlich ihren Fuß verletzte. Sie setzte sich in einem sehr kurzen Rock auf den Boden, er genierte sich für ihre langen nackten Beine, aber sie hatte wirklich eine große Reißzwecke in der Sohle eines ihrer eleganten italienischen Schuhe und wollte, dass er diese herausziehen sollte: Schnell doch!, während der von ihm Verfolgte schon hundert Meter weiter war, aber dort seltsamerweise wartete, als wollte er ihm rufen: Pack mer's wieder? – Der Traumschiller schaffte es nicht, den Nagel zu ziehen, sondern knickte einen Fingernagel am Mittelfinger schmerzhaft um und spürte auch, wie er sich dabei ärgerte, er gab ihr den Schuh zurück und rannte weiter. Als er schon auf ein Drittel heran war, schlug sein Verbrecher plötzlich einen Haken und verschwand in dem betonierten Eingang einer Höhle.

Die Höhle war hell und offen und auch in diesen blassen Farben.

Schiller schwitzte und tastete nach seiner Pistole, hatte aber keine dabei, dafür aber einen Gegenstand, der zunächst so ähnlich aussah wie ein Korkenzieher aus knorrigen Weinreben, der war aus dem Soave-Gebiet, so etwas weiß man ja im Traum; kurz darauf war es aber eine Pfeife, die Beretta hieß. Und als Schiller sich den Traum nachher nochmals vorstellte, war es exakt die Dunhill-Pfeife, die Lechler bei Schillers erstem Besuch in der Hand gehabt hatte. Schiller hielt die Pfeife mit beiden Händen wie eine Waffe vor sich, hatte sie vielleicht sogar vom Boden aufgehoben, als sie der Flüchtende verlor, wenn der Flüchtende Lechler war, der jetzt Lächler hieß, und fand sich in einer sehr langen Höhle, die weder dunkel noch feucht war, sondern überall hell ausgeleuchtet, zwar höhlenförmig und an den Wänden grob wellig verputzt, so wie die Mineure frisch ausgebrochene Tunnels sichern, dabei wie ein Kellerflur mit einem glatten trockenen Zementboden. An einer Wand hing das Gemälde von Strich-Chapell, über das er mit Lechler gesprochen hatte. Schiller hastete weiter. Irgendwoher sagte jemand „Endrizzi", das war Reiss' Stimme, der überhaupt von einer höheren Etage wie durch Glas auf ihn herunterschaute und amüsiert und unbeteiligt aussah. Aber er, der Traumschiller, wollte es jetzt partout wissen: War es Lechler oder war es Volpi, hinter dem er her war?

Die Einrichtungsgegenstände wurden zahlreicher, einige, ein Wasserkessel, sahen aus wie von Alessi gefertigt, ein postmoderner Sessel war da, von so einem postmodernen Architekten entworfen, Materialmix, er wusste den Namen des Designers und wusste ihn doch nicht, dann fiel er ihm ein, ja, Mendini, auch ein Italiener ... und sein Verbrecher war immer noch vor ihm, er sah ihn nicht immer, einen Kilometer waren sie sicher schon gerannt.

Alles ebenerdig. Sie kamen an eine Stelle, da ging es geradeaus weiter, ein anderer Zweig ging nach links. Eigentlich berührten sich zwei Röhren, gleich ausgestattet, wie ein X. Irgendetwas lenkte ihn ab. Er wusste nicht mehr, war sein Gesuchter geradeaus oder nach links in das andere System entwichen? Er trat hinüber, um zu schauen und zu hören, war er dort, oder rechts, weiter ins Gebirge gerannt? Oder stand er irgendwo und lachte ihn aus?

Erstaunlicherweise spürte Schiller keinerlei Klaustrophobie, wie er sie sonst in jeder Höhle sehr schnell bekam. Berichte über Höhlentaucher lösten Angstzustände bei ihm aus. Aber hier waren alles höhlenförmige Spazierwege, nur dass er jetzt nicht mehr wusste, wohin laufen. Das Problem wurde gelöst. Hinter seinem Rücken baute sich wie von Geisterhand zwischen den beiden Höhlen eine Mauer auf. Aus Kalksandsteinen. Aha, der Baustoff wollte ihm auch etwas mitteilen, auch diese Wand war weiß. Er war jetzt im anderen System, nicht in dem, in dem er gekommen war. Auch hier kleine Wandtischchen in Pastellfarben. Mendini. Schiller trollte sich in den Gang, der vor ihm lag. Er ging immer langsamer, die Spannung war weg. Da lehnte eine Schaufensterpuppe, die er aber nicht anfasste, er meinte in ihren Formen den Körper von Bettina Haller zu erkennen, aber ohne Kopf und ohne Geschlecht; bald war die Höhle weniger hell beleuchtet und führte etwas abwärts. Er fing an, seine Beklemmungen zu bekommen, ging jetzt schneller, rannte aber nicht, und schaffte es gerade noch rechtzeitig aus dem Berg wieder heraus. Er fand sich nicht weit von dem Punkt, wo er ihn betreten hatte, und schaute von einer Brücke auf einen Graben hinunter, wo sich irgendetwas Schlimmes abspielte, ein blutiges Ritual, aber man durfte nicht hinunterschauen.

Zurück im Volksfest fehlte ihm der Verbrecher. Und es fehlte ihm Judith. Ein Verlustgefühl packte ihn, die Bilder dazu stammten von Leslie Caron aus dem Film „Ein Amerikaner in Paris“, den er als verliebter Schüler gesehen hatte, und so suchte der Traumschiller jetzt die verlorene Partnerin. Judith war weg, er stand mit leeren Händen da. Auf einem Platz so weit wie die Place de la Concorde, und Gershwins Musik besetzte seinen Kopf wie ein Ohrwurm, tei-ta-taaa tei-ta-taaa ...

Da plötzlich wurde ihm klar: Es war Lechler. Das war alles die Veranstaltung von Lechler. Der hatte ihm die ganzen italienischen Designgegenstände an den Weg gestellt. Es war nicht Reiss, sondern Lechler, der „Endrizzi“ gerufen hatte, es war ja auch Lechlers Pfeife in seiner Hand, scheinbar auf diesen gerichtet, in Wirklichkeit ein Spielzeug. Lechler war der Clown, der Lächler von dem Jahrmarkt, der hinter jeder Ecke der Höhle wartete, um ihm eine Grimasse zu schneiden.

Auf dem Jahrmarkt ließ jemand ein junges Mädchen ohne Blut tanzen wie eine Marionette aus Pappmaché; Lechlers eigene Tochter Melanie war das, die wie ein Apparat rotierte ... und dabei stand immer irgendwo Lechler mit seiner schönen, hellen, schottisch aussehenden Sportjacke aus Harris-Tweed, mit sandfarbener Cordhose – oder war es *cavalry twill?* – perfekt gekleidet im Stil eines Landadligen, wie er sich ihm vorgeführt hatte. Die Marionette verschwand. Schiller fand seine Judith wieder, hatte dabei Angst, irgendwoher von einer kopflosen Schaufensterfigur angegriffen zu werden, aber die kam nicht. Judith, sonderbar lüstern, tanzte herum, Capurro war irgendwie auch da und hatte mit dem Taschenmesser die Reißzwecke aus der Schuhsohle herausgezogen; die hochhakkigen Schuhe waren zwar die gleichen, aber knallrot wie bei einer Stripperin, wie eine amerikanische Kollegin dazu einmal gesagt hatte. Schiller nahm Judith an der Hand, da verlor sich der Traum ins Irreale des Erwachens.

Sein Traum warf ihm vor, dass er die Currywurst gegessen und die Reste unter das Kinderkarussell geworfen hatte. Statt ...? – Er wusste es nicht.

Erstaunlicherweise war die unerklärliche Wirkung dieser Phantasmagorien, dass Schiller überzeugt war, er müsse die Figur des blutrünstigen Volpi als unergiebig verlassen und in diesem helleren, verspielteren, bergauf führenden, warmen und ordentlicheren Teil der Höhle, die aber auch ihre Gefahren barg, nach dem wirklichen Täter suchen. Der konnte nur Lechler sein. Reimann war abgehakt, der war kein Mörder, nur ein Schnorrer.

Am nächsten Morgen war er vollkommen überzeugt, dass Volpi nur einmal, nämlich am Samstag, in der Wohnung gewesen war. Man steigt nicht zweimal in den gleichen Fluss, sagt einer der alten Philosophen. Er schrieb auch einen Aktenvermerk, dass die Whiskyflasche nach dem Mord von jemand abgewischt worden war, und folglich Volpis Abdrücke erst vom Samstag stammen konnten.

Als er Judith beim Frühstück von dem Traum erzählte, dabei sich nach und nach die Bruchstücke wieder zusammenfügte und ihr von der Folgerung berichtete, die er gezogen hatte, lachte die ihn aus: „Das hast du doch schon tagelang gewusst. Das habe sogar ich gespürt, sooft du darüber was gesagt hast. Du wolltest es dir nur nicht eingestehen wegen diesem Flittchen, wahrscheinlich bist du noch immer scharf auf sie! – Wenn er im Knast sitzt, könntest du sie leichter besuchen und durchbürsten! Doch dann ziehe ich dir die Haut ab, das sage ich dir!"

*

Am nächsten Werktag meldete sich Schiller bei Lechler. Er könne jederzeit kommen, sagte der. Wenn's recht sei, zum Kaffee. Um halb vier?

Einen Moment fürchtete Schiller, Lechler könne in der Zwischenzeit entweder abhauen oder sich etwas antun. Das waren kleine Risiken. Der Freitod ist für einen Mörder eine vornehme Lösung. Und als Philosoph haut man nicht ab, siehe Sokrates.

Wenn der Mann aber ein Geständnis ablegen wollte – und nach Schillers Einschätzung waren sie darauf angewiesen, dass er das tat –, dann vielleicht jetzt. Das Ambiente könnte das erleichtern. Einem Grandseigneur in seiner Rolle fällt Lügen und Leugnen schwerer als einem Angeklagten auf dem Holzschemel.

Lechler empfing ihn als der alte. Höflich, verbindlich, seine Figur war zwar schmaler und sein Gesicht nicht mehr so rosig, sein Lächeln mehr eine Andeutung. Aber es war wieder da. Lechler. Der Lächler.

Zuerst sprachen sie über Melanie. Lechler dankte ihm und seiner Kollegin für ihr Kommen in dieser schweren Stunde. Das habe ihm viel bedeutet. Er fragte nicht, woher sie so schnell davon erfahren hatten; vielleicht nahm er an, dass sie ihn rund um die Uhr bewachten. Dann berichtete er, dass sie noch nicht über den Berg war. „Man kann nur hoffen."

„Und beten." Schiller wusste nicht, wieso er das ergänzt hatte. Jemand hatte ihm doch gesagt, Lechler sei Agnostiker.

Scheues Lächeln. „Wenn Sie das könnten und tun würden, wäre ich Ihnen dankbar." – Ein eigenartiger Satz aus dem Mund eines gottlosen Philosophen!

„Meine Kollegin Katrin und Melanie hatten sich etwas angefreundet. Kurz vor der Tat hat sie sehr hart über Sie gesprochen. Und die Vorwürfe Ihrer Frau mussten wir auch mithören."

Lechler war stark genug, auch das aufzufangen. „Ja, als ich jung war, habe ich meinen Eltern auch sehr ungerechte Vorwürfe gemacht."

Daran anschließend sagte er, dass seine Frau ihn verlassen habe, und fügte hinzu, dass er zur ganzen Sache keine Aussagen mehr machen wolle. Schiller musste das respektieren. Aber er verschonte ihn nicht mit der Frage, wie er sich künftig dem Schuldvorwurf seiner Tochter und seiner Frau stellen und damit umgehen wolle, lebensgeschichtlich wie philosophisch. Jedenfalls könnten seine guten Absichten nicht als solche erkannt und akzeptiert werden. Autorität könne doch nicht einfach kritiklose Hinnahme verlangen, sondern müsse Freiräume für die eigene Überzeugungsbildung und auch für Umwege und Irrtümer eröffnen. „Haben Sie Ihrer Tochter den Raum gelassen, um in Freiheit selbst ja oder nein zu sagen?" Schritt für Schritt führte das zu der Frage nach Lechlers Begriff von philosophischer Wahrheit.

„Was ist Wahrheit?", seufzte er. Aber Schiller forderte ihn heraus, das müsse jetzt schon auf den Tisch. Und in einen langen Gespräch kam genau das heraus, was Reiss schon vorhergesagt hatte: Lechlers Angst, die Wahrheit aufs Spiel zu setzen. Sein fehlendes Vertrauen auf ihre innere Überzeugungskraft. Das griechische Wort dafür fiel Schiller nicht mehr ein. „Sie glauben nicht, dass die Wahrheit selbst genug Kraft hat, um zu überzeugen und bekehren. Sie meinen, Sie müssten sie beschützen. Sie sind ein kleingläubiger Aufklärer."

Lechler widersprach, verteidigte sich. Aber ohne Glanz. Vor Schiller saß verkörpert die Tragik eines Konservativen. Er hatte Format und gestattete sich keine Ausflüchte in den Spleen, die Spielbank, die Narretei oder das Sammeln von

Modelleisenbahnen, sondern stand und kämpfte für seine Haltung. Schiller stellte ihn sich vor als Kapitän eines untergehenden Schiffes.

Irgendwann im Gespräch sah Schiller in dem großen Lebenskünstler nur noch eine Maske. Viel von seiner Haltung, auf die er sich bis zu diesem Moment verlassen hatte, sogar, als er stoisch steil im Wartezimmer saß, war Pose. Seine ganze Liebenswürdigkeit war angelernt. Warum hatte er das nicht viel früher erkannt? Er betrachtete den Mann vor sich wie ein Fossil, den Vertreter einer schon ausgestorbenen Lebensart. Und konnte ahnen, wie diese dem kleinen Konrad von einer selbstgerechten, mit ihrer Liebe erdrückenden Mutter aus dem Milieu der Stuttgarter Halbhöhenlagen als Routine andressiert worden war. Er hätte sich die Namen der Familien aufsagen können, jede mit ihrem Straßennamen, die Gerok, Kapff, Planck, Engelhorn, Gutbrod, Schäffle, Armbruster, Wulle, Bleyle, Raiser, Hangleiter, Siegle, Stälin ...

Sie kamen nicht mehr weiter. „Ich hatte gehofft, in Ihnen die Möglichkeit zu entdecken, dass Sie unschuldig sind. Obwohl Sie Ihrer Tochter die Luft zum Atmen genommen und vielleicht nun auch Ihre Frau verloren haben. Wahrscheinlich konnten Sie Nierkamp nicht leben lassen. War es so?"

Lechler schüttelte den Kopf. „Ich dachte, der Spuk geht vorbei. Aber ich weiß, das Rechtssystem *hat die Aufgabe, Schuldsprüche oder Freisprüche zu produzieren.* Nicht die Wahrheit. Und habe verstanden, dass Sie mit mir wie mit einem Schuldigen sprechen. Meinen Sie, ich sollte mir einen Verteidiger besorgen? Wenn Sie können, nennen Sie mir bitte jemand, der in Ihrer Klasse spielt. Wen würden Sie denn als Gegner respektieren?"

„Darauf kann ich Ihnen keine Antwort geben. Doch Sie sollten sich tatsächlich einen Verteidiger bestellen. Ich persönlich bin überzeugt, dass Sie Nierkamps Mörder sind."

Lechler hob die Schultern und wirkte von dieser Mitteilung nicht gerade überrascht. „Ja, wenn Sie das glauben, kann ich Sie nicht daran hindern. Aber ..." – Lechler machte eine Geste der leeren Hände. Das konnte bedeuten, dass Schiller nichts in der Hand habe, oder dass Lechler dazu nichts zu sagen habe. „... wie wollen Sie denn das begründen?"

– Klack, machte es in Schillers Kopf. Lechler hatte nicht den einen einzigen schlichten Satz gesagt: Ich war es nicht. Den Satz, den nach Schillers Überzeugung jeder wirklich Unschuldige sagt. Zwar hatte er sich nicht schäbig hinter der Beweislage versteckt, aber auch nicht die Tatsache, nur die Begründung bestritten.

„Herr des Verfahrens ist der Staatsanwalt. Ob und wann ein Haftbefehl ergeht, weiß ich nicht. An Ihrer Stelle würde ich vorsorglich ein paar Dinge ordnen, damit es Sie nicht unvorbereitet trifft."

Jetzt lächelte er wieder. „Besuchen Sie bitte meine Melanie, falls ich eingebuchtet werde." Ob das ironisch war?

„Mach ich", sagte Schiller unpathetisch. Hoffentlich hatte er sich da nicht eine lebenslange oder gar lebenslängliche Verpflichtung aufgebürdet!

Als er nach Hause fuhr, war er vollends überzeugt, dass Lechler der Täter war. Wenn nur auch die Aktenlage genauso überzeugend wäre!

*

Schillers Urteil über die Beweislage war nicht gefragt. Nachdem vorher Reimann und mit der Datierung der Fingerspuren auch der einzig plausible Hinweis auf eine Beteiligung Volpis an der Tat weggefallen war, versteifte sich der Staatsanwalt darauf, dass die Beweislage zu Lasten von Lechler unanfechtbar sei. Er verlangte von der Polizei ihren vorläufigen Abschlussbericht.

Niemand wunderte sich nach den vorangegangenen Querelen mit Krenek, dass sich Schiller zurückhielt. Der Bericht musste nicht von seiner Hand sein. Schiller holte das Team zusammen, verteilte die Themen und forderte sie auf, ihre Feststellungen in eigener Verantwortung zu treffen. Er werde alles bündeln und, natürlich mit seiner Unterschrift, weitergeben. Sooft die Kollegen kamen und sein Urteil über eine zusammenfassende oder wertende Formulierung erfragten, diskutierte er mit ihnen, aber versuchte nicht, ihnen seine Sicht aufzudrängen.

Auf der Motivseite wurden zwei Faktoren herausgearbeitet. Da war Lechlers ideologischer Gegensatz, ja sein Hass auf Nierkamps Ansichten und die Methoden, mit denen der sie in Umlauf brachte. Und, noch wichtiger: Lechler wollte um jeden Preis verhindern, dass seine Tochter Melanie mit Leib und Seele dem Verhassten verfiel und als Nachfolgerin von Bettina Haller zu dessen nächster Favoritin wurde. Dafür sprach, dass die Haller dabei war, ihre Arbeit abzuschließen, und Melanie sich nach ihrer Rolle drängte. Dass er dazu ein Verhältnis mit Bettina Haller eingegangen war, galt als Beweis für sein planmäßiges Handeln.

Die wesentlichen Sachindizien waren schon lang und breit erörtert und mussten nur noch zusammengestellt werden. Die stärksten Indizien waren die Pfauenfeder und der Fleck im Kofferraum.

Schiller hatte kein gutes Gefühl, als er den Bericht unterschrieb. Er fügte einen Vermerk bei, dass erfahrungsgemäß so ein Abschlussbericht nochmals neue Reflexionen auslöse und vielleicht auch noch weitere Ermittlungen anstoßen könne. Er stelle anheim, auf diese Phase des Nachdenkens nicht zu verzichten und mit der Klageerhebung, falls die Staatsanwaltschaft sie überhaupt für gerechtfertigt halte, noch einige Zeit zuzuwarten.

Diese Bemerkung brachte Schiller einen weiteren wütenden Anruf von Krenek ein. Was er sich herausnehme, das stehe allein zur Disposition der Staatsanwaltschaft! Gut, sagte Schiller, das sei nur eine Anregung gewesen. Der Mann war begierig darauf, sich den Erfolg eines Kapitalprozesses ans Portepee zu heften. Sollte er. Kein Neid, das ist jetzt nicht mehr mein Ding.

Krenek beantragte ohne weitere Rücksprache einen Haftbefehl. Wenn Lechler einmal verhaftet sei, werde der schon reden. Das wurde Schiller aus der Staatsanwaltschaft zugetragen, doch er hörte nicht hin.

*

Mit dem Wegfall des Drucks erinnerte sich Schiller schon an das erste Versäumnis, das ihm selbst unterlaufen war. Er hatte diesen Punkt schlicht vergessen. Man hätte die Pfauenfedern, von denen das Bruchstück angeblich stammte, auch zur Analyse wegschicken müssen. Schiller fragte sich nur, warum dies im ganzen Verlauf der Ermittlungen niemand sonst aufgefallen war. In seinem Protokoll war klar zu lesen, dass die fünf Federn in der Wohnung der Bettina Haller vorhanden waren.

Er fuhr sofort zu Bettina und kam sich wie ein Verräter vor. Er konnte ihr ja nicht sagen, dass Krenek den Haftbefehl gegen Lechler beantragt hatte, und hoffte nur, dass sie ihn diesmal mit Distanz nur als den Bullen behandelte. Sonst gerieten wieder einmal der Dienstschiller und der emotionale Schiller in einen kaum auszuhaltenden Widerspruch. Am vielleicht letzten Tag, an dem Lechler frei war, wollte er sich auch nicht zwischen die beiden drängen. „Hände weg von der Puppe“ hatte der Traum klar genug gesagt. Nicht dass er grundsätzlich etwas dagegen hatte, mit einer zu schlafen, die auch mit einem Mörder schlief. Aber doch besser nicht jetzt!

Als er in die Wohnung kam, traf er allein auf Anita, die Mitbewohnerin. Bettina war zu einem Aristoteles-Kongress nach Louvain gefahren, wollte danach ihre Mutter in Wuppertal besuchen und kam erst in zehn Tagen zurück.

Anita tat es nicht gern, aber ließ ihn ins Zimmer. Da stand noch die Vase, aber sie war leer.

Schiller wollte schon enttäuscht wieder gehen. Aber dann bat er Anita um ein weiches Küchentuch, wischte den Staub der Platte darunter auf und stopfte es in einen Asservatenbeutel.

Siedler ließ das Tuch untersuchen, und tatsächlich fand sich ein einziges kleines Bruchstück vom Strahl einer Pfauenfeder. Doch er wollte es nicht einschicken. Schon bei dem ersten Bruchstück war ihm die Wahrscheinlichkeit nicht überzeugend genug gewesen. Er machte einen Aktenvermerk. Das könne nur zur Entlastung des Angeklagten dienen. Wenn es der Verteidiger beantrage, könne man immer noch das Gutachten einholen.

Schiller nutzte die ruhigen Tage, um sein Vorlesungsskript vollends zu überarbeiten. Doch die Ruhe war nur äußerlich und auf der Oberfläche. Jeden Morgen irritierte ihn der ungelöste Fall mit neuen Traumresten. Und am irritierendsten daran war, dass sich darin allein Lechler mit seiner ruhigen höflichen Gelassenheit immer gleich blieb. Der Traumschiller hetzte, verfolgte ihn, strampelte sich ab, und doch blieb der andere, ruhig schreitend, immer vor ihm. Nierkamp tauchte auf, überraschenderweise als Statue aus Pappmaché in der Form des Komturs aus dem Don Giovanni, die man ständig woanders hinstellte. Bettina war dabei, in obszönsten Posen mit den Pfauenfedern im Hintern, und im nächsten Moment als strenge Professorin am Pult. Reiss war da, Judith natürlich, aber auch Katrin in immer neuen Verkleidungen, und immer wieder neue Figuren aus dem Personal des Falles bis hin zu Krenek, dem Staatsanwalt. Immer war das Panoptikum hell ausgeleuchtet. Und nie gab es einen Sinn, wenn Schiller am Morgen über das Erinnerte nachdachte.

Dafür brachte der Postbote eines Tages ein Paket aus Riva del Brenta. Darin waren zwei Paar von Judiths hochhackigen Lieblingsschuhen, ein Paar schwarze, wie sie sie damals bei Reiss getragen hatte, und ein Paar in genau der knallroten Farbe wie in jenem ominösen Traum. Und eine Karte von Capurro mit einer stehenden Einladung; vielleicht kämen sie ja einmal – dienstlich oder privat – in seine Gegend.

*

Und dann kam Schiller eines Morgens ins Präsidium und traf auf eine verheulte Katrin. Vor wenigen Minuten hatte der Oberarzt angerufen, dass Melanie Lechler gestorben war. Schiller wusste in diesem Moment nicht viel zu sagen. Seit dem ersten Moment in der Notaufnahme hatte er es befürchtet. Er zog einen Stuhl heran und drückte Katrin hinein. Er selbst blieb stehen und strich ihr über die Haare. Dann setzte er sich gegenüber. Auch ihm ging der Tod des jungen Mädchens nahe, obwohl er sie nie gesehen hatte.

Lechler musste in diesem Moment auf dem Weg in die Klinik sein. War es fair, sich in diesem Moment neben dem verzweifelten Vater vor sein totes Kind zu stellen? Normalerweise hätte er sich gesagt, als Ermittler dürfe man das nicht. Aber es gab noch eine andere Ebene, die jetzt, nachdem der Fall aus seinen Händen genommen war, ihr Recht verlangte. In ihren letzten Gesprächen war die Rollenverteilung ja kaum mehr die zwischen Ermittler und einem Verdächtigen gewesen, sondern sie waren sich auf einer anderen Ebene gegenübergetreten. Es war ein Ringen zwischen zwei Lebensentwürfen, von gleich zu gleich. Nein, Lechler würde sein Kommen nicht als Zudringlichkeit der Staatsgewalt missverstehen. Eher als eine ausgestreckte Hand.

„Komm, wir fahren hin!" Er spürte, dass Katrin für diese Entscheidung dankbar war.

Die Mutter der Toten, sagte die Krankenschwester, hatte man noch nicht erreichen können. Lechler war allein. Er war noch bleicher, hielt sich noch gerader, wirkte noch stoischer, beinahe apathisch. Schiller fielen seine Hände auf, auch sie bleicher, schlichter als sonst. Er hielt die Hand seiner Tochter zwischen beiden Händen, als könnte er sie wärmen oder ihr etwas geben. Die Narbe an ihrem Puls war noch immer rot. Lechler starrte auf einen Punkt jenseits des erloschenen Gesichts. Melanie war ein sehr schönes Mädchen gewesen. Als Schiller und Katrin dazutraten, schien der Vater das zu registrieren, aber drehte nicht den Kopf und sagte auch nichts.

„Furchtbar", sagte Schiller leise. Er suchte nach einem Satz, den er hätte hinzufügen können, aber was ihm einfiel, war entweder pompös oder läppisch. Er versuchte sich auszudenken, was in ihm vorginge, wenn er wie Lechler sein einziges Kind auf diese Art verloren hätte, aber das gelang nicht. So fasste er nur Lechlers Unterarm mit einer stummen Geste der Solidarität und zog sich dann langsam zurück. Katrin trat neben den Vater, streckte die Hand aus und streichelte den schmalen Arm der Toten. Dann verließen sie wortlos den Raum, und außer einigem Schniefen hatte keiner das Bedürfnis zu sprechen.

„Ich verstehe es nicht“, sagte Katrin, als sie im Auto saßen, nur um irgendetwas zu sagen. „Sie war so toll. So voller Begeisterung. Wir wären Freundinnen geworden.“

„Man versteht es nie.“ Mehr sagte er nicht. Müßig, jetzt zu spekulieren. Dem Entschluss eines Menschen, sei er jung oder alt, seinem Leben ein Ende zu setzen, kann man hundert Wenn und Aber entgegenhalten, man wird ihm nicht gerecht werden. Schiller spürte in sich einen Zorn, eine animalische Wut. Erstaunlicherweise nicht auf Lechler, der ihm sogar leidtat in seiner grotesken Tragik, und auch nicht auf den toten Nierkamp, den man am ehesten als Ursache für diesen Ausgang hätte bezeichnen können. Es war ein Zorn des Lebens auf den Tod, der wie der böse Wolf ein Schäfchen zur Unzeit aus dem Pferch gerissen hatte. – Seltsame Gedanken im Kopf eines Menschen, dessen Beruf der gewaltsame Tod ist! Stirbt nicht jedes Opfer zur Unzeit? Ja und nein, sagte er sich. Es ist anders, wenn man hinausgeht aus dem Pferch. Die meisten Opfer suchen ihren Mörder, und womit man umgeht, damit wird man besudelt. Peter Noll, der am Krebs starb und das in einem wunderbaren Buch protokollierte, hat daraus eine Wissenschaft zu machen versucht, die *Viktimologie*, die Wissenschaft vom Opfer. Sie kann den Täter nicht entschuldigen, aber erklären, wie man Opfer wird – oder nicht wird. Aber sie versagt vor der sinnlosen Gewalt. Und zehnmal versagt sie vor einem Fall wie hier, wo ein junger Mensch sein Leben dem Verführer Tod selbst in die Hand legte.

„Schiller, was hast du?“ Katrin sah ihn besorgt an.

„Ach, nichts. Ich habe mich gefragt, ob ich deswegen jemand hasse. Aber ich finde keine Antwort.“

*

Wenige Tage später war der Haftbefehl unterschrieben. Schiller hatte keine Lust, selbst die Verhaftung vorzunehmen; das hätte einen allzu schalen Beigeschmack gehabt. Er schickte seinen Stellvertreter Fahnauer, der nahm den alten Rogner mit.

Lechler ließ sich, so sehr er im Moment verblüfft gewirkt hatte, in seiner gelassenen Höflichkeit nicht stören. Er hatte das Nötige gepackt. Die Beamten wunderten sich, wie gleichmütig er alles über sich ergehen ließ; bei der Einlieferung in Stammheim bedankte er sich – fast schüchtern lächelnd – sogar dafür, dass sie auf unnötige Vorwürfe und unnötiges Bedauern verzichtet hatten. Das war Lechler wieder. Früher einmal hatte Reiss, als von ihm die Rede war, sogar von ‚sokratischer Heiterkeit' gesprochen.

Lechler hätte sich gerne von Dr. Haile vertreten lassen, berichtete Fahnauer, aber der habe zu seinem Bedauern wegen einer möglichen Berührung mit dem Fall des jungen Reimann abgelehnt. Alle dachten jetzt, er werde einen „Staranwalt" von auswärts engagieren. Stattdessen beauftragte er einen jüngeren Strafverteidiger namens Flöter und machte auf dessen Anraten bis zum Prozess keine Angaben zur Sache. Er ließ sich Bücher in die Untersuchungshaft schicken und arbeitete.

Die Verhaftung eines Professorenkollegen von Nierkamp sorgte landesweit für Aufsehen. Die Presse überschlug sich mit Vermutungen. Der Presse-Staatsanwalt war nicht besser als in anderen Fällen die Pressestelle der Polizei und suhlte sich in der Prominenz des „mutmaßlichen" Beschuldigten. Krenek selbst, publicitygeil und profilierungssüchtig, machte eine Fülle von Andeutungen, die er in diesem Stadium des Vorverfahrens gar nicht mit Fakten unterlegen durfte. Die Bildzeitung hatte von einem indiskreten Nachbarn erfahren, dass sich Lechlers Frau von diesem getrennt habe und aus der gemeinsamen Wohnung ausgezogen sei, und trompetete am einen Tag das Motiv „Eifersucht auf Geliebte des Toten?" hinaus, und am nächsten unter Verdrehung aller Chronologien: „Wollte Vater Tod der Tochter rächen?“ Natürlich stand bei diesem Rummel auch bei Schiller das Telefon nicht still. Der Staatsanwalt hatte den Journalisten mit seinen Andeutungen den Mund wässerig gemacht, also versuchten diese, etwas aus der Polizei herauszufragen. Doch Schiller zog sich jedesmal auf die Position zurück: Kein Kommentar, wir haben den Fall abgegeben. Wir wären nur zuständig, wenn jemand mit Tatsachen ankäme, die neue Ermittlungen auslösen.

Schiller versuchte, nicht ständig weiter an den Fall zu denken, und arbeitete an diesem Donnerstag endlich wieder an seinem Vorlesungsskript.

„Verzeihung, bearbeiten Sie den Mord auf dem Weißenhof? Man hat mich hierher geschickt.“

Schiller betrachtete die junge Frau, die da in der Tür stand, in Jeans und Lederjacke und mit ein paar schrägen Strähnen im Haar, in der Hand eine Mappe aus transparentem Wellplastik, wie er sie mehrfach bei den Studenten der Kunstakademie gesehen hatte. Etwa gleich alt wie Bettina oder Katrin, vielleicht einen halben Kopf größer als die beiden, in der Körperhaltung entspannter, aber nicht uninteressant. Das ist wohl der Fall der jungen Frauen, dachte sich Schiller, ohne noch zu wissen, was er eigentlich damit meinte, und bot ihr Platz. Sie hatte ein ebenmäßiges Gesicht mit einer winzigen charmanten Narbe am Kinn und große ruhige Augen von einer unbestimmbaren Farbe. Er hätte nicht sagen können, ob ihn diese Augen erwartend oder vorwurfsvoll oder eher forschend ansahen, und hätte sich nicht gewundert, wenn sie als nächstes gesagt hätte, sie sei Philosophin. Aber sie sagte mit einem Anflug von Lächeln, das vielleicht um Nachsicht bat: „Verzeihen Sie, dass ich mit dieser Sache erst jetzt auftauche. Sie müssen mich für furchtbar doof halten, aber ich habe lange keine Zeitung gelesen. Ich war so in mein Projekt versenkt. Vielleicht ist es auch nicht wichtig. Es ist nur ein Foto. Ich muss es an dem Abend aufgenommen haben, an dem dieser Professor ermordet wurde.“

Die Besucherin hieß Verena Frei und war Kunststudentin an der Akademie auf dem Weißenhof. Aha, dazu passten diese schauenden Augen. Sie zog den Ausdruck eines Fotos heraus, das sie, wie sie sagte, am Tatabend aufgenommen hatte und das nach ihrer Ansicht möglicherweise den Täter auf dem Weg zu Nierkamps Wohnung zeigte. Datum und Uhrzeit waren am unteren Rand eingeblendet: „30.04., 20:09".

Schiller holte Katrin dazu, um ihre Befangenheit zu lokkern, und ließ Verena Frei genau erklären, wie sie dazu gekommen war, ausgerechnet dieses Foto aufzunehmen. Schiller hatte keinen Grund, der sympathischen Frau zu misstrauen; trotzdem war Misstrauen angesagt, wenn jemand erst nach Wochen in einer entscheidenden Prozessphase mit so etwas ankam. Es war einfach nicht ganz auszuschließen, dass das eine getürkte Geschichte war, mit der irgendwer, weil es ernst wurde, einen Entlastungsangriff versuchte. Oder jemand aus dem Umfeld Nierkamps wollte jetzt, wo die Meute losgelassen war, noch eins draufgeben.

Doch Verena gab sich keine Blöße, berichtete ohne Widersprüche und schilderte völlig plausibel ihr Projekt. Sie könnten auch gleich mit ihr nach Cannstatt fahren und die anderen Aufnahmen ihres Projekts ansehen; sie nannte auch Kommilitonen, denen sie die vorliegende Aufnahme schon vor Wochen gezeigt hatte. Schiller und Katrin gingen gleich mit ihr. Sie hatte noch zwei andere Aufnahmen von der Szene im Speicher und rief sie auf. Sie waren jeweils 30 Sekunden später aufgenommen, aber weniger deutlich und zeigten vom Gesicht des Mannes so gut wie nichts. Das eine zeigte praktisch nur eine Hand mit einer Tragetasche. Es war nur noch Routine, dass Katrin mit Verena an die „Aka" ging und sich von den anderen Studenten bestätigen ließ, dass sie das Bild aus Verenas Tageslauf-Projekt schon vor Wochen gesehen hatten. Gleichzeitig holte Schiller Erkundigungen über Lechlers Anwalt ein. Ihm traute niemand eine Manipulation zu.

Der einzelne Mann auf der Aufnahme war anscheinend im Begriff, sich zur Haustür des Wohnhauses zu drehen, schaute aber nochmals zur Seite, als ob er sich versichern wollte, ob ihn jemand beobachtete. In der linken Hand trug er die sehr auffällige helle Tragetasche eines Damenmodegeschäfts in der

Innenstadt; ihretwegen, weil sie gar nicht zu dem unscheinbaren Träger passte und der Sonnenreflex darauf lag, hatte die Studentin das Bild überhaupt aufgenommen.

Das Gesicht des Mannes sah man nur von der Seite und auch nur bis zur halben Stirn, aber es war eindeutig, dass dies nicht das Profil Lechlers war. Da der Gesichtsausdruck einige Kollegen an Berlusconi erinnern wollte und Lechler nach wie vor nichts gestanden hatte, fachte dies für einen Moment die Diskussion über einen Mafia-Mord auch unter den Kollegen wieder an. Zu Volpi passte das Gesicht aber auch nicht. Eine Umfrage im Haus ergab, dass niemand einen passenden Besucher empfangen hatte. Jemand hielt den Mann für den Austräger eines der Anzeigenblätter, der komme donnerstags. Sie gingen dem nach, fanden aber keinen passenden Austräger, doch das besagte auch nicht viel, weil da oft Familienmitglieder mithalfen. Am Ende konnte niemand den Mann auf dem Foto mit anderen Personen oder Fakten des Falles in Verbindung bringen. Wenn man übergewissenhaft wäre, müsste man die Ermittlungen neu eröffnen und einen Fahndungsaufruf mit dem Foto hinausgeben. Dagegen sprach: Die Uhrzeit passte sowieso nicht.

Schiller schrieb einen Vermerk und gab das Bild samt Bilddatei zu den Akten. Sollten sich doch der Staatsanwalt, wenn er pflichtbewusst war, oder der Verteidiger, wenn er ein Alibi vermutete, weiter um die Auswertung kümmern! Im übrigen blieb er bei seiner Haltung, die einer Art innerer Emigration glich. Er interessierte sich nicht mehr wirklich für das, was mit den Materialien des Falles passierte. Der Staatsanwalt wollte anklagen, also sollte er.

Als es um die Klagebegründung ging, entschied Krenek, das Foto nicht zu verwerten. Um zehn nach acht Uhr war Lechler ohne Zweifel schon längst in der Studiengesellschaft angekommen. Besonders nachdem jemand gesagt hatte, das Gesicht erinnere an Berlusconi, wollte er unbedingt vermeiden, dass noch eine weitere, wenn auch vage Verbindung zu einer *italian connection* in Erinnerung gerufen wurde, die seine These von der Täterschaft Lechlers natürlich schwächen musste. Die Bemerkung über Berlusconi durfte natürlich nicht ins Protokoll.

Dagegen beurteilte er die Aussage des alten Bühner als ein zusätzliches Indiz, auch wenn dieser Lechler nicht erkannt hatte. Zum einen bestand immer noch die Möglichkeit, dass er ihn im Gerichtssaal erkannte oder zu erkennen meinte; wenn sich dort die Stimmung in eine bestimmte Richtung neigte, gab das ja manchmal eine Art Gefälle, von dem sich auch Zeugen hinreißen ließen. Dass der Golf-Fahrer möglicherweise ein Gewehr im Kofferraum verstaute und die Schlagwaffe auch ein Gewehrlauf gewesen sein konnte, war für den Staatsanwalt ein weiteres Indiz. Und: Der Parkplatz lag an einer Strecke, die Lechler vom Tatort zum Haus Hackländer gefahren sein konnte. Mit der Maske dagegen, die Bühner gesehen haben wollte, konnte keiner etwas anfangen. Selbst wenn Lechler bei der Tat eine Maske getragen haben sollte, war das nicht zu greifen, denn niemand hatte ihn dabei gesehen.

Krenek ließ nachermitteln. Vor allem aus den Vorgängen bei Lechlers erstem, falschem Alibi wollte er offenbar Honig saugen, um Lechlers Glaubwürdigkeit von vornherein zu erschüttern. Schiller lehnte es ab, seinen eigenen Vermerk über die erste Vernehmung Lechlers, in der dieser die Behauptung aufgestellt hatte, zu ergänzen. Das war damals sein unmittelbarer Eindruck. Er sah auch nicht ein, welchen Sinn es machen sollte, ein Alibi aufwendig zu widerlegen, das vom Tisch war. Aber Krenek verlangte, Fahnauer müsse die Aussagen der Ehefrau und ihrer Freundin nochmals präzisieren. Die Ehefrau verleugnete nicht ihre Enttäuschung über die gescheiterte Ehe, aber lehnte ab, zur Sache auszusagen. Ihre Freundin Sigurdsson war umso eifriger dabei und gab bitterste Worte über den Charakter Lechlers zu Protokoll. „Larifari!“, kommentierte Fahnauer.

Dagegen hatte Schiller erwartet, dass Krenek zumindest nach dem Haftbefehl noch eine Durchsuchungsanordnung für Lechlers Wohnhaus besorgen würde. Aber der hielt das wohl nicht für nötig.

Schließlich hatte der Staatsanwalt seine Klageschrift fertig. Zur abschließenden Sitzung beim Abteilungsleiter der Staatsanwaltschaft – er hieß Beutler – bat Schiller, seinen Stellvertreter Fahnauer mitbringen zu dürfen. Der sei von gewissen persönlichen Differenzen zwischen Krenek und ihm selber nicht betroffen und habe die ganze Materie ebenso gut im Griff.

Krenek stellte den Fall vor und erklärte seine wesentlichen Elemente. Auf Nachfragen erläuterte Fahnauer einige Details der Ermittlungen.

Am Ende der Sitzung sagte Schiller, auch er halte den Professor in hohem Maß für tatverdächtig. Trotzdem seien nach seiner – unmaßgeblichen – Ansicht die vorliegenden Beweise nicht gut genug. Das stärkste Indiz sei wahrscheinlich noch das Tatmotiv, wie es soeben ja umfassend ausgebreitet worden sei. Aber auch zu diesem Punkt könne man nicht ausschließen, dass dem Professor erst durch den Selbstmordversuch seiner Tochter deutlich geworden sei, wie sehr diese an Nierkamp hing oder diesem gar verfallen war. Zur Tatzeit habe sie nicht mehr bei ihren Eltern gewohnt. Als sicheres Motiv bleibe nur die abstrakte Missbilligung von Nierkamps Ansichten, aber so hätten andere Leute auch gedacht. Zur Bewertung der Spuren in Lechlers Golf sei schon alles gesagt. Außerdem sei ein bis jetzt jedenfalls nicht widerlegtes Alibi bekannt. Die Tatsache, dass Lechler zunächst aus Diskretion ein falsches Alibi gegeben habe, das dann nicht durch Recherchen, sondern durch eine freiwillige Aussage seiner damaligen Freundin widerlegt wurde, sei nach seiner Ansicht nur ein unwesentlicher Nebenaspekt.

Er, Schiller, stelle anheim, den Haftbefehl außer Vollzug zu setzen und zuzuwarten, ob sich mit der Zeit bessere Beweise fänden.

Krenek sprang auf mit rotem Kopf. Für ihn war das ein persönlicher Angriff auf einen Prozesserfolg, den ihm Schiller nicht gönnen wollte. Alle hier im Raum wüssten, der Professor sei es gewesen. Schiller solle mal in die Strafprozessordnung schauen, die für keinen Beweis eine hundertprozentige Sicherheit verlange, sondern die vernünftige Überzeugung des Gerichts ausreichen lasse. Und außerdem – diesen Seitenhieb konnte er sich nicht verkneifen – wäre es nur Unfähigkeit der Polizei, wenn die Beweise, wie sie selber anscheinend meine, nicht wasserdicht seien.

Da stand Schiller auf, was in diesem Kreis nicht üblich war. „Seit Aufnahme dieser Ermittlungen hat mich der Herr Staatsanwalt viermal, zwei Mal sogar in ungehörigem Ton, darüber belehrt, dass allein die Staatsanwaltschaft Herrin des Ermittlungsverfahrens sei und jede einzelne Ermittlungsmaßnahme mit ihr abgestimmt werden müsse. Die Vermerke über diese Gespräche finden Sie in der Akte. Ich habe ihn daraufhin jedesmal aufgefordert, der Polizei Weisung oder Anregungen für die Fortführung der Ermittlungen zu geben. Ergebnis Null. Wenn es danach ginge, hätten wir noch nicht einmal einen Anfangsverdacht. Am Tatort habe ich nie einen Staatsanwalt gesehen. Zu unseren Lagebesprechungen ist einmal ein blutjunger Referendar geschickt worden. Der hatte so viel Ahnung, dass ihm meine Mitarbeiterin aus Mitleid hinterher die rechtlichen und organisatorischen Grundlagen des Verfahrens erklärte! Und noch eins: Wir stellen fest, was war. Wir fabrizieren keine Beweise, weil Herr Staatsanwalt Krenek einen schnellen und spektakulären Prozesserfolg wünscht."

Kreneks Abteilungsleiter sah ihn erschrocken an. Offensichtlich begriff er erst jetzt das Ausmaß des Konflikts, obwohl er die Akten schon eine Woche bei sich hatte. Jetzt sah er, dass Krenek kochte und Schiller auf Vereisung geschaltet hatte. Was Beutler dann sagte, war vielleicht gemein: „Es stimmt, die Staatsanwaltschaft ist Herr des Verfahrens. Ja – das müssen Sie entscheiden, Herr Kollege Krenek, ob Sie das Risiko des Hauptverfahrens auf sich nehmen. Der Entwurf der Klageschrift liest sich schon so überzeugend, dass man es vertreten kann. Aber ich gebe zu bedenken: Flöter ist kein schlechter Verteidiger."

Krenek reichte die Klageschrift ein. Beim ersten Durchlesen sah die Sache wirklich plausibel aus. Die Schwurgerichtskammer ließ die Klage zu.

*

Lechlers Verteidiger Flöter erwies sich als zäher und ideenreicher Arbeiter, der immer wieder zeigte, dass viele gegen Lechler vorgebrachte Indizien genauso auf einen Täter aus Kreisen der Mafia hindeuten könnten.

Es war abzusehen, dass das ganze Verfahren bis zum Urteil ein Indizienprozess bleiben würde. Lechler sagte nichts. Und schon das Vorverfahren bis zur Zulassung der Klage vor dem Schwurgericht zeigte, dass das Gericht die schwachen Glieder in der Beweiskette, die Schiller schon gegenüber dem Staatsanwalt als wunde Punkte aufgezeigt hatte, kritisch ansah. Aber daran war jetzt nichts mehr zu ändern, zumal das Verfahren nicht mehr in Schillers Hand lag.

An einem der Vormittage läutete Schillers Telefon. „Pavarotti Luciano. Kommen Sie mit uns zum Lunch?“

Capurro lachte sich schief, weil Schiller den Anrufer eine halbe Sekunde lang nicht einordnen konnte. Er war zurückgekommen, weil, wie er sagte, sein Freund Troebst ihn zu einer gemeinsamen Kur in Badenweiler überredet hatte. Im übrigen habe der ihn mit Zeitungsausschnitten über den Fortgang des Falles auf dem Laufenden gehalten. Deshalb wolle er auch gern ein paar Worte mit Schiller tauschen. Es war gar nicht leicht, Capurro ein Lokal vorzuschlagen, das mittags geöffnet war, seinen Ansprüchen genügte und Gelegenheit für eine diskrete Unterhaltung bot. Schließlich kamen sie auf die Alte Kanzlei am Schlossplatz, die Capurro vom Hotel aus fußläufig erreichen konnte. Er saß schon im Garten, als Schiller kam. Keine zwei Minuten später stieß auch Troebst dazu.

Nach den Höflichkeiten und dem ausdrücklichen Bedauern, dass Judith nicht dabei sein könne, sagte Capurro unvermittelt: „Vielleicht interessiert Sie, was ich herausgefunden habe. Doch das kann natürlich nicht in die Akten, nicht einmal als *parole del piastrellista*, als Worte des Fliesenlegers.“

Capurro berichtete seine Geschichte und bestätigte damit Schillers Überzeugung, dass auch in den regellosesten Bereichen von Gesellschaft irgendwelche Regeln gelten und sich niemand so abschotten kann, dass keine Nachrichten hin und her gehen. Und eine alte Geheimgesellschaft trägt immer schon das Wissen in sich, dass man bei aller Wahrung der eigenen Interessen immer auch Loyalitäten nehmen und zurückgeben muss. Kurz, die Beteiligung Volpis an Schillers Fall hatte Capurro keine Ruhe gelassen, und schon aus sportlichen Gründen hatte er sein Netzwerk aktiviert, in dem ein Freund – ein wirklicher Freund, er überkreuzte dazu die Finger, um zu zeigen, wie eng sie seien – einen anderen Freund wusste (für den er nicht die Finger kreuzte), der diesem einen Gefallen schuldig war und wieder jemand kannte, der, wenn auch diskret, über die Angelegenheit mit einem der Guazza-Brüder geredet hatte. Der war auf dem besten Weg, als Nachfolger seines Vaters die Rolle des Paten einzunehmen, aber würde das natürlich niemals zugeben, so dass er auch gar nicht danach gefragt worden war, wen sie als Agenten nach Deutschland geschickt hatten. Aber sie hatten einen Mann dort gehabt, das gab er zu.

Nach Pietro Guazzas Version, die beschönigt sein mochte oder nicht, hatten sie Nierkamp auch gar nichts antun wollen, sondern dem begriffsstutzigen deutschen Professor nur klarmachen, mit wem er es zu tun hatte, und ihn dazu bringen, endlich in direkte Verhandlungen einzutreten. Man habe ja immer Familiensinn gehabt (an diesem Punkt musste Troebst lächeln), ja der alte Romano sei in diesem Punkt richtig sentimental gewesen. Er, Pietro, habe sich sogar schon mit seinen Geschwistern darauf verständigt gehabt, dem wiedergefundenen Halbbruder eine nicht unbeträchtliche Geldsumme anzubieten. Das mochte nun wahr sein oder nicht, ebenso wie die Aussage, man habe es von seiner Klugheit – konkret von seiner Fähigkeit, den Mund zu halten – abhängig gemacht, Nierkamp sogar in den Kreis der Familie einzuführen.

Welche Idylle! Als Schiller meinte, das mit leichtem Spott kommentieren zu müssen, rückte das Capurro mit aller Freundlichkeit zurecht. „Was wollen Sie? Diese Familien sind entstanden als solidarische Gruppen gegen einen als feindlich erlebten Staat. Aber ein Mafioso isst nicht anders, singt nicht anders und liebt nicht anders als wir anderen Leute auch.

Warum soll er sich nicht über einen wiedergefundenen Halbbruder freuen?"

Schiller konnte nur staunen. „Aber nun ist ja Nierkamp tot. Ich vermute, diese Herzlichkeit erstreckt sich nicht auf seine Frau und Töchter?"

„Nicht sehr wahrscheinlich, aber man weiß es nicht. Zumal die Signora ja schon in Italien lebt. Und blonde Cousinen sind in unserer Gegend immer eine sehr interessante Verwandtschaft. Aber nicht das wollte ich Ihnen berichten."

„Sondern?"

„Der ‚Freund' meines Freundes hat die Gelegenheit gehabt, kurz mit Guazzas Emissär selbst zu sprechen. Ich denke doch, es war Volpi?"

Schiller nickte und deutete mit der Hand an, dass er darauf zurückkommen wolle.

„Der Emissär hat am Tag der Tat das Haus observiert und dabei wahrscheinlich den Täter gesehen. Um 19.10 Uhr betrat ein Silvio Berlusconi das Haus. Nicht nur das fiel auf, sondern auch, dass der Mann verrückterweise an einem sonnigen Mai-Abend einen Regenschirm am Arm hatte; der echte Berlusconi ist noch nie mit einem Regenschirm gesehen worden. Leider kam dann eine junge Frau aus dem Gebäude gegenüber und fotografierte den Berlusconi, so dass der Emissär vorsichtshalber seine Observierung abgebrochen hat. Vom Polizeiaufgebot am nächsten Tag war er – sagt er – so überrascht wie vom Mord selbst. Erst als alles vorbei war, ging er hinein, um alle Zeichen zu beseitigen, die eventuell auf einen Bezug zum Guazza-Clan hindeuten konnten. Aber er fand weder das Testament noch die Korrespondenz."

„Beides war gut versteckt. Wir haben sie inzwischen. Aber Volpis Beobachtungsgabe ist bewundernswert. Er hat alles Wesentliche gesehen. Für seinen Freispruch reicht es. Doch er ist nicht angeklagt. Hatte Ihr ‚Freund' den Eindruck, Volpi könnte den Täter identifizieren?"

„Und wenn er es könnte?"

Natürlich. Volpi war eine Unperson und was immer er zu sagen hätte, könnte von keinem Gericht gehört werden. Und außerdem: Wenn ein Tatverdächtiger den anderen belastet ...

Als Schiller seinem Gegenüber die Groteske erzählte, dass er sich ausgerechnet aus derselben Whiskyflasche eingeschenkt und diese dann abgewischt hatte, auf der danach Volpi seinen einzigen Fingerabdruck hinterlassen hatte, stimmte Capurro seiner Einschätzung zu, dass Volpis Abdruck kein Versehen, sondern ein abergläubischer Akt gewesen sein müsse. Leute wie Volpi entwickelten ja öfters ein besonderes Verhältnis zum Numinosen.

„Ich fürchte, Sie können mit diesem Wissen nicht viel anfangen?“, fragte Troebst.

„Immerhin bestätigt es, was ich schon geahnt habe. Volpi war es nicht. Ich persönlich würde mir wünschen, dass es anders wäre.“

„Sie schätzen diesen Lechler?“ Capurro hatte es längst gespürt.

Schiller schaute über den mittäglichen Platz, auf dem allerlei Leute auf den Bänken saßen oder sich auf den Rasen gelegt hatten. „In der Studentenrevolte 1968, als ein toter Polizist vor den Barrikaden lag und de Gaulle nach Baden-Baden fliehen musste, wollten seine Minister unbedingt Jean-Paul Sartre als Anstifter verhaften. Da sagte de Gaulle den bemerkenswerten Satz: ‚Einen Sartre sperrt man nicht ein.‘ – Ich wünschte, ich könnte so etwas für Lechler tun. Er ist eines der letzten Prachtexemplare unseres aussterbenden Bildungsbürgertums. Er hat alles: Geist, Geschmack, Bildung, Lebensart, Charakter, Geld, Bescheidenheit, was Sie wollen. Die besten Leute, mit denen ich im Verlauf dieses Falles sprach, haben mir gesagt, sie möchten gerne so sein wie er. Wenn er es getan hat, dann nicht aus unwürdigen Motiven, sondern aus Pflichtgefühl.“

Capurro lächelte anerkennend. Schiller dachte dabei, dass er manches von dem, was er über Lechler gesagt hatte, *mutatis mutandis* auch über Capurro sagen könnte – nur, eine *anima candida* war Capurro sicher nicht. Der gab dem Kellner seine Kreditkarte, denn Troebst wollte noch bei Tag in Badenweiler ankommen.

„Sie haben mich neugierig gemacht. Ich werde gelegentlich zum Prozess kommen und mir Ihren Sokrates anschauen.“

Der Dottore konnte es dabei nicht lassen, seinen Freund Troebst ein wenig zu necken: „Diese Wasserplanscherei ist sowieso nur in Maßen zu ertragen“, und bat Schiller, ihm jeweils die Termine der kommenden Woche durchzugeben.

*

Im Prozess warf Flöter der Polizei einen massiven Fehler bei den Ermittlungen vor – wegen der Spur, die nach Italien führte, insbesondere, dass niemand zu Ermittlungen nach Italien gefahren sei. Schiller wurde als Zeuge benannt und geladen. Bei der Vorbereitung stellte er allerdings fest, dass sein Freund Siedler die Informationen, die er seinem „virtuellen Terminal“ bei Interpol verdankte, nicht zu den Akten gegeben hatte. Aha, auch der war nicht bereit, sein ganzes Herrschaftswissen aus der Hand zu geben.

Aber er gab Schiller die Aktenzeichen und Seiten durch, die er eingesehen hatte, und so konnte dieser die Richter davon überzeugen, dass er sein Urteil über Volpi anhand von Informationen von Interpol überprüft hatte und aus mehreren Quellen wusste, dass dieser in Italien nicht erreichbar war. Schiller räumte ein, dass nach seiner Einschätzung auch Volpi als Serientäter hochgradig verdächtig erscheinen müsse, und bot an, die entsprechenden Bestätigungen von Interpol zu beantragen, wenn das gewünscht werde. Als er Volpis Aliasnamen und Aufenthaltsorte und die ihm zur Last gelegten Taten aus dem Kopf aufzuzählen begann, zog Flöter seinen Antrag zurück. Volpi als alternativer, aber nicht fassbarer Täter stand deutlich genug im Raum.

Krenek verwandte viel Mühe auf die Erschütterung von Lechlers erstem Alibi für die Tatzeit, und machte massiv Stimmung, als er die Freundin von Lechlers Frau, welche selbst zwar die Aussage verweigerte, aber sich jetzt offen vom Ehemann abwandte, als Zeugin einführte. Aber das Thema war schnell und unspektakulär vom Tisch, als Flöter erklärte, darauf nicht zu bestehen, nachdem die Ehefrau, der das Alibi eigentlich gegolten habe, jetzt getrennt lebe, und die andere Person, deren Ruf damit geschützt werden sollte, nämlich Lechlers Doktorandin Bettina Haller, es selbst aufgehoben habe.

In einer ersten entscheidenden Phase des Prozesses hing alles daran, ob auch Lechlers zweites Alibi, dem zufolge er Bettina Haller auf dem Weg von der Wohnung zu den Hackländers aufgesucht hatte, erschüttert werden konnte.

Der Staatsanwalt tat alles, um deutlich zu machen, dass Bettina ein sexuelles Verhältnis zu Lechler gehabt habe. Er wollte damit die junge Frau als jemanden darstellen, die es mit jedem trieb, um mit ihrem moralischen Ruf auch ihre Glaubwürdigkeit zu untergraben. Aber er erreichte das Gegenteil. Diese Darstellung ließ die Beziehung zwischen Lechler und seiner Frau auf einmal problematisch erscheinen. Jetzt rief Flöter die Freundin Sigurdsson nochmals als Zeugin auf, und diese musste zugeben, dass sie und die Ehefrau nur deswegen einen Seitensprung unterstellten, weil sich Lechler intensiv um die junge Frau kümmerte, von der ‚man' doch wusste, dass sie einen schlechten Ruf hatte ...

Im entscheidenden Moment wurde Bettina Haller nochmals in den Zeugenstand gerufen. Als sie so schmal, fast mädchenhaft, bleich und ganz dunkel gekleidet vortrat, erinnerte sie nicht nur Schiller an eine junge Witwe und mochte unterbewusst den Wunsch erregen, ihr wenigstens den jetzigen Liebhaber zu erhalten, nachdem ihr erster, Reimann, verloren und der zweite, Nierkamp, tot war.

Als ihr Blick auf Schiller fiel, meinte er, er habe sie ein klein wenig erröten sehen, wie eine Entschuldigung, dass sie ihm damals, als sie ihn verführte, nicht alles habe sagen können. Aber vielleicht machte es auch nur seine Eitelkeit, dass er ihre Verlegenheit auf sich bezog. Schiller war auf alles gefasst – bis dahin, dass der Staatsanwalt, ein scharfer und taktloser Mensch, sie an einen Punkt bringen könnte, an dem sie über jene Nacht aussagen musste, in der Schiller bei ihr war und damit hätte entweder die Unwahrheit sagen oder die intime Begegnung zugeben müssen. Nachdem Bettina nicht mehr als

Täterin in Betracht kam, musste Schiller keine unmittelbare dienstliche Maßregelung mehr befürchten, aber sein Ruf als unbestechlicher Ermittler wäre natürlich ruiniert gewesen. Und vor Capurro, der sich heute neben ihn auf die Zuschauerbank gesetzt hatte, wäre er sich wie ein dummer Junge vorgekommen.

Bettina sprach indes mit aller Distanz und schilderte sogar wörtlich eine Passage des Gesprächs mit Herrn Kriminalrat Schiller an dem Abend, als er sie nochmals vernommen habe. Sie habe ja nicht offenbaren können, wem damals ihre Gefühle wirklich galten, doch in genereller Form habe sie schon da ihr Dilemma bekannt. Herr Schiller habe das anscheinend immer nur auf ihren Verflossenen, den Herrn Reimann, bezogen. In Wirklichkeit habe sie damit deutlich machen wollen, dass sie eigentlich Herrn Professor Lechler, der natürlich irgendwann unter Verdacht geraten musste, entlasten könnte. Dass sie aber aus Takt und mit Rücksicht auf seine Ehe gehofft habe, das nicht voreilig breittreten zu müssen. Zumal ihre Verehrung für ihn ja vollkommen platonisch war. Es sei ja auch fast nicht mehr zu vermitteln, dass man das philosophische Gespräch mit einem Lehrer als das größte Glück empfinden könne. Bei dieser Aussage suchte sie für nur einen so kurzen Moment Schillers Blick, dass es außer Capurro niemand bemerkte.

„Stimmt das nicht?“, konnte das heißen. Oder aber: „Verzeih, dass ich hier ein anderes großes Glück klein rede.“

Schiller war fasziniert. Bettina hatte das Gesagte präzise, ja wörtlich wiedergegeben, und doch gab sie den Sätzen, die sie damals im Zustand der engsten körperlichen Vereinigung ausgetauscht hatten, einen völlig konträren Sinn. Er hatte es so verstanden, dass sie nichts sagen wollte, weil ihr ehemaliger Liebhaber die Tat vielleicht getan hatte. Sie dagegen wollte – über den anderen, künftigen, Liebhaber – gesagt haben, sie dürfe sein Alibi jetzt noch nicht offenlegen.

Die Richter sahen nur, dass Schiller nickte. Er selbst wurde nicht noch einmal gefragt und hätte in diesem Fall auch nicht gewusst, wie eine weitere Version aus seinem Mund die

Verwirrung der Tatsachen – und die der Gedanken in seinem Kopf – hätte auflösen sollen.

Das war der prozessentscheidende Moment. Sie glaubten Bettina.

Der Staatsanwalt klammerte sich immer noch an einzelne Fakten. Mit der Pfauenfeder konnte er nur kurz punkten. Denn jetzt zeigte sich Flöters Fleiß. Er hatte nicht nur von Bettina ein Polaroid besorgt, das Lechler an ihrer Seite auf dem Frühlingsfest an der Schießbude zeigte, sondern auch den Schießbudenbetreiber ausfindig gemacht und in die Sitzung gestellt, bei dem Lechler an diesem Tag die Federn geschossen hatte. Da die beiden unstreitig mit dem Golf gefahren waren, war damit schon vor Bettinas Bestätigung bewiesen, dass diese Pfauenfedern auf dem Rücksitz des Golf gelegen hatten. Dann ließ er Siedler, den Leiter der Technik im LKA, der die Untersuchung veranlasst hatte, als Sachverständigen über die Frage vernehmen, mit welcher Wahrscheinlichkeit man feststellen konnte, dass das kleine abgebrochene Stück ein Teil der beim Verbrechen verwendeten Feder war und nur von dieser stammen konnte. Siedler interpretierte das Gutachten der Universität in diesem Punkt sehr genau, nannte Zahlen und rechnete und sagte zum Schluss ganz klar, dass die Wahrscheinlichkeit, zumal zugleich das Vorhandensein anderer Federn bewiesen sei, für eine Verurteilung niemals ausreichte. Da nickten die Richter.

Letztlich hing also alles am Fleck im Kofferraum. Flöter berichtete, erst vor wenigen Tagen habe er im Gespräch mit dem Angeklagten ein Missverständnis darüber aufklären können, dass im Kofferraum des Autos nicht ein – für jenen unerklärlicher – Schaumrest von einem Bauschaum gefunden worden sei, sondern nur Spuren des Lösungsmittels mit minimalem PU-Anteil. Erst da habe sich Lechler an einen unbedeutenden Vorfall erinnert.

Der Angeklagte sei keinesfalls ein großer Chemiker, sondern nur der Besitzer eines älteren Cabrios der Marke Saab, dessen Verdeck immer wieder repariert werden müsse. Das könne Lechler nicht selber, und man dürfe ihm tatsächlich vorwerfen, dass er damals für 20 Euro plus Spesen einen

Schwarzarbeiter, einen Studenten, engagiert habe, der die nötigen Produkte besorgt und ihm im vergangenen Sommer sein Verdeck geklebt habe. Die Klebestellen könne man noch heute sehen. Er gab den Richtern einige Fotos. Den Kontakt habe die Tochter Melanie hergestellt. Als Lechler einige Tage nach der Reparatur bemerkt habe, dass jener „Mike" den von Lechler bezahlten Kleber behalten habe, sei Melanie mit dem Golf losgefahren und habe die Behälter abgeholt. Dabei sei etwas vom Kleber ausgelaufen und ohne Härter natürlich klebrig geblieben. Deswegen habe Melanie nach einigen Tagen den Fleck mit dem Reiniger ausgewaschen. Ihm sei plötzlich klar geworden, dass dieser Kleber noch im Hause Lechler vorhanden sein müsse.

An dieser Stelle fragte sich jedermann im Raum, warum Flöter nicht den Studenten selbst als Zeugen benannt oder zumindest erwähnt hatte. Und jeder fand selbst die Antwort, dass dieser ja nicht aufgefunden werden konnte, weil Melanie Lechler nicht mehr am Leben war. Manche hielten es später sogar für ein Kabinettstück anwaltlicher Kunst, dass Flöter so den tragischen Tod der Tochter, ohne die Tatsache auch nur zu erwähnen, dem Gericht zur Entlastung des Vaters vor Augen geführt habe.

Wegen der Eile, fuhr Flöter fort, habe er einen Beamten des örtlichen Reviers gebeten, zur Beweissicherung dazuzukommen, und sie beide hätten gesucht und tatsächlich die Präparate in Lechlers Garage gefunden. Herr Hauptwachtmeister Kurrle sei so freundlich gewesen, heute in die Sitzung zu kommen. Kurrle kam mit einer Mappe herein und zog nacheinander die Halbliterflasche mit dem Reiniger, eine kleinere Flasche Kleber mit Verschmierungen und eine winzige Flasche mit dem Härter heraus. Die stellte er auf den Richtertisch. Flöter legte einige Merkblätter einer Firma namens Unitec dazu, auf denen die drei Produkte der gleichen Marke angestrichen waren: ein Kleber PU 500, Härter RFE und ein Reiniger MEK. Er nahm die Flaschen in die Hand und las ab: Der Wirkstoff des Klebers war Polyurethan, PU, der des Reinigers Methylethylketon, MEK. Im übrigen sei glücklicherweise sogar zu beweisen, dass die Substanzen zur Tatzeit schon im Hause waren. Seine Mitarbeiterinnen hätten daraufhin das ganze Haus Lechlers nach Fotos durchsucht und lange nichts gefunden. Aber dann seien sie auf ein Foto gestoßen, das zufällig die Wand der Garage zeige und offenbar im vergangenen Sommer aufgenommen wurde. Im Vordergrund sehe man das alte Cabrio, dahinter das Regal mit den Produkten. Er gab das Original und eine starke Detailvergrößerung an den Richtertisch und zeigte auf die Behälter, die dort winzigklein, aber noch identifizierbar, im Regal zu sehen waren.

Die Mitglieder des Gerichts nahmen die Bilder und Flaschen in die Hand, lasen die Aufschriften und tuschelten über eine Unterbrechung der Sitzung. Schiller war wahrscheinlich die einzige Person im Saal, die überlegte, ob Flöters Formulierung „offenbar im vergangenen Sommer" durch Tatsachen hinterlegt oder nur eine suggestive Wertung war; da er aber nur noch Zuschauer war, interessierte seine Meinung nicht.

Schiller freute sich nicht über die Entwicklung, aber spürte professionelle Genugtuung. Es war gekommen, wie es kommen musste. Hätte dieser Unglücksmensch von Staatsanwalt doch wenigstens vorher noch das Haus durchsuchen lassen! Er wagte kaum zu Krenek hinzusehen, der desorientiert und erloschen in seinen Akten blätterte.

Der Vorsitzende versuchte, Flöter für diese unerwartete und auch für das Gericht irritierende Wendung zu tadeln. „Herr Verteidiger, ich kann das nicht billigen, dass Sie uns in der Hauptverhandlung mit solchen Sensationen überraschen. Das hätten Sie doch alles im Vorverfahren vorbringen können."

„Hohes Gericht, ich will mich nicht nur auf Zeitdruck berufen. Obwohl ich die Fotos vorgestern und diese Merkblätter erst gestern erhalten habe. – Nein, durch eine voreilige Verhaftung und deren triumphierende Veröffentlichung wurde dem Ruf meines Mandanten als Hochschullehrer und als Bürger dieser Stadt so sehr geschadet, dass ich ihm geraten habe, einen ebenso spektakulären Freispruch zu suchen."

Der Vorsitzende schnuffte, sagte aber nichts, und Flöter fuhr fort: „Wenn das falsch war, legen Sie das bitte mir zur

Last und nicht meinem Mandanten." Die Richter gingen hinaus, tranken Kaffee und kamen nach 15 Minuten zurück.

In diesem Moment war Schiller vollends überzeugt, dass Lechler der Täter und sein Verteidiger ein erstklassiger Anwalt war, der hoch zu spielen verstand. Nur ein Freispruch erwuchs in Rechtskraft. Eine Einstellung im Vorverfahren dagegen hätte nicht gehindert, das Verfahren bei Auftauchen neuer Indizien jederzeit wieder aufzunehmen. Lechler brauchte den Freispruch.

Flöter wurde in der Zwischenzeit von den Presseleuten bestürmt, aber wie Lechler hielt er den Mund. Krenek versuchte, das Verfahren mit Anstand hinauszuführen, aber sein Plädoyer geriet so glanzlos und auch in der Sache so zerfahren, dass man spürte, er gab seine Sache verloren. Vielleicht würde er nachher im Kasino von Klassenjustiz sprechen, dass es eben Leute gebe, an die man mit den Schlüssen des gesunden Menschenverstandes nicht herankomme.

Umso überzeugender fiel das Plädoyer des jungen Flöter aus. Er sprach leise, vermied Pathos und Übertreibung, schon um die gewonnenen Eindrücke nicht zu stören. Genau nach der Prozessordnung führte er aus, dass es nicht seine Aufgabe sei, den Fall zu lösen und den wirklichen Täter zu überführen, dazu habe die Polizei – er schaute dabei Schiller aufmunternd und fast ein wenig Entschuldigung heischend an – nach dem Abschluss dieses Verfahrens sicher Gelegenheit. Die tragenden Indizien der Anklage seien so weit erschüttert, dass sich darauf keine Verurteilung stützen lasse. Er beantrage Freispruch.

Entsprechend fiel das Urteil aus.

„Sie haben das kommen sehen", sagte Capurro, als er mit Schiller aus dem Saal ging. Zuvor hatte Schiller sehr wohl bemerkt, dass Bettina, nachdem sie zuerst Lechler mit Tränen in den Augen um den Hals gefallen war, seinen Blick gesucht und ihn mit den Augen ihrer Dankbarkeit versichert hatte – und Capurro war das nicht entgangen. Schiller schwieg. Er musste zuerst einiges verarbeiten, als Person und als Beamter.

„Eine wunderbare Frau", fuhr Capurro fort, „und Sie sind der Glückspilz, dass Ihnen das Schicksal zwei so aufregende und wunderbare Frauen vor die Füße legt: Judith und Bettina."

Schiller zeigte zu Bettina hinüber, die eng an der Seite Lechlers den Saal verließ. „Mir doch nicht!"

Aber Capurro lachte. *„La donna è mobile!* Sie wird ein Jahr bei Lechler bleiben, vielleicht zwei. Dann ist sie für Sie zu haben. Lechler ist bei allen Vorzügen kein Mann, der auf die Dauer eine Geliebte braucht. Aber Sie, Sie werden sich dann entscheiden müssen!" Ganz gegen seinen wohlerzogenen Habitus zeigte er mit nacktem Finger auf Schiller. „Aber wenn ich dreißig oder vierzig Jahre jünger wäre, lieber Schiller, dann hätten Sie und Lechler noch einen Konkurrenten!" Dabei lachte er so spitzbübisch und so fröhlich, als ob die Liebesdramen, die er da mit leichter Hand skizziert hatte, so luftig und köstlich wären wie das Kaffeegebäck im Caffè Florian.

„Die roten Schuhe sind immer noch bei Judith!", sagte Schiller.

„Das ist die Idee!" Capurro lachte wie ein Kind. „Ich werde Bettina rote Schuhe schenken. Sie Schlitzohr kennen doch sicher ihre Schuhgröße. Wenn nicht, müssen Sie hingehen und das in meinem Auftrag feststellen!"

*

Als der Frühling gekommen war, fuhren Schiller und Judith wieder zum Frühlingsfest nach Rottweil. Für frivoles Herumgealbere waren sie diesmal nicht in Stimmung, es war zu kalt dafür. Stattdessen besuchten sie die Theaterleute, und Schiller schaute wie damals im Traum auf das Treiben hinunter.

„Komm", rief er plötzlich, „ich hab sie gesehen." Er rannte auf den Markt hinunter, Judith eilig hinterher, aber die Gesuchten waren verschwunden. „Was – wen hast du gesehen?"

„Lechler und Bettina. Sie trägt die roten Schuhe. Und er hat sogar eine Currywurst gegessen."

„Ja, und?"

„Er trägt den Siegelring."

Judith verstand nicht, und Schiller wollte nichts weiter erklären.

Die Akten des Falles waren längst im Archiv, aber Siedlers Technik organisierte ihre Vergangenheit selbst. Am Montagmorgen fuhr Schiller zu ihm und ließ ihn die Hand des Mannes mit der Tragetasche aus Verenas Bild bis an die Grenze der Auflösung vergrößern. Da erkannte er den Siegelring. Den eleganten weißgoldenen Siegelring, den Schiller bei seinem ersten Besuch an Lechlers Hand gesehen hatte.

Nach der eingeblendeten Anzeige von Datum und Uhrzeit wäre das Bild exakt um 20.09 Uhr aufgenommen worden. Da war Lechler längst bei der Studiengesellschaft.

Siedler ließ nicht locker. „Komm mit." Er holte Kamera, Stativ, Kompass und Maßband und nahm ein gleiches Foto vom gleichen Standort auf, um die Positionen genau zu bestimmen. Dann ließ er für den Tattag die Einstrahlungswinkel der Abendsonne nachrechnen. Das war fast genau ein Jahr zuvor.

Am nächsten Tag hatte er von seinem Physiker das Ergebnis, das Bild sei um 19.10 Uhr aufgenommen worden. Die falsche Zeitangabe kam vermutlich daher, dass Verenas Kamera nicht auf Sommerzeit umgestellt war.

„Und was machst du jetzt?", fragte er Schiller.

„Nach den Regeln der Tragödie hätte ihn seine Tochter Melanie entsühnt. Sollen wir uns für klüger halten als die Tragödie?"

Siedler schüttelte den Kopf, ging hinaus und brachte nach zwei Minuten eine halbvolle Flasche Malt Whisky herein. Schiller las: *Talisker*.

„Aus den Asservaten. Vorsichtig mit Genuss vernichten. Wir müssten den Stoff sonst doch irgendwann wegschütten."